이질적인
선율들이   다문화시대의 문학
넘치는 세계

이질적인 선율들이 넘치는 세계
다문화시대의 문학

초판인쇄 2021년 2월 15일 **초판발행** 2021년 2월 25일
지은이 이경재 **펴낸이** 박성모 **펴낸곳** 소명출판 **출판등록** 제13-522호
주소 서울시 서초구 서초중앙로6길 15, 1층
전화 02-585-7840 **팩스** 02-585-7848
전자우편 somyong@korea.com **홈페이지** www.somyong.co.kr

값 26,000원 ⓒ 이경재, 2021
ISBN 979-11-5905-586-7 93810

The world
rich with disparate melodies

이질적인

선율들이

다문화시대의 문학

넘치는 세계

이경재 지음

책머리에

『이질적인 선율들이 넘치는 세계』는 2015년에 출판된『다문화 시대의 한국소설 읽기』에 이어지는 책입니다. 개정증보판으로 처리하기에는 너무나 많은 것이 변해서 이렇게 제목을 달리 하는 신간의 형태를 취했습니다. 전체 분량에서 절반 이상을 덜어내었고, 그보다 더 많은 분량을 채워 넣었습니다. 기본적인 변화의 방향을 말씀드리자면, 이전 책이 문학사적 맥락을 염두에 두며 다문화 시대와 관련된 여러 가지 주제의 글들을 통시적으로 다루었다면, 이번 책은 21세기 들어 본격화된 다문화 시대의 문학만으로 논의를 집중시켰습니다. 또한 다문화와 관련해 지난 5년여간 변화된 우리 사회의 여러 통계 수치도 최대한 정확하게 반영하고자 하였습니다.

『다문화 시대의 한국소설 읽기』를 저술했을 때와 마찬가지로, 이번 책을 만들어 나가는 과정에도 계속 어머니가 떠올랐습니다. 어머니는 중일전쟁이 발발한 다음해에 일본에서 태어났습니다. 돈을 벌기 위해 일본에 간 청춘남녀가 가정을 꾸려 낳은 첫번째 딸이 바로 저의 어머니입니다. 해방이 되던 해에 한국으로 돌아오신 어머니는 아주 가끔씩 자신이 살았던 일본 이야기를 해주시고는 했습니다. 저에게 그 이야기들은 혹부리 영감 이야기만큼이나 멀고도 멀게 느껴졌습니다. 그 거리감은 제가 성장한 1970~80년대가 그 어떤 시대와도 비교할 수 없이 국민국가의 경계가 강고했던 시절이라는 것과 무관하지 않을 것입니다. 한국인이 해외로 나가는 것도, 외국인이 한국에서 사는 것도 무척이나 드물던 시절이었습니다.

물론 어머니가 여덟 살까지밖에 일본에서 살지 않았고, 이후에도 일본에 다녀온 바도 없어서 어머니의 일본 이야기는 그렇게 풍부하지 못했습니다. 그럼에도 어머니가 들려주신 이야기 중에서 잊혀지지 않는 몇 가지는 수십 년이 지난 지금까지도 제 가슴속에 생생하게 살아 있습니다. 그 이야기 속에는 해방 이후 일본 학생들의 폭력이 두려워 화장실에 숨어 있는 가녀린 소녀의 모습도 보이고, 저녁 무렵에 일본인들과 다정하게 인사를 주고받던 자전거 위의 젊은 아빠와 어린 딸의 모습도 보입니다. 지금 돌이켜 보면 어머니의 일본 체험담은 참으로 생생했던 것 같습니다. 그것은 어머니의 말재주가 뛰어났다거나 일본에서의 삶이 특별했다는 의미가 아니라, 어머니의 이야기들이 하나의 이념이나 색깔로 규정되지 않는 것이었다는 의미에 가깝습니다. 어머니에게 일본 생활은 무엇과도 비교할 수 없는 공포이기도 했지만, 모든 인간이 가질 수밖에 없는 유년의 소중한 추억이기도 했습니다.

그럼에도 만 8년에 가까운 그 기간은 어머니에게 아무래도 밝은 빛보다는 어두운 그늘을 많이 남겨 놓았던 것 같습니다. 어머니는 돌아가실 때까지 당신의 한국어 발음이 그리 좋지 않다는 콤플렉스에 시달리셨습니다. 그리고 거의 본능적으로 당신은 물론이고 자식들도 외국에 나가는 것을 극히 꺼려하셨습니다. 어머니에게 외국 생활은 가능하면 피하고 싶은 의식 깊은 곳의 공포가 아니었나 추측해 볼 따름입니다. 저의 일부를 어머니의 일본 이야기로 채우며 성장한 저는 어쩌면 본격적인 문학 연구 이전부터 이주민들에 대한 공부를 해왔던 것인지도 모르겠다는 생각이 듭니다. 이주민들에 대한 서사에 별다른 이유도 없이 그토록 끌렸던 것을 보면, 어머니가 겪은 일본에서의 삶은 이 책을 만들어 낸 씨앗이었음에 분명합니다.

어머니에 대한 기억과 더불어, 『다문화 시대의 한국소설 읽기』가 나온 이후 5년이라는 시간은 저에게 소중한 기억 하나를 더 갖게 해주었습니다. 그것은 연구년 동안 ESL English as a Second Language 과정에서 만난 친구들과 나누었던 추억입니다. 연구년으로 미국에 가 있는 1년 동안 동네 성인 교육 센터에서 외국인을 대상으로 영어를 가르치는 ESL 과정에 다녔습니다. 이 과정은 무료로 진행되며, 회화 중심의 영어를 가르쳐 주었습니다. 감히 친구라 부르는 사람 중에는 80이 넘은 할머니도 계셨고, 이제 막 성년이 된 청년도 있었지만, 친구라는 단어 이외에는 이들을 달리 무어라 불러야 할지 모르겠습니다. 모두가 기초적인 회화만 가능한 수준이었지만, 그래도 오랜 시간 이야기를 나누다 보면 서로의 깊은 마음에까지 다가갈 수 있었습니다. 인종, 민족, 문화, 언어 등이 모두 달랐지만, 어쩌면 바로 그 차이 때문에 우리는 우정을 나누는 친구가 될 수 있었는지도 모릅니다. 서로의 차이에도 불구하고 같은 곳을 바라보며 사이좋게 지내던 그 교실의 풍경이, 이 지구 전체로 확대되면 어떨까 하는 아이 같은 생각을 자주 해보았습니다. 그 친구들 중 몇몇은 지금도 생생하게 떠오릅니다. 트럼프 얘기만 나오면 늘 핏대를 세우던 이라크 출신의 Kareem, 2018년에 있었던 남북정당회담을 축하해 주던 중국 출신의 Xiaobo, 변호사가 되기를 희망하며 열심히 공부하던 러시아 출신의 Yulia, 따뜻한 마음씨로 교실의 궂은 일을 도맡았던 일본인 Hiroko…… 그들과 헤어진 지 3년이 되어 가는 지금도, 그들과 나누었던 우정과 거기서 꿈꾸었던 희망은 여전히 제 마음 한 편을 따뜻하게 데워 줍니다.

온전한 연구서라고 하기에는 조금 뜨거운 책이 되어버리고 말았습니다. 작품이나 작가의 예술적·문학사적 가치를 냉정하게 바라보는 것으로만 일관했다고 말하기에는 자신 없는 부분이 한두 군데가 아닙니다. 그 뜨거움은 두 가지 이유에서 발생한 것으로 보입니다. 첫 번째는 이 책에서 다루는 대부분의 작품들이 2000년대 이후 창작된 것들이라는 사실과 관련됩니다. 아무래도 일정한 학문적 거리를 형성한 채, 객관적인 연구자의 메스를 휘두르기에 이 작품들과 제가 공유하는 시대의 면적은 너무나 컸던 것 같습니다. 두 번째는 제가 다룬 소설들의 객관적의미만 차근차근 탐색하기에, 소설 속의 인물들이 겪는 고통이 제게는절박한 현실적 문제로 다가왔습니다. 소박하고 부끄러운 것일지라도어떻게든 작품이나 작가로부터 이주민들의 고통에 응답할 수 있는 하나의 답을 찾고 싶은 마음이 글 쓰는 내내 늘 함께 했습니다. 그렇기에제 글들은 문학연구의 범주를 수시로 벗어날 수밖에 없었는지도 모르겠습니다. 이 책의 뜨거움은 하나의 부끄러움인 동시에 오랫동안 잃고싶지 않은 제 학문적 태도이기도 합니다.

기본적으로 이 책은 2000년대 이후 우리 사회에 본격적으로 유입된이주민을 형상화한 소설들에 대한 연구서입니다. 3~4장은 결혼이주여성을 다룬 소설들을, 5장은 이주노동자를 다룬 소설들을, 6~8장은 탈북자를 다룬 소설들을 집중적으로 살펴보았습니다. 1장은 이 저서의 서론에 해당하는 글이고, 2장은 오늘날의 다문화 현상을 남의 이야기가아닌 우리의 이야기로 바라볼 수 있는 시각을 마련하고자 쓴 글입니다. 9장~11장은 다문화 시대가 만들어 낸 다양한 상상력과 사유의 모습들을 구체적으로 살펴보았습니다. 11장을 제외하고는, 개별 작품이나 작가의 특징을 조명하기보다는 조금은 거시적인 시각에서 다문화 소설에 관한 엉성한 지도라도 그려보고자 노력했습니다. 그러한 시도가 많은 글들에서 유형화의 방법으로 나타났음을 확인하게 됩니다. 유형화의 그물이 성기기도 하고, 유형화 자체가 작품의 가치 평가와 연결되는 성급한 모습도 보입니다. 독자 여러분들의 넓은 이해를 구할 뿐입니다.

마지막으로 이 책의 부제에 사용된 '다문화'라는 말에 대한 약간의 설명이 필요하다는 생각이 듭니다. '다문화'라는 용어는 인종적·민족적·문화적 다양성이 급격하게 증대하고 있는 2000년대 이후 한국 사회의 핵심적인 특징을 기술하기 위한 가치중립적 용어로 사용하였습니다. 부제의 '다문화'를 곧바로 '다문화주의'로 연결시키는 성마른 독자가 혹시나 계실까 염려됩니다. 삼척동자도 알다시피 오늘날 다문화주의는 본래의 긍정적 기능을 상당 부분 상실하였으며, 본래의 의도와는 다르게 한 사회 속에 존재하는 다양한 문화집단들을 분리시키는 결과를 가져오고 있습니다. 본문에서도 이러한 문제점에 대해 지속적인 관심을 기울이고자 노력하였습니다. 진정 우리가 지향해야 할 것은 인종·민족·문화 간의 대화와 상호작용을 통해 고유성과 보편성이 공존하는 사회를 만들어나가는 일일 것입니다. 그러나 한편으로는 다문화주의의 한계를 말하는 것이 지적 유희로 느껴질 만큼 한국 사회의 현실은 너무나 척박하다는 생각이 들기도 합니다.

이 책의 제목 '이질적인 선율들이 넘치는 세계'는 이창래의 소설 *Native Speaker*에서 가져온 말입니다. 저는 *Native Speaker*가 재미교포 2세인 헨리 박이 진짜 원어민(순수한 미국인)이 되고자 노력하다가 결국에는 그것이 불가능한 꿈이라는 것을 깨닫고, 자기의 이중언어정체성(한국계 미국인)을 긍정하게 되는 이야기로 읽었습니다. 제 독법에 따르면, 헨리 박이 수많은 고투 끝에 지향하게 된 세계가 바로 '이질적인 선율들이 넘치는 세계'라고 생각합니다. 제가 꿈꾸는 세계 역시 이와 크게 다르지는 않습니다. 부디 이 책이 그 꿈을 실현하는 길의 작은 디딤돌 하나라도 될 수 있었으면 좋겠습니다. 감사합니다.

2021년 새해를 맞이하며
이경재

차례

1장
다문화 시대와
한국문학의 가능성

소설은 네이션nation과 근본적인 차원에서 깊이 결부되어 있는 문학 장르이다. 주지하다시피 소설은 신문과 더불어 민족이라는 상상의 공동체를 재현하는 기술적 수단을 제공했다. 소설을 읽는 독자들은 실생활에서의 접촉 여부와는 무관하게 자신들과 같은 시간대에 존재하는 사람들이 있으며 자신과 이들이 동시대인으로서 동일한 '사회적 실재' (네이션)에 속한다는 상상을 하게 된다.[1] 이처럼 소설은 민족과 그 근원에서부터 깊이 결부되어 있는 문학장르이다. 또한 근대문학 초기의 여러 선구적 작가들을 통해서 확인할 수 있듯이, 소설은 근대국어를 창출하는 핵심적인 역할을 수행한다. 나아가 소설의 언어가 학교교육을 통해 습득된 문어라는 점에서, 소설이라는 문학 형식이 근대의 국민화, 국

---

1   베네딕트 앤더슨, 윤형숙 역, 『상상의 공동체』, 나남, 2002, 46~58면.

민국가화와 밀접하게 관련되어 있다는 주장도 있다.[2]

가라타니 고진 역시 소설과 네이션의 강력한 연관성을 이야기하였다. 그는 소설이 본래 두 가지 기능을 수행함으로써 근대의 시대정신으로서의 권위를 지닐 수 있었는데, 그 하나는 지적 능력과 감성적 능력을 매개하는 상상력의 힘을 적극적으로 활용하여 타자들과의 공감 능력을 훈련시켰다는 점이다. 이를 통해 소설은 "'공감'의 공동체, 즉 상상의 공동체인 네이션의 기반"[3]이 되었다는 것이다. 최근에는 한국문학이 세계문학사에서도 문학의 정치화 또는 국민화nationalization를 대표하는 사례라는 견해도 주목받고 있다.[4] 20세기 한국소설이 정치적 이데올로기의 큰 영향권 내에서 창작되었으며, 그 다양한 이념 중에서도 민족주의가 주도적인 담론으로 기능했음은 재론할 필요가 없는 사실이다.

이광수는 「문학이란 何오」(『매일신보』, 1916.11.10~23)에서 문학은 "조선인의 사상 감정을" 담은 문학이라고 주장하였다. 이것은 '문학=민족(조선인)'이라는 강력한 민족주의 문학론이라고 말할 수 있다. 또한 이광수는 '언어와 민족의 불가분론'에 바탕해, 조선문학이란 "조선문으로 쓴 문학이다"라는 절대의 신념을 반복적으로 드러내었다.[5] 이광수는 「조선

---

2   오카 마리, 김병구 역, 『기억 서사』, 소명출판, 2004, 59~60면.
3   소설의 또 다른 기능은 객관적 재현 장치인 언문일치, 묵독 등을 발전시킴으로써 외적 세계와 내면 공간을 성찰적으로 재구성할 수 있는 내면적 주체를 형성시켰다는 것이다. 가라타니 고진, 조영일 역, 『근대문학의 종언』, 도서출판b, 2006, 51면.
4   Casanova, Pascale, *The World Republic of Letters*, MA : Harvard UP, 2007.
5   와타나베 나오키는 이광수에게 보이는 조선어에 대한 이 절대적 신앙은 구-한문교양층에 대한 근대계몽주의자로서의 맹렬한 반발 의식과 근대소설의 효시라고 불리는 『무정』을 비롯해서 조선어로 된 수많은 소설을 발표한 선구자로서의 자부심과 책임감에서 비롯된 것으로 설명한다. 와타나베 나오키, 『임화문학비평』, 소명출판, 2018, 221~222면.

문학의 개념」(『신생』, 1929.1)[6]에서 "朝鮮文學은 朝鮮文으로 쓰이는 것이다"라며, "文學의 國籍은 屬地도 아니요 屬人(作者)도 아니요 屬文(國文)이다"[7]라고 강조한다. 「조선소설사」(『사해공론』, 1935.5)에서도 「삼국유사」부터 경향소설에까지 이르는 소설사를 간략하게 언급하며, "朝鮮文學은 조선말로 씌워진 文學입니다"[8]라는 명제로 글을 시작한다. 「'조선문학'의 개념」(『삼천리』, 1936.8)에서도 "어느 나라의 문학이라 함에는 그 나라의 文으로 쓰이기를 기초조건으로 삼는 것이다"[9]라는 주장을 반복하고 있다. 한국근대문학의 성립에 가장 큰 영향을 미친 이광수는 '문학=민족(조선인)=언어(조선어)'라는 강력한 민족주의 문학론을 펼쳐 나갔던 것이다.

그러나 한국문학은 더 이상 네이션이라는 범주로만 포괄할 수 없는 새로운 단계로 접어들고 있다. 이것은 국민국가의 한계를 벗어나려는 사회적 현상에서 비롯되는 것이다. 20세기가 국민국가를 실험한 시대였다면 21세기에는 국민국가를 '넘어서려는' 실험이 시작되고 있는 것이다.[10] 2000년대 이후 한국문학은 민족이라는 경계 안에서 작동하던 이전의 상상력과 감수성을 초월하기 시작하였다.[11] 이것은 세계시장 안에서 자본과 노동력의 탈국경적인 움직임이 매우 활발해진 것과 관련

---

6   이 글은 『사해공론』 1935년 5월호에 그대로 재수록된다.
7   이광수, 「조선문학의 개념」, 『신생』, 1929.1, 6면
8   이광수, 「조선소설사」, 『사해공론』, 1935.5, 81면
9   이광수, 「'조선문학'의 개념」, 「'朝鮮文學'의 定義 이러케 規定하려 한다!」, 『삼천리』, 1936.8, 83면.
10   나병철, 『근대서사와 탈식민주의』, 문예출판사, 2001, 174면.
11   김예림, 「'경계'를 넘는 문학적 시선들」, 『문학 풍경, 문화 환경』, 문학과지성사, 2007, 93~95면.

된다. 단일한 민족국가 체제에 균열을 일으키는 탈국경적인 현상은 전 지구적으로 자본주의화한 최첨단 기술에 힘입어 우리의 일상에 깊숙이 침투한 것이다.[12]

　탈민족주의적 현상을 가장 선명하게 보여주는 존재는 한국 사회에 무시할 수 없는 속도로 증가하고 있는 이주민들이다. 그동안 우리는 순혈주의적 민족 관념에 바탕해 단일민족신화를 끊임없이 재생산해왔다. 그러나 한국에는 2014년 기준으로 유학생과 이주노동자, 국내거주 재외 동포, 결혼이주자를 포함한 체류 외국인이 약 178만 명이 존재했다. 이 숫자는 2013년 대비 12.9% 증가한 것이다. 2020년에는 한국 체류 외국인의 숫자가 약 220만 명에 이르는 상황이며, UN 추산에 따르면 2050년에 우리나라에 거주하는 외국인은 1,350만 명에 이를 것이라고 한다. 이처럼 2000년 이후 이주노동자와 결혼이주여성 등의 외국인 체류자는 국내 인구증가율에 비해 훨씬 큰 폭의 증가추세를 보이고 있다. 정부 수립 후 체류 외국인이 1백만 명으로 증가하는 데 약 60년이 걸린 것과 달리 이후 200만 명이 넘을 때까지는 불과 수 년 밖에 걸리지 않았다.[13] 이처럼 이주민이 급속하게 증가한 것은 한국 사회가 다른 선진국처럼 '사회적 재생산의 위기'를 경험하고 있기 때문이다.[14]

12　정은경, 『디아스포라 문학』, 이룸, 2007, 12면.

13　김태환, 『다문화사회와 한국 이민정책의 이해』, 집사재, 2015, 92면. 국내 체류 외국인이 처음으로 100만 명을 넘어선 것은 2009년(110만 6천 884명)이며, 200만 명을 넘어선 것은 2018년(205만 4천 621명)이다.

14　김현미, 『우리는 모두 집을 떠난다』, 돌베개, 2015, 20면. 한국 사회는 지금 저출산·고령화 사회로 이행하며 성장이 둔화되기 시작했다. 생산가능 인구는 2016년 3천 7백만 명을 정점으로 감소하고, 2017년에는 65세 이상의 고령 인구가 유소년 인구를 초과하는 등 한국의 인구구조가 고령화될 것으로 예측되고 있다(김태환, 앞의 책, 92면). 이로 인해 이민을 더욱 적극적으로 받아들여야 한다는 주장이 강력하게 제기

지금 한국에는 이주노동자나 결혼이주여성 이외에도 3만 5천여 명에 이르는 탈북자들이 살고 있으며, 수십만 명에 이르는 결혼이주여성들의 자녀가 한국인으로 성장하고 있다. 통계청이 발표한 '2019년 다문화 인구동태 통계'에 따르면, 2019년 다문화 가정 출생아는 1만 7,939명으로 전체 출생아 중에서 5.9%의 비중을 차지한다. 이것은 전년 대비 0.4%가 올라간 수치이며, 관련 통계가 작성된 2008년 이래 가장 높은 비중이라고 할 수 있다. 또한 수많은 한국인들이 다양한 이유로 해외에 나가 생활하고 있다.

이러한 상황은 순혈주의적 단일민족신화에 사로잡힌 한국인들에게 민족적 정체성을 재고하도록 요구한다.[15] 따라서 근대의 강고화 된 민족 범주를 벗어나 우리 안에 나타난 타자들과의 관계 속에서 새로운 공동체를 구성하는 문제는 시급한 관제가 아닐 수 없다. 이주민들의 존재는 더 이상 혈통이나 영토에 의해 규정되는 민족의 개념을 넘어선 새로운 차원의 윤리와 정치를 우리에게 요구하고 있는 것이다.[16]

되고 있다. "이미 노동력 부족에 직면한 유럽의 국가들은 이민 확대로 난관을 극복하고 있다. 호주와 캐나다는 각각 28%와 21%에 달한다. 이보다 더 적극적인 싱가포르와 스위스는 이민자 비중이 43%, 29%인 반면 한국은 2.5%에 불과하다. 한국의 출생아 수는 1971년 102만 명이었으나 2014년 44만 명으로 급감했다. 이제 자연 증가로만 인구절벽을 극복하기 어렵다. 이민을 대폭 확대하지 않으면 마이너스 성장이 불가피해질 것이다. 따라서 한국은 연간 인구의 0.5%(25만 명) 정도를 과감하게 이민으로 받아들일 필요가 있다." 주명건, 「인구절벽 맞는 한국의 생존 전략은?」, 『중앙일보』, 2015.6.29.

15 민족은 객관적 요소들인 언어, 지역, 혈연, 문화, 정치, 경제, 역사와 주관적 요소인 민족 의식을 공통으로 갖는 집단이라 설명할 수 있다(신용하, 「민족 형성의 이론」, 신용하 편, 『민족이론』, 문학과지성사, 1985, 13~39면). 이 중에서도 민족을 구성하는 핵심요소는 언어와 혈연이다.

16 국민국가의 경계를 넘어선 이동이 보편화 된 시기에 이러한 이주민의 모습은 과거와 미래의 우리 자신이기도 하다. 츠베탕 토도로프는 현대 사회의 "우리 모두는 잠재적

해방 이후 다문화 현상은 주로 미국과 관련해서 나타났다. 한국전쟁은 수십 개국이 참여한 국제전의 성격을 지니고 있으며, 이후 수만 명의 미군이 상시적으로 대한민국에 존재해 오고 있다. 이러한 상황에서 한국은 혼혈아로 대표되는 다문화적 현상을 오랫동안 겪어 왔던 것이다. 한편으로는 단일민족신화를 강요하면서 다른 한편으로는 세계 초강대국의 절대적인 영향력 아래에서 살아야 했던 상황은 우리에게 굴절된 의식을 심어 주었다. 그것은 혼혈아에 대한 멸시와 미국(백인)에 대한 숭배로 나타났다.

이러한 굴절된 의식은 전성태의 「이미테이션」(『문학과사회』, 2008 겨울)에 잘 나타나 있다. 이 작품에서 대한민국의 학교는 단일민족신화를 강박적으로 교육한다. 고등학교 국사선생님이 읽으라고 강요하는 교과서에는 "우리 민족은 세계사에서 보기 드문 단일민족국가로서의 전통을 이어가고 있다"(117)[17]는 문장이 적혀 있으며, 초등학교 선생님은 "우리는 생김새가 서로 같고 같은 말과 글을 사용하는 단일민족"(117)이라고 설명한다. 이러한 상황에서 날 때부터 유난히 흰 피부와 누르스름한 곱슬머리를 타고난 주인공은, 어디를 가든 "양키 아니면 튀기"(116) 혹은 "아이노코"(118)라는 말을 듣는다. 고통스런 현실에서 벗어나기 위해 주인공은 "미국계 혼혈"(118)이 되기로 결심한다. 그는 한국 사회에서 온갖 고통을 겪던 혼혈아가 어느 날부터인가 완전히 미국인 행세를 하여 인생반전을 이룬 기사를 읽은 후에 혼혈아가 되기로 결심한 것이다. 그

인 외국인이나 다름없다"(츠베탕 토도로프, 김지현 역, 『민주주의 내부의 적』, 반비, 2012, 184면)고 주장한다.

17 앞으로 괄호 안 숫자는 인용된 작품의 면수를 의미한다.

는 자신의 이름을 기사 속 혼혈아의 이름인 게리 워커 존슨으로 바꾼다. 그리고서는 "미국 로컬 스쿨을 그대로 옮겨놓"(106)았다고 선전하는 영어 학원에서 원어민 강사 노릇을 하며 지낸다. 이러한 굴절된 의식은 백인에게 비참하게 차이고도 미국이나 호주로 유학가는 게 꿈인 미예에게서도 나타난다. 김재영의 「코끼리」(『창작과비평』, 2004 가을)에는 네팔에서 온 쿤이 "한국 사람들은 단일민족이라 외국인한테 거부감을 갖는다고?"(197)라며 질문하면서, 곧 "웃기는 소리 마. 미국 사람 앞에서는 안 그래. 친절하다 못해 비굴할 정도지"(197)라고 말하는 대목이 등장한다.

그러나 2000년대 이후 한국의 다문화 상황은 그 이전과는 비교도 할 수 없이 보다 전면적인 단계에 접어들었다. 이제 기존의 민족주의적 문학관을 넘어서는 문학 자장의 변동과 더불어 다문화 현실을 다룬 소설에 주목할 필요가 있다. 실제로도 2000년대 문학은 다문화 다인종 다언어 상황에 대하여 창작과 비평 양방면에서 활발한 논의를 보여주었다.[18] 2000년대 후반에 이르러서는 비평적 담론의 차원을 넘어 학문연구의 차원으로 그 수준이 한 단계 진전되고 있는 상황이다.

지금까지 다문화 소설에 대한 연구는 크게 네 가지 측면에서 이루어졌다. 첫 번째로는 대표작들을 꼼꼼하게 살펴본 작품론들이 있다. 송현호는 「코끼리」, 「이무기 사냥꾼」, 『잘 가라, 서커스』, 「조동옥 파비안느」,

---

[18] 2000년대 주요 문예지들은 다문화 상황에 대한 특집을 경쟁적으로 선보였다. 대표적인 것을 정리하면 다음과 같다. 「길 위의 인생-이동, 탈출, 유목」, 『문학동네』, 2006 겨울; 「이주노동자와 한국문학」, 『내일을 여는 작가』, 2006 겨울; 「아시아 문학-한국문학 안으로 들어온 아시아」, 『문학들』, 2007 봄; 「한국 속의 외국/외국인」, 『너머』, 2007 겨울; 「외국인이란 무엇인가」, 『세계의 문학』, 2008 겨울; 「혼종공간」, 『작가세계』, 2010 봄.

「가리봉 양꼬치」 등을 반영론적인 입장에서 살펴보고 있다.[19] 장미영은 천운영의 『잘 가라, 서커스』에서 국경을 넘나드는 경계적 존재들은 "국가, 민족이 규율하는 국민국가적 틀 대신 가변적 윤리 감각과 상상의 연대 감각을 통해 나름의 정체성을 구축하면서 새로운 삶의 전략을 모색"[20] 한다고 주장한다. 송명희는 공선옥의 「가리봉 연가」에 재현된 결혼이주여성을 살펴본 후, 공선옥은 "작중의 결혼이주여성이 겪는 문제를 개별 남성의 지배가 아니라 글로벌 자본주의 구조에서 발생하는 구조적 문제라는 인식을 갖고 작품을 썼다는 점에서 사회주의적 페미니즘 의식을 지닌 작가"[21]라고 결론 내린다. 송명희는 서성란의 「파프리카」를 분석하며 우리 사회에서 소외된 타자로 살아가는 베트남 여성들이 직면한 문제들을 날카롭게 드러냈다고 고평하고 있다.[22]

두 번째는 다양한 시각에서 다문화 소설을 탐구한 주제론적 시각의 논문들이 있다. 박정애는 젠더적 관점을 도입하여 박범신의 『나마스테』와 천운영의 『잘 가라, 서커스』에 나타난 다문화가족의 성별적 재현

---

19 송현호, 「「코끼리」에 나타난 이주 담론의 인문학적 연구」, 『현대소설연구』 42집, 한국현대소설학회, 2009.12, 229~252면; 송현호, 「「이무기 사냥꾼」에 나타난 이주 담론의 인문학적 연구」, 『한중인문학연구』 29집, 한중인문학회, 2010.4, 21~42면; 송현호, 「『잘 가라, 서커스』에 나타난 이주 담론의 인문학적 연구」, 『현대소설연구』 45호, 한국현대소설학회, 2010.12, 239~262면; 송현호, 「「조동욱, 파비안느」에 나타난 이주 담론의 인문학적 연구」, 『현대소설연구』 50집, 한국현대소설학회, 2012.8, 209~236면; 송현호, 「「가리봉 양꼬치」에 나타난 이주 담론 연구」, 『현대소설연구』 51집, 한국현대소설학회, 2012.12, 349~372면.

20 장미영, 「디아스포라문학과 트랜스내셔널리즘 (1)」, 『비평문학』 38집, 한국비평문학회, 2010.12, 455면.

21 송명희, 「다문화 소설 속에 재현된 결혼이주여성」, 『한어문교육』 25집, 한국언어문학교육학회, 2011.11, 149면.

22 송명희, 「다문화소설에 재현된 베트남 여성-서성란의 「파프리카」를 중심으로」, 『현대소설연구』 51집, 한국현대소설학회, 2012.12, 41~70면.

양상을 연구한 글에서, "외국 여성과 결혼한 한국 남성이 법적, 사회적으로 연민 / 지원의 대상이 될 때 외국 남성과 결혼한 한국 여성은 쉽사리 경멸과 증오의 대상으로 전락하고, 한국 남성과 결혼한 외국 여성이민자가 동화 / 포섭의 대상이 될 때 한국 여성의 배우자가 된 외국 남성노동자는 차별 / 배제의 대상이 된다는 사실"[23]을 밝혀내고 있다. 강진구는 결혼이주여성의 삶이 파국으로 끝나는 것, 결혼이주여성을 불평등한 국제노동분업의 이름 없는 부속품으로 여기거나 그 범죄의 희생양으로 이미지화하는 것, 이주여성들을 불임 또는 유산하는 여성으로재현함으로써 정주의 가능성을 차단해 버리는 것 등의 근거를 들어, 다문화소설에서 결혼이주여성이 "타자로 분류 관리"[24]된다고 지적한다. 연남경은『나마스테』,『잘 가라, 서커스』,『나의 이복형제들』에 나타난다문화 주체들이 이방인이라는 자리에서 벗어나 "선언, 탈주, 전복을꾀하는 정치적 주체"[25]로 변모하는 양상을 추적하고 있다. 이미림은「코끼리」,『완득이』,『이슬람 정육점』등의 작품을 다문화 성장소설이라는 관점에서 고찰하였다.[26]

세 번째는 다문화 소설을 유형화하고 앞으로의 전망을 제시하는 논의들이 있다. 우한용은 21세기 한국 사회의 중요한 특징으로 단일문화

---

23 박정애,「2000년대 한국소설에서 '다문화가족'의 성별적 재현 양상 연구」,『여성문학연구』22권, 한국여성문학학회, 2009, 93면.

24 강진구,「한국소설에 나타난 결혼이주여성의 재현 양상」,『다문화콘텐츠연구』11집, 중앙대 문화콘텐츠기술연구원, 2011.10, 171면.

25 연남경,「다문화 소설의 탈경계적 주체 연구」,『현대문학이론연구』49권, 현대문학이론학회, 2012, 222면.

26 이미림,「다문화성장소설연구」,『현대소설연구』51집, 한국현대소설학회, 2012.12, 373~401면.

주의가 다문화주의로 옮겨가는 것을 들고 있으며, 다문화 현상은 소설의 공간(영토) 확장, 새로운 문제적 인물들의 형상화, 다른 이념의 모색과 창출, 새로운 양식의 소설언어(문체) 형성, 새로운 비평방법의 정립 등을 가능케 할 것으로 전망한다.[27] 송현호는 다문화 현상을 다룬 소설의 유형을 주변인과 타자의 서사, 이주노동자의 서사, 외국인 이주민 2세의 정체성, 다문화 가정의 출현, 외국인 이주민 2세 교육의 서사로 나누어 살펴보고 있다.[28] 이정숙은 다문화 사회에서 지향해야 할 가치로 "자생력, 접목, 조화"[29] 등을 강조한다. 송희복은 한국 다문화 소설의 인물 유형을 심리적 내면 상황 속의 인간상, 사회적 의미로 확장된 인간상, 텍스트적 기능으로서의 인간상으로 나누어 살피고 있다.[30] 최병우는 이주민을 다룬 한국 현대소설을 이주민의 성격에 따라 이주노동자를 다룬 소설, 중국 동포를 다룬 소설, 결혼이주여성들을 다룬 소설, 탈북자를 다룬 소설로 나눈다. 이러한 이주민 소설의 문제점과 의의로는 "첫째, 이주민과 관련한 보다 다양한 문제들에 관심을 가지고 인간학적인 관점에서 그것이 갖는 의미를 해명하는데 노력을 기울일 필요가 있다. 둘째, 그간의 이주민을 제재로 한 소설이 갖는 이분법적 대립과 같은 편향성에 대해 일정한 반성이 필요하다. 셋째 이주민들의 삶과 내면

---

27 우한용, 「21세기 한국 사회의 다양성과 소설적 전망」, 『현대소설연구』 40집, 한국현대소설학회, 2009.4, 7~35면.

28 송현호, 「다문화 사회의 서사 유형과 서사 전략에 관한 연구」, 『현대소설연구』 44집, 한국현대소설학회, 2010.8, 171~198면.

29 이정숙, 「다문화 사회와 한국 현대소설」, 『한성어문학』 30권, 한성어문학회, 2011, 22면.

30 송희복, 「한국 다문화 소설의 세 가지 인물 유형 연구」, 『배달말』 47집, 배달말학회, 2010.12, 309~334면.

에 대한 인간학적인 이해를 통해 그들의 내밀한 세계를 바라볼 수 있는 노력이 필요하다"[31]고 정리한다.

마지막으로는 한국인이 이주민을 대하는 윤리적 태도에 대하여 살펴본 논의들이 있다. 이호규는 이응준의 「아마 늦은 여름이었을 거야」, 김연수의 「이등박문을, 쏘지 못하다」, 김인숙의 「바다와 나비」 등을 검토한 후에, "한국 현대문학에 있어서 조선족은 주체적 면에서나 그와 결부되는 현실적 문제인식에 있어서 아직 본격적으로 소설적 대상이나 주제로 다루어지지 못하고 있음을 알 수 있다"[32]고 결론 내린다.[33] 오윤호는 2000년대 소설이 외국인 이주자의 삶을 사실주의적으로 그렸다는 점은 인정할만하지만, "외국인 노동자의 삶을 '가난'과 결부시킴으로써 그들의 소외되고 왜곡된 삶이 비판적 문제의식보다는 연민과 동정을 불러일으킨다"[34]고 지적한다. 임경순은 "다문화 소설들이 보여주

---

31 최병우, 「한국 현대소설에 나타난 이주의 인간학」, 『현대소설연구』 51집, 한국현대소설학회, 2012.12, 9면.

32 이호규, 「'타자'로서의 발견, '우리'로서의 자각과 확인―2000년대 이후 한국소설에 나타난 조선족의 양상 연구」, 『현대문학의 연구』 36집, 한국문학연구학회, 2008.10, 173면.

33 다문화 소설 중에서도 중국 동포가 등장하는 소설에 대한 연구가 가장 활발하게 이루어졌다. 이것은 실제의 사회적·문학적 현실을 반영한 결과이다. 2011년 말 체류외국인 중 중국 동포는 33.7%(470,570명)에 이르고, 결혼 이민자 중 20.1%(29,184명)에 이를 정도로 높은 비중을 차지한다(김세령, 「2000년대 이후 한국소설에 재현된 조선족 이주민」, 『우리문학연구』 37집, 우리문학회, 2012.10, 431면에서 재인용). 또한 창작된 작품의 양에 있어서도 중국 동포 이주민들을 다룬 소설이 가장 많이 창작되었다. 중국 동포와 고려인 등 해외 동포의 귀환 이주는 2007년 방문취업제를 통해 합법화되었다(김현미, 앞의 책, 21~24면).

34 오윤호, 「디아스포라의 플롯―2000년대 소설에 형상화된 다문화 사회의 외국인 이주자」, 『시학과 언어학』 17호, 시학과 언어학회, 2009.8, 247면. 오윤호는 다른 글에서도 위와 같은 입장을 드러내고 있다. "한국인의 입장에서 외국인 이주자를 바라본다는 점에서 정치적, 경제적으로 '우월한 시선'이 서술과정에 내재하면서 인종적

고 있는 타자들의 실상은 대개 주류로서의 한국인 대 비주류로서의 외국인이라는 도식적인 틀 속에서 이루어진 동화와 배제의 관계에서 크게 벗어나지 못하고 있다"[35]고 주장한다. 허병식 역시 "타자에 대한 서사가 그들의 권리에 대한 주장을 대신 들려주는 것을 넘어서 타자에 대한 직접적 열림 속에 뿌리를 내릴 때, 타자의 윤리는 '관용'을 넘어 나아갈 수 있을 것이다"[36]라고 말한다. 김세령은 2000년대 이후 한국소설에 재현된 중국 동포 이주민의 정형화 양상과 소수자 간의 소통 가능성과 불통의 현실이 갖는 의의와 한계를 검토하고 있다. 이 논의를 통해 지금까지 창작된 다문화소설들은 "새로운 '다문화' 주체로서 '조선족 이주민'을 다루기보다는 타자화된 주변인으로서 형상화하고 있으며, 탈주와 균열의 조짐을 보이고 있기는 하지만 대부분 무기력한 현실 순응이나 소수자들 간의 공감이나 연민에 머물고 있다는 한계를 갖는다"고 결론 내린다.[37]

그러나 2000년대에 창작된 다문화 소설에서 한국인이 이주민을 대하는 태도는 단순하게 타자화만으로 설명할 수는 없다. 타자화 이외에도 그와는 다른 관계 맺기의 태도도 빈번하게 나타나기 때문이다.[38] 이

편파성이나 왜곡된 동정주의가 나타나기도 한다"(「외국인 이주자의 형상화와 우리 안의 타자 담론」, 『현대문학이론연구』 40집, 현대문학이론학회, 2010, 244면)는 것이다.

35 임경순, 「다문화시대 소설(문학)교육의 한 방향」, 『문학교육학』 36호, 한국문학교육학회, 2011, 405면.

36 허병식, 「2000년대 한국소설에 나타난 다문화주의와 정체성 정치 비판」, 『다문화와 평화』 6집 1호, 성결대 다문화평화연구소, 2012, 81면.

37 김세령, 앞의 글, 461면.

38 이 글에서 타자(other)는 서양철학과 문화담론에서 일반적으로 사용되듯이, '본질적인 것에 대립하는 비본질적인 것'이라는 의미로 사용하였다. 남성을 주체로 상정했을 때 성립하는 여성이라는 범주가 타자의 대표적인 예라고 할 수 있다. 시몬느 드

저서는 한국인과 이주민이 관계 맺는 양상을 가능한 종합적으로 탐구하고자 한다. 3장과 4장에서는 결혼이주여성을, 5장에서는 이주노동자를, 6・7・8장에서는 탈북자를 중심으로 논의를 진행하였다. 이 책은 일반적으로 다문화 소설이라 일컬어지는 작품들은 물론이고, 전지구적인 차원에서 벌어지고 있는 다문화적 상황을 반영한 작품들도 적극적으로 살펴보고자 하였다. 나아가 한국의 다문화적 상황이 작가의 상상력이나 사유에 가져다 준 변화를 반영한 소설들까지 연구의 대상에 포함시켰다. 특히 2장은 저자가 나름의 심혈을 기울인 부분이다. 최근 다문화 소설과 그에 대한 연구는 우리와는 무관한 타자의 이야기로 게토ghetto화 되는 경향이 있다. 그러나 우리 사회의 이주민들이 겪는 이야기는 '나'의 이야기이자, 우리 모두의 이야기일 수밖에 없다. 이것은 20세기 이후 인류의 삶 자체가 이주를 변수가 아닌 상수로서 경험하며 살게 된 것과 관련된다. 일제 말기의 대표적인 소설인 김사량의 「빛 속으로」와 21세기 다문화 소설의 대표작인 김려령의 『완득이』를 나란히 놓고 보면, 그 유사성에 놀라지 않을 수 없다. 이러한 유사성이야말로 다문화 소설에 지속적인 관심을 가져야 하는 핵심적인 이유임에 분명하다. 나아가 다문화 소설에 대한 관심은 20세기 한국문학의 민족(주의)지향을 상대화하는 소극적인 차원에만 머무는 것은 아니다. 다문화 소설은 근대문학의 죽음에 대항하는 새로운 가능성의 장일 수 있으며, 새로운 공동체적

보부아르는 "그녀는(여성은) 남성과의 관계에서 정의되고 차이화되지만, 남성이 여성과의 관계에서 정의되고 차이화되지는 않는다. 그녀는 우발적인 것, 본질적인 것에 대립되는 비본질적인 것이다. 그는 주체이고 절대이다. 그녀는 타자다. 타자라는 범주는 의식 자체만큼이나 원초적인 것이다"(시몬느 드 보부아르, 이용호 역, 『제2의 성』, 을유문화사, 1978)라고 주장하였다.

주체와 가능성을 탐색하는 적극적인 정치의 장일 수 있다. 이 책이 그러한 역할을 충실히 수행했다고 자부할 수는 없지만, 최소한 논의의 작은 기회라도 마련할 수 있기를 진심으로 바래본다.

2장
'너'의 이야기가 아닌 '나'의 이야기
그리고 '우리'의 이야기

1. 서론

한국은 2000년대 이후 급격하게 다문화 사회로 접어들고 있다. 제3
세계 출신의 이주 노동자, 중국 동포 이주민, 결혼 이민자, 탈북자 등이
단일민족 신화를 견고하게 유지해 온 한국사회에 밀물처럼 유입되고
있는 것이다. 2016년 기준 한국에는 204만 명이 넘는 이주민들이 살고
있으며, 이는 전체 한국 인구의 4%를 넘는 수치이다. 이러한 상황에서
다문화 현상에 대한 사회학적 분석이 적지 않게 이루어졌으며, 다문화
현상을 다룬 작품들도 활발하게 창작되었다. 이러한 다문화 소설들에
대해서는 탈식민주의적 관점, 윤리적 관점, 페미니즘적 관점 등에서 다
양하게 연구가 진행되었다.

이 글에서는 보다 통시적인 시각에서 지금의 다문화 상황과 다문화
소설을 바라보고자 한다. 이러한 시도는 20세기 이후 본격화된 이주라
는 큰 틀에서 다문화 소설을 조망해보고자 하는 의도에서 비롯된다. 이

러한 연구가 필요한 이유는 다문화 소설을 단지 외국인의 국내 이주 immigration라는 관점에서만 바라볼 경우, 원치 않게 다문화 서사와 이에 대한 연구가 우리와는 정서적으로나 인식적으로 거리가 먼 타자의 이야기로 고착될 수 있기 때문이다. 실제로 이러한 연구가 한국인의 직접적인 삶과 무관하게 게토화된 연구 영역으로 분리되는 현상도 나타나고 있다.

그러나 이주라는 보다 큰 시각으로 바라본다면, 이주민의 문제는 결코 타인의 이야기가 아닌 우리의 이야기이다. 20세기부터 본격화된 한국인의 해외 이주 emigration로 인해 현재 중국에 250만, 미국에 210만, 일본에 90만의 교포가 거주하고 있다. 이들은 대체로 주변인으로 설움을 받으면서 살아왔거나 살고 있다. 외국인에 대한 편견, 낮은 임금과 열악한 노동 현실, 다문화 가정의 문화 갈등과 정체성 혼란 등은 한국인의 해외 이주 서사와 외국인의 국내 이주 서사에 공통적으로 나타나는 특징이다. 따라서 해외 이주 서사와 국내 이주 서사를 통합적으로 연구하는 것은, 각각의 서사가 지닌 특징을 보다 선명하게 드러내는 것은 물론이고 다문화 사회에 필요한 따뜻하고 열린 시각을 확보하는데도 도움을 줄 것으로 판단된다. 이 논문에서는 통합적 연구를 위한 시론적試論的 작업으로 한국인의 해외이주가 활발했던 일제 말기[1]의 대표작인 김사량의 「빛 속으로」(『문예수도』, 1939.10)[2]와 2000년대 다문화 소설 중

---

[1] 일제 시기 재일 한국인에 대한 통계를 보면 1911년에 2,527명에 불과했던 것이, 중일 전쟁 발발 이후인 1938년에는 799,878명으로 늘어나고 1944년에는 무려 1,936,843명에 이른다. 이것은 일제가 전쟁 수행을 위해 한국인들을 징용 등의 방법으로 적극적으로 일본에 유입시킨 결과라고 할 수 있다. 尹健次, 박진우·박이진·남상욱·황익구·김병진 역, 『자이니치의 정신사』, 한겨레출판, 2016, 21~59면.

에 가장 폭넓은 주목을 받은 김려령의 「완득이」(창비, 2008)[3]를 비교해 보고자 한다.

　두 작품에 나타난 공통점과 차이점을 살펴보는 작업은 일차적으로 김사량 소설과 다문화 소설을 이해하는 하나의 시각을 마련할 수 있을 것으로 판단된다. 서로는 서로에게 거울이 되어, 다문화 소설과 김사량 소설이 지닌 여러 가지 특징과 의의 혹은 한계 등을 조명해 줄 것이다. 나아가 그러한 텍스트를 낳은 시대 정신과 담론의 시대별 특징을 보여주는 하나의 기준점이 될 수도 있다. 또한 다문화 소설이 창작되는 2000년대 한국의 상황과 김사량의 재일조선인 소설이 창작되던 일본의 상황을 간접적으로 비교해볼 수 있는 중요한 시각을 제공할 수도 있을 것이다.

　김사량의 「빛 속으로」는 처음 일본어로 일본에서 작품 활동을 한 김사량의 정치적 입장과 관련하여 논의되었다. 최현식은 「빛 속으로」를 분석하며 '국민문학'이 추구하는 바의 식민주의적 동일성, 정치적으로는 대동아공영을 앞세운 신체제론의 허구성을 드러내는 동시에, 그것이 결코 포섭할 수 없는 오히려 식민주의에 의해 더욱 강화되는 조선적 특수성(차이성과 이질성)을 예각적으로 드러내는 "혼종적 저항"[4]에 해당

2　김사량의 일본어 작품 중에는 재일 조선인의 삶을 다룬 것들이 적지 않다. 「빛 속으로」(『문예수도』, 1939.10), 「무궁일가」(『개조』, 1940.9), 「광명」(『문학계』, 1941.2), 「호랑이 수염」(『약초』, 1941.5), 「벌레」(『신조』, 1941.7), 「십장꼽새」(『신조』, 1942.1)를 대표적으로 들 수 있다.

3　김려령의 「완득이」는 많은 연구자들의 주목을 받았다. 또한 출간된 2008년에만 20만 권이 넘는 판매부수를 기록하였으며, 이후에도 스테디셀러의 지위를 유지하고 있다. 2011년에는 영화로 만들어져 무려 530만 명이 넘는 관객을 동원하였다.

4　최현식, 「혼혈/혼종과 주체의 문제」, 『민족문학사연구』 23, 민족문학사학회, 2003.12, 161면.

한다고 보았다. 권나영은 「빛 속으로」가 "(문화적) 재현이라는 난제에 대한 제스처이며 제국의 불균등한 맥락에 동화되어야 하는 식민지 주체들이 지닌 불만의 제스처"[5]를 드러냈다고 주장한다.

이후에는 등장인물인 남 선생南先生의 정체성에 초점을 맞춘 논의들이 많이 이루어졌다. 박종명·김주영은 「빛 속으로」가 야마다 하루오의 '시선'에 포착된 남 선생의 '자기윤리'를 서술한 소설이며, 이 때의 자기윤리란 "조국을 잃은 조선인 청년이 일본인과 혼동되며 사는 데에 따르는 부정적인 자기상에 대한 반성적 자기인식"[6]을 의미한다고 보았다. 이후에도 비슷한 논리로 김주영은 「빛 속으로」가 "일본인 이름을 내건 조선인 지식청년의 반성문 형식을 띠면서 역설적으로 일본 제국의 균열된 모습을 철저히 그려낸"[7]다고 평가한다. 김지영은 「빛 속으로」가 남 선생이 일본에 살면서 "윤리적 의식뿐만 아니라 조선적인 것을 잃어가는 스스로의 모습을 반성하고 되찾으려"는 모습을 보여주는 소설이라고 주장한다.[8] 오태영은 「빛 속으로」를 "제국-식민지 체제 하 조선인의 일본인으로서의 자기 정체성 구축의 불가능성"[9]을 나타내는 작품으

---

5   권나영, 정재원 역, 「제국, 민족, 그리고 소수자 작가」, 『한국문학연구』 37, 동국대학교 한국문학연구소, 2009.12, 233면. 이 때의 '재현난제'는 식민지 작가들이 "'진실'해야 한다는 부담을 느끼면서도 작가가 스스로 그렇게 할 수 없을 것이라고 인식하는 태도"(226)를 말하며, 이것은 작가가 "동포의 역경에 대해 이야기하려는 내면화된 민족의 요구와 제국의 소비를 위해 이국적이면서 '진실한' 변형을 바라는 일본 독자의 요구 사이에 갈힘으로써"(243) 발생한다고 볼 수 있다.

6   박종명·김주영, 「식민지 지식청년의 '자기윤리'」, 『일본어교육』 55, 한국일본어교육학회, 2011.3, 232면.

7   김주영, 「김사량의 「빛 속으로」를 통해 본 균열의 제국」, 『세계문학비교연구』 37, 한국세계문학비교학회, 2011, 52면.

8   김지영, 「제국과 식민지/일상에서의 혼종」, 『한국현대문학연구』 41, 한국현대문학회, 2013, 323면.

로 보았다. 김보애는 「빛 속으로」가 "하루오의 균열된 이중성을 표현하면서 '내선결혼'의 구조적인 불평등의 문제점과 창씨개명의 부당함을 호소"하는 소설인 동시에 "식민지 지식인으로 살아가면서 김사량이 느꼈던 위선과 비굴함"[10]을 나타낸 소설이라고 주장한다. 김석희는 「빛 속으로」가 가책, 폭로, 고백 장면의 서술방식을 통해 윤리의식을 고찰함으로써 식민지인의 당사자성에 접근하고 있으며, 이 때의 "식민지인의 당사자성은 자신의 민족적 아이덴티티를 외부로 드러낼 것인가, 감출 것인가 하는 문제를 둘러싼 윤리의식"[11]과 관련된다고 말한다.[12]

김려령의 『완득이』에 대한 연구는 청소년 문학과 관련된 논의,[13] 다문화 교육과 관련한 논의,[14] 영화화와 관련된 논의[15] 등으로 나누어 볼

---

9 오태영, 「제국-식민지 체제의 생명정치, 비체(卑體)의 표상들」, 『동악어문학』 61, 동악어문학회, 2013.8, 57면.

10 김보애, 「김사량의 소설에 나타나는 '빛과 어둠'—「빛 속으로」를 중심으로」, 『일본문화학보』 69, 한국일본문화학회, 2016.5, 212면.

11 김석희, 「식민지인의 가책과 폭로의 구조」, 『일어일문학연구』 71, 한국일어일문학회, 2016.8, 270면.

12 이외에도 김응교는 「빛 속으로」의 주요한 풍속인 창씨개명, 스사키, 마쓰자카야 백화점, 카레라이스, 우에노 공원 등이 소설 내에서 지니는 독특한 의미를 고찰하고 있다. (김응교, 「김사량 「빛 속으로」의 이름·지기미·도시유람」, 『민족문학사연구』 21, 민족문학사학회, 2002, 382~406면) 김혜연은 「빛 속으로」가 이중언어의 갈등을 근대성으로 초극했다고 설명한다.(김혜연, 「김사량의 「빛 속에」의 근대성 연구」, 『배달말』 46, 배달말학회, 2010, 193~217면)

13 김화선, 「청소년문학에 나타난 '성장'의 문제:김려령의 『완득이』를 중심으로」, 『아동청소년문학연구』 3, 한국아동청소년문학학회, 2008, 279~300면, 오홍진, 「소설의 재미와 성장의 교훈」, 『어린이책이야기』 3, 2008, 125~134면.

14 김미영, 「다문화 사회와 소설교육의 한 방법 : 김려령의 『완득이』를 중심으로」, 『한국언어문화』 42, 한국언어문화학회, 2010, 75~100면, 김혜영, 「다문화 시대의 독서 교육 : 완득이를 중심으로」, 『사고와 표현』 4, 한국사고와표현학회, 2011, 121~150면.

15 황영미, 「「완득이」의 서술전략과 영화화 연구」, 『돈암어문학』 24, 돈암어문학회, 2011, 281~308면, 김효정, 「장르별 표현방식과 의미구성의 차이—소설 「완득이」와 영화

수 있다.[16] 본고와 마찬가지로 트랜스내셔널한 문제의식을 보여주는 논의로는 허정의 논문을 들 수 있다. 이 논문은 다문화주의와 관련한 「완득이」의 성취와 문제점을 꼼꼼하게 정리하고 있다. 성취로는 "이주민·다문화인을 비롯하여 한국사회에서 소수자들이 당하는 차별상을 포착"한 것과 "공존의 공동체를 만들기 위해 한국인의 배려와 노력 못지않게 이주민·다문화인들의 노력도 필요하다"[17]는 것을 드러낸 점을 꼽았다. 문제점으로는 한국인과 이주민·다문화인 사이의 위계를 극복하지 못한 점, 다문화인이 가져야 할 기준을 매우 높게 제시하고 다문화인의 범주를 협소하게 제시한 점, 현실의 골 깊은 갈등을 외면하고 낭만적 결론을 내린 점, 이주민을 연민의 대상으로 보고 다문화인의 형상화에 실패한 점을 들고 있다.[18] 이영아는 「완득이」가 이룬 성취에 주목하여 "등장인물들에게 내재해 있는 '차이'가 타자화되지 않고" 있으며, "이질적인 힘들이 소통하여 등장인물들이 상호주체임이 증명"[19]된다는 점을 긍정적으로 평가하였다.

「빛 속으로」와 「완득이」는 70년의 시간적 차이가 있지만 놀라울 정도의 유사성을 보여준다. 두 작품의 유사성은 중심인물을 기준으로 하여 표로 나타내면 다음과 같다.

「완득이」를 중심으로」, 『한국말글학』 29, 한국말글학회, 2012, 1~29면.

16 이외에도 정신분석적 방법으로 「완득이」를 분석한 오세란의 연구(「「완득이」의 정신분석적 접근」, 『어문논총』 29, 전남대학교 한국어문학연구소, 2016.8, 165~188면)도 있다.

17 허정, 「「완득이」를 통해 본 한국 다문화주의」, 『다문화콘텐츠연구』 12, 중앙대학교 문화콘텐츠기술연구원, 2012.4, 96면.

18 위의 논문, 117~133면.

19 이영아, 「「완득이」에 나타난 다문화 사회에서의 '차이' 형상화 연구」, 『동아시아문화연구』 62, 한양대학교 동아시아문화연구소, 2015.8, 205~228면.

	자식	어머니	아버지	선생님
「빛 속으로」	야마다 하루오	정순(조선인)	한베에	南先生
「완득이」	도완득	베트남 출신 어머니	도정복	이동주

　두 소설 모두 이주민을 어머니로 둔 혼혈 소년을 내세우고 있으며, 그들을 어둠의 세계에서 빛의 세계로 인도하는 선생님이 등장한다. 「빛 속으로」는 일제 말기의 일본을 배경으로 야마다 하루오라는 혼혈인 소년과 남 선생이라는 조선인이 자신의 민족적 정체성을 고민하는 내용을 담고 있다. 「완득이」는 2000년대 초반, 서울 변두리의 옥탑방에 사는 도완득이라는 고등학생을 주인공으로 내세운 소설이다. 이 작품에서 베트남 출신 어머니와 한국인 아버지 사이에서 태어난 도완득은 혼혈아인 야마다 하루오에 대응되며, 어둠 속에 방치된 완득이를 사회로 이끌어주는 동주 선생은 남 선생에 대응된다. 완득이는 한국 사회에서 베트남 출신 어머니와 가난한 난쟁이 아버지 사이에서 태어나 소외된 삶을 살아가지만, 동주 선생의 헌신적인 노력을 통해 한국 사회의 일원으로 한걸음 다가가게 되는 것이다. 본고는 작품 속의 등장인물들을 중심으로 비교 작업을 수행하고자 한다.

2. 소외된 다문화가정 2세들의 성장

— 야마다 하루오와 완득이의 비교

「빛 속으로」의 하루오나 「완득이」의 완득이는 모두 혼혈소년으로서 주류사회의 변두리로 밀려나 소외된 삶을 살아간다. 「빛 속으로」의 남선생[20]은 제국대학 학생으로 세틀먼트settlement에서 빈민가의 아이들을 가르친다. 그런데 세틀먼트에 다니는 야마다 하루오라는 소년이 "다른 아이들 무리에 들어가려고 하지도 않고 항상"[21] 남 선생의 주위를 맴돈다. 하루오는 "애정을 주려고 하지 않았고 또 받으려고도 하지 않는 것처럼 보였다"(11)거나 "상대가 아무리 다정하게 대해도 항상 의심이 깊었다"(20)고 이야기될 만큼 주위로부터 소외되어 있다.

이처럼 하루오가 소외된 삶을 사는 이유는 그가 조선인의 피를 가진 조선인 어머니 정순과 일본인 한베 사이에서 태어난 혼혈아이기 때문이다. 하루오는 혼혈인이기 때문에 일본인 선생님으로부터 "이 조센진 녀석 틀려먹었군. 소학교에 넣어준 것만도 감사하라고"(22)라는 폭언을 감당해야만 한다. 이런 상황에서 하루오가 삶의 방법으로 선택한 것은 자기 안의 '조선적인 것'을 철저하게 억압하는 것이다. 하루오가 남

---

20 이 글에서는 '남선생'이나 '미나미센세' 대신 '南先生'으로 표기하고자 한다. '南先生'은 한국식으로는 '남선생'이라고 발음되고, 일본식으로는 '미나미센세'로 발음된다. '南先生'은 '남선생'과 '미나미센세' 사이에서 혼들리는 정체성을 지닌 존재로 형상화되고 있으며, 이러한 양가성을 표현하기 위해 '南先生'으로 표기하고자 한다.

21 김사량, 김재용·곽형덕 편역, 「빛 속으로」, 『김사량, 작품과 연구3』, 역락, 2013, 11면. 앞으로의 인용시 본문중에 면수만 기록하기로 한다. 「빛 속으로」는 1939년 10월 『문예수도(文藝首都)』에 처음으로 발표되었고, 제10회 아쿠카가와상 후보작이 되면서 『문예춘추(文藝春秋)』에 전재된다. 김재용·곽형덕 편역본은 『문예춘추』판을 저본으로 한 것이다.

선생과 조선인 청년 이후의 대화를 엿듣고는, "선생님은 조센진이야"(17)라며 소리지르는 것이나, 이후에도 "조센진 자바레, 자바레"(18)라고 소리치거나 "조센진 멍청이!"(19)라고 말하는 것도 모두 '조선적인 것'을 부정하는 것과 연결된다. 하루오가 자기 안의 '조선적인 것'을 거부하는 가장 극단적인 모습은 조선인 어머니를 부인하는 방식으로 드러난다. 처음 하루오는 깡패에 가까운 아버지 한베에게 얻어맞아 병원에 입원한 어머니를 문병하는 것조차 거부하는 것이다.

그러나 하루오가 남 선생을 "의혹에 찬 눈초리로 감시하면서 따라다"(18)니는 행동 이면에는 커다란 애정이 존재한다. "그는 나를 처음본 순간부터 조선인이 아닐까에 대해 의심하면서도 내 뒤를 줄곧 따라온 것이 아닌가. 그것은 확실히 나에 대한 애정이다. '어머니 것'에 대한 무의식적인 그리움이리라"(29)라는 부분에서 알 수 있듯이, 하루오가 남 선생의 주위를 맴도는 이유는 남 선생 역시 조선인이 아닐까 하는 의심(기대)을 하고 있기 때문이다. 하루오는 세틀먼트의 다른 아이들이 고원캠프체험을 하러 갈 때도, 남 선생이 당번으로 못 간다는 말에 "그럼 나도 안가요"(21)라고 대꾸할 정도로 남 선생에게 크게 의지한다. 다음의 인용문에서 알 수 있듯이, 하루오의 남 선생에 대한 애정은 어머니에 대한 애정에 연결되는 것이다.

나는 그의 마음속 세계에도 이러한 아름다운 것이 잠재해 있음이 틀림없다고 생각했다. 모친에 대한 본능적인 애정이 어떻게 이 소년에게만 없다고 생각할 수 있겠는가. 그는 다만 비뚤어져 있는 것에 지나지 않는다. 나는 근처 사람들로부터 고통받고 배척당한 한 명의 동족 여인을 상상했다. 그리고 내지인의 피와 조선인의 피를 받은 한 소년 안에 조화되지 않은 이원적인 것의 분열이 불러온 비극을 생각했다. '아버지 것'에 대한 조건 없는 헌신과 '어머니 것'에 대한 맹목적인 거부, 그 두 가지가 언제나 상극하고 있는 것이리라. 더구나 그는 빈곤에 허덕이며 생활하면서 어머니가 품고 있는 애정의 세계로 자연스럽게 스며들지 못했음이 틀림없다. 그는 마음놓고 어머니 품에 안길 수 없었을 것이다. 하지만 '어머니 것'에 대한 맹목적인 거부 속에도 역시 어머니에 대한 따뜻한 숨결은 생동하고 있던 것이리라. 그가 조선인을 보고 거의 동물적으로 커다란 소리로 "조센진 조센진" 하고 말할 수밖에 없는 기분을, 나도 어렴풋이나마 이해하지 못한 것은 아니었다. (29)

완득이도 사회로부터 소외된 존재라는 점에서는 하루오와 일치한다. 완득이는 "그냥 다 속에 담고 산다는 거예요. 누가 먼저 말을 걸지 않으면 하루 종일 한마디도 안 한 대요"[22]라는 말에서 알 수 있듯이, 자폐적인 삶을 살고 있다. 완득이는 "조용히 살자"는 "인생 철학"(67)을 지니고 있는데, 이것은 완득이가 소외를 하나의 숙명으로 받아들였음을 보여준다. 이것은 "언젠가부터 혼자 끓여 먹던 라면. 냄비에 넘쳐흐르던 밥물. 젖은 가스레인지. 나 산 대로라…… 좆같이 살았네"(47)라는 말처럼, 사회적 차별과 편견이 완득이에게 강제한 것이라고 할 수 있다. 완득이는 어머니 없이 카바레에서 심부름을 하며 자랐고, 지금도 고등학생의 신분으로 주말에는 숯불갈비집에서 아르바이트를 한다.

이처럼 완득이가 소외된 삶을 살게 된 이유는 아버지와 어머니 양쪽

---

22 김려령, 『완득이』, 창비, 2008, 171면. 앞으로의 인용시 본문중에 면수만 기록하기로 한다.

에 모두 관련되어 있다. 난쟁이라는 약소자의 정체성을 가진 아버지와 베트남 출신이라는 타자적 정체성을 지닌 어머니로 인해 완득이는 소외된 삶을 살게 된 것이다. 이러한 부모들의 존재상황은 가난이라는 문제를 자연스럽게 야기한다. 다음의 인용문에는 난쟁이 아버지를 둔 완득이의 고통이 잘 드러나 있다.

> "얘 아버지는 난쟁인데, 이 새끼는 좆나게 잘 커요."
>
> 나를, 그냥 나로 보게 하기를 원천 봉쇄했던 양아치들.
>
> "네 아버지 난쟁이라며?"
>
> 심심하고 마땅히 놀릴 거리가 없을 때 유용하게 써먹던 인간들. (196)

또한 완득이는 싸움꾼으로 이름이 났는데, 완득이가 싸우는 경우는 "단지 아버지를 난쟁이라고 놀린 놈들만 두들겨 팼다"(11)는 말에서 알 수 있듯이 아버지의 장애와 관련한 놀림을 당했을 때로 한정된다.[23] 완득이는 "아버지를 난쟁이라고 놀리지만 않았다면 싸우지 않"(122)는 소년인 것이다.

그러나 아버지와 관련된 것은 완득이가 지닌 상처의 한 가지에 불과하다. 어머니와 관련된 상처는 너무나 심각한 것이기 때문에 발화될 수조차 없다. "아버지는 어머니에 대해 한 번도 말한 적 없고, 나도 물은 적 없다"(41)고 서술되는 것이다. 처음 만난 후에 완득이는 아버지에게 "베트남 사람이데요"(80)라고 말할 정도로 어머니의 출신국가조차 모

---

23 실제로 완득이는 앞집 아저씨가 아버지와 삼촌을 보고 "웬 병신들이 떼거지로 나왔어?"(52)라고 말하자 폭력을 행사한다.

른다. 아버지에 대한 완득이의 의식이 표면화되어 있는 것과 달리, 어머니에 대한 완득이의 의식은 완전히 억압되어 있는 것이다.

두 소설은 하루오와 완득이의 소외된 삶을 재현하는 것으로 시종하지는 않는다. 오히려 그 소외와 어둠을 뚫고 새롭게 성장하는 모습을 서사의 기본 줄기로 삼고 있다. 이들의 성장은 각각 무용가와 킥복싱 선수의 꿈을 키워가는 것과 더불어 자신의 어머니를 인정하고 받아들이는 것으로 구체화된다. 「빛 속으로」에서 하루오는 어머니 정순을 처음에는 완강하게 거부한다. 피 흘리는 어머니를 모른체 하거나, 병문안 가기를 꺼려하는 모습에서 하루오가 얼마나 철저하게 자신의 어머니를 부인하는지 확인할 수 있다. 그러나 나중에는 평소 어머니가 지혈제로 사용하던 담배를 가지고 어머니의 병문안을 간다.

완득이 역시 하루오만큼은 아니지만 처음 어머니를 거부한다. 어머니와의 만남을 주선하는 동주선생에게 저항하는 것이다.[24] 완득이는 동주 선생이 "정 싫다면 할 수 없지. 새끼가 은근히 쪼잔해"(58)라고 말할 정도로 어머니와의 만남을 꺼린다. 처음 완득이는 어머니를 "그분"이라고 칭하며, "똑바로"(77) 보지도 않는다. 그러나 완득이는 곧 어머니를 이해하고 받아들인다.[25]

---

24 다음의 대화에는 어머니와의 만남에 무관심한체 하는 완득이의 모습이 잘 나타나 있다.
 "널 보고 싶어 한다."
 "아버지한테 물어보세요."
 "널 보고 싶어 한다니까."
 "그러니까 아버지한테 물어보시라고요."
 "새끼야. 널 보고 싶어 한다고!"
 "몇 번을 말해요! 아버지한테 먼저 물어보라잖아요!"
 "그래, 새끼야, 너 좆나게 효자다. 나, 간다." (47)
25 완득이가 처음으로 "그분"을 "어머니"라고 부르는 것은, 어머니의 정체를 궁금해하

어머니에 대한 거부의 정도는 하루오가 완득이보다 훨씬 크다. 표면적으로 이러한 차이는 하루오가 완득이보다 어린 나이이며, 조선인 어머니를 학대하는 아버지 한베가 하루오에게 큰 영향을 미쳤기 때문일 수 있다. 그러나 근본적인 차원에서 이러한 차이는 식민지 시기에 조선인이 받은 억압이 다문화 시대의 이주민보다 심각하다는 것을 반영하는 것이다. 기본적으로 어둠속에 방치된 삶을 산다는 면에서 하루오와 완득이는 비슷하지만 그 강도는 하루오가 더욱 심하다. 주위에 전교 1등의 정윤하와 같은 한국인 친구가 존재하는 완득이와 달리 하루오의 주위에는 단 한 명의 일본인 친구도 존재하지 않는다.[26] 소풍갈 때 혼자만 남겨진 모습을 통해서 외톨이인 야마다 하루오의 모습을 분명히 확인할 수 있다.

「빛 속으로」에서 하루오가 무용가가 되는 것을 꿈꾸는 것으로 작품이 끝난다면, 「완득이」에서는 싸움꾼 완득이가 킥복싱 선수가 되는 과정까지 직접 형상화된다. 킥복싱 선수가 되는 것은 "여태 세상 뒤에 숨어 있던 완득이가, 운동하면서 밖으로 나오고 있잖아요"(171)라는 말에서 알 수 있듯이, 완득이가 세상으로 나오는 것을 의미한다. 동시에 "상대에 대한 배려를 잊지 말고 매너 있게 경기"(122)하는 것이 싸움과 스포츠의 차이라는 관장의 말처럼, 싸움꾼에서 킥복싱 선수가 되는 것은 완득이가 세상살이에 필요한 '매너'를 배우는 과정이기도 하다.

는 앞집 아저씨에게 어머니라고 말하는 순간이다. "제…… 어머니십니다"(179)라고 말하는 순간은 "목에 콱 박혀서 나오지 않는 말을 가래 뱉듯이 힘들게"(179) 한 것으로 묘사된다.

26 정윤하가 준호와의 일로 인해 학교에서 "왕따"(92)가 되어 있다는 것도 고려 사항이기는 하다.

3. 조선인과 베트남인이라는 하위주체

— 정순과 완득이 어머니의 비교

「빛 속으로」에서 야마다의 엄마인 정순은 일제 말기 재일조선인의 고통과 수난을 가장 선명하게 보여주는 인물이다. 정순은 남편 한베에게 끔찍한 학대와 폭행을 당한다. 정순은 자신이 조선인이어서 학대를 당할 수밖에 없으며, 한베마저도 유곽인 스사키에서 일하던 자신을 구원해준 은인이라고 생각한다. 그렇기에 자신의 학대받는 처지를 당연시한다. 이러한 사정은 "그 사람은 저를 자유로운 몸으로 만들어줬습니다. …… 그리고 전, 조선 여자입니다……"(40면)라는 정순의 말에서 분명하게 확인할 수 있다. 심지어 "전, 역시 돌아갈 수 없어요…… 게다가 제 얼굴엔 심한 상처가 생길 거래요…… 그렇게 되면…… 저 사람…… 저를 팔아넘기겠다고 말하지 못할 거고…… 아무도 이런 저 따위를 사지 않겠지요……"(44)라고 말할 정도로, 자신의 처지를 하나의 숙명으로까지 받아들이고 있다.[27]

끔찍하게도 정순은 아들인 하루오가 조선인이라는 이유로 자신을 배척하는 일도 감내한다. 나아가 정순은 "하루오는 내지인이니까…… 하루오는 그렇게 생각하고 있어요…… 저 아이는 제 아이가 아니에요…… 그걸 선생님께서 방해하는 것은…… 나쁘다고 생각해요……"(42면)라며,

---

27 정순이 조선인으로서 학대받으며 한베와 사는 자신의 불우한 처지를 받아들이고 있음은 다음 부분에도 잘 나타난다.
"'저는 조선인입니다.' 그녀는 너무나도 슬프게 말했다. 그녀는 어쩌면 자신이 내지인과 결혼했다고 하는 일종의 자부심을 품고서 자신이 처한 역경을 헤쳐나가기 위한 최소한의 위안으로 삼고 있었는지도 모른다. 나는 오히려 그녀가 한베에게 격렬한 증오심을 품고 있으리라 기대하며, 같은 고향에서 온 사람끼리 의분을 나누고 기쁨에 취하고 싶었다. 하지만 나는 보기 좋게 허탕을 쳤다."(41)

하루오를 바로잡으려는 남 선생을 오히려 비난한다. 정순이 남편인 한베로부터 엄청난 학대와 폭력을 당하며 그것을 견디는 이유도, 심지어 자신이 낳은 아들 하루오로부터 인정받지 못하는 이유도, 모두 조선인이라는 것과 관련된다. 정순은 남편인 한베는 물론이고, 일본인 사회로부터도 배제되어 있다. 그것은 S협회의 어머니회가 정신적인 교섭이나 친목을 위해 한 달에 두세 번 정도 모이지만, 하루오의 어머니는 한 번도 얼굴을 비춘 적이 없는 것에서도 드러난다.

정순이 받는 억압과 고통은 조선인이라는 것으로만 해명되는 것은 아니다. 정순은 똑같은 조선인 남 선생으로부터도 오해받는 존재이기 때문이다. 남 선생은 어머니의 문병을 온 하루오가 담배를 가져오자, "어머니는 담배를 좋아하는 거니?"(49)라고 묻는 것에서 알 수 있듯이, 정순이 담배를 피운다고 생각한다. 그러나 "엄마는 피가 나면…… 늘 살 담배를 상처에 붙였어요. 나도 그걸 잘 알고 있어요"(49)라는 하루오의 말처럼, 그 담배는 지혈제로 사용하기 위해 가져온 것이다. 정순은 자신을 가장 잘 이해해주는 남 선생에 의해서도 오해받는, 즉 민족적으로뿐만 아니라 젠더적 계급적으로도 소외받는 서발턴subaltern이라고 할 수 있다.[28]

「완득이」에서도 완득이의 어머니는 조선인인 정순과 마찬가지로 베트남 출신이라는 사실로 인해 한국사회에서 타자가 될 수밖에 없는 운

---

28 서영인은 「빛 속으로」에서 정순은 남편인 한베는 물론이고 민족주의자인 이군에 의해서도 온전한 대우를 받지 못했다고 지적한다. 이를 바탕으로 "조선과 일본 어디에서도 스스로의 존재를 확인할 수 없는 그녀는 제국의 '추방된 이민자', 식민주의외 서발턴"(서영인, 『식민주의와 타자성의 위치』, 소명출판, 2015, 143면)이라고 주장한다.

명이다. 완득이의 아버지는 자신을 떠난 아내를 잡지 않은 이유가 "숙소 사람들이 그 사람을 팔려 온 하녀 취급하는 게 싫었다. 내 부인이 아니라, 자기들 뒷일이나 해주는 사람으로 알더라. 가는 모습 봤는데, 못 잡았다"(82)라고 설명한다. 완득이 어머니는 카바레라는 한국 사회의 주변적 공간에서도 하위주체로서 대우받는 것이다. 호칭에서부터 완득이 어머니는 온전한 사람 대접을 받지 못한다. 신발 가게 아주머니나 앞집 아저씨 등은 모두 어머니를 가리키며 "저쪽이라는 표현"(180)을 쓴다. 또한 "어머니와 시장이라도 갈라치면 우리를 보는 사람들 눈길이 영 별로"(184)이다. 다음의 인용문처럼, 완득이 어머니가 한국 사회에서 받는 고통은 인종적 민족적 차이에서 비롯되는 것이며, 이러한 차별은 한국 사회에서 보편성을 지닌 것으로 설명된다.

가난한 나라 사람이, 잘사는 나라의 가난한 사람과 결혼해 여전히 가난하게 살고 있다. 똑같이 가난한 사람이면서 아버지 나라가 그분 나라보다 조금 더 잘산다는 이유로 큰 소리조차 내지 못한다. 한국인으로 귀화했는데도 다른 한국인에게는 여전히 외국인 노동자 취급을 받는 그분이, 내가 버렸는지 먹었는지 모를 음식만 해놓고 가는 그분이, 개천 길을 내려간다. (149)

동주는 성남 어느 식당에 내 어머니가 있다고 했다. 그리고 내가 몰라서 그렇지, 우리 집 같은 가정이 생각보다 많다고. 좀 더 나은 삶을 위해 어린 나이에 남편 얼굴도 안 보고 먼 나라까지 시집왔는데, 남편이 장애인이거나 곧 죽을 것 같은 환자인 경우도 있다고. 말만 부인이지 오지 마을이나 농촌, 섬 같은 곳에서 죽도록 일만 하는 경우도 있단다. 그러다 보니 아이 하나 낳고 자신에게 관심이 좀 소원해졌을 때 가슴 아픈 탈출을 하기도 한다고, 남편 입장에서는 도망간 것이겠지만 부인 입장에서는 국제 사기결혼이라나. (46면)

「빛 속으로」의 정순보다 강도는 훨씬 약하지만, 완득이의 어머니 역시 자신의 아들 앞에서 당당하지 못한 모습을 보여주는 것은 흡사하다. 완득이의 어머니는 17년 만에 완득이를 처음 보았을 때 "벌 받는 사람처럼 무릎을 꿇고 앉아 있"(78)으며, 한동안 완득이에게 존댓말을 쓴다. 한참 동안 완득이가 "뭐 그렇게 잘못한 게 많다고 소리 내어 웃지도 못하는지"(148)라고 의심할 만큼 조심스럽다. 신발 가게에서도 어머니는 "둘이 무슨 사이야?"(150)라는 질문에 대답하지 않으며, 주인아주머니에게 "무슨 사인데 이 양반이 이렇게 쩔쩔매?"(151)라는 말을 들을 정도이다. 17년 만에 만난 엄마가 완득이에게 전한 다음의 편지에는 무려 '미안해요'라는 말이 세 번이나 등장한다.

미안해요.

잊고 살지 않았어요. 많이 보고 싶었어요.

나는 나쁜 사람이에요. 정말 미안해요.

혹시 전화할 수 있으면 전화해주세요.

000-000-0000

안 해도 돼요.

옆에 있어주지 못해서 미안해요. (80)

완득이의 어머니가 완득이에게 이토록 당당하지 못하고 미안해하는 것은 젖을 갓 뗀 아이를 남겨두고 집을 나간 죄책감 때문이라고 할 수 있다. 그런데 이러한 죄책감을 낳은 근원에는 민족 차별의 현실이 자리 잡고 있다. 완득이의 어머니가 완득이를 남편에게 남겨두고 혼자 떠난 이유는 "말도 안 통하는 이방인 엄마보다 한국인 아빠가 나을 거라고 생각"(170)했기 때문이다. 결국 완득이 어머니의 죄책감 역시 '이주민 엄마'라는 사회적 조건에서 비롯된 것이라고 할 수 있다.

민족적 차이로 인해 하루오의 어머니나 완득이의 어머니 모두 자식에게 심각한 죄책감을 느끼며, 적극적으로 다가가지 못한다. 그러나 결국 그들은 자식들에게 어머니로서 인정받는다. 그러한 인정은 「빛 속에서」는 '담배'를 통해, 「완득이」에서도 '신발'을 통해서 극적으로 드러난다. 「빛 속에서」의 담배는 정순이의 조선성을 상징하는 사물인 동시에 하루오가 정순을 어머니로 받아들이는 것을 증명하는 매개물이다. 담배는 "그녀와 같은 고향 사람들이 그런 식으로 상처를 치료하려고 했듯이"(49)라는 말처럼, 조선 사람의 고유한 특성을 보여준다. 동시에 병문안 가는 하루오가 들고 가는 물건이기도 하다. 「완득이」에서 어머니가 처한 불우한 상황을 상징하는 것은, "촌스럽게 꽃분홍색 술이 앞에 뭉텅이로 달린 낡은 단화"(78)이다. 완득이는 처음 보았을 때부터 "촌스럽게 꽃분홍색 술이 앞에 뭉텅이로 날린 낡은 단화"(78)에 신경을 썼으며, 나중에는 "몸이 움직인다. 내 몸이 미쳐서 움직인다. 저 꽃분홍색 술이 달린 낡은 단화 때문이다"(149)라며 격한 반응을 보이기까지 했던 것이다. 완득이가 어머니에게 "리본이 달린 검정 구두"(150)를 선물하자, 완득이의 어머니는 정순이 하루오의 병문안에 감격하듯이 "턱까지 흘러

내린 눈물이 덜렁거"(151)릴 정도로 감격한다.

「빛 속으로」의 정순과 「완득이」의 어머니는 모두 이주민들로 온전한 대접을 받지 못한다. 그들은 심지어 이주민이라는 조건으로 인해 자식에게서마저 인정받지 못하는 불우한 처지이다. 다행인 것은 정순과 완득이 어머니 모두 서사의 진행과 더불어 자식들로부터 인정받는 어머니가 된다는 점이다. 이러한 공통점과 더불어 차이점도 존재한다. 그것은 완득이의 엄마가 정순이보다 훨씬 자유로운 존재라는 것이다. 정순은 한베에게 무지막지한 폭력을 당하면서도 어딘가로 몸을 피할 수도 없는 처지이다. 정순은 그러한 상황을 자연스러운 상황으로 내면화하고 있을 정도이다. 이에 비해 완득이의 어머니는 자신의 상황이 맘에 들지 않아 가출을 감행한 바 있다. 이러한 차이는 정순과 완득이의 어머니가 받는 억압의 차이를 반영하는 것일 수 있다. 또한 스사키에서 몸을 팔았던 정순과 달리 완득이 어머니는 베트남에서 고등 교육까지 받은 것도 차이를 만들어낸 요소이다. 완득이 어머니가 가장 확실하게 자신의 목소리를 내는 것은, 다음의 인용문에서처럼 완득이의 교육과 관련해서이다.

"낳아놓기만 하면 다 엄만가?"

"당신도 제대로 키운 거 같지 않은데요."

"뭐야?"

"완득이한테 친구가 없다는 거 알아요? 애가 만날 혼자 살았다면서요? 가끔 와서 용돈 주고 쌀독 채워놓으면 다예요? 어린애가 혼자 밥 먹고 설거지하고 빨래하고. 그럴 줄 알았으면 당신이 싫었어도 끝까지 옆에 있었을 거라고요!"

"······."

"완득이 운동하게 놔두세요."

"완득이마저 세상 뒤에 숨어 살게 할 생각 없어."

"여태 세상 뒤에 숨어 있던 완득이가, 운동하면서 밖으로 나오고 있잖아
요. 자기가 하고 싶은 거, 제일 잘할 수 있는 거, 하게 놔두세요."

(170~171)

　완득이 어머니는 완득이 아버지가 자식을 제대로 키우지 않은 것과
완득이의 운동을 반대할 때 분명하게 자기 목소리를 내며, 나아가 자기
의 뜻을 관철시키기까지 한다. 이것은 한베의 일방적인 폭력에 시달리
며 자기 목소리를 내지 못하던 정순과 구별되는 모습이라고 할 수 있다.

　그러나 완득이의 어머니는 베트남 출신으로서의 정체성이 전혀 드러
나지 않는다. 영화에서 너무나 손쉽게 필리핀인으로 변형된 것도, 이미
소설에서부터 베트남 출신이라는 고유성이 삭제되어 있었던 것과 무관
하지 않다. 그리고 보면 작품 내에서 완득이의 어머니는 자신의 고유한
이름조차 가지지 못한 무명無名의 존재이다. 또한 완득이 어머니는 "아
들 있는 곳"(170)을 알아내자 곧바로 17년 만에 나타난다. 이것은 완득
이 어머니가 어머니로서의 역할에만 충실한 인물이며, 고유성을 가진
주체와는 거리가 멀다는 것을 보여준다. 기본적으로는 무명의 존재인
완득이 어머니 역시 2000년대 한국문학사에 등장한 또 다른 정순이자
서발턴subaltern이라고 볼 수 있다.[29]

4. 거울로서의 선생과 구원자로서의 선생

—남 선생과 이동주 선생의 비교

「빛 속으로」의 남 선생과 「완득이」의 동주는 모두 어둠 속에 방치된 하루오와 완득이를 빛의 세계로 이끌어내는데 결정적인 역할을 하는 인물들이다. 남 선생은 하루오와 그의 가족에게 관심을 갖는 거의 유일한 존재이고, 결국에는 하루오가 무용가가 되겠다는 꿈을 갖게 만든다. 하루오와 남 선생이 즐거운 외출을 하는 마지막 대목은 어둠의 세계에 갇혀 있던 하루오가 드디어 빛의 무대에 서게 되었음을 선포하는 일종의 의식儀式이다. 야마다 하루오에게 온전한 정체성을 찾아주는 것, 그리하여 이 소년을 어둠의 세계에서 빛의 세계로 이끌어주는 것이 남 선생의 가장 큰 역할이다.

「완득이」에서 완득이가 "내가 세상으로부터 숨어 있기에 딱 좋은 동네였다. 왜 숨어야 하는지 잘 모르겠고, 사실은 너무 오래 숨어 있어서 두렵기 시작했는데, 그저 숨는 것밖에 몰라 계속 숨어 있었다. 그런 나를 동주가 찾아냈다"(233)고 생각하는 것처럼, 동주도 어둠 속의 완득이를 빛의 세계로 인도하는 역할을 한다. 2장에서 살펴본 바와 같이 완

---

29 생존을 위해 국경을 넘는 이주민들이야말로 스피박이 주장한 서발턴 개념에 적합한 존재라고 할 수 있다. 실제로 스피박은 신자유주의적 세계 질서로 인해 새롭게 출현하는 새로운 서발턴에 주목해야 한다고 주장한다.(Gayatri Chakravorty Spivak, 「서발턴은 말할 수 있는가?」, 『서발턴은 말할 수 있는가?: 서발턴 개념의 역사에 관한 성찰들』, 로절린드 C. 모리스 편, 태혜숙 역, 그린비, 2013, 86면) 스피박은 국가 이상의 단위에서 위력을 발휘하는 초국적 자본에 의해 착취당하는 제3세계 노동자, 그리고 생존을 위해 지구적으로 이동하는 이주민(특히 여성)이야말로 21세기의 서발턴이라고 주장한다.

득이가 어둠 속에 방치된 이유는 베트남 출신 어머니와 난쟁이 아버지라는 두 가지 조건에서 비롯되며, 동주는 두 가지 문제를 모두 해결해준다. 동주는 17년 동안 헤어져 있던 완득이와 어머니를 서로 만나게 해주고, 완득이 아버지에게는 댄스 교습소를 차려주어 사람들로부터 무시받지 않고 생업을 이어가게 해주는 것이다. 선행연구에서는 동주가 완득이를 이끌어주는 힘이 너무나 지대한 것이 문제라고 볼 정도이다.[30]

하루오를 빛의 세계로 인도하는 작품내의 역할에서 남 선생과 동주는 공통되지만, 그들의 존재상태는 매우 다르다. 「빛 속으로」의 남 선생을 하루오의 "거울"[31]이라고 평가할 정도로, 남 선생은 하루오와 유사한 고민에 빠져 있다. 「빛 속으로」는 혼혈아인 야마다 하루오의 이야기가 아니라 하루오에 의해 촉발된 남 선생의 이야기라는 평가가 있을 정도이다.[32] 하루오에 의해 촉발된 남 선생의 고민이란 바로 조선인이라는 민족적 정체성에서 비롯되는 고민이라고 할 수 있다.

야마다 하루오의 불구적인 모습은 제국대학생인 남 선생에게도 해당

---

30 김화선은 동주의 과도한 역할로 인하여, 주체적이고 능동적인 성장이 아닌 동주가 주도하는 수동적인 성장에 완득이가 머문다고 주장한다.(김화선, 앞의 논문, 296면) 오홍진도 실제 주인공이 완득이라기보다는 담임 동주이며, 동주 없는 완득이를 상상할 수 없을 정도라고 보고 있다.(오홍진, 앞의 논문, 125~134면) 송현호는 "「완득이」에서 가장 주목할 점은 학생과 스승이 상하관계가 아닌 수평적인 관계를 유지"하고 있으며, 이동주는 "동반자의 역할을 하는 실천적인 지식인"(송현호, 「「완득이」에 나타난 이주담론의 인문학적 연구-동반자적 교사의 역할과 의미를 중심으로」, 『현대소설연구』 59, 한국현대소설학회, 2015.8, 415면)으로 파악하고 있다. 그러나 동주의 역할이 매우 큰 비중을 차지한다고 보는 점에서는 김화선이나 오홍진의 견해와 일치한다.

31 김보애, 앞의 논문, 205면.

32 김진구, 「김사량 소설의 인물의 정체성 문제」, 『시학과 언어학』 8, 시학과 언어학회, 2004, 270면.

된다. 세틀먼트의 아이들은 '남 선생'을 '남 선생'이 아닌 '미나미 센세'라고 부른다. '남 선생'의 성姓인 '남南'을 아이들이 '미나미'라고 부르는 것인데, 이것은 일본인 아이들이 남 선생을 일본인으로 인식한 결과이다. 이러한 상황에서 '나'는 굳이 '미나미'라는 호칭을 '남'으로 바로잡으려 하지 않는다.[33] 이것은 일종의 소극적 창씨개명이라고 볼 수도 있다. 일제 말기 재일조선인들은 일본인으로부터 받는 차별을 피하고자 일본 이름을 사용하는 경우가 많았는데, 남 선생도 비슷한 이유로 본래 이름을 감추는 것이다.[34] 야마다 하루오가 자신 안의 조선적인 것을 억압하느라 불구적인 모습을 보여주었다면, 정도의 차이만 있을 뿐이지 남 선생 역시 자기 안의 조선적인 것을 억압해왔다고 볼 수 있다.

남 선생은 "나는 이 땅에서 조선인이라는 것을 의식할 때마다 언제나 자신을 무장하지 않으면 안 됐다. 그렇다, 확실히 나는 진흙탕과도 같은 연극에 지쳐 있다. 그리고 어느새 나는 미나미가 돼 있었다"(32~33)라는 고백에서 알 수 있듯이, 일본 내에서의 차별적 상황에 지쳐 조선인이라는 사실을 감추었던 것이다. 그렇기에 남 선생은 "자신은 조센진이 아니라고 소리쳐대는 야마다 하루오와 비교해 봐도 본질적인 부분에서 아무런 차이점도 없는 것이 아니냐"(32)라며 자신과 하루오의 동질성을

---

33 南先生이 소극적 창씨개명을 합리화하는 부분을 옮겨보면 다음과 같다. "나는 처음에 그런 호명 방식이 매우 마음에 걸렸지만 나중에는 천진난만한 아이들과 함께 놀기 위해서 그편이 오히려 좋을지도 모르겠다고 생각했다. 그렇기 때문에 위선을 떠는 것이 아니고 또한 비굴한 것도 아니라고 자신에게 몇 번이고 타일렀다. 또한, 말할 필요 없이 아동부 안에 조선 아이라도 있었다면 나는 일부러라도 자신을 '남'으로 불러달라고 주장했을 것이라고 스스로에게 변명도 했다. 조선 성씨로 불리게 되면 조선 아이들에게도 또한 내지 아이들에게도 나쁜 영향을 끼칠 것임이 틀림없다고."(14~15)
34 미즈노 나오키, 정선태 역, 『창씨개명』, 산처럼, 2002, 262~263면.

날카롭게 인식한다.

남 선생의 이러한 자의식과 관련하여 『완득이』에는 등장하지 않는 인물형인 이李라는 청년에 주목할 필요가 있다. 이는 자동차 조수를 하면서 밤이 되면 영어나 수학을 배우러 오는 강렬한 민족주의적 의식의 소유자이다. 이는 "저는 비뚤어진 마음가짐으로 살아가고 싶지 않을 뿐 아니라, 비굴하게 행동하고 싶지도 않습니다"(16)라며, 미나미센세로 불리는 남 선생을 비난한다. 이라는 청년으로 인해 남 선생의 정체성에 대한 고민은 더욱 예민해진다. 그러나 「빛 속으로」에서 이라는 청년을 대하는 시선이 긍정적인 것만은 아니다. 이李는 정순이 한베에게 폭행당한 후, 하루오를 발견하자 "바로 이놈입니다. 이 녀석 아버지라고요"(23)라며 하루오의 손목을 비틀고 때리기까지 한다. 이에 하루오는 "조센진 따위 내 엄마가 아니야"(24)라거나 "난 조센진이 아니라고. 난, 조센진이 아니라고요"(24)라며 자신의 조선적인 정체성을 강하게 부인한다. 이는 자신의 강력한 민족주의적 의식으로 인해, 일본의 식민주의자가 하루오로 하여금 자기 안의 '조선적인 것'을 부인하게 한 것과 똑같은 효과를 낳고 있는 것이다.[35]

남 선생은 하루오가 겪는 일들의 뿌리가 자신과 맞닿아 있기 때문에, 하루오 주변의 일들로부터 전혀 거리를 두지 못한다. 그렇기에 남 선생은 정순이 남편의 폭력으로 S협회에 실려오는 것을 보면서 "나는 그것을 어떻게 된 일인지 정면에서 생각해 보려고 하지 않았다. 나 자신이 그

---

[35] 이(李)는 이후에도 하루오를 돌봐주는 南先生을 찾아와서 "저 꼬마는 제 아버지한테 가면 됩니다"(31)라면서 "어째서 선생님은 저 가엾은 아주머니를 동정하지 않는 겁니까"(31)라고 항의한다. 그러나 이는 민족주의에 바탕한 한베에 대한 적개심으로 인해, 정순은 동정하면서도 '저 가엾은 하루오는 동정하지 않는 모습'을 보여준다.

두려움에 압도당해 있었던 것인지도 모른다. 다만 나는 눈을 가리고 싶었다"(27)라고 말할 정도로 고통스러워 한다. 이후 남 선생은 병원에 입원한 정순과 대화를 한 후에도 "어째서인지 땀에 흠뻑 젖어 있었다"(44)고 고백할 정도로 긴장을 느낀다.

「빛 속으로」의 시작 부분과 마지막은 남 선생의 이름에 대한 이야기로 이루어져 있다. 남 선생이 미나미로 불리는 것에 대해 자기합리화를 시도하는 것에서 시작하여, 남 선생이 자신은 '미나미셰셰'가 아닌 '남 선생'임을 확인하는 것으로 끝나는 것이다. 아래 인용에는 하루오가 남 선생을 향해 "남 선생님이죠?"라고 말하자 남 선생이 구제받은 듯한 느낌을 받는 장면이 생생하게 표현되어 있다. 작품의 마지막에 이르러 하루오가 그러했듯이, 남 선생 역시 어둠에서 벗어나 빛 속으로 향하고 있는 것이다.

"선생님, 난 선생님 이름을 알고 있어요."

"정말?" 나는 멋쩍음을 감추려고 웃었다. "말해보렴."

"남南 선생님이죠?" 그렇게 말하자마자 하루오는 자신의 겨드랑이에 끼고 있던 겉옷을 내 손에 던지고 즐거워하며 돌계단을 혼자서 뛰어 내려가는 것이었다.

나도 "휴우" 하고 구제받은 듯한 가벼운 발걸음으로 쓰러지기라도 할 것처럼 발소리를 내며 하루오의 뒤를 쫓아 내려갔다. (53)

「빛 속으로」에서 하루오와 남 선생이 유사한 존재조건을 가지고 있다면, 「완득이」에서 동주와 완득이는 처음 이웃에 살아 서로 비슷한 삶의 조건을 가진 것처럼 보인다. 그러나 동주는 기업주의 아들로서 자신이 뜻한 바[36]를 이루기 위해 아버지로부터 독립하여 혼자 사는 것에 불과하다. 완득이와 동주의 인종적·계급적 차이는, 동주가 부잣집 아들이라는 것을 알게 된 후에 완득이가 동주에게 "하도 가난해서 다른 나라로 시집온 어머니 있어 봤어요? 쪽팔려 죽겠는데 안 가져가면 배고프니까, 할 수 없이 수급품 받아가 본 적 있어요?"(135)라고 말할 때 분명하게 드러난다. 「완득이」에서 동주는 시종일관 희극적인 모습을 보여준다. 수급대상자인 완득이가 받은 햇반 같은 것을 빼앗아 먹기도 하고, 늘 "새끼"라는 호칭을 입에 달고 살기도 한다. 동주의 이러한 모습은 완득이에게 쉽게 다가가기 위한 것이기도 하지만, 「빛 속으로」의 남 선생이 시종일관 진지한 것에 비추어보자면, 완득이와의 근본적인 거리감에서 발생한 것으로 볼 수도 있다.

　간단히 정리하자면 남 선생과 동주가 각각의 작품에서 하는 역할은 같다. 그것은 하루오와 완득이가 부모와 관련하여 갖게 된 상처를 극복할 수 있게 도와주는 것이다. 그러나 그들이 처한 상황은 매우 이질적이

36　외국인 노동자들의 인권을 보호하는 활동을 하는 동주는 자기 아버지를 신고하기도 한다. 동주의 목소리를 통해, 한국사회에서 이주노동자들이 처한 끔찍한 현실이 다음처럼 날 것 그대로 발화된다. "고의로 불법 체류하는 사람도 있지만, 불법 체류자로 만드는 사람도 있습니다. 그래놓고 강제 추방시킨다고 위협하죠."(116), "노동자들 인권 유린이 허다해요. 산재보험금은 지들이 처먹고 치료는 노동자 스스로 하게 하죠. 그 사람들 그냥 손가락 하나 자르고 말지 제대로 된 치료 안 해요. 그 치료비면 고국에 있는 가족들이 일 년을 먹고삽니다."(116~117), "베트남에서 온 티로 누나 기억하시죠? 가족이나 마찬가지라고 집안일까지 시켰던 누나요. 아 왜, 필통 판금하다가 절단기에 손가락 잘려서 귀국시켰던."(132), "치료는 하고 보내셨어야죠. 안 그래요? 잘린 손가락 세 개가 손등까지 썩을 때까지 부려먹다 보냈잖아요! … 근데 월급은 왜 안 줘서 보낸 거예요? 알아보니까 아버지는 아직도 그러던데, 도대체 왜 외국인 노동자한테만 그러세요?"(133)

다. 남 선생이 하루오와 똑같은 민족적 차별에 직면해 있다면, 동주는 가난하고 소외된 완득이와는 거의 반대편에 위치한다고 볼 수 있다.

5. 타자화된 아버지들의 대조적인 역할

―한베半兵衛와 도정복의 비교

남 선생과 동주가 작품 내에서의 역할은 같지만 존재상황이 다르다면, 두 작품에 등장하는 아버지 한베半兵衛와 도정복은 존재상황은 유사하지만 작품내 역할은 다르다. 한베와 도정복은 모두 사회의 주변인들이라고 할 수 있다. 한베는 감옥을 제집처럼 드나드는 일종의 범죄자이며, 도정복은 난장이라는 신체적 장애를 지닌 도시빈민이다.

한베는 아내 정순이 조선인인 이군의 집에 드나든다는 이유로 아내를 때린다. "조선이라는 말"(42)만 들어도 화를 내는 한베, 어둠 속에 방치된 채 성장했을 때 하루오가 도달할 미래의 모습이라고 할 수 있다. 사실 한베도 조선인 어머니와 일본인 아버지 사이에서 태어난 존재로서, 자기 안의 조선적인 것을 철저하게 부정하는 인물인 것이다. 그럼에도 그가 조선인 정순을 스사키에서 빼내오면서까지 아내로 맞이한 것을 보면, 그의 내면에는 조선에 대한 애정이 잠재해 있다고 할 수 있다. 이러한 모습은 하루오의 현재 모습에 그대로 이어지는 것이기도 하다. "이 이질적인 하루오가 결국에는 아버지와 같은 인간이 될지도 모른다는 두려운 예감이 스쳐 지나가 살짝 몸서리를 쳤다"(33)라는 남 선생의 말에서도 드러나듯이, 한베는 어둠 속에 방치된 하루오가 도달할 미래의 모습이라고 할 수 있다.

하루오와 한베의 유사성은 작품 속에서 여러 차례 강조된다. 남 선생은 협회에서 일하는 노파 방에서 밥을 얻어먹는 하루오를 보며 두 번이나 "이상한 일이야"(12)라고 되뇌인다. 그것은 하루오의 밥먹는 모습에서 감옥에서 만난 한베가 떠올랐기 때문이다. 처음에 야마다 하루오를 본 순간부터 남 선생의 "눈앞에는 한베의 영상이 어렴풋하게나마 한줄기 빛으로 어른거렸던 것"(37)이다. 하루오가 정순에게 가져다주려고 남 선생의 방에서 담배를 가져갔을 때도, 남 선생은 "한베가 감방 안에서 겉옷을 벽에 걸고는 히죽거리던 모습"(46)을 떠올린다.

「완득이」에서 완득이의 아버지 도정복은 약소자의 모습을 갖추고 있다. 도정복은 신체적 장애를 지니고 있으며, 경제적으로도 도시 빈민에 해당한다. 아버지는 캬바레에서 일하다가 지하철에서 물건을 팔기도 하고, 나중에는 시골 장터를 돌아다니며 물건을 팔기도 한다.[37] 아버지는 난쟁이라는 이유만으로도 큰 상처를 받는다. 약소자에 대한 무시가 팽배한 한국사회에서 사람들은 난쟁이인 도정복을 "야, 꼬맹이 도! 이 새끼"(47)나 "야, 너, 이봐, 식으로 애 부르듯"(17) 부른다.

그러나 이들이 작품에서 수행하는 역할은 매우 다르다. 한베는 자신의 모든 불행을 조선적인 것에 돌린다. 그렇기에 아내 정순이 조선적인 것과 관련될 때는 어김없이 어마어마한 폭력을 행사하는 것이다. 이러한 한베의 왜곡된 인식과 폭력은 하루오를 계속 민족적 편견에 바탕한

---

[37] 아버지 옆에는 춤제자로서 심각한 말더듬이(언어장애)인 남민구가 늘 함께 하는데, 그 역시 한국 사회의 약소자라고 할 수 있다.

자학과 어머니에 대한 거부 등의 어둠 속에 얽어매는 가장 큰 힘으로 작용한다. 한베는 하루오는 물론이고 정순 역시도 고통과 어둠 속에 계속해서 묶어두는 부정적 기능을 행사한다. 이와 달리 도정복은 완득이의 성장을 도와주는 긍정적인 역할을 한다. 그는 처음 완득이가 킥복싱 선수가 되겠다는 것을 꺼리지만, 나중에는 적극적으로 도와준다. 또한 완득이 어머니도 오랜 시간의 이별에도 불구하고 따뜻하게 받아들이는 모습을 보여준다.[38] 이처럼 한베와는 달리 완득이의 성장에 긍정저인 기능을 하는 것이다. 이러한 차이점 역시 한베의 폭력성이 민족적인 것에서 기원하는 것을 고려할 때, 일제 말기 일본에서의 식민주의적 폭력과 억압이 2000년대 한국사회에서보다 더욱 강력했음을 증명하는 것이라고 할 수 있다.

6. 결론

한국 현대문학사에서 네이션과의 관계가 가장 이질적인 시기는 일제 말기와 2000년대이다. 일제 말기가 외부의 강제적인 힘에 의해 민족이

---

[38] 이미림은 도정복의 긍정적인 기능을 다음과 같이 설명한다.
"『완득이』의 아버지는 자신의 아내가 팔려온 하녀 취급을 당하거나 숙소사람들 뒷일이나 해주는 사람으로 여기는 상황이 싫어 떠나는 아내를 붙잡지 않으며, 그녀를 원망하기는커녕 한국사회에서 불편한 대우와 차별을 받을까봐 염려한다. 억압적이고 강제적으로 가정을 구성하기보다는 아내와 아들의 입장과 처지를 존중하고 인정하는 아버지는 말더듬이이자 지적 장애인 남민구를 춤 제자 및 가족으로 포용하며 무심한 듯하면서도 따뜻한 부성애로 아들을 배려하는 타자지향적인 인물이다."(이미림, 『21세기 한국소설의 다문화와 이방인들』, 푸른사상, 2014, 187면)

라는 경계 넘기가 끊임없이 강제된 시기였다면, 2000년대는 한국 내부에 나타난 이주자들로 인해 민족이라는 경계 넘기가 요구된 시기라고 할 수 있다. 일제 말기와 2000년대는 일종의 차이나는 반복으로서, 한국문학사가 주목할 차이점과 유사점이 공존하는 문제적 시기이다. 이 논문에서는 일제 말기의 대표작인 김사량의 「빛 속으로」와 2000년대 다문화 소설 중에 가장 폭넓은 주목을 받은 김려령의 「완득이」를 선정하여 비교해 보았다. 이러한 시도는 20세기 이후 본격화 된 이주라는 큰 틀에서 다문화 소설을 조망해보고자 하는 의도에서 비롯된다. 특히 각 작품에 등장하는 중심인물들에 초점을 맞추어 비교 작업을 수행하였다.

「빛 속으로」와 「완득이」는 70년의 시간적 차이에도 불구하고 놀라울 정도의 유사성을 보여준다. 두 소설 모두 이주민을 어머니로 둔 혼혈 소년과 그들을 소외된 어둠의 상태에서 빛의 세계로 인도하는 선생님을 중심인물로 삼고 있다. 「완득이」에서 베트남 출신 어머니와 한국인 아버지 사이에서 태어난 도완득은 「빛 속으로」의 혼혈아인 야마다 하루오에 대응되며, 어둠 속에 방치된 완득이를 사회로 이끌어주는 동주는 남 선생에 대응된다. 두 소설의 어머니들은 모두 인종적·계급적·젠더적 모순이 중첩되어 고통 받는 서발턴subaltern이라고 할 수 있다. 「빛 속으로」는 일제 말기에 쓰여진 「완득이」이며, 「완득이」는 21세기에 쓰여진 「빛 속으로」라고 볼 수 있다. 이러한 유사성은 1939년과 2008년의 시간적 거리와 도쿄와 서울이라는 공간적 차이에도 불구하고, 다른 민족이 어울려 살아가면서 벌어지는 갈등과 고통이 현재진행형이기에 발생한 것이다.

그러나 「빛 속으로」와 「완득이」에는 차이점도 존재한다. 첫 번째로 「빛 속으로」의 하루오는 완득이보다 매우 강하게 조선인 어머니를 부인한다. 두 번째로 완득이의 어머니가 정순보다 자유로운 존재라는 점을 들 수 있다. 세 번째는 남 선생이 하루오와 똑같이 민족적 차별에 직면해 있는 것과 달리, 동주는 가난하고 소외된 완득이의 반대편에 위치해 있다는 사실이다. 네 번째는 한베가 아들인 하루오는 물론이고 정순까지도 고통과 어둠 속에 묶어두는 부정적 인물인 것과 달리 도정복은 완득이의 성장을 도와주는 긍정적인 인물이라는 점이다. 마지막으로 「빛 속으로」는 철저하게 일본인들로부터 배제된 조선인 혹은 혼혈인들만의 이야기라는 것을 들 수 있다. 이것은 일제 시기 재일조선인들의 삶이 전체 일본 사회에서는 일종의 구멍으로 게토화되었음을 증명한다. 이상에서 살펴본 차이점은 모두 일제 말기 재일조선인들이 겪는 차별과 억압의 정도가 2000년대 한국사회의 이주민들이 겪는 것보다 훨씬 심각했음을 보여준다.

이러한 차이점 중에서도 두 소설에 나타난 어머니 형상에는 섬세한 관심을 기울일 필요가 있다. 두 작품의 어머니야말로 이주민의 상처가 응축되어 있는 가장 대표적인 형상이기 때문이다. 표면적으로 완득이 어머니는 정순에 비해 자유로운 존재이지만, 기본적으로는 고유성을 가진 주체와는 거리가 먼 하위주체에 머문다. 「완득이」에서 유일한 이주민인 완득이 어머니가 지닌 베트남 출신으로서의 정체성은 거의 드러나지 않는다. 영화에서 너무나 손쉽게 완득이의 어머니가 베트남 출신이 아닌 필리핀 출신으로 설정된 것도, 이미 소설에서부터 베트남 출신이라는 고유성이 대부분 삭제되어 있었던 것과 무관할 수 없다. 그러고 보면 작품 내에서 완득이 어머니는 자신의 고유한 이름조차 가지지 못한, 무명無名의 존재이다. 이러한 완득이 어머니의 모습은 '차이나는 반복'으로 나타난 식민주의를 성찰하도록 이끄는 문제적 형상이라고 할 수 있다.

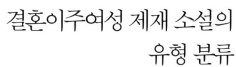

3장

결혼이주여성 제재 소설의
유형 분류

1. 서론

한국 사회는 오랫동안 순혈주의와 단일언어주의에 바탕한 단일문화
주의를 신봉한 사회였다. 21세기에 들어 한국은 저출산에 따른 인구의
감소와 이전보다 개선된 생활수준으로 인해 저임금의 육체노동을 기피
하는 경향이 널리 퍼져 있다. 이것은 한국 사회가 다른 선진국과 유사하
게 '사회적 재생산의 위기'를 경험하고 있음을 보여준다.[1] 이러한 사회
적 위기를 타개하는 방법으로 최근 20년간 이주자가 급격하게 한국 사

---

1 김현미, 『우리는 모두 집을 떠난다 – 한국에서 이주자로 살아가기』, 돌베개, 2014,
   19~20면. 사회적 재생산은 사람을 출산하고 생존하게 하는 전 과정을 의미한다. 특
   히 미래의 노동인구를 생산하고 이들에게 의식주, 안전, 건강, 돌봄을 제공함으로써
   노동력을 재생산하고 세대를 연속시키는 것을 의미한다. 또한 그 사회가 유지되는데
   필요한 지적·사회적 가치와 문화적 관습을 전수하고 집합적 정체성을 만들어내는
   모든 사회적 과정을 포함한다(Elson, Diane, "The Economic, the Political and
   the Domestic : Business, States and Households in the Organization of
   Production", *New Political Economy* 3(2), 1998, p.191).

회로 유입되었다. 이 중에서 결혼이주여성은 저출산과 고령화, 그리고 가족 해체에서 비롯된 '인구 재생산의 위기'를 해결해 줄 수 있는 존재로 부각되었다.[2] 특히 결혼이주여성[3]은 잠시 체류하다가 본국으로 돌아갈 이주노동자와 달리 한국에서 영구적으로 거주하려는 계획을 가졌으며, 자녀까지 출산한다는 점에서 다문화 사회의 가장 핵심적인 사람들로 받아들여진다.[4]

2014년 기준 결혼이민자는 151,737명이고, 이중 여성은 129,054명으로 전체의 85%를 차지한다.[5] 통계청이 발표한 '2019년 다문화 인구

---

[2] 남아선호가 사라지지 않은 채 행해진 가족계획 정책은 심각한 성비 불균형을 낳았고, 결혼을 선택으로 여기는 여성 인구층이 늘면서 결혼을 하지 못하는 저소득층 남성이 급증하였다(김현미, 앞의 책, 25~27면). 더불어 개별국가들의 여성이 열악한 경제적 여건에서 벗어나려는 의도도 결혼이주여성의 증가에 기여한 직접적 원인이다. 국제결혼은 여성이 이주 비용을 들이지 않고 자본주의 경제부국의 아시아 남성을 만날 수 있는 유일한 길이다. 실제로 결혼 그 자체가 목적이 아닌 경우도 존재한다. "이주노동자의 신분으로 한국에 들어오는 것보다는 결혼이라는 제도를 통해서 한국에 들어와 일을 하는 것이 더 쉽고 빠르며, 사회적 보장도 더 많이 받을 수 있다는 생각으로 이주해오는 여성들"(같은 책, 234면)도 존재하는 것이다.

[3] 결혼이주여성은 대한민국 국민과 혼인한 적이 있거나 혼인관계에 있는 재한외국인을 의미한다. 이에 해당하는 사람을 가리키는 용어로 결혼이민자, 결혼이민여성, 결혼이주여성 등의 호칭이 사용된다. 이 글에서는 가장 널리 사용되고 있으며, 여성가족부에서 공식용어로 사용하는 '결혼이주여성'이라는 표현을 사용하기로 한다. 결혼이주여성이라 불리는 국제결혼 가정의 외국인 배우자는 한국 아이의 어머니가 된다는 전제 아래, 한국 국적의 배우자로 '이민'이 허용된 한국 사회 최초의 정착형 이주자다.

[4] 실제로 한국의 다문화정책의 대상자들은 국제결혼이주여성과 다문화 가정 자녀들이라고 한다(최종렬, 「비교관점에서 본 한국의 다문화주의 정책」, 『사회이론』 37호, 한국사회이론학회, 2010 봄, 258면).

[5] 법무부(2014) 출입국·외국인 정책본부. 한국에 거주하고 있는 중·장기체류 외국인거주자는 2014년 기준 약 70만 명을 넘어서고 있다. 이주노동자가 약 61만 명, 여성결혼이민자가 약 13만 명, 주로 중국국적의 한국인 동포 약 30만 명, 외국인 유학생 약 8만 명, 기타 미등록외국인 등이다. 국제결혼도 나날이 증가하여 2007년에 이미 34만 3천여 건을 기록하였고, 2014년에는 국제결혼을 통한 만 18세 이하의 자녀

동태 통계'에 따르면, 2019년 다문화 혼인 건수는 2만 4,721건으로 2018년의 2만 3,773건보다 948건(4%) 증가했다. 한국의 전체 혼인 건수는 2012년부터 8년 연속 감소 추세를 보이고 있지만, 다문화 혼인 건수는 2017년부터 늘기 시작해 3년째 증가세를 이어가고 있다. 전체혼인에서 다문화가 차지하는 비중도 2019년에는 10.3%로 2011년 이후 9년 만에 10%를 넘었다. 한국정부도 이주노동자와 달리 결혼이주여성은 장차 한국에 귀화하여 영주할 사람들이라는 생각에 바탕해 적극적인 정책을 펼치고 있다. 한국정부가 결혼이주여성을 대하는 정책의 기본적인 프레임은 이들을 한국 사회의 가족으로 인정하고, 여성결혼이민자가 한국 사회에 어려움 없이 적응할 수 있도록 사회복지혜택 등을 부여하는 것으로 볼 수 있다.[6] 한국에서 다문화 논의가 활성화된 계기 역시 결혼이주여성의 증가 때문이며, 이로 인해 한국의 다문화 담론은 다문화 가정을 지원하는 정책과 구별되지 않은 채 혼용되어 사용될 정도이다.[7]

2000년대 이후 결혼이주여성을 형상화한 소설에 대한 논의도 적지 않게 이루어졌다. 대표적으로 1장에서 살펴본 강진구[8]와 송명희[9]의 논의를 들 수 있다. 이외에도 연남경은 「파프리카」를 분석하여 베트남 이주여성이 한국 남성주체의 욕망에 의해 온전한 인간이 아닌 하나의 육

만 204,204명에 이른다.
6   김태환, 『다문화사회와 한국 이민정책의 이해』, 집사재, 2015, 177면.
7   김현미, 앞의 책, 198면.
8   강진구, 「한국소설에 나타난 결혼이주여성의 재현 양상」, 『다문화콘텐츠연구』 11집, 중앙대 문화콘텐츠기술연구원, 2011.10, 171면.
9   송명희, 「다문화소설에 재현된 베트남 여성—서성란의 「파프리카」를 중심으로」, 『현대소설연구』 51집, 한국현대소설학회, 2012.12, 41~70면.

체로만 존재하는 문제점을 지적하였다.[10] 이미림은 결혼이주여성이 거주하는 다문화 공간은 이들이 공간적 계급적 문화적으로 타자임을 알려주며, 이들은 불법 체류의 위험에 노출되어 질병을 얻거나 비극적인 삶을 살게 된다고 설명한다.[11]

거의 모든 연구가 결혼 과정에 존재하는 비인간적 현상에 집중하고 있다. 돈을 매개로 하여 이루어지는 결혼의 비인간적 측면이 여러 차례 지적되었던 것이다.[12] 결혼이주여성 문제를 다룬 소설들에서 이들의 결혼은 "돈을 매개로 여성의 몸을 사는 범죄행위 정도로 취급"[13]된다. 지금까지 이주결혼에 대한 논의들은 대체로 국제결혼시장의 비인간적 성격이나 단지 돈과 이주만을 목적으로 한 이주여성들의 사기결혼 또는 결혼이주여성에게 가해지는 주변의 폭력 등에 많은 관심을 두어왔던 것이다.

이에 대한 반성으로 그들의 고유한 욕망과 정체성을 형성해가는 적극적인 모습에 주목하는 연구들이 나타나고 있다. "작품 속에서 이주여성의 젠더와 정체성이 형성되는 측면은 물론 그들이 자율적으로 자신의 욕망을 실현해가는 측면"[14]을 고찰하는 연구들도 등장하고 있는 것이다. 장미영은 천운영의 『잘 가라, 서커스』에서 국경을 넘나드는 경계

---

10 연남경, 「다문화소설과 몸 구현 양상」, 『한국문학이론과 비평』 48집, 한국문학이론과 비평학회, 2010, 155~173면.

11 이미림, 「조선족 이주여성의 타자적 정체성」, 『현대소설연구』 48집, 한국현대소설학회, 2011.12, 645~672면.

12 송명희, 앞의 글, 47면.

13 강진구, 앞의 글, 181면.

14 엄미옥, 「현대소설에 나타난 이주여성의 재현 양상」, 『여성문학연구』 29호, 한국여성문학학회, 2013.6, 357면.

적 존재들은 "국가, 민족이 규율하는 국민국가적 틀 대신 가변적 윤리 감각과 상상의 연대 감각을 통해 나름의 정체성을 구축하면서 새로운 삶의 전략을 모색"[15]한다고 주장한다. 심영의는 천운영의 『잘 가라, 서커스』와 송은일의 『사랑을 묻다』에 나타난 감정자본주의의 문제와 결혼이주여성들이 유목적 주체로서 변화하는 과정을 고찰하고 있다.[16] 서성란은 결혼이주여성을 불쌍하고 안타까운 존재로 바라보는 태도와 시선은 결혼이주여성을 "'우리 사회의 배제된 타자로 만든다는 위험을 노정"[17]한다고 비판하며, 대신 "적극적이고 능동적으로 스스로 삶을 선택한 주체로 바라보는 폭넓은 관점과 접근"[18]이 필요하다고 주장한다.

이외에도 결혼이주여성의 자기표현에 대한 연구들이 이루어지고 있다. 강진구는 결혼이주여성이 쓴 '공모형 수기'와 '집단심층인터뷰 형식의 수기'를 대상으로 한 연구를 진행하였다.[19] 연남경은 최근 한국소

15　장미영, 「디아스포라문학과 트랜스내셔널리즘 (1)」, 『비평문학』 38집, 한국비평문학회, 2010.12, 455면.

16　심영의, 「다문화소설의 유목적 주체성 연구」, 『아시아여성연구』 52권 2호, 숙명여대 아시아여성연구소, 2013.11, 147~174면.

17　서성란, 「한국 현대소설에 형상화된 결혼이주여성」, 『한국문예창작』 29호, 한국문예창작학회, 2013.12, 264면.

18　위의 글, 265면.

19　공모형 수기가 자신의 삶을 인정받고 싶어 하는 결혼이주여성들의 인정욕망과 다문화 정책의 가시적 성과를 내고자 하는 정책 당국의 이해관계가 결합된 것이어서 표현의 제약을 드러내는 데 반해, 집단심층인터뷰 형식의 수기는 한글로 작성된 전자와 달리 이주 여성들의 모국어로 쓰여져 있어 보다 솔직하고 신랄하다는 분석을 하고 있다. 전자의 수기는 "결혼과정과 한국 입국-한국생활의 어려움-문화적 갈등 해소를 위한 노력(임신 및 출산)-완전한 한국인(행복한 가정)의 서사구조"를 보여주지만, 후자의 수기에는 전자에서 고통이 주어진 현실을 어떻게든 극복하고 '완전한 한국인'이 되기 위해 노력하는 과정이라고 할 수 있는 '그림에도 불구하고'라는 장치가 제거되어 있다는 것이다(강진구, 「결혼이주여성의 '자기서사' 연구」, 『어문론집』 54집, 중앙어문학회, 2013.6, 105~135면).

설에서 결혼이민 현상을 다룬 작품의 결말이 일관적으로 비극적이며, 이주 여성이 철저한 희생자로서 재현되는 이유를 서사기호학과 공간기호학의 방법론을 통해 분석하고 있다.[20] 배옥주는 공선옥의 「가리봉 연가」를 통하여 결혼이주여성이 한국인들의 배타성으로 인해 장소 정체성을 잃어버리는 모습에 대해 고찰하고 있다.[21]

지금까지 소설속의 결혼이주여성에 대한 연구는 주로 그들이 타자화되는 방식이나 반대로 고유한 정체성을 찾아나가는 방식에 초점이 맞추어졌다고 해도 과언이 아니다. 이제는 보다 객관적인 시각에서 결혼이주여성이 한국 사회와 관계 맺는 양식을 종합적으로 살펴볼 필요가 있다.

이러한 문제의식을 바탕으로 본고에서는 베리Berry의 문화변용accultu-ration[22] 모델에 의거해 분류작업을 시도하고자 한다. 한국 사회는 여러 인종과 민족으로 구성된 다문화사회로 향해 가고 있다. 베리Berry는 이민자가 주류사회와 관계 맺는 방식을 네 가지 유형으로 나눈다. 모국의 문화는 유지하지 않고 새로운 사회의 문화만을 받아들이는 동화Assimil-ation, 모국의 문화를 유지하면서 새로운 사회의 문화를 동시에 받아들이는 통합Integration, 모국의 문화를 유지하면서 새로운 사회의 문화를 받아들이지 못하는 분리Segregation, 모국의 문화도 유지하지 못하면서

---

20 연남경, 「여성 이주 소설의 기호학적 분석」, 『기호학 연구』 40집, 한국기호학회, 2014, 165~188면.
21 배옥주, 「국제결혼 이주여성의 장소 정체성 상실─공선옥의 「가리봉 연가」를 중심으로」, 『젠더와문화』 제6권 2호, 계명대 여성학연구소, 2013, 149~175면.
22 문화변용이란 문화적 근원이 다른 사람들 간의 지속적이고 직접적인 접촉의 결과로 일어나는 변화를 의미한다(임선일, 『한국 사회 이주노동자의 문화변용』, 이담, 2011, 68면).

새로운 문화를 받아들이지 못하는 주변화Marginalization로 구분하는 것이다.[23] 이 글은 베리의 구분에 따라 3절에서는 결혼이주여성이 동화의 담론이나 정책에도 포섭되지 못하고 한국 사회로부터 배제되는 소설들을, 4절에서는 동화의 담론 속에 놓여 있는 소설들을, 5절에서는 분리의 (불)가능성을 암시하는 소설들을, 6절에서는 통합의 가능성을 보여주는 소설들을 살펴보고자 한다. 이에 앞서 2절에서는 결혼이주여성이 등장한 배경에 대하여 알아볼 것이다.

2. 결혼이주여성의 등장 배경

이순원의 「미안해요, 호 아저씨」(『문학수첩』, 2003 가을)는 결혼이주여성을 소재로 한 소설 중에 비교적 초기에 쓰여진 작품이다. 이 작품에는 결혼이주여성이 한국 사회에 등장하게 된 사회적 상황 등이 잘 나타나 있다.

이 작품은 중국 동포 여성으로부터 시작되어 동남아 여성으로 확대

---

[23] Berry, J.W., "Immigration, acculturation and adaptation", *Applied Psychology* vol.46, 1997, pp.5~34. 임선일, 앞의 책, 73~74면에서 재인용. 이에 대응하여 주류사회가 이민자를 대하는 전략유형도 주류사회가 이민자의 문화적 인종적 종교적 정체성을 인정하고 유지시키는데 적극적이기보다는 주류사회의 문화적 사회적 정체성을 더 많이 받아들이도록 유도하는 용광로(Melting Pot) 모형, 주류사회가 이민자 모국의 문화적 인종적 종교적 정체성을 인정하고 존중하며 동시에 주류사회의 문화도 순차적으로 적용하고 수용할 수 있도록 배려하는 다문화주의(Multiculturalism) 모형, 주류 사회가 이주민의 정체성을 인정하거나 존중하지 않고 또 이민자가 쉽게 적응하지 못하는 사회적 시스템과 구조 하에 있는 분리(Separation) 모형, 주변화의 의미와 맥을 같이하는 배제(Exclusion) 모형이 있다(같은 책, 70면).

된 결혼이주의 역사를 잘 보여준다. 결혼이주여성의 유입은 1990년대부터 한중수교와 농촌 총각 장가보내기 운동으로 본격화되기 시작하였고, 이때 처음 주요한 대상이 된 것은 중국 동포 여성들이었다. 그리고 시간이 지날수록 결혼이주여성은 베트남이나 태국, 필리핀 등으로 확대되었다.[24] 「미안해요, 호 아저씨」에는 이러한 상황이 잘 나타나 있다. 베트남 여자와의 국제결혼이라는 본격적인 이야기 이전에, 이 작품은 2년 전 연변 처녀와 결혼하라는 제안을 받고 고민했던 후배 작가의 "가슴 쓸쓸한 이야기"(199)로부터 시작된다. 서른여덟 살이 된 후배 작가의 고모는 후배 작가에게 돈 500만 원을 마련하여 연변에 갈 것을 제안하는 것이다. 그때 그 작가는 "이름도 얼굴도 나이도 모르는 연변 처녀한테 미안"(202)함을 느끼며, "이러다 연변뿐 아니라 저 아래 태국이며 월남 필리핀까지 내려가는 사태가 벌어지는 것은 아닐까"(202) 하는 예상을 하고, 그 예상은 불과 2년 만에 현실이 된다.

실제로 2년 만에 한국에는 "베트남 처녀 현수막"(202)이 등장하는 것이다. 대부분의 서사는 '내'가 초등학교 동문회 겸 체육대회에 참가하기 위해 고향에 내려가 결혼이주여성을 둘러싼 여러 가지 이야기를 듣는 것으로 되어 있다. 결혼이주여성을 맞이할 수밖에 없는 고향의 상황이 여러 가지 사례를 통해 제시된다. 학생 수가 모자라 '내'가 나온 초등학교는 폐교 될 위기이며, 동창인 영욱이는 마흔이 넘은 나이에도 혼자 산다. "여기 그런 사람 많다"(209)는 고향친구의 얘기처럼, 영욱이처럼 가정을 이루지 못한 경우는 일반적인 사례로 설명된다. "여자들은 점점

---

24 김태환, 앞의 책, 104면.

촌에 들어오지 않으려고 하고, 나이는 더 먹어 버리"는 상황에서 "촌에서 어물어물하다 서른 넘기고 서른다섯 넘기면 그 다음엔 저절로 홀아비로 늙어가기 마련"(210)인 것이다. 이것은 한 개인의 문제라기보다는 농촌 사회 전반의 구조적인 붕괴와 맞닿아 있는 것으로 이야기된다. 이런 상황에서 연변의 여성을 시작으로 하여 이주여성은 농촌 사회의 재생산을 위해 한국 사회에 급격하게 유입된다.

마흔다섯 살의 오익이는 베트남 여성과 세 번째로 결혼을 하게 되는데, 그 과정은 한국의 농촌남성들이 베트남 여성을 구할 수밖에 없는 이유를 보여주는 것이기도 하다. 처음에는 시골로 시집오는 것을 싫어하는 한국여성과 결혼하지만, 그 결혼은 4개월 만에 이혼으로 끝난다. 두 번째는 연변에서 온 여자와 결혼하지만 그녀는 결국 패물만 몽땅 걷어서 도망간다. 이런 과정을 거친 후에 오익이는 세 번째로 스물 한 살의 베트남 여자와 결혼을 하게 된 것이다.[25] 오익이의 얘기는 "영욱이의 얘기가 될 수도 있고, 이 운동장에 왔거나 오지 않은 비슷한 처지의 또 다른 누군가의 얘기가 될 수도 있"(212)다.

이 작품에는 "그냥 돈 주고 남의 나라 처녀 하나 사오는"(218) 거라고 해도 과언이 아닌 베트남 여성과 한국 남성의 결혼과정이 자세하게 드러나 있다. 그 과정은 고향 마을에 붙어 있는 "초혼 재혼 월남처녀와 결혼하세요. 장애자, 연세 많으신 분 절대 도망가지 않습니다!!"(222)라는 현수막의 "집단적인 비열함"(213)이 실현되는 과정이기도 하다. 소아마비 남동생을 둔 성희는 오익이의 결혼 이야기에 큰 관심을 기울인다.

---

25 베트남 여성과 결혼하는 오익이를 사람들은 "파월 용사"(210)로 부르는데, 이 말 속에는 한국 사회의 폭력적 남성중심주의가 드러나 있다.

「미안해요, 호 아저씨」에서 가장 주목할 점은, 결혼의 한 당사자인 '베트남 처녀'가 직접적으로 등장하지 않는다는 점이다. '베트남 처녀'는 여러 사람의 말을 거치거나 '나'의 상상을 통해서만 그 모습을 흐릿하게 드러낼 뿐이다. 베트남 여인의 목소리가 단 한번 들리는데, 거기에는 다음의 인용문에 드러난 것처럼 부모, 동생, 당신 등을 염려하는 마음만이 가득 담겨져 있다.

> 밤에 여자가 그러더래. 가족 때문에 결혼하는 거라고. 동생이 둘 있는데, 둘 다 공부를 잘한다고. 그렇지만 집이 가난해 둘 다 공부를 할 수 없어 부모가 자기에게 한국 사람하고 결혼하라고 한다고. 가족 때문에 결혼하지만, 한국에 가서 '빨리' 잘할 거라고 하더래. 한국말로 '당신 사랑', '당신 행복', '나는 희생' 하면서. (218)

결혼이라는 중요한 인생의 선택에 있어서 베트남 여인 자신의 욕망이나 의지는 전혀 드러나 있지 않다. 자신의 고유성을 인정받지 못하는 베트남 여인의 처지는 그녀가 '무명無名의 존재'라는 사실을 통해 더욱 강조된다.

'나'는 현수막 아래에 "베트남 여자아이가 작은 보퉁이를 안고 서 있는 듯한 느낌"(223)을 받는다. 그 여자아이는 '나'의 잠자리까지 쫓아오지만, '나'는 "그 여자아이의 이름을 알 수 없다"(224)며 안타까워한다. "빅뚜이, 바오닌, 호치민"(224)을 떠올리고, "사이공 정부의 몇몇 부패했던 지도자들의 이름"(225)까지 억지로 떠올릴 수 있는 '나'이지만, "그 여자아이에게 붙여 줄 이름은 떠오르지 않"(225)는 것이다. 작품은 다시 한번 그 여자아이가 이름이 없다는 사실을 강조하며 다음과 같이 끝난다.

> 이제 옆으로 조금씩 야위어가기 시작하는 열이레 달 아래에 이름도 없이 울고 서 있다.
> 이태 전 연변 처녀에 대한 후배의 마음이 이랬을까.
> 미안하다, 베트남 처녀여.
> 정말 미안하고 미안합니다, 바레.
> 그리고 미안해요, 호 아저씨…… (225)

흥미로운 것은 베트남의 지도자인 호 아저씨(호치민)는 물론이고, '베트남 처녀'의 남자친구마저 바레라는 이름을 가진 상황에서, 정작 당사자인 '베트남 처녀'만은 이름이 없다는 사실이다. 이름조차 없는 이 베트남 여성의 존재조건에는, 앞으로 그녀가 헤쳐 나가야 할 고단한 한국 생활의 모습이 압축되어 있다.[26]

---

26 이순원의 「미안해요, 호 아저씨」에는 베트남에 대한 이해를 보여주려는 노력이 곳곳에 나타난다. 젊은 시절에 베트남에 가서 돈을 벌어와 성공한 길우 선배 이야기도 등장하고, 월남에 다녀와 알콜 중독에 시달리다 객사한 영욱이 형과 고엽제로 평생 고생한 경석이 아저씨의 이야기도 소개된다. 또한 경석이 아저씨를 통해 베트남에서 벌어졌던 무시무시한 "무용담"(208)도 등장한다. 베트남 전쟁 당시 커피, 트랜지스터 라디오 등이 모두 월남을 통해 들어온 사실을 통하여, 베트남 전쟁이 한국의 경제 발전에 기여한 측면도 어느 정도 설명된다.

3. 한국 사회로부터 주변화되는 결혼이주여성

1) 극단적 주변화의 방식 - 살인, 자살, 출국

한수영의 「그녀의 나무 핑궈리」(민음사, 2006)는 주인에게 버림받은 개가 중국 동포인 결혼이주여성 만자를 관찰하고 이야기하는 방식으로 되어 있다. 만자는 동배 어머니가 연변에서 병든 친정아버지의 치료비를 대는 조건으로 한국에 데려온 여성이다. 만자는 "동배의 샌드백"(68)이라고 불릴 만큼, 무위도식으로 세월을 보내는 동배의 폭력에 시달린다. 이 작품에서는 개와 만자가 동일한 층위에 놓여 있다. 개 역시 아무 이유 없이 동배에게 걷어차이듯이, 만자 역시도 특별한 이유 없이 폭력의 대상이 되는 것이다. 같은 처지의 개와 만자는 진한 교감을 나눈다.[27]

---

27 「그녀의 나무 핑궈리」에서 만자가 유일하게 교감을 나누는 대상은 버려진 개뿐이다. 개를 처음 발견했을 때, 동배는 당장 개장수를 부르려고 하지만 만자는 개의 눈물을 닦아 주면서 "가슴에 꼭 안은 채 내주지를 않"(72)는다. 개는 그 순간 "난생 처음 제 눈물을 닦아주는 여자"(72)를 만나게 된 것이다. 개 역시 쩍쩍 갈라진 만자의 발뒤꿈치를 보며 "아릿아릿한"(75) 감정을 느끼기도 한다. 개는 동배가 외간여자와 관계를 맺고 있는 방문 앞에서 만자와 함께 쭈그려 앉아서 다음과 같은 생각을 한다. 여기에는 만자와 개의 진한 교감이 드러나 있다. "괜시리 눈자위가 뜨거워지더니 가슴이 먹먹해지더라고요. 물에 빠진 거처럼 점점 숨이 차오르면서요. 만자 씨의 슬픔이 제게로 흘러오고 있는 거였지요. 순간 그녀에게 입을 맞추고 싶다는 생각이 들었어요. 연인들의 혀가 서로를 쓰다듬고 위무하는 것처럼 제 혀가 닳을 때까지 그녀를 핥아주고 싶었지요. 그때부터였던 것 같아요. 제가 만자 씨를 사랑하게 된 게."(88)
결혼이주여성이 동물이나 식물과 동일시되는 상상력은 결혼이주여성 제재 소설에서 자주 발견된다. 이것은 이들이 한국 사회에서 온전한 인간으로 대우받지 못하는 현실의 직접적인 반영이라고 할 수 있다. 정인의 「그 여자가 사는 곳」에서도 리엔과 눈을 마주친 중년 여인의 눈길은 "길 잃은 고양이를 보는 것 같다"(28)고 이야기된다. 서성란의 「파프리카」에서도 이국식물 파프리카와 외국여성 츄엔은 동일시된다. 정인의 「타인과의 시간」에서도 쑤안은 개 수안에게서 큰 위안을 받고, 나아가 동일시되기도

만자의 고통은 동배에게만 한정된 것은 아니어서, 그녀는 숙녀복 공장에서도 제대로 된 대접을 받지 못한다. 만자는 남보다 많은 미싱일을 하지만 다른 미싱사보다 월급은 늘 적다. 동배가 가출하면 만자는 미싱을 타지 않거나 공장에 나가도 제대로 일을 하지 못한다. 따라서 작업반장은 동배가 공장 일이 바쁠 때는 가출을 삼갈 것과 여자와 재미를 봤으면 얼른 집으로 돌아오기를 바란다. 이것 역시 자신들의 이익을 위해서일 뿐, 만자를 걱정해서 하는 일은 아니다. 그것은 공장 사람들이 만자를 "둘치"(84)라고 부르는 것에서도 잘 나타난다.

동배가 연변에 보내주기로 약속한 초청장은 아무런 소식도 없고, 동배는 만자를 폭행하여 친정아버지 약값으로 보내려고 몰래 모아둔 돈까지 빼앗아 가출한다. 동배가 가출할 때마다 반복하듯이, 이번에도 만자

한다. 송은일의 『사랑을 묻다』에서 최부용의 동서가 최부용을 처음 보고 "부용 씨, 아니 형님! 그림처럼 예쁘고 고요하게 살아주세요. 그러면 만사형통이에요"(23)라고 말한다. 남겸도 부용이를 가리켜 "우렁이 각시"(30)라고 일관되게 생각한다. 김훈의 『공무도하』(문학동네, 2009)에서는 베트남에서 시집 온 후에가 "엎드린 후에의 몸이 물고기와 같다고 느꼈다. 물고기 같기도 했고 새 같기도 했다. 포유류와 조류와 어류를 합쳐놓은, 혹은 종족이 분화되기 이전 지층시대의 생명체처럼 느껴졌다"(284)라고 묘사된다. 후에는 잠수일을 마치고 물 위로 올라오면 가랑이 사이로 오줌을 지리고, 때로 "반도의 서쪽 연안에 중간기착한 새처럼 보"(290)이기도 한다. 천운영의 『잘 가라, 서커스』에서도 중국 동포 림해화는 자신의 시어머니에게 "제가 살던 용정에는 사과배라는 게 있다. 그 사과배라는 게 저희 중국의 조선족들과 똑같단 말입니다. 왜서 같은가 하면 조선에서 이주해오면서 사과 묘목을 갖고 온 사람이 그걸 연변 참배나무에 접목시키지 않았겠습까"(58)라고 이야기한다. 가장 끔찍한 것은 이명랑의 『나의 이복형제들』(실천문학사, 2004)에서 남편으로부터 무지막지한 폭력을 당하는 결혼이주여성이 "끈에 묶인 인형"(158)에 비유되는 장면이다.
『잘 가라, 서커스』에서는 특이하게도 외국 여성과 국제결혼을 시도하며, 외국 여성을 성적인 물건으로만 취급하는 한국인 남성들이 초점화자 윤호에 의해 짐승으로 비유된다. 윤호는 그 남성들을 보며 "눈앞에는 벌거벗은 여자 위에 올라탄 난쟁이와 홀레붙은 돼지들과 거대한 문어떼가 어룽거렸다"(12)라거나, 그들의 목소리가 "발정난 돼지들의 신음소리"(12) 같다고 생각한다.

는 동배를 찾아 나서고 여관에서 장마담과 얼크러져 있는 모습을 발견한다. 결국 동배와 여관 종업원에게 맨발로 쫓겨난 만자는, 그 다음날 아침 집으로 돌아온 동배를 가위로 살해한다. "고향 떠나올 때 강가에 피어 있던 달개비꽃처럼 푸른 멍 자국을 늘 얼굴에 달고 다니는 여자"(88), "뱃속에 들어선 아이마다 오뉴월 비에 풋감 떨어지듯 해 둘치라고 불리는 여자"(89)는 그렇게 살인자가 되고, 결국 이 사회로부터 배제되어 버린 것이다. 만자의 비극적 인생 행로에 결정적인 역할을 한 것은 남편 동배이지만, 숙녀복 공장으로 대표되는 한국 사회의 문제도 적지 않다.

정인의 「그 여자가 사는 곳」(『그 여자가 사는 곳』, 문학수첩, 2009)도 결혼이주여성인 리엔이 쌀국수집 사장을 살해하는 것으로 끝난다. 이 작품은 '외국인을 위한 한글교실'에서 리엔에게 한글을 가르쳐 주던 민혜경 선생의 이야기가 외화로, 리엔이 민혜경에게 보내는 수첩 속의 이야기가 내화로 되어 있는 액자소설이다. 이러한 방식을 통해 결혼이주여성과 한국인의 심리가 동시에 조망되는 효과를 얻고 있다.

리엔은 한국에 온 후 1년 동안 "한글교실, 그의 친구 집, 슈퍼마켓"(15)만을 다니는 폐쇄된 삶을 산다. 리엔의 남편은 리엔을 자기 친구들과의 변태적 성관계에까지 적극적으로 끌어들인다. "너, 잘살아 보겠다고 여기까지 온 거 아냐? 그럼, 내가 시키는대로 할 일이지"(16)라는 말에서 드러나듯이, 리엔의 남편에게 리엔은 정당한 대가를 지불했기에 마음대로 할 수 있는 물건에 불과하다. 리엔은 가출하여 베트남 쌀국수집 씨클로에 종업원으로 취직한다. 그러나 씨클로의 사장은 "자고 먹을 데만 있으면…… 하루 종일 일할 수 있"(17)는 상태인 리엔을 성폭행하고 여권마저 빼앗는다. "태어나서 살아온 21년의 생애보다 이곳에서 지낸 1년

여의 시간이 더 길다"(40)고 느껴질 만큼 고통스런 삶을 살던 리엔은 사장의 아이까지 임신하고, 마지막에는 사장을 살해하고 만다.[28]

리엔은 한국 사회에 전혀 적응하지 못한 채 지옥같은 삶을 살다가 결국에는 한국 사회로부터 배제되어 버린다. 리엔은 "국수 한 그릇을 먹는 곳에서라도 정중하게 대우받"(21)는 것을 꿈꾸지만, 그 꿈은 현실과는 너무나 거리가 멀었던 것이다. 한국 사람 누구도 그녀를 동등한 인간으로 받아들이지 않는다. 민혜경이 리엔의 남편에게 리엔의 안타까운 소식을 전하지만, 그는 아무런 관심도 갖지 않는다. 민혜경 자신도 리엔의 수첩을 통해 자신이 "어려운 처지의 이주 외국인들을 돕는다면서도 마음 깊은 곳에 닿을 마음은 애초에 없"(13)었다는 것을 깨닫는다. 민혜경은 "수첩을 받자마자 만사를 제쳐 놓고 달려왔더라면 리엔을 구할 수 있었을까? 전화라도 해 봤더라면……. 끝끝내 나는 그녀를 위해 아무것도 한 것이 없었다"(43)라고 고백하는 것처럼, 마지막까지 방관자에 머문 것이라고 할 수 있다.

그렇다고 리엔이 자신의 고유한 문화로부터 정서적 지원을 받는 것도 아니다. 리엔은 "고향에 관한 것이라면 무엇이든 그 이름만으로도 나는 행복해지는 것이다"(17)라고 생각하는 것에서 드러나듯이 고향을 무척이나 그리워하지만, 그러한 그리움이 베트남 문화나 공동체에 대한 재구성으로 연결되지는 않는다. 단적으로 씨클로에 찾아온 베트남이주여성을 발견하지만, 애끓는 그리움과는 달리 리엔은 그 여인의 손조차 잡지 못한다. 이러한 상황에서 리엔은 한국 사회로부터 영원히 배제되어 버린

---

28 민혜경은 리엔의 수첩을 읽으며, 파월 장변인 아버지의 회고담에서 듣던 야만 행위가 이 땅에서 다시 일어나고 있다는 생각에 "연민에 찬 분노와 수치심"(32)을 느낀다.

것이라고 할 수 있다.

정인의 「타인과의 시간」(『그 여자가 사는 곳』, 문학수첩, 2009)에서 베트남 신부 쑤안을 가장 힘들게 하는 존재는 '나'의 어머니이다. 결혼 이야기가 나왔을 때부터 어머니는 "타민족, 특히 피부가 가무잡잡한 동남아인의 피가 섞이는 것은 있을 수 없는 일"(83)이라며 반대한다. 결혼 이후에도 어머니는 아내의 모든 것을 못마땅해 하며, 외국인 며느리들이 "모두 빈한한 집안에서 태어나 팔려 오는 거라는 터무니없는 말"(84)을 아내에게 한다. 이러한 차별적 시선은 비단 가정 내의 문제만은 아니다. "베트남 여자는 도망가지 않습니다"(90)라는 결혼문구가 선명하게 보여주듯이, 집에서나 밖에서나 아내의 "자존감을 훼손하는 일"(90)은 한국 사회의 도처에 널려 있었던 것이다. 이러한 상황에서 아내는 애견 가게에서 한 마리 개를 발견하고, 그 개에게서 자신을 발견한다.[29]

그녀는 한국에서 한 마리 상처받은 개로 살아가고 있었던 것이다. 아내는 개에게 자신의 고향 지명인 하노이에서 따온 '하노'라는 이름을 지어준다. 이후 하노는 아내의 유일한 벗이 되고,[30] 하노를 향해 "온갖 얘기를 다 모국어로 쏟아 놓"(92)는다. "소통의 문제로 내내 어려움을 겪었"(84)던 아내의 유일한 소통 상대는 개가 된 것이다. 한국어만이 강제되는 상황에서 유일하게 베트남어가 상상적인 방식에서나마 발화될 수 있는 것은 오직 개를 향해서 뿐이다. 이런 상황에서 쑤안이 아끼던 개의

---

29 그 부분을 인용하면 다음과 같다. "개의 눈빛이 어째 저럴까? 너무 불쌍해 보인다……. 당신, 알아? 나도 저렇게 보일까봐 늘 신경 쓰는 거. 그러면, 한국 사람들은 무시하니까……. 당신은 모르지? 한국 사람들이 얼마나 무례한지."(91)
30 아내는 "하노는 내게 아주아주 소중한 존재"(88)라며 아픈 개를 밤새워 간호하기도 한다.

죽음과 그에 따른 장례 과정이, 쑤안이 베트남으로 돌아간 이유를 돌아보는 과정과 서로 맞물려 있는 것은 자연스러워 보인다.

하노와의 대화(독백)는 아기를 낳은 이후 줄어든다. 하노에게 하던 그 많은 이야기를 아이에게 하기 시작한 것이다. 처음 '나'는 이러한 아내의 모습을 사랑스럽게 여기지만, 어머니의 "애들은 에미 말을 배우는 법인데 미리 조심시켜라. 저러다 정윤이가 우리말도 제대로 못 배우고 저 시답잖은 말부터 배울라. 영어라면 모를까"(95)라는 말을 들은 후부터 조금씩 변하기 시작한다. 그리해서 아내가 아이를 돌볼 때 두 가지 말을 쓰는 것에 신경을 곤두세우다가, 아이가 "짜(아빠)"(95)라며 매달리자 아이를 밀치는 지경에까지 이른다. '나' 역시 진심으로 아내의 베트남적인 정체성과 문화를 인정하는 것은 아니었던 것이다. 처음 '나'는 베트남의 대학 교정에서 "망고스틴의 속살"(89)같은 아내를 보고, 첫눈에 반해 "세상을 사도 될 만한"(89) 노력을 기울여 결혼까지 하였지만, 그러한 이국적 외양에 대한 매혹 속에는 아내에 대한 진정한 이해와 교감 대신 "우월감"과 "이기심"(97)이 도사리고 있었던 것이다. 아내와 나누는 다음의 대화 속에서 한국어가 아닌 베트남어, 다시 말해 아내의 베트남적인 정체성이 놓일 자리는 없다.

"당신은, 내가 이 집에서 뭘 하고 있기를 바라는 거예요? 잘 되지도 않는 당신네 나라 말을 떠듬거리면서, 아이에게 바보 같은 엄마 노릇을 해야 하나요? 난, 아이 엄만데, 우선 아이하고 말이 통해야 할 거 아녜요!"

"당신은, 당신만 중요해? 나도 있고, 우리 가족도 있어. 이 땅에 왔으면 우리말부터 먼저 해야지, 한창 말을 배우는 아이를 데리고 앉아서 당신네 말만 가르치고 있음 어떡하냐 말이야."

"난 그렇게 복잡한 거 몰라요. 내 아들과 얘기를 하고 싶을 뿐이에요."(97)

'나'는 결국 자신이 그녀가 "이 땅에 튼튼하게 뿌리를 내릴 때까지 기다릴 만큼 너그럽지 못했"(101)음을 깨닫게 된다. 그리고 이러한 상황에서 아내는 "자신의 모국어"(101)를 선택하여, '나'와 결별한 채 출국한다.[31] 이러한 출국은 결혼이주여성을 그린 소설 중에서 거의 유일하게 나타나는 모습이라고 할 수 있는데, 이것은 그녀가 베트남에서도 "교양을 갖춘 중산층 집안의 딸"(84)이라는 것과 무관하지 않다.[32] 그러나 출국 역시 한국 사회에서 배제된다는 점에서는 자살이나 살인과 동일한 차원에 놓인다고 볼 수 있다. 이 작품에서는 고유한 민족적 인종적 정체성의 핵심에 언어가 놓여 있으며, 한국 사회에서 결혼이주여성의 언어는 싸늘한 배제의 대상이라고 할 수 있다. 정인의 소설에는 그러한 타자화에 대한 반성적 시선이 늘 존재한다.

백가흠의 「쁘이거나 쓰이거나」(『현대문학』, 2010.8)는 결혼이주여성에 대한 폭력의 극한을 보여주는 작품이다. 베트남에서 태어난 쓰이는 국제결혼을 통해 덕유산 자락에 위치한 시종의 집으로 이주한다. 쓰이

---

31 윤대석은 '내'가 쑤안에게 이국적 매력을 느껴 결혼까지 했다가 결별하게 되는 과정의 심리적 변화를 "이질성이 동일자가 제어하는 범위 내에 있을 때 매력이 되고, 그것이 제어 환원할 수 없는 것이 될 때 차이(벽·분리)가 되며, 그러한 차이가 미래에 투사되어 나의 정체성을 위협(분리)할 때 불안이 된다"(윤대석, 「결혼 이주자를 위한 한국어 문학 교육」, 『국어교육연구』 34권, 서울대 국어교육연구소, 2014, 210~211면)고 명쾌하게 정리한 바 있다.

32 쑤안은 "한국인의 의식 속에 '못사는 나라에서 온 외국인'이라는 단일한 범주로 상상되는 사람"인 "평균적 이주자"(7)와 가장 거리가 먼 결혼이주여성이라고 할 수 있다.

는 시종의 가족들(시종, 기종, 노모)로부터 한 번도 쯔이로 불리지 못하고, '쁘이' 혹은 '뿌이' 등으로만 불린다. 이것은 그녀가 자신의 고유성에 대하여 어떠한 인정도 받지 못하고 있음을 보여주는 것이다.[33] 쯔이를 처음 보았을 때 시어머니는 "아를 나면 튀기 표가 팍 나겄시. …… 이렇게 쪼맨헌 야가 밭일이라도 할 수 있겄냐?"(92)라고 물어보는데, 시어머니에게 쯔이는 오직 '생산'의 도구일 뿐이다.

쯔이는 "가요와 드라마"(93)에서 시작된 코리안 드림을 가지고 한국에 왔다.[34] 그러나 쯔이가 동경하는 동방신기는 말할 것도 없고 그 흔한 서울 구경 한번 하지 못한다. 시종에게 쯔이는 오직 성적 착취의 대상으로만 존재할 뿐이다. 시종은 쯔이를 얻기 위해 지불한 2,500만 원의 돈에 대한 대가를 얻는다는 생각으로 쯔이와의 성관계에 집착한다. 성관계를 맺지 않을 때면, 시종은 언제나 노모의 방에서 잠을 잔다. 쯔이는 완벽한 타자로서 감금된 형상이라고 할 수 있는데, 쯔이는 돈도 전혀 받지 못하고 다문화 가정 모임에도 나가지 못한다. 심지어 그녀는 노동을 하는 낮 시간을 제외하고는 시어머니가 원치 않기 때문에 TV를 볼 수도 없으며 거실로 나올 수도 없다. 오직 자기 방에서 시종의 육체를 감당하는 것만이 그녀에게 주어진 삶의 전부이다.

시어머니와 시종의 사이는 거의 오이디푸스기 이전 모아(母兒)간의

---

33 본래의 이름을 잃어버린다는 설정은 결혼이주여성을 형상화한 소설의 문법적 장치라고 할 정도로 자주 등장한다.
34 한국을 오게 만드는 중요한 동력으로 '한류'는 빈번하게 등장한다. 송은일의 『사랑을 묻다』의 최부용도 "비라거나 레인으로도 불리는 별 같은 사람"(22)에 대한 동경을 지니고 있으며, 이러한 동경은 정지아의 「핏줄」에 등장하는 결혼이주여성에게도 나타난다.

일체화된 관계를 방불케 하고, 시종과 기종의 우애 역시도 너무나 끈끈하다. 시종이 느끼는 책임감과 죄책감이 있다면, 그것은 쯔이가 아닌 오직 동생인 기종을 향할 뿐이다. 시종은 자신이 비싼 돈을 들여 결혼하는 바람에 기종의 결혼이 해를 넘기게 됐다고 미안해한다. 결국 이러한 상황은 쯔이를 시종과 기종이 공유하는 상태로까지 연결된다. 이 와중에 쯔이는 시종과 기종의 아이를 차례로 낙태한다. 쯔이는 탈출을 시도하지만, 여권도 빼앗기며, 이러한 상황에서 아무런 정보도 없이 쯔이가 탈출한다는 것은 애당초 불가능한 일이다. 다시 잡혀온 쯔이는 "며느리도, 부인도, 형수도, 아무것도 아"닌 존재가 되어, "축사에서 키우는 젖소만큼의 사랑과 배려"(112)도 받지 못한 채, 한국으로 시집온 지 반년 만에 목을 매 자살한다. 문제는 쯔이의 죽음에 관한 토막 기사에서마저 쯔이는 "쁘이"(113)라는 이름으로 잘못 표기된다는 것이다. 한국 사회 역시도 쯔이를 타자화하여 죽음으로 내모는 데 일조했음을 상징적으로 보여주는 장면이라고 할 수 있다. 그리고 쯔이의 고통이 계속될 것이라는 사실은, 쯔이의 유골을 산에 뿌리고 내려오는 길에 시종이 기종에게 우즈베키스탄 애들이 "늘씬하"(113)다는 이유로 장가갈 것을 추천하는 것에서 암시된다. 이 세 명의 가족(어머니, 시종, 기종)이 나누는 우의와 정은 가히 완벽하고도 뜨겁지만, 그 정념의 강도만큼이나 쯔이가 겪는 차별과 배제의 고통은 너무나도 가혹하다.

결혼이주여성에 대한 차별과 폭력으로는 문화적 편견, 불안정한 아내 위치, 경제적 불안정 및 재산권 불인정, 공권력/제도적 차별 등이 이야기된다.[35] 위에서 살펴본 작품들에는 그러한 차별과 폭력의 요소들이 모두 나타나 있다. 이러한 소설들은 고통받는 결혼이주여성들의 삶을 다룬다는 점에서 그 의의가 매우 크다. 그러나 이러한 고발에만 치중할 경우 작가의 의도와는 무관하게 타자를 연민과 동정의 대상으로만 보게 되는 단점이 있다. 이때 '우리'와 '결혼이주여성들' 사이에 작동하는 공감의 폭은 작아지며, 양자는 서로 다른 대상으로 분리되는 위험이 발생할 수도 있다.

이러한 문제점을 가장 잘 보여주는 것이 이명랑의 『나의 이복형제들』(실천문학사, 2004)이다. 『나의 이복형제들』에서 중국 동포 결혼이주여성은 계속해서 "머저리"(131)로 불려진다. 이 국제적인 머저리는 "나타날 때마다 한결같이 재수 없었고, 재수 없는 사건의 원인제공자까지 되었다"(122)고 설명된다. 그녀는 다른 여자가 있는 한국 남자와 결혼해서 한국에 왔고, 이후에는 다방 레지로 일한다. 그녀는 남편에게 "죽지 않을 만큼"(141)의 폭력에 시달리면서도 그것을 묵묵히 감내한다.

머저리는 남편의 주먹질에 익숙해 있었다. 남편의 주먹에 힘이 들어갈 때마다, 남편의 발이 배를 걷어찰 때마다 적절하게 몸을 웅크렸다. 머저리는 어떻게 맞아야 덜 아픈지를 알고 있는 사람이었다. 남편의 주먹다짐이 시작된 바로 그 순간, 머저리는 양팔을 두 귀에 바짝 가져다 붙였는데 고막이 터지거나 머리가 깨져보지 않은 사람이라면 미처 흉내낼 수도 없을 만큼 재빠른 동작이었다.(157)

극단의 폭력을 감내하는 결혼이주여성의 모습은 이미 정상성의 범위

---

35 황정미, 「결혼이주여성의 가정폭력 경험 – 성별 위계와 문화적 편견」, 『국경을 넘는 아시아 여성들』, 이화여대 출판부, 2009, 65~72면.

를 넘어선 것이라고 할 수 있다. 이를 통해 그녀는 우리와는 너무도 이 질적인 존재로 우리의 감성에 깊이 각인된다.

「그녀의 나무 핑궈리」에서 만자는 정상인과는 다른 특이한 모습으로 형상화된다. 만자는 동배의 무지막지한 폭력에 시달리면서도 꼭 동배 곁에 붙어서 잠을 잔다. 이러한 모습은 동배의 어머니를 통해서도 "너그 내외 사는 속은 귀신도 모른다"(68)라고 이야기되며, 초점화자인 개조차도 "정말 이해할 수 없는"(68) 일이라고 여긴다. 또한 만자는 "을지문덕 장수가 환생"(73)한 것으로 여겨질 만큼 큰 몸집을 가지고 있다. 만자는 개의 눈에 "초원 위를 걸어가는 공룡"(74)처럼 보이기도 한다. 이에 반해 동배는 키도 몸피도 만자 씨의 반밖에 되지 않는다. 그럼에도 일방적인 폭력에 시달리는 만자의 모습은, 그녀가 가진 초라한 사회적 힘을 떠올리게 만든다. 여기서 주의해야 할 것은 '타자의 타자성'에 지나치게 매몰되어서는 안 된다는 점이다. 무조건적인 동정과 시혜 역시 상대방을 온전한 인격체로 대하지 않는다는 점에서는, 무시와 차별만큼이나 타인을 배제하는 일이 될 수 있기 때문이다.

2) 주변화에 맞서는 작은 탈주선들

서성란의 「파프리카」(『한국문학』, 2007 겨울)와 이시백의 「개값」(『누가 말을 죽였을까』, 삶이보이는창, 2008)에는 결혼이주여성이 한국 사회로부터 배제되는 양상이 드러나지만, 비극적인 결말로 끝나는 대부분의 작품들과는 달리 새로운 가능성이 암시된다는 점이 이채롭다.

베트남에서 온 결혼이주여성 츄옌은 발음하기 어렵다는 이유로 한국

이름 수연으로 불린다. 중일에게 츄옌은 오직 성적인 대상으로만 가치 있는 존재이다. 중일은 "틈만 나면 수연의 몸속으로 파고들어갔"(45)던 것이다. 중일이 아쉬워하는 것은 츄옌이 "추위와 노동과 고향을 향한 그리움으로 단맛과 향기를 잃"(46)는 일이다. 처음 중일은 츄옌을 한글 강좌에 데리고 가지만, 그녀가 한글강좌를 충실히 들을 수 있었던 것은 짧은 봄 한철뿐이었다. 이것은 "그녀에게 글자 하나를 가르쳐주는 것보다 고단한 몸을 그녀 안에 부려놓고 싶은"(48) 중일의 마음이 더 크기 때문에 벌어진 일이다. 중일의 가장 큰 목적은 성적인 만족이기에, "그녀가 영원히 한글을 깨치지 못한다고 해도 괜찮다고 생각"(48)한다. 결혼이주여성에게 한글이 갖는 의미를 생각할 때,[36] 츄옌을 둘러싼 환경은 그녀를 한국 사회에 적응시키려는 것과도 무관한 것이라고 볼 수 있다. 중일은 자신의 필요에 따라 "당분간 그녀의 외출을 금해야겠다고 마음먹"(48)기도 하며, 다리를 다친 츄옌에게 모진 소리를 내뱉기도 한다.

시어머니는 중일보다 심각하게 츄옌을 타자화하고 학대한다. 시어머니가 츄옌에게 하는 말들은 주로 "여시같은 년, 요살을 떤다, 밥값도 못하는 년, 육시럴 따위의 욕설뿐"(50)이다. 그런 시어머니가 가장 원하는 것은 츄옌이 "아이를 낳"(50)는 일이다. 아이를 낳으라는 요구는 마을노인과 아

---

36 결혼이주여성들은 수기에서 자신들의 행복한 삶을 위해 필요한 사회적 배려로, '한국어 공부', '임신을 통한 가족 만들기', '가족들의 배려'를 꼽는다. '한국어 공부'를 첫 번째 요구 사항으로 꼽은 이유는, 의사소통이 되지 않으면 남편 또는 가족이란 울타리 속에 자신을 가둔 채 사회로부터 고립되고, 이러한 고립은 심각한 불안과 무력감으로 연결되기 때문이다(강진구, 「결혼이주여성의 '자기서사' 연구」, 『어문론집』 54집, 중앙어문학회, 2013.6, 125~131면).

낙들, 심지어는 츄옌을 친절하게 대하는 선미엄마도 한다.

이런 고단한 상황에서 츄옌은 시내의 군인 목욕탕에서 일하는 나상일 일병에게 매력을 느낀다. 나 일병은 "어느 나라에서 왔는지 호기심과 비웃음을 띤 얼굴로 묻지 않았"(8)고, "다른 손님들에게 하듯 깍듯이 인사를 했"(58)던 것이다. 츄옌은 마지막에 자신의 손에 들어온 초록색 파프리카 한 개를 씨앗조차 남기지 않고 전부 씹어 삼킨다. 이 작품에서 다양한 색깔로 빛나는 파프리카는 남편이 탐하는 츄옌, 정확히 표현하자면 츄옌의 육체를 의미한다. 동시에 파프리카는 츄옌의 착취당하는 노동과 삶의 직접적인 결과물이기도 하다. 츄옌은 파프리카를 생산하기 위해, 남편 중일과 함께 "새벽부터 한밤중까지 작업"(46)을 하고는 했던 것이다. 군복을 입은 나상일 일병을 연상시키는 초록색 파프리카를 모조리 씹어 삼키는 츄옌의 모습 속에서, 더 이상 소외된 삶을 살지 않으며 스스로의 욕망에도 충실하겠다는 그녀의 다짐을 읽을 수 있다.

초록색 파프리카를 모조리 먹어 치우기 전에 츄옌이 꾸는 꿈도 의미심장하다. 그 꿈속에서 츄옌은 동생 윙과 베트남 전통음식을 함께 먹지만, 동생 윙이 하는 말을 알아듣지 못한다. 츄옌 스스로도 자신이 윙의 말을 알아들을 수 없는 이유가 무엇인지 의아해한다. 츄옌은 베트남에서 중일과 결혼식을 올린 첫날밤에 무슨 선물을 받고 싶냐는 중일의 물음에 "동생에게 오토바이를 선물해주었으면 좋겠다"(52)고 말한바 있다. 동생이라는 존재는 베트남에 대하여 느끼는 츄옌의 의무감과 연결되어 있었던 것이다. 그런 동생 윙과 이제 더 이상 소통이 이루어지지 않는 장면은, 남편과 시어머니로 대표되는 한국 사회는 물론이고 베트남의 친정 식구들에게도 얽매이지 않고 자신의 삶을 챙기기 시작한 수

안의 삶을 의미하는 것으로 볼 수도 있을 것이다.

이시백의 「개값」 역시 서성란의 「파프리카」와 비슷한 서사전개양상을 보여준다. 서사의 대부분은 한국인 충국이 베트남 출신의 결혼이주여성 수안을 무시하고 구박하는 내용으로 이루어져 있다. 전충국은 일찌감치 상처를 하여 마누라 잔정도 모른 채 반백이 되었다. 하나뿐인 딸까지 출가시킨 후에 허전함을 이기지 못하여 돈 오백만 원에 베트남 여자 수안을 아내로 맞이한다. "조선족은 발랑 까져서 안 되고, 필리핀 여자는 게으르고 둔해서 안 되고, 베트남 여자들이 눈치도 빠르고 순진해서 좋다는 말에 찬밥 더운밥 가릴 형편이 아닌 충국은 장 속에 꿍쳐 두었던 오백만 원을 서둘러 꺼내 놓았던 것"(82)이다. 베트남 여자 수안을 아내로 맞이한 이유에서부터 잘 드러나듯이, 충국은 수안을 대등한 인간으로 여길 아무런 준비도 되어 있지 않다. 충국은 수안의 엉덩이를 파리채로 때리기도 하고, "드럽게 쫑알거리기는"이라거나 "멍충한 놈" 등의 말을 하기도 한다. 충국은 수안에게 울화가 치밀다가도 "유난히 육덕이 좋은 수안을 바라보고 있자면"(82) 슬며시 화가 가라앉는 것에서도 알 수 있듯이, 오직 그녀의 육체만을 탐할 뿐이다. 수안은 이처럼 철저히 대상화되고 타자화된 존재이다.

그러나 수안은 결코 일방적으로 학대당하는 수동적인 존재만은 아니었음이 마지막에 드러난다. 수안이 베트남에서 함께 데려온 오빠가 사실은 수안의 베트남 남편이었음이 밝혀지는 것이다. 이 놀라운 사실 앞에서 충국은 자신이 베트남전에 참전했던 것을 떠올리며 "이제 와 생각하니 그저 못 사는 나라 것이라고 함부로 깔본 제 불찰이니 누구를 원망하랴 싶어 애꿎은 담배만 뻑뻑 빨아"(96)댄다. 이러한 수안과 충국의 모습은 일방적인 가해와 피해 혹은 시혜와 수혜의 관계에서 벗어난 것이라고 할 수 있다.

4. 한국 사회로 동화되기의 (불)가능성

3절에서 살펴본 한수영의 「그녀의 나무 핑궈리」, 백가홈의 「쁘이거나 쓰이거나」, 정인의 「그 여자가 사는 곳」과 「타인과의 시간」에서 결혼이주여성은 한국 사회로부터 엄청난 폭력에 시달린 결과, 결국 자살 혹은 살인이라는 방식으로 한국 사회로부터 주변화되어 간다. 4절에서 살펴볼 작품들은 베리의 모형 중에서 동화에 해당하는 작품들이다. 한국의 다문화 가정 정책의 핵심은 빠른 시간 내에 결혼이주여성을 한국 문화에 '동화'시키는 것이다. 한국 다문화 담론의 동화 이데올로기는 이주자의 본래적 문화 정체성은 '없어져야 할 것' 혹은 한국에 적응하기 위해 '포기해야 할 것'으로 간주한다.[37] 따라서 동화와 관련한 이주여성의 모습을 살펴보는 것은 한국 사회의 전체적인 맥락에서 매우 중요한 일이다. 4절에서 살펴보려는 작품들에서는 한국인들이 결혼이주여성을 동화시키려는 욕망도, 결혼이주여성이 동화되려는 욕망도 뜨겁지만 결국에는 그 욕망이 이루어지지 않는다. 이러한 실패는 기본적으

---

37 한국의 정책은 이주노동자에게는 일관되게 통제와 관리 중심의 배제정책이 작동하고 있는 반면에 여성결혼이민자에게는 무조건적 사회의 수용과 동화 중심의 정책이 작동하고 있다(김태환, 앞의 책, 211면). 이주노동자는 경제적 필요에 의한 통제와 감독의 대상으로, 여성결혼이민자는 가족구성원이기 때문에 반드시 동화되어야 하는 대상으로 여겨지는 것이다.

로 한국인들이 결혼이주여성에게 내민 손길 속에 한계가 내재되어 있기 때문에 발생한 것이다.

송은일의 『사랑을 묻다』(대교북스캔, 2008)에서 스물한 살의 중국 동포 최부용은 3,000만 원을 받고 중등도 정신지체자인 남겸에게 시집을 온다. 최부용은 "아흔 살이 머지않은 시할머니와 거동이 불가한 시어머니와 바보 남편 시중을 들면서 종택을 돌"(11)봐야 한다. 이 작품의 특이점은 결혼이주여성이 살고 있는 시집이 3백 년이 훨씬 넘은 문화재급 고택인 하백당이라는 점이다. 삼백년 전 우의정을 지냈던 불천위 상암공이 지은 하백당은 한국의 가부장적 혈통주의를 상징하는 거대한 성채라고 할 수 있다. 현재 그 성채의 중심에는 하백당을 지키기 위해 자신의 인생을 걸고 있는 야심가 남면이 있다.

『사랑을 묻다』에는 남편이나 시댁 식구들의 학대, 경제적 어려움, 혹은 주위의 차별적 시선은 거의 등장하지 않는다. 최부용은 남겸을 뜨겁게 사랑하지도 않지만, 남겸에게 별다른 불만을 느끼지도 않으며 하백당에서의 생활에 차츰 적응해간다. 부용은 박물관에서 개설한 문화강좌나 대학 어학원을 다니며 꿈을 키워가기도 한다. 부용은 신문에서 결혼이주여성에 대한 기사를 보면서도, 다음과 같이 반응할 정도로 한국 사회에 적응(동화)하겠다는 의지가 강하다.

부용은 그런 종류의 이질감을 느끼지 못하는 편이었다. 고집할 스스로의 문화나 습속이 따로 있지 않았으므로 강제를 느끼지도 못했다. 무엇보다 문화 차이를 운운할 입장도 아니라고 여겼다. 분명히 거래에 의해 그만한 일을 감당하기로 하고 왔지 않는가. 운 좋게도 이 집 사람들은 그 거래 내용을

상기시키는 일도 없었다.(69)

실제로 부용은 가사도우미와 간병인을 쓸 때보다도 집을 단정하게
가꿔 나간다. 남겸의 어머니도 "부디 이 집에 네 뿌리를 깊이 묻으려무
나"(70)라고 이야기하고, 부용 역시도 이에 동의한다. 동시에 이주민지
원센터인 텃새둥지 회원으로도 적극적인 활동을 해나가고, 여수 외국
인 보호소에 불이 나자 화재 피해자의 중국어 통역을 하여 지역일간지
에 기사로 소개되기도 한다. 이러한 활동은 한국인과는 다른 자신의 고
유성을 지켜 나가는 모습에 해당한다고도 볼 수 있다.

그러나 남겸의 어머니가 "어디서 어떻게 굴러먹었는지 알 수 없는 계
집이 찾아와 겸의 자식이라고 배 들이미는 사태는 막아야겠다"(118)며,
남겸의 불임수술을 시켰다는 사실을 알게 된 후, 부용은 큰 충격을 받는
다. 최부용은 하백당 사람들이 남겸을 불임으로 만들어놓고 자신을 불
러들인 후 "하인인 듯, 인형인 듯 찍소리 없이 살"(215)게 했다는 사실
을 알게 된 것이다. 그리고 보면 하백당 사람들의 너그러움과 포용에는
최부용이 결코 아이를 낳지 않는다는 전제가 깔려 있었던 것이다.

최부용은 바로 자신이 영원히 아이를 가질 수 없다는 사실에 무엇과
도 비교할 수 없는 큰 충격과 아픔을 느낀다. 이것은 최부용이 영원히
하백당 사람의 일원이 될 수 없다는 것을 의미하기 때문이다.[38] 부용은
정신이 모자란 남편과 중풍에 걸린 시어머니를 수발하는 삶은 받아들

---

38 심영의는 "가부장적 유교가치가 여전히 온존하고 있는 상황에서 대를 이을 수 없다
는 것은 치명적인 결함이요, 아무짝에도 쓸모없는 물건 취급을 받는 존재로 전락한
다는 것을 의미"(앞의 글, 159)한다고 지적한다.

이지만, 남겸이 이미 정관절제수술을 하여 자신과의 사이에서 아이를 낳을 수 없다는 것과 하백당 사람들이 그 사실을 자신에게 숨겼다는 것은 절대 용납하지 못한다.

부용은 여러 가지 이유로 다른 결혼이주여성보다는 우월한 위치에 놓여 있다며 만족해했다.[39] 그러나 그녀는 텃새둥지에서 만나는 다른 이주여성들은 임신을 할 수 있고 자신은 할 수 없다는 사실 때문에 자신이 불행하며 열등하다고 인식한다. 아이를 낳을 수 없다는 사실을 알고 난 후 부용은 15대를 거쳐온 종부들의 패물을 자신에게 물려주겠다는 할머니의 말에, "어차피 내 것이 될 수 없을 것들"(220)이라 여기며, "처음부터 부정당한 존재"(220)이며, "하백당의 모든 것이 허위처럼 느껴"(220)진다고 고백하기에 이른다.[40]

---

39 베트남, 필리핀, 이란, 몽골, 중국, 일본 출신의 텃새둥지 회원들을 보며 부용은 자신이 "그들 중 누구와도 비슷하지 않았다"(95)고 느낀다. "가난하지도 한국말이 어렵지도 않았"으며, "폭력 남편도 없었고 한국 습속에도 쉽게 적응했"(96)던 것이다. 그 이주여성들 틈에 끼었을 때 부용은 "편했다"(96)고 느낀다. 이러한 편안함은 분명 위에서 말한 조건들에서 비롯된 것이라고 할 수 있다. 그러나 텃새둥지 회원중에 자신과 함께 유일하게 아이가 없던 난위안마저 임신했다는 사실을 알게 된 후에 모든 것이 역전된다. 부용은 "울음이 솟구쳐 이불을 뒤집어쓰며 잠옷 자락을 문 채"(107) 울 정도로 크게 낙담한다.

40 이러한 부용의 태도는 결혼이주여성에게 출산이 가지는 의미를 생각하면 어느 정도 이해될 수도 있다. 결혼이주여성에게 한국에서 안정적으로 정착해간다는 것을 증명하는 중요한 재생산활동은 출산이다. 한국인 남편이 아내를 신뢰하기 시작하는 것은 주로 자녀를 출산한 이후부터이고, 이후 남편은 아내에게 경제권을 넘기기도 한다. 마찬가지로 한국에 와서 가장 행복한 순간을 '첫아이를 낳았을 때'라고 말하는 여성이 많다. 아이에 대한 본원적 사랑 때문이기도 하지만, 이들은 아이의 출생이 한국에서 처음으로 '내 가족'을 구성한 '사건'이라는 점을 강조한다. 어려움에 처했을 때 도움을 받을 수 있는 친족 등 사회적 연결망이 없고 '외국인'으로 한국인과 늘 구분되는 자신의 사회적 지위를 고려할 때, 아이의 탄생은 자신과 연결된 유일한 가족이 생기는 일이다. 남편과의 친밀성을 경험하기 어려운 상황에서 많은 이주 여성은 외롭고 불안한 생활을 상쇄해줄 유일한 대안으로 '아이'를 떠올리게 된다(김현미,

『사랑을 묻다』의 핵심적인 갈등은, 부용과 그녀의 남편으로 중등도 정신지체자인 남겸, 그리고 남겸의 소꿉동무였던 고영라 사이에서 발생한다. 고영라는 "어떤 남자도 맘먹으면 유혹할 수 있"(44)는 여인이며, 세 번의 결혼과 이혼을 통해 재산도 축적한 상태이다. 고영라의 남겸을 향한 욕망의 핵심도 하백당의 일원이 되고 싶다는 것이다.[41] 이 욕망을 채우는 가장 유력한 고영라의 무기는 다름 아닌 '남겸의 아이를 가졌다'는 거짓말이다. 그렇기에 고영라와 최부용은 전도된 거울상이라고 할 수 있다. 그들은 꼭 자식을 낳음으로써만 부와 명예로 빛나는 하백당의 일원이 될 수 있다고 생각하는 것이다. 단지 그 방법에 있어서 고영라가 위악에 가까울 정도로 악한 모습을 보인다면,[42] 최부용은 위선에 가까울 정도로 선량한 모습을 보이는 차이가 있다고 할 수 있다. 결국 고영라는 하백당의 간접적인 방조하에 죽음을 맞이한다.[43] 최부용 역시 생물학적 죽음은 아니지만, 사회적 처지에서는 죽음과 마찬가지

앞의 책, 53~54면). 가부장적 혈통주의가 작동할 때, 한국에서 이주여성이 국민 성원이 될 수 있는 것은 '아이'의 어머니일 때이다. "임신과 출산은 결혼이주여성들이 온전하게 한국인 가족의 일원이 되는 "통과제의"와 같은 역할을 하는 것이다. 동시에 "양육은 노동이기도 하지만 타인에 대한 영향력을 행사할 수 있는 근거가 되기도 한다. 자녀에 대한 통제력은 남편 쪽의 가족관계에 편입하는 여성들에게 주어지는 거의 유일한 권력의 영역"(김민정, 「국제결혼과 한국 가족의 부계적 성격」, 허라금 편, 『글로벌 아시아의 이주와 젠더』, 한울아카데미, 2011, 276면)이기도 하다.

41 최부용은 "고영라는 하백당을 깨놓고 싶은 듯 몸부림쳤지만 사실은 이 집에 동화되고 싶었던 것이다"(243)라고 정확하게 진단한다. 이것은 최부용 역시 동화되기를 갈망한 사람이었기에 가능했던 일이다.

42 고영라는 최부용을 만나 하얼빈으로 돌아가는 조건으로 5천만 원을 주겠다는 제안을 하기도 한다.

43 고영라는 열일곱 살이 된 남겸에게 성폭행에 가까운 일을 당했을 때에도, 겸의 어머니로부터 "넌 네 동무를, 내 자식을 개만도 못한 놈으로 만들었구나. (…중략…) 절대, 다시는, 우리 겸이 앞에 알짱거리지 마라"(39)라는 말을 듣는다.

상황에 놓인다. 이미 그가 남겸의 아이를 낳을 수 없는 위치인 이상 진정으로 하백당의 일원이 되는 것은 애당초 불가능한 일이기 때문이다.

이것은 가부장적 혈통주의가 최부용에게 내면화된 상태임을 보여준다. 최부용은 자신이 진정으로 하백당의 일원이 되는 것은 남겸의 아이를 낳음으로써만 가능하다고 생각하는 것이다. 이와 관련해 최부용은 인종적 우월의식을 내보이기도 한다. 텃새둥지에 다니면서 최부용은 "대번에 결혼 이주민인 게 드러나는 여자들이 몰려다니는 게 남루"(241)하다고 여기며, 나아가 "그들과 함께 걷노라면 부끄러움에 진저리가 났다. 그들과 섞여 있는 한 부용은 영원히 그들의 비천함에서 벗어나지 못할 듯했다. 그렇게 느끼는 자신을 부끄러워하면서도 그들과 한사코 분리되고 싶었다"(242)라고 생각하는 것이다. 또한 여수 외국인 보호소에 불이 나서 화재 피해자의 중국어 통역을 하면서, "그들 편이고 싶지 않은 마음과 그들 편일 수밖에 없는 몸"(145)을 느끼기도 한다. 이러한 우월의식과 내면화 된 가부장적 혈통주의는 결코 무관한 것일 수 없다.

그러나 그토록 교양 있고, 친절하고, 자상한 하백당 사람들은 중국 동포 출신 최부용이 자기들의 일원이 되는 것을 허락하지 않았던 것이다.[44] 『사랑을 묻다』에서 그들의 관용은 남겸의 불임을 확인한 전제에서 작동하는 것이라고 할 수 있다.[45] 최부용은 자신처럼 섣불리 하백당을

---

[44] 혈통을 중시하는 마찬가지 논리로, 남면은 남씨 상암공파 종가의 큰며느리 자리는 "필리핀이나 베트남 같은 외국 출신의 여자"(11)가 맡을 수 없다는 생각에 최부용이 남겸의 결혼상대자로 결정된 것이다.

[45] 입시학원까지 다닐 것을 권유하며 가장 적극적으로 최부용을 돕던 시누이 남실마저도 부용이 남겸의 몸과 관련해 검진을 받았다는 사실을 알게 되자, 최부용의 신용카드를 폐쇄하고 더 이상 학원을 권유하지도 않는다. 최부용은 시누이의 행동을 자신에 대한 "징벌"(245)로 받아들인다.

넘본 고영라의 죽음을 보며, 자신에게 주어진 주변부의 자리를 받아들인다. 부용은 고영라가 "하백당에, 하백당 같은 어떤 대상에 맞섰기 때문에 눈 더미 속에 파묻"(323)힌 것이며 자신도 언제든지 그렇게 될 수 있기에 "현재 자리에서 죽은 듯이 살아야 한다"(324)고 다짐하는 것이다. 나아가 그녀는 남겸을 비롯한 하백당 사람들 모두를 "괴물들"(322)로 받아들이며, 한국 국적을 취득할 때까지 "겸의 괴물스러움에 대해서도 잊을 수 있을"(323) 것이라고 자조한다. 최부용은 대학에 진학하여 한국어로 글을 쓰는 작가 되고 싶은 자신의 꿈을 완전히 잊어버린다.[46]

한때는 별처럼 어여뻤던 남겸이었다. 하지만 그가 최부용의 별이기도 하다는 말이 지금은 빈말로라도 나오지 않는다. 지후니가 자신의 별이 아니게 된 지도 여러 달 되었다는 말도 못 했다. 아름다운 것이 강하고, 강한 것이 아름답다! 그 문구에 생기는 날카로운 반발심까지 덩달아 쏟아질 것 같지 않은가. 조선족 계집애 최부용에게 보였던 한국이 강하고 아름다웠다고, 지후니가 그랬다고. 그래서 강하지도 아름답지도 못한 것들은 어쩌라는 것이냐고 바락 바락 소리치고 싶은 것이다.(328~329)

최부용은 본래 "비라거나 레인으로도 불리는 별 같은 사람"(22)에 대

---

46 지금까지의 분석을 통해 볼 때, 『사랑을 묻다』에 대해 "최부용은 사회활동을 통해 세계를 확장시킴으로써 현실을 극복하고자 하는 의지"(서성란, 262)를 드러내며, 결말에서 최부용이 "독립적이고 능동적이며 강인한 인물로 형상화"(262) 되었다는 평가는 재고될 필요가 있다. 최부용이 지닌 "알려는 의지, 말하려는 욕망, 말하고 생각하고 재현하려는 욕망"(심영의, 170)으로 인해, 지금 여기 현실의 부정함을 극복할 수 있는 "횡단하는 유목적 주체의 변모"(170)를 보여준다는 평가 역시 문제가 있다.

한 동경을 지니고 있었다. 그 마음은 조금씩 마모되어가다가 마지막에 이르러서는 사라지게 된다. 지후니가 등장하는 광고에서 보았던 '아름다운 것이 강하고, 강한 것이 아름답다!'는 문구에 대하여 오히려 반발하는 모습까지 보여준다. 최부용은 '아름답고 강하다'고 일컬어지는 하백당, 그것으로 상징되는 가부장적 혈통주의에 대한 실망과 상처를 적극적으로 토로하게 된 것이다.

고영라와 최부용이 하백당으로 상징되는 한국사회에 동화되고자 하는 열망을 살펴보았다. 이 작품에서 거의 모든 사람들은 하백당을 진심으로 열망한다. 남면은 하백당을 지키는데 자신의 인생을 걸고 있는 야심가이다. 사법고시를 통과한 그는 집안을 일으켜 세우기 위해 재력가의 딸인 누나 친구 조희수와 결혼한다. 조희수의 집안은 누대에 걸쳐 하백당살이를 했지만, 조수평 대에 이르러 하백당의 땅을 모두 차지하게 되었다. 그 집안의 무남독녀인 조희수와 결혼하면서 남면은 자연스럽게 하백당의 재산을 다시 차지하게 된 것이다. 남면의 장인인 조수평은 "하백당 행랑에서 태어나 일생을 거쳐 하백당을 자신의 것으로 삼아버린"(270) 사람으로 소개된다. 하백당을 향한 욕망은 남겸의 할머니인 홍인덕을 향한 욕망과 병치되어 있다. 그 욕망은 "칠십여 년"(271) 동안 이어져 온 것이며, 그 고집에 비하자면 "영라가 부리 억지는 차라리 가소로웠다"(271)고 할 만큼 하백당에 대한 집착은 강렬하다. 이러한 방식으로 가부장적 혈통주의의 성채라고 할 수 있는 하백당은 이 작품을 통해 신성화되고 있다.

정지아의 「핏줄」(『통일문학』, 2008 하반기)은 어떤 작품보다 동화시키려는 한국인의 욕망과 동화되려는 결혼이주여성의 욕망이 선명한 작품이다. 이 작품의 초점화자는 평생 농사만 지은 노년의 남성이다. 그는 베트남 며느리를 보았는데, 며느리는 남산만 한 배를 하고서도 "모자와 토시를 제 몸의 일부인 양 절대로 떼지 않"(153)을 정도로 성실하다. 그가 쑤언을 며느리로 고른 이유 역시 "죽어라고 일을 해도 여기서는 배가 고파요"(157)라고 말하며 내민 "두툼하고 거칠"(157)은 쑤언의 농사꾼 손이 마음에 들었기 때문이다.

그가 며느리를 얻으려는 가장 중요한 이유는 노동력보다도 "대"(157)를 이어야 하기 때문이다. 그러나 농촌으로 시집오려는 처녀가 아무도 없자, 결국 대를 잇기 위해 할 수 없이 외국에서 여자를 구하게 된 것이다. 그는 중국 동포 며느리, 태국 출신 며느리, 필리핀 출신 며느리를 차례로 얻었다가 잃어버린다. 처음 얻은 중국 동포 며느리는 돈만 가로채고, 두 번째 얻은 태국 출신의 예쁜 며느리는 전통적인 부덕과는 거리가 멀다. 결국에는 10개월을 살다가 아들이 집을 비운 틈에 비행기표와 1,000만 원의 위자료를 손에 쥐어서 태국 출신의 며느리를 고향으로 돌려보낸다. 세 번째로 얻은 필리핀 며느리는 아들을 구워삶아 서울에 가장사할 계획만 세우다가 결국에는 돈 2,000만 원을 받아 고향으로 돌아간다. 이 과정을 통해, 한국의 농촌 가정에서 받아들일 수 있는 며느리는 일을 잘하고, 한국말과 한국음식을 잘하며, 고향의 음식 따위는 그리 위하지 않는, 즉 완전히 한국에 동화된 인물이어야 한다는 점이 드러나고 있다.[47] 쑤언은 한국의 농촌 가정에서 원하는 조건을 완벽하게 갖춘

---

[47] 한산 이씨 집안의 며느리는 결국 중국 동포도 태국인도 필리핀인도 아닌, 베트남인 쑤언이 된다. '2019년 다문화 인구동태 통계'에 따르면, 혼인한 부부의 출신국적별 통계를 살펴보면 한국인 남성이 다문화 여성과 혼인한 경우 베트남인 아내가 30.4%로 가장 많은 비중을 차지했으며, 뒤이어 중국과 태국이 각각 20.3%와 8.3%를 차지했다.

인물이다. 쑤언은 시집 온 다음날부터 시부모의 입맛에 맞는 된장국을 끓여 내고, 한국말도 훌륭하게 구사한다. 무엇보다 분만의 순간까지도 농사일을 걱정할 정도로 그야말로 뼛속까지 농사꾼이다. 그도 한국 며느리들보다 쑤언이 낫다고 생각하지만, "새까만 며느리의 얼굴"(153)과 관련하여 며느리에게 불만을 늘 가지고 있다.[48] 이러한 불만은 단일한 문화 안에서 자신의 정체성을 형성해 온 사람이, 선주민과 이주민이 함께 살아가는 문화 접경지대borderlands를 경험할 때 보이는 '접경지대 히스테리'와 관련된 것이라고 할 수 있다. 그는 한산 이씨 27대 종부가 가진 인종적 차이를 용납하지 못하는 것이다. 대를 잇기 위해 그토록 며느리를 원한 것이지만, 막상 쑤언이 임신을 하자 그의 억울함과 분통은 더욱 심해진다.

> 까맣고 오종종한 쑤언을 꼭 빼닮은 아이가 세상에 나올 생각을 하면 자다가도 벌떡 일어나지 않고는 배길 수 없이 염불이 치솟았다. 그것이 어디 쑤언의 죄이겠는가. 알면서도 그 화풀이는 고스란히 쑤언에게로 향했다.(169)

그는 아내와 아들이 베트남 요리를 곧잘 먹는 것과 달리, 쑤언이 주는 베트남 음식을 부인한다. 그는 다른 집의 혼혈 아이들을 볼 때마다, 자기

---

48 레나토 로살도, 권숙인 역, 『문화와 진리』, 아카넷, 2000, 68면. 인종, 젠더, 나이, 국적, 생활양식, 지위 등이 다른 사람들 간의 문화적 교류와 교환이 일어나는 장소인 접경지대는 자신의 문화 정체성을 본질적이고 본원적인 것으로 간주해온 사람들에게는 신경증적인 감정을 일으키는 공간이다. 즉 의심, 공포, 두려움, 불안함의 감정으로 타자의 문화에 접촉하는 것이다. 이런 감정은 때로는 무시, 인종 차별적 언어 또는 육체적 폭력으로 나타난다(33~34).

집에도 생겨날 아이를 생각하며 심란한 마음을 갖는다. 작품의 마지막에 그는 쑤언이 낳은 "어미를 쏙 빼닮아 새까맣고 오종종한"(176) 한산이씨 28대손을 본 순간 "눈앞이 캄캄"(176)해짐을 느낀다. 그 순간 "울어야 할지 웃어야 할지 그는 엉거주춤 아이를 안은 채 화석처럼 굳"(176)는 것으로 작품은 끝난다. 결혼이주여성들의 수기에는 "임신과 출산 과정에서 겪은 서러움과 분노, 그리고 이로 인한 갈등 양상이 임신과 출산을 계기로 갈등을 극복한 이야기만큼이나 자주 등장"[49]한다. 이러한 결혼이주여성들의 고백을 참고할 때, 동화에 성공한 것처럼 보이는 이 집안의 행복도 안전하다고만은 이야기할 수 없을 것이다.

그토록 원하던 손주를 본 순간, '화석처럼 굳어버리는 시아버지'를 둔 쑤언의 삶을 희망적으로만 생각하는 것은 결코 쉽지 않다. 그럼에도 「핏줄」이 앞의 소설들과는 달리 해학적이며 밝게 느껴지는 것은 무엇보다도 며느리를 적극적으로 포용하는 시어머니 때문이다. 시어머니는 며느리에게 심술을 부리는 남편을 향해 눈을 부라리지만, 며느리를 향해서는 봄바람처럼 부드럽다. 베트남에 있는 가족들에게 전화를 하도록 배려하고, 딸들이 자신에게 주는 용돈을 쑤언에게 주기도 한다. 한마디로 시어머니는 "쑤언을 친딸보다 끔찍이 여겼"(169)던 것이다. 그러나 시어머니가 처음부터 그랬던 것은 아니다. 시어머니도 처음에는 쑤언의 외모를 문제삼으며 "물릅시다"(167)라고 말하기도 했던 것이다. 그러나 한국어 솜씨와 한국 음식 솜씨를 보고서는 완전히 생각이 달라진다. 따라서 시어머니의 사랑도 며느리의 완전한 한국인화를 조건으

---

49 강진구, 「결혼이주여성의 '자기서사' 연구」, 『어문론집』 54집, 중앙어문학회, 2013.6, 130면.

로 한 배려라고 보아야 할 것이다. 그럼에도 생일을 맞은 베트남 며느리를 위해 베트남 요리를 배우기까지 하는 시어머니의 모습에서는 그 출발점에 섞인 티를 고려하더라도 충분히 진정성을 인정할 수 있다.

「핏줄」에서 문제적인 것은 쑤언의 내면이 한 번도 등장하지 않는다는 점이다. 심지어는 그가 "쑤언은 베트남 얘기를 단 한 번도 입에 올린 적이 없었다"(171)고 이야기할 만큼, 쑤언은 완벽한 한국인이 된 존재라고 할 수 있다. 쑤언에게 베트남인의 정체성이나 고유성은 존재하지 않는다. 쑤언은 상호 인정과 협상과는 무관하게 선주민의 언어와 관습에 일방적으로 익숙해진 것이다.

『사랑을 묻다』와 「핏줄」은 동화의 욕망과 의지로 넘쳐나는 작품이다. 그러나 『사랑을 묻다』에서는 가부장적 혈통주의로 인해 동화의 시도가 실패로 귀결되고,[50] 「핏줄」에서는 인종의 벽으로 인해 펼쳐질 험난한 동화의 길이 그려져 있다.

5. 분리의 시도와 실패

천운영의 『잘 가라, 서커스』(문학동네, 2005)에서 중국 동포 림해화의 한국행은 사랑 때문도 아니고 돈 때문도 아니다. 림해화는 '그'를 찾아서 온 것이다. 그는 발해공주 무덤의 발굴단이었던 사람으로, 그 무덤에

---

50 결혼이주여성에 대한 가장 끔찍한 폭력이 재현되었던 백가흠의 「쁘이거나 쯔이거나」가 가장 끈끈한 혈육애를 보여주었다는 것도 혈연 중심의 가족주의가 가진 배타성을 잘 보여주는 사례라고 할 수 있다.

서 해화와 처음 만나게 된다. 그는 동북 지역에 남겨진 발해의 무덤과 성터를 전전하다가 돌연 한국으로 떠난다. 그는 발해를 상징하는 존재라고 할 수 있으며, 그를 동경하는 림해화 역시 발해를 동경한다고 말할 수 있다. 림해화가 그와 만난 장소도 발해의 정효공주와 그 남편의 무덤이다. 그 무덤은 그와 림해화를 이어주는 "송신탑"(31)으로 작용하며, 그 무덤은 이후에도 둘을 견디게 해주는 힘이 된다. 이 작품에서 발해의 기호는 압도적이라고 할 수 있다. 그가 림해화에게 "봐, 발해 공주 무덤이야. 발해가 망하지 않았다면 우리가 이렇게 소수민족으로 살고 있지는 않았을 거야"(32)라고 말하는 것에서 알 수 있듯이, 발해는 림해화와 같은 중국 동포에게는 현실의 비루함과 대비되는 하나의 영광이자 정체성 구성의 핵심이라고 할 수 있다.

중국 동포인 림해화는 중국에서도 소외에 시달리는데, 그것은 발해 공주의 무덤이 폐쇄되어 접근조차 안 되는 것에서도 상징적으로 드러난다. "철문으로도 모자라 철문 앞에 쇠창살문까지 덧달린 것이 꼭 감옥"(35)같은 그 곳에서는, 관리인이 중국 동포는 물론이고 "한국 사람들은 근처에도 못 오게"(36) 감시를 하고 있다. 림해화는 이러한 상황 앞에서 자신의 심장이 "강탈당한 기분"(37)을 느낄 정도로 절망한다. 이러한 상황은 그나 림해화가 중국을 떠나 한국으로 건너가는 이유를 설명해준다.

처음 얼마 동안 림해화는 한국인 남편과 그의 동생 윤호, 그리고 시어머니와 행복하게 지낸다. 그때 림해화는 남편과 함께 경복궁 옆의 민속박물관에 가고, 그 곳에서 발해공주의 무덤을 발견한다. 그곳은 "그와 함께 내려갔던 무덤"(67) 그대로의 모습이다. 림해화는 그곳에서 해

동성국 발해라는 영상물을 보고 정신을 잃는다. 그리고 꿈속에서 그토록 기다리던 그를 만나기까지 한다. 그러나 그 발해공주의 무덤과 영상이 어디까지나 하나의 가상일 수밖에 없었던 것처럼, 한국에서 림해화의 행복한 삶은 그리 오랫동안 지속되지 못한다.[51]

시동생인 윤호가 속초와 훈춘을 오가는 소무역상이 되어 떠나가고 시어머니가 죽자 본래부터 장애가 있던 림해화의 남편은 "면역력이 없는 갓난애"(99)처럼 나약해져서, 림해화에게 더욱 의존적으로 변모한다. 남편은 림해화가 자신을 버리고 떠날까봐 중국에 전화하는 것도 꺼릴 정도이다. 나중에는 림해화가 떠날지도 모른다는 공포로 인하여 지극히 폭력적인 모습으로 변모해간다. 그것은 "자신의 눈에 내 전부를 가두고 싶어했다"(117)는 림해화의 말처럼, 림해화를 완전히 자기 소유로 만들고자 하는 욕망의 결과라고 할 수 있다. 결국 한국에서 잠시 발견했던 발해는 사라져버리고, 림해화는 남편의 폭력을 견디지 못하여 가출하기에 이른다. 여기까지의 서사는 결혼이주여성을 다룬 소설에서 흔히 나타나는 주변화의 서사에 해당한다고 할 수 있다. 그러나 『잘 가라, 서커스』는 림해화가 한국 사회로부터 배제되어 버리는 것으로 이야기가 끝나지 않는다.

림해화는 한국에서 잠시 맛보았던 사이비 발해를 떠나 중국 동포 여인들로 이루어진 공동체를 새롭게 찾아낸다. 림해화는 다른 결혼이주여성들과는 다르게 가출한 이후 중국 동포 여인들과 함께 지내는 것이다.

---

51 나중 형과 윤호가 중국에 있는 림해화의 집을 찾아가는 동안, "형과 나는 여자에 대해 아는 것이 별로 없다는 사실을 실감"(210)하고, 여자와 잠시 만나는 동안에도 "여자가 무슨 생각을 하고 있었는지 전혀 몰랐"(210)음을 깨닫는다.

남편과 함께 살 때, 시장에서 만났던 창춘 출신의 횟집 아짐은 림해화에게 큰 힘이 된다. 처음 아짐을 만났을 때부터 림해화는 "든든한 친구를 얻은 기분"(108)을 느꼈던 것이다. 아짐은 흔쾌히 림해화를 받아들이며, "동포끼리 돕는 게 옳지 않니, 안나? 여기 사람들이나 조선족 알기를 쌀의 뉘처럼 대하지"(173)라고 말한다. 아짐 역시도 한국에서 식당 주인 남자의 성추행을 당하고, 도둑년으로 취급당하는 수난을 겪은바 있다. 이후 아짐은 림해화에게 지하보도에서 중국산 알약과 약재, 담배 등을 파는 중국 동포 여자 서옥분을 소개시켜 주기도 한다.

『잘 가라, 서커스』에는 중국 동포 여인들의 네트워크가 그 모습을 선명하게 드러내는 장면이 있다. 아짐과 서옥분, 그리고 림해화 등이 참석한 휘궈집 만찬이 그것이다. 그곳은 냄새뿐만 아니라 "양고기 꿰집, 중국식료품 재료상, 한자로 적힌 노래방 간판"(179) 등이 "옌지에 돌아온 듯한 느낌"(179)을 들게 하는 곳이다. 아짐과 같은 고향에서 온 여자들로 가득한 이곳은, 중국 동포 여성 공동체라고 해도 과언이 아닐 것이다. 그들은 "신고가 들어와 월급도 못 받고 짐 싸들고 도망쳤는데, 후에 알고 보니 신고자가 식당 주인"(180)이었다는 종류의 이야기, 즉 중국 동포이기에 겪은 고생담을 털어 놓는다.[52] 독립투사의 딸이라는 여자는 한국 정부가 "가난밖에 더 줬냐? 쥐꼬리만한 연금에, 약 좀 판다고 옥살이나

---

[52] 다음의 이야기들도 한국에서 살아가는 중국 동포들이 공감할 수 있는 것들이다. "사람들은 서로 눈을 피한 채 끓고 있는 육수만 바라보았다. 그러다가 누군가 얼마 전 강제출국당한 동무들 얘기를 했고, 누군가는 불심검문에 걸렸다가 착한 공안 덕분에 풀려난 일을 말했다. 누군가는 나더러 말투 먼저 고쳐야 살아남는다고 충고했고, 누군가는 조선족들은 낯빛만 봐도 안다고, 그래봐야 소용없는 일이라고 한숨 섞인 말을 했다."(182)

시키고, 옥살이를 하려면 무단강 액하감옥이 낫지"(181)라고 말하는 이방인다운 면모를 보여준다.

림해화는 한동안 서옥분과 함께 지내는데, 서옥분은 림해화가 "전기장판 밖으로 밀려나지 않도록 벽에 바싹 붙어 잠이"(183) 들 정도로 림해화를 배려해 준다. 림해화 역시 그런 서옥분을 그림자처럼 따라다닌다. 림해화는 서옥분과 서로의 몸을 기댄 채 단잠을 자며, 그것은 "따뜻하고 보드랍고 포근한"(185) 잠으로 표현될 정도로 달콤하다. 림해화는 서옥분과 지내며 심신을 회복한 후, 아짐이 소개시켜 준 여관 청소일을 시작한다.

그러나 림해화는 윤호 형제와의 결혼생활에서 그러했듯이, 여관 청소일에도 적응하지 못한다. 모텔에서 열심히 일하지만, 모텔 사장은 애인을 소개시켜주겠다는 은밀한 제안을 한다. 이를 거절한 림해화는 결국 모텔에서도 쫓겨난다. 이것은 한국 사회로부터 완전히 배제되는 것을 의미하고, 그것은 결혼이주여성을 제재로 한 소설에서 흔히 그러하듯이 뱃속의 아이를 유산하는 것으로 상징화된다. 변기에 쏟아낸 피를 흘려보내는 일은 "지워버리고 싶은 것과 함께 붙들고 싶었던 아름다운 기억마저도 함께"(195) 사라지는 과정인 것이다.

한국 사회로부터 다시 한 번 배제된 림해화는 다시 지하보도의 서옥분을 찾아간다. 서옥분은 한국에 거주하는 중국 동포들의 중심에 있는 인물이라고 할 수 있다. 그녀는 지하보도에서 "약을 팔기 위해서가 아니라 누군가를 기다리기 위해"(231) 있는 사람이며, "팔기 위해서가 아니라 사기 위해 거기 앉아 있는"(231) 사람이다. 특히 중국 동포들이 가져오는 물건을 그녀는 후한 값으로 사준다. 서옥분의 옆에 앉았을 때,

림해화는 "꼭 엄마 옆에 앉은 기분"(228)을 느낀다. 그리고 서옥분의 반지하방에서 잠을 잘 때는, 서옥분을 "엄마"(229)로 반지하방은 "고향집"(229)으로 생각한다. 그러나 그 행복도 오래 지속되지는 못한다. 형사가 찾아와 누군가가 중국산 다이어트 약을 먹고 죽었다며 서옥분을 연행해 가기 때문이다. 결국 혼자 남겨진 림해화는 약에 중독된 상태로, 아주 길고 단 잠에 빠진다.[53] 림해화의 마지막 모습은 그녀가 결국 한국 사회로부터의 분리에도 실패하고 만 것을 보여주는 것이다. 중국 동포 림해화는 한국 사회에 통합되고자 두 번(결혼과 취업)이나 시도를 하지만 모두 실패한다. 실패한 이후에는 중국 동포만의 공동체로 돌아와 한국 사회로부터 스스로를 분리시킨다. 그러나 결국에는 그러한 분리의 시도마저도 실패한 것이라고 할 수 있다.

림해화를 통해 드러난 '분리의 시도와 실패의 서사'는 림해화가 좋아하는 '그'에게도 비슷하게 나타난다. 림해화가 그토록 그리워하는 그도 처음에는 "발해가 정말 누구의 역사인지"와 "내가 누구인지"(220) 알기 위해 한국에 온다. 그에게 한국행은 "고향을 찾는다는 기분"(220)에 이어진 것이기도 하다. 그러나 그는 결국 이곳에서 자신의 참된 존재의 근원과 만나는 대신 "이방인"이자 "저렴한 노동력"(221)에 불과하다는 것을 깨닫는다. 그리하여 "중국에서 소수민족으로 사는 것도, 여기서 외

53　그러나 이러한 림해화의 실질적인 죽음 이전에도, 윤호는 "여자는 죽어주는 편이 나았다. 배롱나무 아래 묻힌 엄마처럼 기억 속에 사는 것이 나았다. 나는 죽은 여자를 바닷물에 묻었다. (…중략…) 문득, 형도 여자를 버렸다는 사실을 깨달았다. 여자를 버려야만 살아진다는 것을 형은 벌써 알았을 것이었다. 나는 어금니를 악물고 어둠 속을 노려보았다. 여자는 죽었다. 죽지 않았어도 죽을 것이다"(222)에서 분명하게 드러나듯이 이미 상징적인 차원에서 림해화를 살해한 바 있다.

국인으로 사는 것도 싫습니다"(221)라며 일본행을 결정한다. 결국 림해화와 그 모두 한국 사회에서 진정한 발해는 찾아내지 못한 채, 한 명은 죽음을 통해 한 명은 출국을 통해 한국 사회를 완전히 떠나 버린 것이라고 정리해 볼 수 있다.

6. 통합의 가능성

김재영의 「꽃가마배」(『작가세계』, 2007 여름)에는 두 개의 시간층이 존재한다. 하나는 태국에서 온 이주여성을 타자화하던 과거의 시간층이고, 다른 하나는 그러한 과거를 반성적으로 성찰하며 새로운 공존의 몸짓을 실천하는 현재의 시간층이다.

'나'는 새어머니 능 르타이의 고향인 태국의 아유타야로 가는 길이다. '내'가 중학생이었을 때 아버지는 교통사고를 당해 어머니와 사별하고, 하반신이 마비된다. 고모는 "파출부 부르는 거보다 색시 들이는 게 훨씬 싸다"(177)며 아버지에게 외국 여성과의 결혼을 권한다. 이때 아버지가 태국까지 가서 고른 여성이 바로 태국의 능 르타이이다. 이 작품에서 시어머니의 역할을 하는 사람은 고모이다.[54] 고모는 태국에서 온 엽서를 보며 "이게 글자야 벌레야"(180)라며 무시를 하고, "자네, 우

---

[54] "한국의 고부관계는 여성을 타성 부계 혈통집단(남편의 문중)에 편입시키는 부계 친족체계의 핵심 부분이다. 부계 규범하에서 결혼이란 시어머니가 며느리를 얻는 과정이기도 하다. (…중략…) 부계 혈통집단이 존재하지 않는 필리핀에서 온 며느리는 이런 식으로 시어머니의 역할과 위치의 의미를 받아들이지 못한다"(김민정, 앞의 책, 269면).

리 모르게 수작 부리다간 큰코다쳐"(180)라고 협박한다. 고모에게 능 르타이는 관리하고 통제해야 할 값싼 가정부에 불과하다. 고모는 "여자 가 돈을 벌기 위해 아버지한테 시집온"(182) 것이라며 여자를 믿지 못 하고, 여자가 집 밖으로 나가는 것도 막으려고 한다. '나' 역시 고모와 별반 다르지 않다. 아버지의 재혼에 대한 의견을 묻는 고모에게, '나'는 "어차피 일하는 여자 들이는 거라고 했잖아"(179)라고 차갑게 말한다. 이후에도 '나'는 능 르타이의 와이(태국식 인사)에 "처음엔 낯설어서, 나 중엔 여자를 무시하려고"(180) 제대로 답해준 적이 없다. '나'는 능 르 타이를 '여자'라고 부르고, 친구들에게는 "식모"(185)라고 소개한다. '나'의 이러한 무시에는 "아버지가 어머니에 대한 그리움에서 벗어나 다른 여자에게 마음을 주는 걸 받아들이지 못"(181)하는 어린 마음과 더불어 "정상이란 틀에서 조금 엇나가는 순간 차별의 굴레를 쓰고 평생 살아가야"(186) 하는 한국 사회의 어둠이 공존한다.

능 르타이에 대한 고모의 의심과 학대는 점점 심해진다. 이웃의 베트 남 신부가 도망 친 것을 본 이후에는 고향 사람들과 태국어로 된 편지를 주고받는 것까지 금지한다. 능 르타이를 "처음부터 적당한 때에 도망갈 마음"(184)으로 한국에 온 여자로 생각하는 고모의 입장에서는 당연한 결정이라고 할 수 있다. 마침내 능 르타이가 스물대여섯 살로 보이는 동 남아시아 남자와 함께 있는 사진을 본 고모는 여자에게 무지막지한 폭 력을 가한다. 얼마 지나지 않아 능 르타이는 아이를 낳고, 아버지는 아 이가 첫돌을 맞이한 지 얼마 지나지 않아 죽는다. 평소 아무런 교감도 나누지 않았던 "여자와 나의 인연은 낡은 실밥처럼 약해"(190)져서 결 국 남남이 되어 버린다. 능 르타이는 아이를 태국의 친정에 보내고 자신은 공장에 일하러 갔다가 화재사고로 죽고 만다. 이러한 능 르타이의 죽음은 한국 사회에서 철저하게 주변화된 이주여성이 도달한 쓸쓸한 삶의 결말에 해당한다고 할 수 있다.

이후 그 아이의 아버지가 과연 누구일지는 작품의 마지막까지 분명하게 밝혀지지 않는다. 물론 채근하는 고모 앞에서 여자는 아이의 아버지가 수경의 아버지라고 이야기하지만,[55] '내'가 목격한 한밤의 정사 장면('나'의 친동생일 수 있는 가능성)과 여자의 친정 아버지가 쓴 편지에 등장하는 『라마야나』 이야기('나'의 친동생이 아닐 수 있는 가능성)를 통해 그 아버지가 누구인지는 마지막까지 분명하게 드러나지 않는다. 무엇보다 임신 직전에 능 르타이는 태국 출신의 남성과 함께 있는 것이 목격되기도 했던 것이다. 지금 '나'는 여자의 친정인 태국에 살고 있는 아이를 찾아가는 길이다. 그 아이의 이름은 수동樹童이고 그 아이는 "내가 잘 아는 아이일 수도 있고 아닐 수도 있"(187)다.

고모와 다를 바 없이 능 르타이를 한갓 물건 취급하던 '내'가 자신과는 피 한 방울 섞이지 않았을지 모르는 능 르타이의 아이를 찾아가는 변화는 어떻게 가능했던 것일까? 이러한 변화의 계기로는 미국인 남자친구와의 교제를 생각할 수 있다. '나'는 마이클을 사랑했지만, 마이클은 "수경과 나의 혼인을 반대"(190)하는 부모님을 열심히 설득하는 중이라

---

55 아버지는 평소에도 고모나 '나'와는 다른 모습을 보여준다. 아버지는 태국 음식은 먹지 않는 '나'와 달리 한국음식과 태국 음식을 함께 잘 먹었고, 인터넷에 매달려서 능 르타이의 고향인 아유타야에 대한 정보를 얻어내기도 한다. 능 르타이에게 한글을 가르쳐주기도 한 아버지는, 여느 부부처럼 그녀와 밤참을 함께 먹고 드라마를 보고 게임을 하며 부부간의 정을 나눈다. 능 르타이 역시 고모에게 아버지를 "사랑해요"(184)라고 말한 바 있다.

는 소식을 마지막으로 남긴 채 일체의 연락을 끊는다. 또한 마이클을 만나기 위해 비자를 신청하지만, 미국 대사관에서는 비자도 승인하지 않는다. "호적상 나에게는 태국에서 온 계모 이외에는 어떤 보호자도 없을뿐더러 미국인들이 신뢰할 만한 걸 가지고 있지 않기 때문"(191)이다. '나'는 "미국으로 갔다가 도망쳐 불법체류자로 남기 십상"(191)인 존재로 미국 대사관 직원에게는 보일 뿐이다. 한국인의 눈에 태국에서 온 능 르타이가 온전한 상대가 아닌 하나의 대상에 불과했던 것처럼, 미국인의 눈에 한국인인 '나' 역시 상대가 아닌 대상에 불과했던 것이다.

'나'는 마이클과 사귈 때 술에 만취하여 마이클과 잠을 자고 일어난 다음날 흰 시트 위에 혈흔이 묻어 있는 것을 발견한다. '나'는 그것을 사진으로 찍은 후에 그것을 마이클에게 보낼 것인지 고민한다. 이 모습은 고모의 시선 앞에서 늘 자신의 순결과 정절을 증명해야 하는 조바심에 시달리던 능 르타이의 모습을 '내'가 미국인의 앞에서 그대로 재현하는 것이라고 할 수 있다.[56] 결국 이러한 체험을 통해 '나'는 고모와 자신이 능 르타이에게 했던 일이 얼마나 비인간적인 것인지를 온몸으로 깨닫게 된 것이다. 이러한 깨달음은 한 방울의 피가 섞이지 않았을 수도 있는 동생, 수동을 번쩍 안아 올리는 행동으로 이어지는 것이다. 이러한 행동이 결국에는 지난 삶에 대한 반성을 의미하는 동시에, 능 르타이를 안아주는 행동에 해당하는 것임은 말할 것도 없다.

김애란의 「그곳에 밤 여기에 노래」(『문학과사회』, 2009 봄)는 택시운전사 용대와 지린성 옌지에서 온 임명화와의 사랑을 통하여 결혼이주여

---

[56] 이러한 젠더적 차별의 모습은 『삼국유사』에서 꽃가마배를 타고 와 김수로왕의 아내가 되는 아유타야 출신의 공주에게도 해당되는 일로 설명된다.

성이 자신의 고유성을 유지하면서도 한국 사회에서 공존할 수 있는 모습을 보여주고 있다.[57]

이 작품에 이르러 드디어 이주여성의 언어를 배우는 한국인 남성이 처음으로 등장한다. 용대가 하루에 열 네 시간씩 운전하는 택시 안에서는 "말이 말 같지 않고 노래 같"(122)은 중국어가 울려퍼진다. 임명화는 "용대가 자기 나라 말을 배우려 한다는 데 진심으로 감동"(142)한다. 용대는 명화가 위암으로 죽은 후에도 여진히 중국어를 배우는데, 그것은 용대가 명화를 이해하고자 하는 노력을 멈추지 않았음을 보여준다. 용대에게 명화는 "끝까지 제목을 알 수 없는 노래"(147)에 해당하는 것이다. 「그곳에 밤 여기에 노래」에서는 용대와 명화가 사회 경제적으로는 동일한 처지이지만 함부로 동일시할 수는 없는 고유성을 가진 개인들임이 드러나고 있다.

무엇보다 이 작품에서는 명화가 자기만의 고유성을 지닌 존재임이 분명하게 드러난다. 이 작품에서 명화는 침묵하는 존재가 아니라 적극적인 생각과 의지를 지닌 존재이다. "외지에 나가선 대답하는 것보다 질문할 줄 아는 용기가 중요하다"(13)와 같은 말을 해주는 명화에 대해, 용대는 "'이 여자, 언제나 내겐 좀 과하다'는 느낌"(123)을 받는다. 이러한 적극성은 명화가 "정성으로 이야기하면 서로 이해 못할 게 없다는, 소통에 관한 한 순진할 정도의 믿음"(123)을 가지고 있기 때문이다. 그리고 용대는 바로 명화의 "뭔가 설명하고 전달하려 애쓰는 모습"(123)

---

57 한국 사회의 이주여성은 노동이주여성, 성산업에 유입된 이주여성, 결혼이주여성 등으로 분류된다(한국염, 「이주의 여성화와 이주여성 인권보호의 과제」, 『2006 국회도서관정책담회』, 국회도서관, 2006, 4면). 임명화는 처음 노동이주여성이었다가 나중에는 결혼이주여성의 지위까지 얻게 된 경우라고 할 수 있다.

을 좋아한다. 이처럼 일방적인 동화나 타자화가 일어나지 않는 것은 무엇보다 용대가 한국 사회의 하위주체인 것과 무관하지 않다. 중국 동포 임명화는 말할 것도 없고 한국인인 용대 역시도 한국 사회에 제대로 뿌리내리지 못한 하위주체이다. 용대는 앞의 작품들에 등장한 집안은 고사하고 혈통에 바탕한 가족으로부터도 확실하게 배제된 존재이다.[58]

그러나 「그곳에 밤 여기에 노래」에서 자신의 고유성을 지키면서 한국인 남편과의 중간지대를 만들어나가던, 중국 동포 출신 이주여성 임명화는 제대로 치료도 받지 못하고 요절한다. 용대는 가족과 친척들에게 명화의 병원비를 구해보지만, 아무런 도움도 받지 못한다. 이러한 명화의 이른 죽음은 지금의 한국 사회에서 하위주체들이 따뜻한 마음만으로 국경을 넘는다는 것이 결코 만만치 않음을 환기시킨다.

한지수의 「열대야에서 온 무지개」(『문학사상』, 2010.4)에서 태국 여성 사이란과 한국 남성 재석의 결혼은 다른 결혼이주여성 제재 소설에 등장하는 결혼과는 근본적으로 다르다. 둘은 다른 결혼이주여성들처럼 경제적인 이유가 아닌 좀더 실존적이며 개인적인 이유로 결혼하는 것이다. 사이란은 어려운 가정 환경으로 인해 대학 때부터 사귀었던 첫사랑이 떠나는 아픔을 겪는다. 이후 사이란은 "넓은 아파트나 도회적인 직업"(164) 때문이 아니라 "불분명한 첫사랑의 상처를 덮어버릴 만큼 낯설고 강력한 사건을 원"(164)하는 마음으로 재석을 만나 한국에 온다. 첼로 연주자인 재석 역시 동료 연주자하게 실연당한 후에 사이란을 만난 것이다. 재석이 전 애인을 닮은 사이란에게 결혼이 무엇이냐고 물

---

58 이에 대한 자세한 논의는 졸고 「2000년대 다문화 소설 연구」(『한국현대문학연구』 40집, 한국현대문학회, 2013.8, 249~287면) 참조할 것.

었을 때, 사이란은 "친구"(170)라고 대답한다. 사이란은 떠나간 애인 대신 "친구처럼 사는 결혼"(170)을 선택한 것이다.

이처럼 사이란과 재석은 심리적으로 대등한 개인들이다. "내게 잘 보이려고 기를 쓰며 진땀을 흘리는데, 그렇게 나 하나만 바라보는데, 그걸 보면서 어떻게 사랑하지 않을 수 있니……? 짐승이라도 그런 눈으로 바라본다면 마음이 움직이지 않겠니?"(177)라고 말하는 것에서 알 수 있듯이 재석이 연민에서 출발해 사이란을 사랑했다면, 사이란 역시 "재석의 깊은 눈에서 갈증에 시달리는 짐승의 애처로운 호소"(177)를 보고 재석을 사랑하는 것이다. 연민과 동정에서 시작된 사랑이기는 하지만, 그것은 어느 한 쪽의 일방적인 것이 아니라 둘 모두를 주체이자 대상으로 한 것이다. 둘은 짐승의 눈과 마음이라는 평등한 조건으로 서로를 사랑하고 있다.

그들이 살아가는 방식도 독특하다. 남편인 재석은 1주일에 한 번씩 사이란을 찾아와서 부식 거리와 생활비를 놓고 돌아간다. 재석은 악단의 첼로 연주자였으나 지금은 포기하고, 가구점을 운영하여 근처의 이동식 주택에서 살고 있다. 그동안 보아왔던 결혼이주여성의 남편들과는 너무나 다른 재석을 보며, 사이란은 "결혼을 하고서 같이 살지 않아도 되는 건지, 봉사만 하고 다니는 자신에게 왜 돈을 벌어 오라는 요구를 안 하는지, 가구점 일을 돕겠다고 했을 때 거절한 것은 자신의 얼굴에 흐르는 이국적인 촌스러움 때문은 아닌지, 심지어는 그런 자신을 왜 때리지도 않는지……"(162)라고 생각할 정도이다.

사이란은 한국인 남편에 의해 타자화되지도 않으며, 자신의 고유한 정체성도 잃어버리지 않는다. 그것은 사이란이 다른 태국 출신 이주여성들의 산후도우미 역할을 하는 것에서 잘 드러난다. 사이란은 "모국어로 허심탄회하게 하소연할 수 있는 대상"(161)이기에 태국 출신 여성들에게 큰 인정을 받으며, "행복한 이주민센터에 나가 밥을 지으며 봉사를 하고 한글학교와 불교학당"(161)에도 다니는 역동적인 삶을 산다.

그러나 「열대야에서 온 무지개」가 다문화 가정의 여성들이 겪는 고통에 눈을 감는 것은 아니다. 그것은 한국에 온 다문화 가정의 도우미 노릇과 산모 돌보기 등의 활동을 하는 사이란을 통해 드러난다. 그 중에서도 자신이 돌봤던 첫 번째 산모인 위라완은 노동자로 한국에 들어와 박스 공장에서 일하다가 공장의 간부였던 이혼남과 사랑에 빠진다. 그러나 곧 위라완은 딸과 함께 단칸방에 버려진다. 위라완이 낳은 아이는 호적에 올릴 이름도 얻지 못한채 그냥 딸이라는 뜻의 '룩사오'로만 불리며, 위라완이 일하는 청소 현장에서 사고를 당해 죽고 만다. 아이를 셋이나 낳은 베트남 여성 퉤트란은 남편에게 매를 맞고 산다. 대형마트에서 우연히 만난 중년 남자는 사이란을 보고서는 "이제 30년만 있어봐라, 우리나라도 완전 잡종 세상 될 테니"(166)라며 열변을 토한다. 사실 별다른 무시나 차별도 받지 않고, 자신과 같은 처지의 결혼이주여성을 돕는 삶을 살아가는 사이란이지만, 그녀 역시 자신의 본래 이름을 잃어버린 채 한국에서 살아간다. 그녀의 본래 이름은 무지개라는 뜻의 "사이룽"(168)이지만, 동사무소 직원의 실수로 '사이란'이 된 것이다.

이 작품의 마지막에 사이란은 "이번 결혼기념일에는 무슨 선물을 할까?"(178)라는 재석의 질문에, "한우를 낳고 싶어요"(178)라고 말한다. 사이란과 재석이 마트에 갔을 때, 재석은 사이란에게 수입해서 3년간 기른 소에는 '국내산'이라는, 이 땅에서 태어나고 자란 소들에게는 '한우'라는 표기를 붙인다고 설명한 바 있다. 그렇다면 이때의 한우는 사이란이 완벽히 한국인으로 동화된 다문화 가정의 2세를 낳는다는 의미일까? 그렇게 보기에 이 작품에서 사이란은 일방적으로 동화된 존재라기보다는 이주여성으로서의 고유한 삶을 살아가는 존재였다. 따라서 이때의 한우는 한국 사회의 특성과 이주여성의 고유성을 아우른 상호통합적인 공동체의 특성을 체현한 존재에 가깝다고 할 수 있다. 그것은 분명 '한우'이지만, 결혼이주여성의 고유성까지 포함한 혼종적이며 개방적인 '한우'임에 분명하다.

김애란의 「그곳에 밤 여기에 노래」와 한지수의 「열대야에서 온 무지개」는 이전에 살펴본 작품과는 달리 결혼이주여성이 고유성도 지닌 채 한국 사회에 동화되는 모습을 동시에 보여주었다. 이것을 가능케 한 요소로는 우선 부부를 둘러싼 한국가족의 영향력이 매우 희미한 것을 들 수 있다. 재석의 가족으로는 유일하게 돌아가신 아버지가 언급되는데, 그는 자신이 남긴 가구점의 "진열된 가구 값을 웃도는 채무와 배달 직원 한 명, 1.5톤짜리 트럭"(170)을 남겼을 뿐이다. 김애란의 「그곳에 밤 여기에 노래」에서도 용대는 어려서부터 "가족의 수치, 가계의 바보, 가문의 왕따"(134)로 홀대를 받으며 성장한다. 7년 전에는 부동산 계약을 잘못하여 어머니의 집을 날려버린 후 도망치듯 상경하였다. 이후 어머니는 화병으로 죽고, 용대는 "자신이 더 이상 고향에 내려갈 수 없게 됐다는 것"(133)을 깨닫는다. 이 작품의 상당 부분은 용대가 얼마나 집안과 가족으로부터 무시와 멸시를 받는 존재인지를 드러내는 데 바쳐져 있다. 그는 한국 사회는 물론이고 혈통에 바탕한 가족으로부터도 소외된 존재인 것이다.

또 하나 결혼방식의 차이도 주목할 수 있다. 대부분의 결혼이주여성의 한국행이 매매혼에 의해서 이루어진 것에 반해 「그곳에 밤 여기에 노래」와 「열대야에서 온 무지개」에서는 매매혼이 아닌 개인 의사에 따른 선택의 모습을 보여주는 것이다. 이것은 대등한 결합을 가능케 하는 중요한 조건으로 작용하고 있다. 김재영의 「꽃가마배」에서 능 르타이는 결혼생활 내내 폭력에 시달리다가 결국에는 조그마한 공장에서 죽고 만다. 과거 김수로에게 꽃가마배를 타고 시집 온 왕비와 달리 능 르타이가 죽고 만 이유를, 수경은 "여자는 아유타국의 공주처럼 황금과 시종, 쇠를 가득 실은 꽃가마배를 타고 이 땅에 오"는 대신 "낡고 조그만 가방 하나 들고 낯선 타국살이를 시작해야 하는 가난한 처녀"(194)였기 때문이라고 생각한다.[59]

그러나 김애란의 「그곳에 밤 여기에 노래」에서 임명화는 별다른 도움도 받지 못한 채 죽고 만다. 이와 달리 「열대야에서 온 무지개」의 사이란은 자신의 고유성을 잃지 않고, 재석과의 통합에 성공하는 모습을 보여준다. 이러한 차이점을 낳은 이유는 여러 가지가 있을 것이다. 용대와 명화의 대등한 만남을 가능케 한 바로 그 사회적 조건의 열악함이 이유일 수도 있다. 또한 빼놓을 수 없는 사실은 사이란이 산후도우미로서 일하며 모국어를 쓰는 태국 출신 여성들을 돌볼 수 있었던 것은 정부의 도움이 있었기에 가능했다는 점이다.[60] 따라서 진정한 다문화 사회를 이루

---

59 정인의 「타인과의 시간」에서도 둘의 결합은 매매혼과는 무관하다. 결혼이주여성이 타자화되는 대부분의 소설에서 여성들이 죽거나 살인자가 되는 것과 다른 결말에 이른 원인에는, 이러한 결혼 방식도 존재하는 것으로 보인다.

60 "사이란이 산후도우미가 된 것은 6개월 전이었다. 정부에서는 나날이 확산되는 다문화 가정의 산모들을 위해 모국어 산후도우미를 양성했다. 한국에 온 지 3년이 넘고

기 위해서는 사회 전체의 지원과 관심도 중요하다는 것을 알 수 있다.

진정한 다문화 사회는 말할 것도 없이 이주민의 고유문화와 주류사회의 문화가 공존하며 서로에게 긍정적인 영향을 끼치는 사회일 것이다. 진정한 통합은 이주자가 정착 과정에서 주류문화에 영향을 받는 것처럼, 선주민도 이주자와의 상호 작용을 통해 영향을 받는 것에서 이루어질 수 있다. 그렇다면 완고한 가부장적 혈통주의에 근거한 동화 대신 「그곳에 밤 여기에 노래」나 「열대야에서 온 무지개」와 같은 통합의 방식에서 진정한 다문화 사회의 가능성은 존재할 수 있을 것이다.

7. 결론

지금까지 소설속의 결혼이주여성에 대한 연구는 주로 그들이 타자화되는 방식이나 반대로 고유한 정체성을 찾아나가는 방식에 초점이 맞추어졌다고 해도 과언이 아니다. 이제는 보다 객관적인 시각에서 결혼이주여성이 한국 사회와 관계 맺는 양식을 종합적으로 살펴볼 필요가 있다. 본고에서는 베리Berry의 문화변용acculturation 모델을 바탕으로 분류작업을 시도하였다.

비교적 초기에 쓰여진 이순원의 「미안해요, 호 아저씨」에는 중국 동포 여성으로부터 시작하여 동남아 여성으로 확대된 결혼이주의 역사와 그 배경이 잘 나타나 있다. 한수영의 「그녀의 나무 펭귀리」, 정인의 「그

한국어를 잘할 줄 아는 사람에게만 주어지는 자격이었다"(171)라는 대목에서 이를 확인할 수 있다.

여자가 사는 곳」과 「타인과의 시간」, 백가흠의 「쁘이거나 쯔이거나」에 등장하는 결혼이주여성들은 심각한 차별과 폭력에 시달린다. 그 결과 자신의 고유한 정체성도 유지하지 못하고, 한국 사회에도 적응하지 못한 채 주변화Marginalization된다. 그 결과 그들은 죽거나 죽이거나 혹은 한국을 떠나는 모습을 보여준다. 고통받는 결혼이주여성들의 삶을 다룬다는 점에서 그 의의가 매우 크지만, 작가의 의도와는 무관하게 결혼이주여성을 우리와는 너무도 이질적인 연민과 동정의 대상으로만 고착화시킬 위험성이 존재한다. 서성란의 「파프리카」와 이시백의 「개값」은 결혼이주여성이 한국 사회에서 주변화되는 양상을 보여주지만, 비극적인 결말로 끝나는 대신 삶의 새로운 가능성을 암시한다.

송은일의 『사랑을 묻다』와 정지아의 「핏줄」은 한국 사회로의 동화Assimilation와 그 어려움을 형상화 한 작품이다. 한국의 다문화가족정책의 핵심은 빠른 시간 내에 이주 여성을 한국 문화에 '동화'시키는 것이다. 따라서 동화와 관련한 이주 여성의 모습을 살펴보는 것은 한국 사회의 전체적인 맥락에서 중요한 일이다. 이들 작품에서는 한국인들이 결혼이주여성을 동화시키려는 욕망도 결혼이주여성이 동화되려는 욕망도 뜨겁지만, 가부장적 혈통주의(『사랑을 묻다』)와 인종의 벽(「핏줄」)으로 인해 그 욕망은 이루어지지 않는다.

천운영의 『잘 가라, 서커스』에서는 결혼이주여성이 자신만의 고유한 문화를 유지하려고 하는 분리Segregation의 시도가 드러난다. 중국 동포 림해화는 한국 사회에 통합되고자 두 번(결혼과 취업)이나 시도를 하지만 모두 실패한다. 실패한 이후에는 중국 동포만의 공동체로 돌아와 한국 사회로부터 스스로를 분리시킨다. 그러나 결국 그러한 분리의 시도는 실패하고 만다.

김재영의 「꽃가마배」, 김애란의 「그곳에 밤 여기에 노래」, 한지수의 「열대야에서 온 무지개」는 다문화 사회의 이상적인 모습인 통합Integration에 가장 근접한 소설들이다. 특히 외국어를 배우는 한국인의 모습과 자신과 같은 처지의 여성을 돌보는 결혼이주여성이 등장하는 「그곳에 밤 여기에 노래」와 「열대야에서 온 무지개」는 모국문화의 유지와 주류문화에의 적응이라는 통합의 모습을 구체적으로 보여준다. 이러한 통합의 가능성을 떠올리게 한 조건으로는, 가부장적 혈연주의의 약화, 매매혼이 아닌 사랑에 바탕한 결혼, 정부와 사회의 지원 등을 들 수 있다. 마지막으로 이러한 유형화가 작품에 대한 문학적 평가와 일치하는 것은 아니라는 사실을 밝혀두고자 한다.

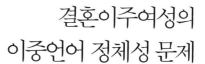

4장

결혼이주여성의
이중언어 정체성 문제

1. 서론

  2018년 11월 23일 통계청이 발표한 '2017년 다문화 인구동태 통계'에 따르면, 2017년 다문화 혼인 건수는 전년보다 1%(208건) 증가한 2만 1,917건에 이르며, 혼인 비중도 8.3%로 전년보다 0.6% 증가한 것으로 나타났다. 또한 2017년 태어난 신생아 20명 중 1명은 다문화 가정 출생아이며, 다문화 출생아는 1만 8,440명으로 국내 전체 출생아(35만 7,771명) 중 5.2%를 차지했다.[1] 외국인 노동자, 중국 동포 이주민, 결혼 이주여성, 한민족 이주자, 탈북자 등이 단일민족 신화를 견고하게 유지해 온 한국사회에 밀물처럼 유입되고 있는 것이다.[2] 이러한 사회적

---

1 『중앙일보』, 2018.11.23.

2 통계청에 따르면 앞으로도 외국인 인구는 점증하여 2030년에는 6%, 2050년에는 외국인 인구가 400만을 돌파하여 전체 인구의 9%를 상회할 것으로 전망된다. (오경석, 「아시아 이주 노동자의 '한국살이'」, 『트랜스내셔널 노동이주와 한국』, 한양대 비교역사문화연구소 기획, 소명출판, 2017, 221면)

현상을 반영하여 이주민의 국내 이주를 반영한 다문화 소설이 2000년 대 이후 적지 않게 창작되었으며, 이에 대한 논의도 활발하게 이루어졌다.[3]

이 글에서는 이주민들이 기본적으로 두 개나 그 이상의 언어를 사용하는 이중언어화자들이라는 점에 주목하고자 한다. 이주민들은 선택적 이중언어화자가 아니라 환경적 이주언어화자라고 할 수 있다.[4] 이주민들을 둘러싼 언어 환경은 이주민의 인격이 대우받는 정도나 한 사회의 윤리적 수준을 판단하는 척도가 될 수 있다. 언어란 정체성과 문화의 중핵으로서, "세계에 대한 우리의 경험과 지식이 생성되는 토대, 곧 우리의 '존재 근거ground of being'"[5]이기 때문이다. 특히 현대세계에서 대부분의 실향인들이 고향으로 간주하는 것은 바로 그들의 모국어, 즉 말이다.[6] 자크 데리다는 모든 이방인들에게 모국어가 최후의 고향, 심지어

---

3 다문화소설에 대한 연구는 개별 작품론, 소설에서 다루는 이주민들(결혼이주여성, 이주노동자, 탈북자, 중국 동포 등)의 재현양상에 대한 연구, 주제론 등이 있다. 이들 연구는 대개 탈식민주의적 관점, 윤리적 관점, 페미니즘적 관점 등에 바탕해 진행되었다. 연구사는 참고문헌으로 대체하였다.

4 선택적 이중언어화자들은 교실에서 언어를 배우는 개인들이 대부분이며, 일반적으로 주요 언어 집단 출신이다. 이와 달리 환경적 이중언어화자들은 그들이 처한 환경 때문에 다른 언어를 배우는 사람들이다. 그들의 제1언어는 교육, 정치, 채용요건, 그들이 처한 사회에서 소통하는 것 등에 적합하지 않다. 환경적 이중언어화자들은 그들을 둘러싼 주류 언어 사회 안에서 살기 위해서 반드시 이중언어화자가 되어야 하는 개인들의 집단이다. 그 결과 이들의 모국어는 제2언어에 의해 대체될 위험이 항상 존재한다. (Colin Baker, 연준흠·김주은 역, 『이중언어의 기초와 교육』, 박이정, 2014, 18면)

5 Lois Tyson, 윤동구 역, 『비평이론의 모든 것』, 앨피, 2012, 532면.

6 김광기, 「멜랑콜리, 노스텔지어, 그리고 고향」, 『사회와 이론』 23집, 2013.11, 173 면. 데리다에게 이방인은 "자신의 언어가 아닌 언어로, 집주인, 주인(접대인), 왕, 영주, 권력, 국민, 국가, 아버지 등이 자신에게 강요하는 언어로 환대"(J. Derrida, 남수인 역, 『환대에 대하여』, 동문선, 2004, 64면)를 요청해야 하는 존재이다.

는 최후의 안식처가 된다며 모국어가 현대의 이방인들에게 유독 눈에 들어오는 고향이라고 주장한다. 그는 한나 아렌트가 언어를 제외하고는 더는 자기가 독일인이라는 것을 느끼지 못한다고 말한 것도 상기시킨다.[7] 윌리엄즈는 이주민의 정체성을 구성하는 요소는 문화적·공동체적 관습, 가치와 믿음, 주변 환경, 언어가 있으며, 이 중에서도 언어가 가장 중요하다고 말한다.[8]

이 논문에서는 이창래의 『영원한 이방인』에 나타난 이중언어 정체성에 대한 사유를 참고하여 한국 다문화 소설에 나타난 이중언어 정체성의 문제를 살펴보고자 한다. 이창래의 『영원한 이방인』의 주인공인 헨리 박은 이민 2세대로서, 그의 삶은 다문화(다언어) 사회로 변모하는 한국문학과 한국사회에 많은 시사점을 줄 수 있을 것이라 판단되기 때문이다.[9]

---

7   위의 논문, 199면에서 재인용.

8   Ashley M. Williams, "Bilingualism and the construction of ethnic identity among Chinese Americans in the San Francisco Bay Area", The Doctoral Dissertion of the University of Michigan, 2006. 김혜영, 「다문화 사회의 언어환경과 민족 정체성의 관계」, 『독서연구』 36호, 2015, 131면에서 재인용.

9   그동안 『영원한 이방인』은 정체성이라는 측면에서 주로 논의가 이루어졌다. 고부응은 『원어민』에 나타난 한국계 미국인의 정체성이 주인공 헨리 박을 통하여 어떻게 구현되는지를 논의하는 글에서 "헨리 박이라는 기표에 해당되는 기의가 고정되지 않음은 또한 헨리 박의 정체성을 이룬다고 할 수 있는 기의의 공간이 확정될 수 없음을, 더 나아가서 이 공간이 비어있음을 의미"(고부응, 「이창래의 『원어민』 – 비어있는 기표의 정체성」, 『영어영문학』 48권 3호, 2002, 620면)한다고 주장하였다. 지봉근은 『영원한 이방인』이 "한국인도 미국인도 아닌 제3의 정체성/잡종적 정체성을 구성할 필요가 있음을 고려하게 한다"(지봉근, 「이창래의 『원어민』에 나타난 한국계 미국인의 정체성:문화적 차이와 잡종성」, 『비교문학』 33집, 2004, 306면)고 주장한다. 이후에도 많은 논의들이 자기 정체성을 부정하고 주류 미국인에 동화되고자 하던 인물이 결국에는 자신의 정체성을 인정하게 된다는 점에 주목하였다. 김미영은 이창래의 소설은 "인종적, 문화적, 언어석 갈등을 일방적 동화나 회피로 무화하는 것이 아니라, 능동적으로 그 차이의 아름다움을 인정하면서 그 자장 속에 증식해 갈 이산적인 네트워크 속에서 인종이나 문화의 경계를 내파"(김미영, 「이창래 소설에 재

한국의 다문화 소설을 『영원한 이방인』과 비교하는 작업은 한국 다문화 소설의 특징을 보다 선명하게 드러내는 방법이 될 것으로 기대한다.[10]

『영원한 이방인』은 이중언어 정체성이라는 관점에서 주목할 여지가 충분한 작품이다. 이창래는 『영원한 이방인』의 한국어판 서문에서 이 책의 집필동기로 "정체성의 수수께끼"와 더불어 "언어의 힘, 우리가 누구인지 또 우리가 타인에게 어떻게 인식되는지 규정하는 그 힘을 살펴보

현된 한국여성과 한국문화」, 『어문연구』 34권 1호, 2006년 봄, 229면)해 간다고 주장한다. 이선주는 헨리 박이 처음에는 "한국계임을 지우기, 미국주류사회에 동화하기"(이선주, 「미국이주 한국인들의 디아스포라적 상상력」, 『미국소설』 15권 1호, 2008, 105면)의 모습을 보이다가 나중에는 "민족을 넘어서는 고달픈 디아스포라적 존재의 동일성을 껴안는"(위의 논문, 115면)다고 주장한다. 류보선은 『영원한 이방인』이 "제국의 중심부 미국에서 벌어지는 호모 사케르적 감시와 통제"를 보여주며, 이를 넘어서기 위해 "다언어공동체를 윤리적 대안으로 제시"(류보선, 「다언어공동체와 연인들의 공동체」, 『현대소설연구』 40호, 2009.4, 129면)한다고 주장한다. 구재진은 코리안 디아스포라 문학에 나타나는 트랜스내셔널한 상상력을 살펴본 글에서, 『영원한 이방인』이 "원어민에 의해 타자화되는 디아스포라의 정체성이 '타자로의 열림'이라는 과정을 통하여 '통합'이 아닌 '공존'으로 나아갈 가능성을 보여"(구재진, 「민족-국가의 사이 혹은 너머에 대한 상상」, 『도시인문학연구』 9권 2호, 2017.9, 44면)준다고 평가한다. 반대로 헨리 박이 끝내 백인 주류질서에 포섭된다고 주장하는 논의들도 등장하고 있다. 이관수는 주인공 헨리가 아내인 릴리아로 상징되는 백인 여성에게 자발적으로 포섭되는 상징적 과정을 통해 소수인종이 겪는 백인화 욕망의 좌절과 타협의 양상을 보여준다고 주장한다.(이관수, 「자발적 포섭을 통한 동화전략: 『네이티브 스피커』에 나타난 백인화 욕망의 좌절과 타협」, 『인문학논총』 39집, 2015.10, 325~345면) 전영의는 문화번역읽기를 통해 헨리 박이나 존 강과 같은 인물들은 "문화권력 안에서 주류가 되어가기 위해 자발적으로 포섭되어가는 동화주의자"(전영의, 「이창래의 『영원한 이방인』에 나타난 혼종적 욕망과 언어권력」, 『현대소설연구』 67호, 2017.9, 142면)라고 지적한다.

10 김용재는 『영원한 이방인』만을 논의한 글에서 "이 작품은 다문화 사회인 미국에서 한국계 미국인으로 살아가는 '나'(헨리)가 자기 정체성을 찾아 나가는 과정을 그리고 있다. 그렇기 때문에 이 작품은 다문화 사회로 편입된 한국 사회에서 하나의 환유 또는 제유(提喩) 형식으로 읽어낼 수 있기도 하다."(김용재, 「다문화 시대의 서사 교육 시론-『영원한 이방인』을 중심으로」, 『국어문학』 51집, 2011.8, 282면)고 말한 바 있다.

는 동시에 한껏 즐겨보자는 것"[11]이라고 밝힌 바도 있다. 조규익은 『영원한 이방인』에는 "'언어 콤플렉스의 제기와 해소'라는 정체성 인식의 역동적 메커니즘이 작동"[12]하며, 헨리 박은 "자신의 언어 콤플렉스를 긍정적인 방향으로 돌려 자아정체성의 발견에 도움 되는 방향으로 돌리는 데 성공했다"[13]고 주장한다. 박성원·신동일은 「네이티브 스피커」를 통해서 "언어공동체에 새롭게 유입되는 구성원들의 정체성을 주목하면서 다중공동체의 변형적인 본질을 탐색"[14]하였다고 치밀하게 논의하고 있다.

2000년대 이후 본격적으로 창작된 다문화 소설을 언어와 이주민의 정체성이라는 문제와 관련시켜 살펴본 논의들도 존재한다. 윤대석은 정인의 「타인과의 시간」에서 베트남 출신 결혼이주여성이 느꼈을 "외로움은 언어의 상실로 비롯되었고, '나'의 공포와 불안은 아내가 기대려 한 바로 그 언어에서 비롯된다는 화해 불가능한 모순이 잘 묘사되고 있다"[15]고 주장한다. 구번일은 다문화소설에 등장하는 결혼이주여성을 스피박의 하위주체라는 개념으로 분석하면서, 결혼이주여성들이 모국어를 포기하는 상황은 "자율적이고 자기규정적인 정체성을 획득하려는 갈망을 좌절시키는 일"[16]이라고 주장한다.

---

11 Chang-Rae Lee, 정영목 역, 『영원한 이방인』, 알에이치코리아, 2015, 6면. 이 책은 1995년 『Native Speaker』라는 제목으로 Riverhead books에서 출판되었다. 같은 해 현준만이 미래사에서 번역하였고, 2015년에 정영목에 의해 다시 번역되었다. 이 글은 정영목의 번역본을 주요한 텍스트로 삼았으며, 앞으로 인용할 경우 본문 중에 페이지수만 기록하기로 한다.

12 조규익, 「바벨탑에서의 자아 찾기」, 『어문연구』 34권 2호, 2006년 여름, 172면.

13 위의 논문, 161면.

14 박성원·신동일, 「이창래의 '네이티브 스피커' 분석에 나타난 언어와 정체성의 결속성 연구」, 『이중언어학』 54호, 2014, 153면.

15 윤대석, 「결혼 이주자를 위한 한국어 문학 교육」, 『국어교육연구』 34집, 2014, 206면.

16 구번일, 「우리 소설에 나타난 하위주체로서의 결혼이주 여성 연구」, 『한민족문화연

이 글과 유사하게 다문화 소설과 이창래의 『영원한 이방인』을 직접적으로 비교한 선행연구도 존재한다. 김혜영은 박범신의 『나마스테』와 『영원한 이방인』의 상호텍스트적 읽기를 통해 "두 텍스트를 읽는 독자는 외국인이 이주 국가에서 자신의 모국어를 사용하거나 언어 사용의 미숙함 때문에 위축되는 부분들에서 상호 교차되는 기억들을 떠올리게"[17] 된다고 주장한다. 이후에도 김혜영은 『영원한 이방인』과 정인의 「타인과의 시간」을 소수집단의 언어와 정체성의 관계라는 관점에서 비교하여, "다문화 사회에서는 힘이 있는 언어를 배워야" 한다는 의식과 "다문화 사회에서 소수언어를 쓰는 개인과의 공존은 주류사회에게 관점의 변화를 촉구한다"[18]는 결론을 이끌어 내고 있다.

기존의 연구는 언어와 정체성의 관계를 중심으로 한국의 다문화 소설을 살펴볼 때, 늘 정인의 「타인과의 시간」 정도를 가장 중요한 작품으로 들고 있다. 이 글에서는 가능한 여러 작품들을 대상으로 하여 한국에 등장한 이주민들이 놓인 언어적 상황과 이에 반응하는 방식을 전반적으로 살펴보고자 한다.[19] 특히 이창래의 『영원한 이방인』을 이중언어 정체성이라는 문제와 관련시켜 논의함으로써, 한국 다문화 소설에 나타난 결혼이주여성의 이중언어 정체성 문제를 보다 구체적으로 파악할

구』48집, 2015, 183면.

17 김혜영, 「상호텍스트성의 관점에서의 다문화 소설 읽기」, 『새국어교육』86호, 2010, 85~86면.

18 김혜영, 「다문화 사회의 언어환경과 민족 정체성의 관계」, 『독서연구』36호, 2015, 141면.

19 한국의 다문화 소설 중에서도 이중언어정체성에 가장 민감하게 반응하는 것은 결혼이주여성을 다룬 소설들이다. 이것은 결혼이주여성이 장기간 한국에 체류하며, 이중언어 상황에 가장 직접적으로 노출된 결과라고 할 수 있다.

수 있는 논의의 틀을 마련할 것이다.

2. 이창래의『영원한 이방인』에 드러난
이중언어 정체성의 필요성과 가치

이창래의『영원한 이방인』은 이주민에게 이중언어 정체성이 반드시 필요하며, 모국어와 새로운 언어를 동시에 인정하고 사용할 경우에만 인간적인 삶이 가능하다는 것을 감동적으로 보여주는 작품이다. 2장에서는『영원한 이방인』에 드러난 이중언어 정체성의 필요성과 가치를 살펴보고자 한다. 이를 통해 한국 다문화 소설에 나타난 이중언어 정체성의 억압적 상황이 지닌 문제점을 보다 구체적으로 파악할 수 있을 것이다.

『영원한 이방인』에서 언어, 구체적으로 말하자면 영어는 단순한 소통의 수단이 아니라 미국에서 살아가는 인간들의 현실적인 힘의 원천인 동시에 그 인간의 힘과 지위 등을 드러내는 상징적 기호이다.[20] 소설 속 한국계 남성들인 아버지, 헨리 박, 존 강은 모두 원어민이 되고자 하는 욕망에 들려 있다. 미국에서는 영어가 너무나 큰 영향력을 가지고 있어서, 영어 사용 능력은 그 인간의 가치와 연동되어 있다고 해도 과언이 아니다. 헨리 박은 어린 시절 '언어 교정'이라는 특별 수업을 받는데, 그

---

20 김용재는『영원한 이방인』에서 "언어는 의사소통의 도구를 넘어 주류사회의 상징체이고 주변이 아닌 중심의 표상이요 힘으로 형상화되고 있다."(김용재, 앞의 논문, 297면)고 말한다.

수업을 함께 듣는 아이들은 "학교의 지체아들, 정신박약아들, 실패자들"(351)이다. 영어를 제대로 하지 못한다는 것은, 미국 사회에서 비정상으로 분류될 충분한 근거가 되는 것이다.

영어를 기준으로 한 위계적 폭력은 원어민과 비원어민 사이에만 존재하는 것이 아니라, 비원어민 내부에서도 섬세하게 작동한다. 미국 사회에서 영어가 가진 힘과 논리를 일찌감치 깨달아서 이를 삶에 적극적으로 활용하는 것은, 한국에서 고등교육까지 마친 이민 1세대로 영어에 능숙하지 못한 헨리 박의 아버지이다. 미국에서 영어가 가진 힘을 아는 아버지는, 늘 자신과 아들 헨리 박의 영어능력을 과시하고자 한다.

그러나 헨리 박의 영어도 진짜 원어민인 아내 릴리아의 시각에서 보자면, 비원어민의 영어에 지나지 않는다. 릴리아를 처음 만났을 때도 헨리 박은 "나 같은 사람들은 혹시 내 억양이 아직도 어색하지 않나, 하고 언제나 신경을 곤두세우죠"(30)라고 말한다. 릴리아는 헨리 박이 "릴리아"라고 불렀을 때도, "릴-야, 하고 아주 의식적으로 말을 했어요"(31)라며 세밀한 부분을 지적한다. 헨리 박은 "지금도 가끔 little 대신 riddle이라고 말하고, vent 대신 bent라고 말"(349)하는 것이다. 미국에서 태어나 미국에서 공적 교육을 받고 성인이 되어 미국시민으로 살아가지만 헨리 박은 합법적인 영어 사용자로 인정받지 못한다. 표준영어 발음을 정확하게 구사하는 릴리아는 가출하면서, 헨리 박에게 "언어를 엉터리로 말하는 사람"(21)이라고 쓰여진 쪽지를 남긴다.

헨리 박은 스파이spy로서 뉴욕시를 구성하는 5개 카운티 중의 하나인 퀸즈의 시의원으로서 뉴욕시의 시장을 꿈꾸는 존 강에게 접근하지만, 곧 그에게 매료된다. 한국계인 존 강의 "정체성이 주는 희망"(482)이 있었는데, 그것은 대부분의 한국계들이 자신의 고치 속에서 한국인으로서의 자기를 유지할 때, 뉴욕이라는 이 시대의 바벨에서 지도자의 자리에 서고자 한 것이다. 영어라는 절대의 기준에서 볼 때도, 존강은 "아름다운, 거의 형식미를 갖춘 영어를 구사"(47)한다.[21]

존 강은 뉴욕시장이 되고자 필사적인 노력을 기울인다. 그것은 자기 안에 '한국적인 것'을 억압하는 것과도 연결되어 있다. 강은 손목시계와 핸드백을 거리에 전시해 놓고 파는 상점에서 한인 상인과 흑인 손님이 실랑이를 벌이자, 일방적으로 흑인의 편에 서서 이 갈등을 해결해줄 정도이다.[22]

그러나 헨리 박이 그러했듯이, 존 강 역시 온전한 원어민이 될 수는 없다. 헨리 박은 "그의 원래의 인종을 말해 주는 잘못된 어조, 표시, 사소한 실수를 찾아내"(272)며, "그의 말에는 여전히 내가 견딜 수 없는 뭔가가 있"(272)는 것이다.[23] 영어가 작품 내에서 차지하는 의미를 고려할 때, 존 강의 몰락은 필연인지도 모른다.

---

21 강이 사업적으로 성공할 수 있었던 것은 "다른 도시나 유럽에 있는, 한인이 아닌 공급자나 중간상과 거래를 할 수 있을 정도의 언어를 익혔기 때문"(276)이다. 즉 그의 뛰어난 영어 능력이 사업의 성공을 가능케 한 것이다. 강의 정체성에서도 영어가 차지하는 비중은 절대적이다. 서울에서 태어난 존 강은 유년기에 한국전쟁을 겪은 후 미국에 몰래 들어와 가톨릭 계열의 고아원에서 영어를 읽고 쓰고 말하는 법을 배운다. 이것을 헨리 박은 "그라는 인물의 핵심적인 도약"(316)으로 파악한다.

22 전영의는 "주류사회에 진입하는 데 성공한 Kwang은 소수인종을 대표하는 정치인으로서 이들의 권익을 위해 노력하지만 이면에는 한국계 이민자들을 희생시켜서라도 자신의 정치적 야망을 실현하고자 하는 철저한 동화주의자였다."(전영의, 「이창래의 『영원한 이방인』에 나타난 혼종적 욕망과 언어권력」, 『현대소설연구』 67호, 2017.9, 121면)라고 수장한다.

23 헨리 박에게 원어민과 비원어민을 명확하게 가로지르는 경계는 바로 백인들이 사용하는 표준영어이다.(박성원·신동일, 앞의 논문, 140면)

결국 존 강은 한국(어)적 정체성에서 벗어날 수 없다.[24] 이러한 특성은 존 강의 정치적 위기가 심화될수록 분명하게 드러나며, 이 때 그의 영어는 흔들리고 그 빈자리는 한국어가 채운다. 에두아르도가 폭탄에 사망하고 언론의 관심을 받자, 존 강은 헨리 박을 한국식 이름인 "박병호"(406)라고 반복해서 부른다. 존 강의 말에는 공직 생활 최초로 "외국어 억양까지 스며든"(435)다. 나중에는 "병호야."라고 부른 후에 한국어 사투리까지 쓰며, "가장 한국적인 음역"(440)의 민요를 부르기도 한다. 이런 존 강을 보며 헨리 박은 "그는 내가 상상하던 한국인의 모습이었다"(449)고 생각한다. 존 강과 헨리 박은 한국 식당과 상점이 몰려 있는 곳 근처의 살롱으로 간다. 그곳에는 "여자와 고국을 향한 남자들의 외로운 감정을 쓰다듬어 주"(452)며, "익숙한 얼굴, 창백하고 넓고 둥근 얼굴"(452)의 한국인 접대부가 있다. 존 강은 그 접대부를 태우고 음주 운전을 하다가 사고를 일으켜 더 큰 위기에 봉착한다.

무엇보다 존 강이 몰락하는 결정적인 계기가 한국식 계에 바탕해 조직을 짰기 때문이라는 사실에 주목해야 한다. 계는 존 강에게 "제2의 천성"(489)이고, "그에게 끈질기게 남은 한 가지 허영"(489)이었다. 존 강에게 남은 가장 한국적인 천성이 결국에는 그의 몰락을 가져온 것이

---

24 물론 존 강은 가끔 지하철을 타고 집에 가면서, 시민들에게 스페인어, 힌두어, 중국어, 타이어 포르투갈어로 인사를 하기도 한다. 완벽한 억양으로 쾌활하게 "계속하세요, 믿음을 지키세요, 우리는 당신 기분이 어떤지 이해합니다, 당신은 혼자가 아닙니다."(399)라고 말하는 것이다. 그러나 존 강에게 이러한 외국어는 하나의 수단으로서만 활용되는 측면이 강하다. 이것은 그토록 아끼던 히스패닉계 청년 에두아르도의 살인에 연루되는 장면에서도 잘 나타난다. 따라서 존 강의 다음과 같은 결심의 진정성도 의심의 대상이 될 수 있다. 뉴욕시장이 된다는 것은 그 곳의 다양한 민족을 "전리품으로 안고 가는 것이 아니라, 정복당한 자들로 데려가는 것이 아니라, 도시의 살아 있는 목소리, 늘 새로워져야 하는 목소리로서 함께 안고 갈 작정"(449)이었다.

다.[25] 존 강의 실패는 기본적으로 한국에서 온 이주민들이 원어민이 될 수 없으며, 그리해서 뉴욕의 지도자가 될 수 없다는 사실을 보여준다.

이 절망의 끝에서 새로운 길은 열린다. 이것은 영어 원어민이 되는 것이 아니라, 이중언어 정체성을 있는 그대로 받아들이는 것이다. 이러한 변화는 창문 밖에서 한인과 남미인 노동자가 나누는 대화를 들을 때 보여주는 다음과 같은 반응에 잘 나타난다.

> 우리는 이야기를 나누려는 그들의 진지한 시도, 그들의 딱딱한 영어 조각에 귀를 기울인다. 어렸을 때라면 그 사람들을 조롱했을 것이다. 나의 아버지와 가게 노동자들의 그 우스꽝스러운 말투, 그 모든 콩글리시, 스팽글리시, 은어에 몸이 움츠러들고, 창피하고 화가 났을 것이다. 말 좀 똑바로 해. 나는 소리치고 싶었다. 평생 궁상맞게 살아가는 주제에 말이라도 한번 똑바로 해 봐. 하지만 지금, 아버지가 말하는 소리를 다시 들을 수 있다면 무슨 짓이라도 할 것 같다. 아버지의 언어, 늘 맹렬하게 돌진해 나가는 그 언어의 충돌과 강타와 중단. 나는 이 도시의 거리에서 아버지의 언어를 들어 보려고 언제까지나 귀를 쫑긋거리며 다닐 것이다. (493~494면)

이것은 자신이 그토록 경멸하고 조롱했던 이중언어 정체성을 받아들이게 되었음을 보여준다. 이중언어 정체성에서 비롯된 어설픈 영어는 더 이상 우스꽝스럽거나 창피한 것이 아니라, 귀를 쫑긋거리며 찾아야

---

25 차민영은 『원어민』이 미국 사회에서 두 개의 문화배경을 가진 이민자가 살아남는 것이 얼마나 어려운지를 보여주며, "광의 정치적 몰락은 미국 다문화주의의 실패를 상징"(차민영, 「이창래의 『원어민』에 나타난 다문화주의의 한계」, 『영어영문학연구』 38권 3호, 2012 가을, 123면)한다고 본다.

할 것으로 의미부여 되는 것이다.

　작품의 마지막은 헨리 박이 릴리아가 영어를 제2외국어로 가르치는 교실에 가서, 그녀를 돕는 것이다. 릴리아는 외국어를 하는 아이들에게 "두려워할 것이 없다는 것"(510)을, "언어를 웃음거리로 삼는 창백한 백인 여자의 모습"(510)을, "아이들이 엉터리로 말해도 아무 상관이 없다는 것"(510)을 보여주고 싶어 한다. 이것은 이중언어 정체성을 부정하는 것이 아니라 그것을 인정하고 나아가 북돋우는 일에 해당한다. 그 교실에서 헨리 박은 "녹색 고무 두건을 쓰고 언어 괴물 역할"(509)을 한다. 그 역할은 아이들을 잡아먹으려 하다가, 릴리아가 미리 연습시킨 그날의 암호를 말하면 스스로 죽는 것이다. 이 때의 '언어 괴물'은 영어를 완벽하게 구사해야 한다는 아이들 안의 강박을 의미하는 동시에 영어에 강박되었던 과거의 헨리 박을 의미한다고 할 수 있다. 이 수업은 릴리아가 고저와 억양까지 세심하게 주의를 기울여서 아이 이름을 큰 소리로 부르는 것으로 끝난다.

　마지막으로 주목할 것은 헨리 박이 그 아이들을 안아주고 입을 맞출 때, 이미 죽은 미트를 떠올린다는 점이다. 헨리 박의 아들 미트는 일곱 살에 죽고 만다. 아이들은 미트에게 "칭크, 잽, 국"이나 "찰리 챈, 프라이팬처럼 넓적한 얼굴"(162)처럼 아시아인을 비하하거나 "멋, 몽그럴, 해프브리드, 바나나, 트윙키"(162) 등의 혼혈아를 비하하는 말을 한다. 아이들은 미트를 땅바닥에 쓰러뜨리고 입에 흙을 넣기도 했으며, 미트는 결국 "개 쌓기 놀이"(165)를 하다가 질식해 죽고 만다. 이러한 미트의 삶은 외모에 나타나는 혼혈이라는 조건이 처한 미국 내의 상황을 드러내는 것으로 논의가 이루어졌다.[26]

그러나 언어라는 측면에서도 미트는 매우 중요한 의미가 있다. 미트는 언어의 미묘한 차이와 다양한 결을 파악할 수 있는 독특한 능력이 있었기 때문이다. 미트는 영어 원어민인 엄마 릴리아와 비원어민인 아버지 헨리 박, 나아가 자신의 할아버지가 구사하는 언어까지도 온전하게 받아들일 수 있었다. 미트는 할아버지의 말조차 배우려고 하며, 할아버지와 놀 때에도 의사소통에 아무런 문제가 없다. 미트는 "우리 셋의 차이를 알아"(358)볼 수 있으며, 나아가 "우리의 영어와 한국어의 미세하기 짝이 없는 단계적 변화, 우리가 누구인지 보여 주는 그 음들을 흉내 낼 수 있었"(358)던 것이다. 미트는 그리고 바로 영어나 한국어로 일방적으로 수렴되지 않는 그 언어의 세계야말로 "우리의 가장 진정한 세계, 이질적인 선율들이 풍부하게 넘치는 세계라고 상상"(358)할 수 있었던 것이다. 미트는 헨리 박이 그 숱한 우여곡절 속에 도달한 이중언어 정체성을 긍정하는 자리에 일찌감치 도달했던 것으로 볼 수 있다. 그러나 이전에 헨리 박은 미트를 온전한 미국인native speaker으로 키우고자 최선을 다했다. 헨리 박은 그의 아들이 한국어와 영어의 다중 사용이 아닌 하나의 목소리로서의 영어를 선택함으로써 주류 사회에서 권위와 자신감을 획득할 수 있을 거라 판단한 것이다.[27] 이러한 헨리 박의 모습은 자기 안

---

26 고부응, 앞의 논문, 627~628면.

27 이러한 헨리 박의 모습은 다음의 인용문에 잘 나타난다. "그애가 자신의 세계에 대하여 단일한 감각을 가지고 성장하는 것이 내 희망이기도 했다. 하나의 목소리로 이루어진 삶. 그것이면 아이의 반쯤 노란색인 넓쩍한 얼굴로는 얻을 수 없는 권위와 자신감을 얻을 수도 있을 것 같았다. 물론 이것은 동화주의(同化主義)적 감성이며, 나 자신과 이 땅의 추하고 또 반은 맹목적인 로맨스의 일부이기도 하다."(397), "나야말로 내가 미트에게 물려주었을 것을 걱정히면서 아이가 하얗기를 바랐다는 것이다. 나는 아이가 너무 선선하게 헌신하고 존중하는 태도, 싸늘한 피, 그리고 한때 쓸모없다고 생각하여, 절대 입 밖에 내지 않고 절대 살아 보려고 하지도 않았던 타오르는 언어

의 이중언어 정체성을 부정했던 모습과도 연결되는 것이다.[28] 수많은 우여곡절 끝에 헨리 박은 "우리의 가장 진정한 세계, 이질적인 선율들이 풍부하게 넘치는 세계"(358)인 이중언어 정체성을 인정하는 단계에 이르렀다고 볼 수 있다.

이창래의 『영원한 이방인』은 이주민이 이주해간 나라의 완벽한 원어민이 된다는 것은 불가능하며, 이중언어 정체성을 그 자체로 인정하고 받아들일 때보다 인간적인 삶이 가능해진다는 사실을 역설하는 명작이다.

3. 한국 다문화 소설에 나타난 결혼이주여성의 이중언어 정체성

1) 사물화되는 여성과 언어의 박탈

김재영의 「꽃가마배」, 서성란의 「파프리카」, 백가흠의 「쁘이거나 쯔이거나」에 등장하는 결혼이주여성들은 모국어와 한국어 모두로부터 배제되는 처참한 상황에 놓인다. 「꽃가마배」에서 "파출부 부르는 거 보

같은 것들을 물려받았을까 봐 걱정했다는 것이다."(422~423)

28 이중언어 정체성을 부정하며 원어민이 되려던 헨리 박의 모습은 식민주체(colonial subject)에 해당한다고 할 수 있다. 식민지 본국은 우월하고 자국(모국)은 열등하다는 (무)의식적 태도가 몸에 배어 있기 때문에, 이들은 식민지 본국의 문화를 모방(mimicry)하려고 한다. 이러한 식민주체로서의 모습은 헨리 박의 아버지와 존 강에게도 해당하는 것이다.

다"[29] 싸다는 이유로 하반신이 마비된 중년 홀아비한테 시집을 온 태국 출신의 능 르타이에게는 태국어가 금지된다. 능 르타이는 새엄마지만, '나'는 그녀를 "일하는 여자"(179)로 대우하며, 고모는 "여자가 돈을 벌기 위해 아버지한테 시집"(182)온 것이라 단정하고는 능 르타이를 사물처럼 대한다.

이런 능 르타이가 가장 즐거워하는 순간은 태국 사원 사진을 배경으로 태국 문자가 가득한 엽서를 받았을 때이다. 그 엽서를 건네주었을 때, 능 르타이는 "엷은 미소가 어리고 양쪽 뺨은 발그레해"지며 글썽이는 크고 둥근 눈은 "한 쌍의 은빛 물고기처럼 빛"(180)날 정도로 기뻐한다.

그러나 능 르타이의 이 작은 행복은 결코 허용되지 않는다. 고모는 태국어가 쓰여진 엽서를 빼앗아서는, "쯧쯧, 이게 글자야 벌레야, 뭐가 뭔지 통 모르겠네"(180)라고 말하며, 괴로워하는 능 르타이에게 "우리 모르게 수작 부리다간 큰코다쳐"(180)라고 쏘아붙인다. 태국어에 대한 이런 태도는, 아버지 수발이나 열심히 들면 된다며 능 르타이를 "집 밖에 나가지 못하게"(183) 하는 것과 연결된다. 이 때 능 르타이는 "알아들을 수 없는 태국말을 내뱉"(183)는데, 그것은 "나는 야자 껍질 속 지렁이로 살고 싶지 않아요"(183)라는 것이다. 이후에도 태국 아유타야에서 오는 편지에 대해서 고모는 민감하게 반응하며, "더 이상 태국어로 된 편지를 주고받지 말라고 명령"(184)한다. 고모에게 태국(어)과의 교류는 "적당한 때에 도망갈 마음"(184)을 확인하는 것에 불과하다.

한국어도 거의 하지 못하는 능 르타이가 태국어에도 접근할 수 없는

---

29 김재영, 「꽃가마배」, 『작가세계』, 2007년 여름, 177면. 앞으로의 작품 인용시 본문 중에 페이지수만 기록하기로 한다.

상황은, 그녀를 말할 수 없는 존재로 만드는 일로서 이것은 그녀의 인격에 대한 전면적인 부정으로 이어질 수도 있다. 이러한 상황에서 '나'의 아버지만이 능 르타이를 말할 수 있는 존재로 만드려고 노력한다. 아버지는 태국 음식을 먹지 않는 '나'와 달리 한국 음식과 태국 음식을 함께 먹으며, 인터넷으로 태국에 대한 정보를 열심히 알아낸다. 나중에는 거실에 펴놓은 두리반 앞에서 머리를 맞댄 채 쿡쿡거리며 웃기도 하고, 태국 쌀국수를 끓여 밤참으로 먹기도 한다. 여기서 주목할 것은 능 르타이의 태국(어)을 허용하는 유일한 존재인 아버지는, 능 르타이에게 한글을 가르쳐주는 유일한 존재이기도 하다는 점이다.[30]

그러나 곧 아버지마저도 "영원히 입을 다"(188)무는 순간이 온다. 능 르타이가 태국 남자와 역 앞에서 함께 있었다는 이유만으로, 아버지가 보는 앞에서 고모는 능 르타이를 심하게 구타한다. 이 때 능 르타이는 "나 이 집 식구야. 나 팔려온 거 아니고, 시집 온 거 맞잖아"라며 울부짖고, 이 순간 "아버지는 영원히 입을 다물었"(188)던 것이다. 이것은 아버지가 충격으로 의식을 잃었다는 표면적인 의미도 있지만, 동시에 자신이 능 르타이에게 한국어를 가르친다는 것이 오히려 더욱 상황을 악화시킬 뿐이라는 깨달음에서 비롯된 침묵이라는 상징적 의미를 담고 있다. 아버지의 침묵과 마비는 능 르타이가 말할 수 있는 존재가 될 마지막 가능성이 사라졌음을 의미하고, 결국 능 르타이는 공장에서 일하다가 화재사고로 사망함으로써 한국 사회로부터 완전히 배제되어 버린다.

---

30 "아버지는 저녁이면 여자를 앉혀놓고 한글을 가르치기 시작했다. 마치 재미있는 놀이를 하나 찾아낸 것처럼 아버지는 그 일에 열중했다. (…중략…) 한글 카드로 알아맞히기 게임이나 받아쓰기를 하기도 했다"(183)라고 언급된다.

서성란의 「파프리카」의 츄옌도 말할 수 없는 존재가 되어 간다. "산자락 아래 외진 마을"[31]에서 거의 고립된 생활을 하는 베트남 출신 츄옌이 베트남어를 사용하는 일은 없다. 유일하게 베트남어를 사용하는 순간은 목욕탕에서 발목을 접질렸을 때, 혼자말로 "메끼엡!"(48) 하고 내뱉었을 때뿐이다. 한국어를 배우고자 하는 욕망이 강한 츄옌의 공책에는 "다음에 다시 오겠습니다, 라고 써 있는 글자 아래로 해독할 수 없는 문자들이 깨알같이 적혀 있"(61)는데, 그 베트남어는 중일에게 "글자라기보다 그림처럼 보인"(61)다.

모국어인 베트남어를 사용할 수 없는 상황에서 츄옌이 말할 수 있는 존재가 되는 방법은 한국어를 배움으로써만 가능해진다. 모자란 한국어 실력으로 인해 남편 중일과 교감하는 일도 수시로 어려움에 부딪친다. "이제 겨우 눈치껏 말을 알아듣는 정도"(46)인 츄옌은 일주일에 두 번 오토바이를 타고 시내에 있는 문화센터로 가서 한글을 배웠으며, 나름대로 한국어에 대한 학구열을 불태운다. 남편인 중일과 시어머니와 함께 사는 츄옌에게 이러한 욕망을 채워줄 수 있는 사람은 중일 뿐이다.[32] 문화센터에 츄옌을 처음 데려다 준 것도 중일이다. 그러나 중일이 문화센터에 개설된 한국인과 국제결혼을 한 여성을 위한 한글강좌에 츄옌을 데리고 간 것은, 한국어를 배우게 하려는 욕심보다는 "나라는 제각각 달라도 처지가 같은 그녀들과 만나 시간을 보내면 이곳 생활에 적응하기가 한결 수월할 것 같다"(46~47)라는 생각 때문이다.

---

31 서성란, 「파프리카」, 『한국문학』, 2007년 겨울, 51면. 앞으로의 작품 인용시 본문중에 페이지수만 기록하기로 한다.

32 시어머니는 한시도 입을 다물지 않지만, 츄옌의 귀에 똑똑히 날아와 박히는 말들은 "여시같은 년, 요살을 떤다, 밥값도 못하는 년, 육시럴 따위의 욕설뿐"(50)이다.

츄옌이 한국어를 배우는 것은 중일에게는 어디까지나 부차적인 일이다. 츄옌이 문화센터에서 한글강좌를 충실히 들을 수 있었던 시기는 짧은 봄 한철뿐이었다. 중단된 공부를 아쉬워하는 츄옌에게 중일은 밤에 잠자리에 들기 전에 자신이 가르쳐주겠다고 약속하지만, 그 약속은 지켜지는 않는다. 츄옌을 통해 성적인 만족을 얻는 것이 가장 중요한 중일은 "행여 그녀가 추위와 노동과 고향을 향한 그리움으로 단맛과 향기를 잃을까 중일은 조바심"(46)을 낼 뿐이다. 중일은 츄옌이 말할 수 있느냐 없느냐보다는, 육체적인 매력의 유무를 더욱 중요하게 생각하는 것이다. 다음의 인용문에서 드러나듯이, 츄옌이 언어와 거리가 먼 존재가 될수록 그녀는 성性적인 존재로 묘사될 뿐이다.

그녀는 여전히 수줍어하면서도 중일이 요구하는 대로 몸을 움직여주었고 그때마다 단맛과 신맛이 어우러진 달콤한 향기를 내뿜었다. 도톰한 껍질 안에 숨어 있는 속살은 솜사탕처럼 부드러웠다. 틈 없이 꽉 차 있을 것 같던 과실 안쪽에는 작은 구멍 하나가 비밀스럽게 숨어 있었다. 몸을 움직일 때마다 단물이 고였다. (45)

열쇠로 옷장 문을 열고 마른 수건을 꺼내 젖은 몸과 물이 뚝뚝 떨어지는 긴 머리칼을 대충 닦아내고 프릴이 달린 분홍색 팬티와 브래지어를 입었다. (49)

그녀는 성적인 존재가 아닐 때에도 육체적인 존재에 머물 것만을 요구받는다. 츄옌에게 요구되는 것은 노동과 그보다 더 중요한 아기를 낳는 일이다. 아기를 낳는 일이야말로 그녀가 지불해야 할 "밥값"(50)에 해당하는 것이다. 츄옌은 쉴 짬도 없이 음식과 술을 나르고 식사 시중을 들기도 하지만, 한 해 동안 벌어들이는 돈이 얼마인지도 모를 정도로 경제적으로도 소외되어 있다. 이러한 상황에서 츄옌이 가정을 벗어날 가능성이 암시되는 것은 당연한 일인지도 모른다. 츄옌은 마지막에 군부대 목욕탕에서 일하는 나상일 일병을 암시하는 "초록색 파프리카 한 개"(65)를 "씨앗조차 남기지 않고 전부 씹어 삼"(65)킨다.

백가흠의 「쁘이거나 쯔이거나」는 다문화 소설 중에서도 결혼이주여성이 겪는 고통이 가장 심각하게 그려지는 작품이다. 남편인 시종은 "쯔이에게 들인 돈 때문"에 "성교에 집착"[33]한다. 쯔이는 한류에 대한 동경으로 "덕유산 자락"(94)으로 시집왔지만, 결국 남편과 시동생의 성적 노리개가 되었다가 자살하는 비극적인 삶을 산다.

쯔이는 결코 단 한 번도 베트남어를 사용하지 못한다. 성性적인 기계에 가까운 쯔이는, "다문화가정 모임에도 나가지 못했고, 말이 통하는 같은 나라에서 온 친구도 주변에 없었"(100)던 것이다.

흥미로운 것은 쯔이가 하노이에 있는 외국어학교에서 한국어를 이 년 동안이나 공부한 재원으로서 "말을 잘 알아듣고, 한글도 제법 쓰고 읽을 줄"(102) 안다는 점이다. 그러나 쯔이는 한국어를 "그냥, 알아듣지 못하고, 말하지 못하는 척하는 게"(102) 편하다고 생각한다. 남편은 자신과 어떠한 교감도 없이 성적인 욕구만을 채우고, 시어머니가 구사하는 한국어는 꾸짖거나 비방하는 욕설 뿐인 상황에서 한국어를 구사하

---

33 백가흠, 「쁘이거나 쯔이거나」, 『현대문학』, 2010.8, 96면. 앞으로의 작품 인용시 본문중에 페이지수만 기록하기로 한다.

지 않는 것은 당연한 일이라고 할 수 있다. 이 때의 한국어는 결코 대화나 소통을 위한 언어가 될 수 없기 때문이다. 베트남어와 한국어 모두로부터 멀어지는 것은 쯔이의 비인간적 형상에 어울린다고 할 수 있다.

김재영의 「꽃가마배」, 서성란의 「파프리카」, 백가흠의 「쁘이거나 쯔이거나」에 나타난 이주여성과 한국인의 관계는 사랑에 바탕한 평등한 인간 관계라기보다는 철저히 위계화된 주인과 노예의 관계에 가깝다. 이러한 상황에서 이중언어의 사용은 기대할 수 없으며, 그들은 모국어는 물론이고 한국어도 배울 수 없는 극단적인 상황으로 내몰린다. 이러한 상황은 한국 사회에도 적응할 수 없고, 고유 문화에서도 안정감을 얻을 수 없는 최악의 상황이라고 할 수 있다. 결국 결혼이주여성들은 사고로 죽거나, 일탈을 꿈꾸거나, 자살하는 방식으로 한국 사회로부터 배제된다.

2) 가부장제와 순혈주의에 의해 억압되는 이중언어 정체성

정지아의 「핏줄」과 정인의 「타인과의 시간」에서 결혼이주여성들은 한국어만 사용해야 하는 상황에 놓인다. 「핏줄」의 베트남 출신 쑤언은 중국 동포, 태국인, 필리핀인 며느리에 이어 네 번째로 들어온 베트남 출신 며느리이다. 기존의 며느리들이 전통적인 농촌에서 요구하는 며느리상과는 거리가 멀었던 것과 달리 베트남 며느리는 전통적인 며느리상에 부합한다. 쑤언은 처음부터 "한국말 잘하고 손끝 야무진"[34] 여자

---

34   정지아, 「핏줄」, 『통일문학』, 2008년 하반기, 174면. 앞으로의 작품 인용시 본문중에 페이지수만 기록하기로 한다.

였던 것이다.

"말 안 통하는 여자들과 사느라 어지간히 속을 끓였던"(168) 아들도 쑤언이 한국어를 할 줄 안다는 사실에 "얼굴도 한결 밝아"(168)진다. 한국어만을 구사하는 모습과 "베트남 얘기를 단 한 번도 입에 올린 적이 없었다"(171)는 것은, 쑤언이 자신 안의 '베트남적인 것'을 억압하고, 오직 한국어로 대표되는 '한국적인 것'에만 집중해 왔다는 것을 의미한다. 쑤언에게 쏟아지는 남편과 시집 식구들의 사랑은 베트남 출신이라는 자신의 정체성을 포기한 댓가였던 것이다.

그러나 이토록 한국어와 한국문화에만 충실한 것은 쑤언에게 엄청난 고통일 가능성이 매우 높다. 시집온 지 2년이 된 쑤언은 "하는 말은 대충 알아듣는 눈치지만 아직도 며느리는 말이 짧다"(154)고 이야기된다. 그럼에도 쑤언은 오직 한국어만을 사용하며, 자신의 이중언어 정체성을 철저하게 억압하고 있는 것이다.

베트남 출신의 쑤언이 이중언어 정체성을 억압하는 대신, 쑤언은 "여기보다 색깔이 더 고웅게 꽃 닮아 그라제. 아버지도"(172)라는 말처럼 질박한 전라도 방언의 세계에는 깊이 다가간다. 그러나 "베트남 며느리의 입에서 나온 전라도 사투리가 입안의 흙먼지처럼 서걱거렸다"(172)는 말처럼, 쑤언이 완전한 한국어 원어민이 될 수는 없는 일이다. 이렇게 일방적으로 이중언어 정체성을 무시하고, 한국어 정체성만을 강요한 결과는 지금 당장은 성공한 듯 보이지만, 결코 미래의 행복까지 담보하지 못한다는 것이 강하게 암시되며 작품은 끝난다.

「타인과의 시간」에서 이중언어 정체성을 결코 용납하지 않는 존재는 시어머니이다. 시어머니는 쑤안이 민족적·인종적으로 다르다는 것과 더불어 쑤안이 베트남어라는 다른 언어를 사용한다는 점을 인정하지 못한다. 남편인 '나' 역시 쑤안이 한국어만 사용해야 한다는 마음이 매우 강하다. '나'는 베트남의 대학 교정에서 쑤안을 처음 보고 반했을 때는, 그녀의 맘을 얻기 위해 "밤새워 베트남어를 익"[35]히기도 했다. 그러나 한국에서 결혼생활을 하면서 그 태도는 완전히 변한다. 아내가 어쩌면 마지막이 될지도 모르는 친정행을 하기 전에도, "다녀오면 우리 아들이 당신 나라 말만 하는 거 아니냐고, 우리말 잊게 하면 안 된다는 농담 같은 진담"(82)을 할 정도이다. 이러한 상황에서 쑤안은 결혼 생활에서 "소통의 문제"(84)로 가장 큰 곤란을 겪는다. 그녀가 처음 한국에서 베트남어를 할 수 있던 상대는 하노라고 이름 지은 개 뿐이다. 쑤안은 하노에게 "그동안 하지 못했던 모국어를 분풀이라도 하듯"(92) 말한다.

언어를 중심에 둔 갈등은 아이가 막 말을 배우기 시작하면서 절정에 이른다. 하노를 향한 아내의 모국어 독백은 첫애를 낳은 후 줄어든다. 하노에게 쏟아 놓던 그 많은 얘기를, 아내는 "넋두리하듯 조금씩 아이에게 들려주기 시작"(94)하는 것이다. 그러나 이 때도 "두 나라 말을 섞어 할 때가 잦았다. 특히 아이를 돌볼 때는 더했다"(95)라는 말에서 알 수 있듯이, 한국어와 베트남어를 섞어서 아이를 양육한다. 그러나 시어머니는 아이에게 베트남어를 하는 쑤안을 보고서는 "저러다 정윤이가 우리말도 제대로 못 배우고 저 시답잖은 말부터 배울라"(94)라며 신경질을 부린다.

'나'도 어머니와 크게 다르지 않다. 베트남어를 말하며 달려드는 아

---

35   정인, 「타인과의 시간」, 『그 여자가 사는 곳』, 문학수첩, 2009, 89면. 앞으로의 인용 시 본문중에 페이지수만 기록하기로 한다.

이를 밀쳐내는데, '나'에게는 "내 나라 말이 아닌 타국의 말을 뱉으며 쫓아오는 아이가 그렇게 낯설 수가 없었"(95)던 것이다. 이러한 행동은 "그동안 아이가 두 나라 말을 함께 익히도록 해야 한다"(95)고 말했던 것이 거짓말이었음을 증명한다. 이후에도 모자가 주고 받는 대화가 우리말에서 차츰 베트남어로 바뀌어가자 신경을 곤두세운다. 결국에는 "니 아들은 인제 에미 거다. 애비 나라 말보다 지 에미 나라 말을 더 잘하니, 원"(96)이라는 어머니 말까지 떠올리고서는, 아내와 아이가 있는 곳으로 뛰어나가 버럭 소리를 지른다.

결국 더 이상 믿을 수 없는 남편과, 의지할 데라곤 아이밖에 없었던 아내가 선택한 것은, 베트남으로의 귀국이고 "자신의 모국어"(101)이다. 아내는 베트남에서 한국에 가지 않을 거라는 전화를 할 때도, "우리말이 아닌 자신의 모국어"(81)로 또박또박 말한다. 이전에 한국에서 남편에게 반박을 할 때면, "우리말과 자신의 모국어를 섞어 가며"(88) 사용했던 그녀이지만, 이제는 오직 베트남어만을 사용할 뿐이다. 이러한 선택은 아이에게도 그대로 영향을 준다. 하노의 죽음을 알리는 전화에서, 들려오는 아이의 말은 "온통 이국의 언어"(103)뿐이다. 「타인과의 시간」에서 한국인과 결혼하여 살던 쑤안이 결국 베트남에 돌아가 한국에 다시 돌아오지 않을 것을 결심하는 것에서 알 수 있듯이, 이 작품에서 베트남어와 한국어의 공존은 불가능하다.

이창래의 『영원한 이방인』에서도 영어라는 절대 권력으로부터 소외된 이주민들이 존재하는데, 그들은 모두 여성들이다. 헨리 박의 어머니는 가정이라는 공간 내에서만 머물며, 한번도 영어를 사용하지 않는다. 그는 아버지의 미숙한 영어 앞에서도 한없이 움츠러들 뿐이다. 그녀는 오직 한국어를 가정 내에서 사용할 뿐이며, 그 어디에서도 영어를 사용하는 모습은 등장하지 않는다. 이러한 어머니의 모습은 「핏줄」의 쑤언이나 「타인과의 시간」의 쑤안이 처한 상황의 거울상이라고 할 수 있다. 쑤언이나 쑤안은 모국어로부터 배제된 채 한국어만 사용할 것을 강요받는다. 쑤언은 이에 적응하지만 그 미래가 결코 밝지만은 않다는 것이 암시되며, 쑤안은 이를 견디지 못하고 아예 모국어의 세계 속으로 떠나버린다. 『영원한 이방인』에서 어머니는 쑤언이나 쑤안과는 달리 모국어의 세계에만 머물며, 영어의 세계에는 가닿지 못한다. 이러한 어머니의 모습은 미국이라는 사회의 공적인 장에서 그녀가 아무런 위치도 차지하지 못함을 의미한다고 할 수 있다.

흥미로운 것은 어머니가 아버지와는 달리 한국적인 존재로 그려진다는 점이다. 어머니는 "침략당한 한국적 방식"(35)으로 일본인을 믿지 말라고 충고하거나, "릴리아와 결혼하는 것도 반대"(35)했을 사람이다. 어머니는 "감정을 드러내는 것이 사람 사이의 관계에서 어떤 실패의 신호"라고 믿으며, "자신의 얼굴 근육을 아주 미묘한 부분까지 통제할 수 있는 사람 같"(58)이 보인다. 어머니는 "내가 아버지를 비난하는 것을 용납하려 하지 않았다"(106)고 이야기될 정도로, 가장의 권위에 집착하는 한국적인 모성이다.

어머니가 죽고 나서 집안일을 해주기 위해 한국에서 온 '아줌마'는 아무런 이름도 없이 그저 아줌마로 불린다. "필요할 때만, 할 일이 있거나, 요청할 일이 있거나, 알았다는 표시를 할 때만 말"(107)을 할 뿐이다. 그녀에게는 개인적인 발화 자체가 존재하지 않는다. 이러한 아줌마의 모습은 3장 1절에서 살펴본 결혼이주여성들의 모습에 대응된다.

「꽃가마배」의 능 르타이,「파프리카」의 츄옌,「쁘이거나 쓰이거나」의 쓰이는 모국어는 물론이고 한국어로부터도 배제되어 결국 '말할 수 없는 존재'가 되었다. 이러한 언어적 상태는 그녀들이 한국 사회에서 어떠한 의미도 지닐 수 없다는 것을 보여주며, 실제로 그들은 사고로 죽거나 자살하거나 일탈을 시도한다. 아줌마 역시 미국의 어느 곳에서도 인간으로서의 가치를 지니지 못한다. 이런 그녀를 보며 헨리 박은 가끔 "그녀가 좀비가 아닌가 하는 생각"(109)을 할 정도이다. 그녀는 청소를 하거나 음식을 만들거나 옷을 갤 때가 아니면 거의 눈에 띄지도 않는다. 그녀는 어떤 소리도 내지 않으며, 취미도 없고 운동도 전혀 하지 않으며, 한국에 전화를 하지도 않고 한국에서 전화가 오지도 않는다. 폐렴으로 죽은 아줌마는 끝내 미국땅에 묻히지도 못한다.[36] 『영원한 이방인』의 어머니나 아줌마의 모습은 이중언어 정체성을 유지한다는 것이, 남성보다는 여성에게 더욱 어려운 과제임을 보여준다.

3) 이중언어 정체성의 존립 가능성

김재영의 「꽃가마배」, 서성란의 「파프리카」, 백가흠의 「쁘이거나 쓰이거나」에 등장하는 결혼이주여성들은 모국어와 한국어를 모두 사용할 수 없는 상황에 내몰린다. 이것은 말할 수 없는 존재가 된다는 의미로서, 이들의 존재근거가 상실된다는 것과 같은 의미이다. 실제로 이들 작

---

36 헨리 박이 기억하는 아줌마는 "한국의 하얀 고무신"(126)을 신고, "머리에 쪽을 쪄서 젓가락을 꽂고 다녔"(126)다. 이러한 한국적인 외양은, 미국에서 아줌마가 한국적인 것을 통해 정체성을 구현하는 모습이라기보다는 그녀의 시대착오적 무존재성을 드러내는 것에 가깝다고 할 수 있다.

품에서 결혼이주여성들은 죽음이나 일탈을 통해 지금의 사회적 공간으로부터 배제된다. 정인의 「타인과의 시간」이나 정지아의 「핏줄」에서 결혼이주여성들은 모국어 대신 한국어만 사용할 것을 강요받는다. 가족으로 대표되는 한국사회는 이주민들에게 모국어와 전통문화를 폭력적으로 배제시키고는 한국(어)만을 강요하는 것이다. 그 결과는 모국어의 세계(「타인과의 시간」) 혹은 한국어의 세계(「핏줄」)로의 일방적인 귀결이었다. 이것 역시 온전한 이중언어 정체성과는 거리가 먼 것으로서, 결국 결혼이주여성은 출국하거나 결혼이주여성의 불안한 미래가 암시되며 작품은 끝난다.

한지수의 「열대야에서 온 무지개」에서는 드물게도 결혼이주여성이 모국어와 한국어를 모두 사용할 수 있는 상황이 그려진다. 이 작품에서 한국에 온 지 4년이 된 태국 출신의 사이란은 "다문화 가정의 산모들을 위해 모국어 산후도우미"[37]로 활동한다. 사이란은 태국 출신의 산모나 어머니들을 돌보며, 자신의 모국어를 사용한다. 동시에 그녀는 산모들을 돌보면서도 "한국어 문법책을 펼"(161)쳐서 공부를 하기도 하고, "전단지를 모아서 읽고 보고 쓰는 일을 계속"(163)하기도 한다. 이처럼 그녀는 이중언어 사용자로 지내고 있는 것이다. 사이란은 두 언어 사이에서 갈등하거나 선택의 문제로 고민하지 않는다. 그것은 다음의 인용처럼, 한국어를 공부하다가 자연스럽게 고향(태국)을 떠올리는 것에서도 암시적으로 드러난다.

---

37 한지수, 「열대야에서 온 무지개」, 『문학사상』, 2010.4, 171면. 앞으로의 작품 인용 시 본문 중에 페이지수만 기록하기로 한다.

한국어는 말을 배우기도 힘들었지만 문법은 더욱 어려웠다. 그녀는 한글을 볼 때마다 화폭을 꽉 채운 그림 같다는 생각이 들었다. 자음과 모음이 결합된 글자에 연필로 명암을 넣다 보면 그 자체로 완벽한 데생이 되는 것이었다. 그녀의 한국어 노트에는 그렇게 그림이 된 단어들이 여기저기 눈에 띄었다. 그녀는 '가서'라는 부사를 가지고 데생을 하기 시작했다. ㄱ에는 말갈기처럼 세로로 길게 명암을 넣고, 모음의 기둥 부분을 진하게 칠해 놓고 보니 바람에 나부끼는 고향의 거리가 떠올랐다. (163)

이 작품은 다른 결혼이주여성의 삶을 통하여 사이란의 상황이 매우 이례적인 것임을 드러낸다. 한국인 남편에게 버림받은 위라완은 입주청소를 하러 다니고, 이름도 없는 그녀의 딸은 현장에 방치된 채 지내다 결국 목숨을 잃는다. 이러한 위라완 모녀의 삶은 「꽃가마배」나 「쁘이거나 쯔이거나」에 등장했던 결혼이주여성들의 삶에 대응된다고 할 수 있다.

그런데 사이란과 위라완으로 대표되는 여타 이주여성의 차이는 어디서 비롯된 것일까? 무엇보다도 사이란의 남편인 재석의 각별한 노력과 배려를 들 수 있다. 남편인 재석은 1주일에 한 번씩 찾아와서 부식 거리와 생활비를 놓고 돌아간다. 그리고는 영수증 등의 어떠한 것도 요구하지 않는다. 사이란과 재석이 외출하여 먹는 음식이 태국식인 것에서도 드러나듯이, 재석은 사이란의 고유성을 존중한다. 심지어 동사무소 직원도 사이란의 본래 이름인 사이룽 대신 사이란이라고 기재한 것과 달리, 재석은 늘 정확한 이름인 사이룽으로 아내를 부른다.

둘은 다른 이주여성과는 달리 매매혼이 아니라 둘 사이의 인간적 이해에 바탕하여 결혼을 하였다.[38] 이 작품에서 사이란은 성적인 대상이 부각된 육체적 존재로 그려지는 것이 아니라 재석과 정신적 교감을 나누는 평등한 인간으로서 형상화된다.[39]

그러나 여기서 재석과 사이란이 부부이지만, 일상을 공유하는 존재가 아니라는 사실도 주목해야 할 부분이다. 심지어 사이란과 육체관계를 맺을 때면, "본능 때문에, 미안하다"(161)라는 말을 할 정도로 특별하다. 또한 사이란이 태국어를 사용할 수 있는 것은 정부의 정책적 지원에 의해 가능했던 일이다. 따라서 한국사회에서 이중언어의 사용을 통한 결혼이주여성의 온전한 정체성 확립은 가장 가까운 지원자인 남편과 한국 사회의 각별한 노력과 지원을 통해서만 가능하다고 볼 수 있다.

4. 결론

이 글은 한국 다문화 소설에 나타난 결혼이주여성의 언어 환경을 살펴보았다. 언어는 정체성의 중핵으로서, 기본적으로 두 개나 그 이상의 언어를 사용하는 이중언어화자들인 결혼이주여성들에게 이중언어 정체성이 유지되느냐의 여부는 매우 중요한 일이다. 이 글은 한국 다문화 소설에 나타난 이중언어 정체성에 대한 문제를 살펴보기 위한 선행 작

---

38 졸고, 『다문화 시대의 한국소설 읽기』, 소명출판, 2015, 71~76면.
39 이러한 사이란의 모습은 다문화 소설에 등장하는 결혼이주여성의 모습 중에서 매우 이례적이다. 보통 결혼이주여성 서사구조는 "관광맞선여행→입국→정착(결혼생활)→가출(소외, 고립, 저항, 타자화)→정착 실패 및 비극적 결말(자살, 이혼, 살해, 강간 및 성희롱, 출국, 사고, 범죄)로 구성된다."(이미림, 「다문화 서사구조와 문학적 특징」, 『현대소설연구』 61호, 2016.3, 147면)

업으로 이창래의 『영원한 이방인』을 우선적으로 고찰하였다. 이 작품은 이주민이 이주해간 나라의 완벽한 원어민이 된다는 것은 불가능하며, 이중언어 정체성을 그 자체로 인정하고 받아들일 때 보다 인간적인 삶이 가능해진다는 사실을 보여준다. 『영원한 이방인』의 아버지, 존 광, 헨리 박은 한국(어)적 정체성을 억압하고 원어민이 되고자 하지만, 억압된 한국(어)적 정체성은 결코 사라지지 않으며 존 강의 몰락에서 드러나듯이, 가장 결정적인 순간 강력한 모습으로 귀환한다. 그들은 결코 미국에서 원어민native speaker이 될 수는 없었던 것이다. 헨리 박은 영어 원어민이 되는 것이 아니라 자신의 이중언어 정체성을 있는 그대로 받아들임으로써, 인간적인 삶을 살 수 있다는 것을 마지막에 깨닫는다.

『영원한 이방인』이 보여준 이중언어 정체성의 필연성과 가치를 고려할 때, 한국의 다문화 소설에 나타난 결혼이주여성들이 자신들의 이중언어 정체성을 거의 인정받지 못하는 것은 매우 문제적이다. 김재영의 「꽃가마배」, 서성란의 「파프리카」, 백가흠의 「쁘이거나 쯔이거나」에 등장하는 결혼이주여성들은 모국어와 한국어 모두로부터 배제되는 처참한 상황에 놓인다. 이것은 말할 수 없는 존재가 된다는 의미로서, 이들의 존재근거가 상실된다는 것과 같은 의미이다. 실제로 이들 작품에 나타난 이주여성과 한국인의 관계는 사랑에 바탕한 평등한 인간 관계라기보다는 주인과 노예의 관계에 가깝다. 이러한 상황에서 이중언어의 사용은 기대할 수 없으며, 이것은 결혼이주여성들이 한국 사회에도 적응할 수 없고, 고유 문화에서도 안정감을 얻을 수 없음을 의미한다. 결국 결혼이주여성들은 사고로 죽거나, 일탈을 꿈꾸거나, 자살하는 방식으로 기존 사회로부터 벗어난다. 정인의 「타인과의 시간」이나 정지아의 「핏줄」에서 결혼이주여성들은 모국어 대신 한국어만을 사용할 것이 강요된다. 가족으로 대표되는 한국사회는 이주민들에게 모국어와 전통문화를 폭력적으로 배제시키고는 한국(어)만을 강요하는 것이다. 그 결과는 모국어의 세계(「타인과의 시간」) 혹은 한국어의 세계(「핏줄」)로의 일방적인 귀결이다. 이것 역시 온전한 이중언어 정체성과는 거리가 먼 것으로서, 결국 결혼이주여성은 출국하거나 그들의 불안한 미래가 암시되며 작품은 끝난다. 한지수의 「열대야에서 온 무지개」에서는 드물게도 결혼이주여성이 모국어와 한국어를 모두 사용할 수 있는 상황이 그려진다. 이처럼 이중언어 정체성이 유지될 수 있었던 것은 가장 가까운 지원자인 남편과 한국 사회의 각별한 노력과 지원이 있었기 때문이다.

한국의 다문화 소설과 이창래의 『영원한 이방인』은 10여 년의 차이를 두고 창작되었다. 두 계열의 작품들은 여러 가지 차이점을 보여준다. 일테면 한국으로 이주해 온 여성들이 모국어를 사용하지 못하는 것과 달리, 미국으로 이주해 간 여성들은 모국어(한국어)만 사용하는 것 등을 들 수 있다. 그러나 공통적으로 이주민이 가질 수밖에 없는 이중언어 정체성이 거의 유지되기 힘들다는 점에서는 공통점을 보여준다. 한국 다문화 소설에서는 「열대야에서 온 무지개」 한 편만이 모국어와 한국어를 동시에 사용하는 모습을 보여준다. 그러나 이마저도 재석과 사이란이 부부이긴 하지만, 일상을 공유하지 않는 특별한 사이라는 한계를 보여준다. 이창래의 『영원한 이방인』에서도 그 숱한 우여곡절 끝에 마지막에 이르러서 간접적인 방법으로 이중언어 정체성의 존립 가능성이 암시될 뿐이다. 이것은 이주민의 인간적인 삶을 위한 노력이 전지구적으로 요청되는 시대적 과제임을 증명한다고 할 수 있다.

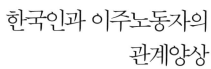

5장
한국인과 이주노동자의
관계양상

1. 다문화 시대

2000년대 다문화를 이야기할 때 **빼놓을** 수 없는 집단이 이주노동자와 결혼이주여성이다. 이들은 오랫동안 한국 사회의 동일성에 균열을 일으키는 존재들로서 경원시되었다. 많은 작가들이 한국 사회에서 배제되어 '벌거벗은 자'가 되어가는 이주노동자들의 현실을 재현하는 데 집중하였으며, 고통 받는 이들의 존재는 우리 안의 제국주의를 성찰하도록 이끌었다. 한국은 크게 보아 이주노동자들과 결혼이주여성들에게 각각 배제와 동화 지향의 정책을 펼쳐 왔다고 할 수 있다.[1] 이러한 배제와 동화의 정책에는 경제적 이유가 큰 영향을 미치지만, 그것 못지않게 한국 사회의 '가부장적 가족주의'도 큰 역할을 하고 있다. 이주노동자

---

[1] 한국의 이민정책은 1980년대 이후 지속적으로 늘어난 이주노동자들에 대한 정부의 경제적 관리와 통제지향의 정책과 2000년 이후 점차 증가한 여성결혼이민자에 대한 사회적 수용과 동화지향의 정책으로 대별되어 왔다(김태환, 『다문화사회와 한국 이민정책의 이해』, 집사재, 2015, 77면).

는 가족이 될 수 없는 외국인이며, 결혼이주여성은 한국 남성의 아내가 되어 영주할 것이라는 의식이 밑바탕에 깔려 있는 것이다.

이주노동자들은 한국 사회의 다문화 현상을 대표하는 핵심적인 존재들이라고 할 수 있다. 1980년대 후반부터 노동자의 임금이 이전보다 급격히 상승했으며, 이에 따라 가구 제조업 등의 3D 업종은 노동력 부족에 시달리게 되었다. 이에 대응하는 방법으로 영세업체들은 외국인 노동자들을 고용하기 시작하였다. 1990년대 초반까지 한국에 들어온 이주노동자들은 미등록 이주노동자였다. 1993년에 처음으로 3년이라는 기간동안 합법적으로 일할 수 있는 '산업연수생제도'가 도입되었다. 산업연수생은 용어 그대로 노동자가 아닌 연수생 신분이기 때문에 노동권도 갖지 못한 채, 저임금, 위험한 작업환경, 욕설과 폭력, 임금 체불 등에 시달려야 했다. 3년간의 체류 기간을 넘긴 산업연수생이나 직장을 이탈한 외국인 노동자는 '미등록체류자'가 될 수밖에 없었다. 그럼에도 산업연수생제도의 도입과 중국 동포의 유입으로 이주노동자의 한국행은 본격화되었다. 산업연수생제도의 대안으로 등장한 것이 2004년부터 실시된 '고용허가제'이다.[2] 이 제도를 통해 한국과 아시아 15개국이 맺은 양해각서를 통해 이주노동자는 최장 4년 10개월까지 한국에서 일할 수 있게 되었다. 이 제도는 표준계약서를 통해 최저임금을 보장할 뿐 아니라 외국인

2 　고용허가제는 일반고용허가제와 특례고용허가제(방문취업제)로 나뉘어진다. 일반고용허가제는 한국과 아시아 15개국이 맺은 양해각서를 통해 이주노동자가 한국에 와서 일하는 제도이다. 18세에서 39세 사이의 사람을 대상으로 하며 범죄경력이 없어야 한다. 이외에도 최소한의 한국어 능력을 갖춰야 하고 건강검진도 통과해야 한다. 특례고용허가제는 중국과 옛 소련 지역에 거주하는 동포를 대상으로 하는 제도로서, 일반고용허가제보다 취업할 수 있는 업종의 범위가 더욱 넓고, 자율구직이 가능하며, 사업장 변경도 비교적 자유롭다.

을 연수생이 아닌 근로자 자격으로 데려오는 초빙노동자제도이다.[3]

  그러나 고용허가제 역시 이주노동자와 관련한 문제를 해결할 수 있는 만능키는 아니다. 보완성의 원칙[4]과 교체 순환의 원칙,[5] 그리고 사업장 이동 제한 원칙[6]으로 인해서 고용허가제는 한국인 고용주가 행사할 수 있는 권리는 비균등적으로 확장했지만, 노동자의 직장과 취업 선택의 자유는 훼손한다는 문제점이 있다.[7] 그 결과 최근에도 추방만이 예견된 외국인 미등록노동자는 40만 명에 가깝다.[8] 고용허가제는 기본적으로 "이주노동자를 한국 사회에서 함께 살아가는 사회통합과 공존의 구성원으로서가 아니라 경제적 필요에 의해서 언제든지 관리 또는 통제될 수 있는 노동자로서만 취급"[9]하는 제도이다. 그 결과 이주노동자들이 겪는 차별 등의 부당한 대우는 크게 달라지지 않았다. 미등록 이주노동자는 언제든지 추방할 수 있고, 동시에 열악한 노동 조건과 저임금을 주면서도 복지나 사회 통합을 위한 비용을 지불하지 않아도 된다는 점에서 가장 효율적인 노동력으로 받아들여진다.[10] 미등록 이주노

3　김현미, 『우리는 모두 집을 떠난다－한국에서 이주자로 살아가기』, 돌베개, 2014, 21~24면. 1991년까지 이주노동자는 10만 명이 넘게 유입되었으며, 2014년에는 이주노동자가 61만여 명으로 집계되었다(김태환, 앞의 책, 103면).

4　보완성의 원칙은 이주노동자가 내국인 노동시장을 대체하면 안 되고, 보완만 해야 한다는 원칙이다. 이를 위해 한국인 고용주는 최소 14일간 한국인 노동자를 구하기 위해 노력했음을 증명해야 한다.

5　교체 순환의 원칙은 계약 기간이 다하면 이주노동자는 귀국하고, 새로운 노동자가 와야 한다는 것을 말한다. 이주노동자는 기본적으로 가족 동반이 금지된다.

6　사업장 이동 제한 원칙은 이주노동자가 3번까지만 직장을 옮길 수 있다는 규정을 말한다. 또한 직장을 옮길 경우에는 이주 노동자 스스로 변경 사유를 증명해야만 한다.

7　김현미, 앞의 책, 128~131면.

8　법무부 통계에 따르면, 2019년 기준 38만여 명의 미등록체류자들이 있다.

9　김태환, 앞의 책, 150면.

10　김현미, 앞의 책, 88면.

동자는 신자유주의 시대에 이윤 창출을 위한 자본의 유용한 도구인 것이다.[11]

우리는 이주노동자에 대하여 이미 충분히 논의를 했다는 착각을 하기 쉽다. 마치 김희선의 「어느 멋진 날」(『21세기 문학』, 2013 겨울)에 등장하는 편집장의 다음과 같은 인식처럼 말이다. 이 작품에서 음모론이나 미스터리를 전문으로 다루는 잡지사에 근무하는 '나'는 공장 밀집지대에서 살해된 47세의 파키스탄인을 보고 영감을 받아 이야기를 만들어 낸다. 그러자 그것을 본 편집장은 "음모론에도 품격이 있다 이거야. 그리고 불법체류 노동자 얘기 같은 건 절대로 쓰지 말라고 내가 말했지? 사람들은 걔네들한테 관심도 없다"(89)고 일갈한다. 뒤이어 편집장은 차라리 "인도네시아에 쓰나미 난 게 알래스카에 있는 비밀기지에서 일으킨 전리층 교란 때문이었다는 소문"(89)같은 것에 대하여 쓰라고 말한다. 어쩌면 편집장의 이야기처럼 미등록체류노동자와 같은 타자들에 대한 관심은 너무나 진부한 것이 되어버렸는지 모른다.

그러나 미등록체류자와 같은 타자들에 대한 관심은 그렇게 쉽게 포기될 수 있는 문제가 결코 아니다. 그들은 이미 우리 사회에서 무시할 수 없는 사회·경제적 의미를 지닌 존재가 되었을 뿐만 아니라, 인간은 다른 인간들 모두에게 언제나 타자일 수밖에 없기 때문이다. 따라서 국적이 다르고 피부색이 다른 사람들을 대하는 방식은 바로 우리 이웃과

---

11 한국의 자본주의 사회구조는 자본과 노동으로 양분된 계급구조로 형성되어 있다. 또 노동계급은 노동계급대로 전문 인력과 비전문 인력으로 양분된다. 그리고 사업장에서는 정규직과 비정규직 등 내부의 노동계층 구조로 다시 심화된다. 그런데 문제는 이러한 양분화는 다시 그 가장 아래 계급에 있는 이주노동자의 희생과 착취 그리고 노동조건의 압박으로 연계되고 있다는 사실에 있다(김태환, 앞의 책, 129면).

가족을 대하는 방식이기도 하며, 근본적으로는 자기 자신을 대하는 태도에 연결된다고 할 수 있다.

2. 이주노동자의 주변화

단일민족신화가 완고하며 오랫동안 다른 인종과 어울려 살아본 경험이 부족한 한국 사회는, 갑자기 증가한 이주노동자들 앞에서 인종주의적 (무)의식을 내세우는 경우가 적지 않다. 이것은 사회 제도 차원에서도 그러하고, 사람들의 일상적 습속의 차원에서도 그러하다. 특히 2000년대에 창작된 소설들에서는 한국인들의 식민주의적 지배 욕구가 만들어낸 폭력과 배제의 양상이 집중적으로 형상화되었다. 이것은 이주노동자를 대등한 인간이 아닌 하나의 도구로서만 바라보는 시각이라고도 말할 수 있다.

이주민들이 한국 사회에서 주변화되어 '벌거벗은 자'가 되어가는 현실을 재현하는데 집중하는 소설들이 있다. 김재영의 「코끼리」(『창작과비평』, 2004 겨울), 이명랑의 『나의 이복형제들』(실천문학사, 2004), 이시백의 「새끼야 슈퍼」(『누가 말을 죽였을까』, 삶이보이는창, 2008), 강화길의 「굴 말리크가 잃어버린 것」(『문학동네』, 2013 겨울)을 대표적으로 들 수 있으며, 이들 소설은 이주노동자를 무시와 모멸의 대상으로만 삼는 한국인의 식민주의적 의식을 날카롭게 고발한다.

김재영의 「코끼리」는 이러한 경향을 대표하는 기념비적인 소설이다. 이 소설에서 이주노동자는 그야말로 인간이 아닌 짐승이다. 아버지와

'나'는 얼마 전까지도 돼지축사로 쓰였다는 건물에 살고 있다. 식사동 가구공단에 있는 이 건물에는 미얀마, 방글라데시, 파키스탄, 네팔, 러시아에서 온 사람들이 그야말로 '돼지' 같은 대우를 받으며 살고 있다. 네팔 출신인 아버지는 네팔 대사관이 한국에 없기 때문에 정식으로 혼인신고를 하지 못했다. 그 결과 '나'에게는 호적이나 국적도 없으며, 중국 동포인 어머니는 집을 나가버렸다. 아버지는 힘겨운 노동으로 지문이 없다. 사람들이 지문도 없으니 영혼도 없다고 생각하는 것처럼, 지문이 없는 아버지는 실제로 한국 사회에서 아무런 고유성(존재가치)도 인정받지 못한다. 이들은 모두 "야 임마, 혹은 씨발놈아, 라는 이름의 외국인 노동자 한 꿰미"(320)일 뿐이다. '나'는 한국사람처럼 노란 피부를 얻기 위해 탈색제가 든 물로 세수를 하는데, 검은 피부는 한국에서 결코 용납되지 않기 때문이다.

이 작품은 이주노동자들이 겪는 고통을 남김없이 전시한 일종의 박물관이다. 알리와 베트남 아저씨 등의 손가락이 묻혀 있는 손가락 무덤, 온몸에 시퍼런 멍과 상처를 지닌 채 휴일도 없이 하루 열여섯 시간씩 일하는 쿤 형, 땀과 화학약품과 욕설에 절어 "짐승 냄새"(323)가 나는 아버지, 백화점에 들어가는 것조차 거부당하는 이주노동자들, 관광나이트클럽에서 자신의 육체를 팔아 살아가는 러시아 출신 마리나, 자신의 아들에게 영어를 가르치기 위해 '나'를 집으로 초대해 괴롭히는 친구의 엄마 등이 '고통의 박물관'을 채우는 항목들이다.

김재영의 「코끼리」는 네팔 출신 노동자와 중국 동포 출신 어머니를 둔 열 세 살짜리 소년의 시각으로 이주노동자를 바라보고 있다. 이 순간 그들의 고통은 다른 어떠한 시각에 의한 것보다 더욱 절실하게 재현된다.

비슷한 시기에 쓰여진 이명랑의 『나의 이복형제들』에서 박씨는 인도인 이주노동자가 영어를 사용하자 "다시는 내 앞에서 영어 쓰지 말라"(32)며 이주노동자를 너무도 심하게 구타하여 피가 철철 흘러내리게 한다. 이주노동자에게 모국어가 차지하는 위상을 생각할 때, 이러한 폭력은 인도인 이주노동자가 최소한의 인정도 받고 있지 못함을 드러내는 것이다. 인도인 이주노동자는 자주 "인도 깜뎅이"(143)로 불려진다.

이러한 특징은 이시백의 「새끼야 슈퍼」에도 고스란히 나타난다. 평식은 이주노동자들 덕분에 그럭저럭 슈퍼를 운영하며 생계를 이어간다. 더군다나 그러한 이주노동자의 중매로 필리핀 여성 안젤라에게 늦장가까지 간 상태이다. 그럼에도 이주노동자들을 "저게 같은 사람이라기보다는 집에서 기르는 소나 돼지 같은 짐승이거니 여길 뿐"(101)이다. 슈퍼에 오는 이주노동자들에게 말끝마다 '새끼야'를 붙여, 이주노동자들은 아예 슈퍼이름을 '새끼야 슈퍼'라고 부른다. 노름판에서 돈을 잃어화가 난 평식은 갖은 욕설을 내뱉으며 죄없는 수루를 폭행한다. 이러한 모습에 충격을 받은 평식의 처 안젤라는 "당신이 수루를 때리는 걸 보고 무서워요. 우리나라 사람보고 새끼 해서 나빠요. 당신 새끼야 하면 화난 거처럼 우리나라 사람도 화나요. 그리고 카드 하지 말아요. 내가 신고했어요. 착하게 살아요. 멀리 가니까 찾지 말아요"(108)라는 편지를 남기고 가출한다. 이 작품에서도 식민주의적 의식에 찌든 평식이라는 인물을 통하여 이주노동자들이 처한 현실이 잘 드러나고 있다. 마지막에 안젤라마저 떠나감으로써 그들은 완전히 우리와 같은 공동체의 경계로부터 벗어나는 효과마저 나타나고 있다.

강화길의 「굴 말리크가 잃어버린 것」에서 굴 말리크는 불법체류자로서 고단한 한국에서의 삶을 감내해야만 하는 존재이다. 굴 말리크의 동료는 손가락이 잘려나간 상황에서도 고통 때문이 아니라, 잘려나간 손가락이 없으면 일을 할 수 없기에 울부짖는다. 손가락을 찾지 못한 그는 끝내 해고당하고, 이에 항의하여 파업을 벌인 동료들도 모두 해고당하고 나아가 신고까지 당한다.

이주노동자는 오랫동안 주류화된 존재들과 다른 취급을 받고 한국 사회의 동일성에 균열을 일으키는 존재들로서 경원시되었다. 우리 안에 들어온 타자들을 완전한 침묵 속에 방치하는 것은 가장 큰 폭력이기 때문에, 그들의 고통스러운 삶을 드러내고자 애쓰는 작품들은 소중한 문학적 성과라고 할 수 있다. 2절에서 살펴본 소설에서 이주노동자는 고통의 극한에 서 있는 존재들로 형상화된다. 이것은 그들이 현재 놓여 있는 위치에 바탕한 정당한 인식일 수도 있지만, 이러한 형상화는 의도하지 않은 방식으로 이들의 타자성을 자연화하는 위험성도 지니고 있다.

이주노동자와 관련해서 그동안 한국소설이 즐겨 다루어온 이분법은 '피해자 이주민'과 '가해자 한국인'의 구도였다. 이러한 구도 아래서 창작된 작품들이 '말할 수도 없는 존재'인 이주민들을 공적인 담론에 끌어냈다는 것은 그 의미가 매우 크지만, 반복되는 피해자와 가해자의 이분법 속에서 이주민들이 타자로 고정화되어 버리는 문제도 발생한다.

김민정의 「안젤라가 있던 자리」(『아시아』, 2012 겨울)는 이러한 이분법을 깨뜨리는 데 서사의 대부분을 할애하고 있다. 이 작품은 데칼코마니와 같은 선명한 대칭성을 보여준다. 각 항을 이루는 것은 안젤라는 똑같은 이름을 가진 '필리핀에 사는 한국 고모'와 '한국에 사는 필리핀 이모'이다. 주인공 '나'는 필리핀의 선교 센터에서 현지 아이들을 도와주는 봉사활동을 하고 있다. 한 달간의 휴가를 얻어 오빠의 집에 오자 그곳에서는 필리핀 출신의 이모가 조카를 돌본다.

오빠는 테헤란로와 양재천이 동시에 보이는 강남의 최고급 아파트에 살고 있다. 처음부터 필리핀 이모는 '나'에게 고자세로 일관하는데, 나중에 필리핀 이모는 새언니를 포함한 집안 사람 모두에게 권력을 행사하는 막강한 위치로 상승한다. 점점 강도를 높여 가며 뒤바뀐 권력 관계를 드러내는 과정이 이 작품의 핵심이다.

이러한 필리핀 이모와의 관계를 통하여 '나'는 자신이 그동안 해왔던 선교 활동이 "그들을 위에서 내려다보고 있었"(318)던 행위이며 "사랑이 아니라 동정"(318)인지도 모른다고 생각한다. 나아가 그 모든 행위는 "잘난 오빠에 대한 압박감을 이기지 못하고 필리핀으로 도망을 갔고 그들을 도와줌으로써 우월감을 느꼈던 것"(318)이라는 가슴 아픈 자기 성찰에 이른다. 이러한 자기 반성은 사실 '나'에게도 해당되지만, 별다른 고민 없이 정형화된 이주노동자 나아가 제3세계 사람들의 삶을 그려온 한국 작가들에게도 해당되는 것이라고 할 수 있다.

구부러진 철사를 바로 펴는 방법은 반대 방향으로 되구부리는 방법이다. 위에서 말한 것처럼, 기존의 한국소설이 가진 문제점을 교정하는 장치로서 이 작품의 되구부리기는 나름의 의미가 있다. 그러나 과연 '이 땅의 이주노동자들은 필리핀 이모 안젤라처럼 강남의 최고급 아파트에 사는 사람들도 쩔쩔 매게 할 만큼 힘 센 존재들일까?'라거나 '그들은 과연 고모의 자리도 빼앗아 버릴 수 있는 진정 '가족'으로 살고 있는 것일까?'라는 의문은 뒤따를 수밖에 없을 것이다.

실제 한국의 여성 이주노동자는 매우 열악한 환경에 놓여 있는 것으로 파악된다. 2004년부터 실시된 고용허가제는 한국의 남성 사업주와 송출국 간의 성별 이해관계가 결합되어 이주자의 남성화를 활성화했다. 2013년 기준으로 고용허가제를 통해 한국에 체류하는 외국인 노동자 수는 22만 6,000명이지만, 그 중 여성은 2만 2,000명에 불과하다. 여성에게 개방된 합법적인 이주노동 통로가 제한된 상황에서 자본이 없는 여성은 상대적으로 이주 비용이 적게 드는 분야, 즉 가사나 농업 분야로 이주하는 경향이 크다. 특히 농축산업 분야에 종사하는 여성 이주노동자는 매우 열악한 숙소환경과 각종 성희롱이나 성폭행에 시달리고 있다. 여성 이주노동자는 노동자로서 최소한의 권리도 보장받지 못한 채 성 차별과 인종 차별이라는 복합 차별의 희생자가 되고 있는 것이다.[12] 이러한 여성 이주노동자의 실제 삶을 고려할 때, 앞에서 제기한 두 가지 의문은 더욱 진지하게 성찰해야 할 고민이 아닐 수 없다.

3. 이주노동자의 분리

유현산은 장르문학적 상상력을 한껏 발휘하여 한국 사회의 예민한 지점들을 타격하는 작가이다. 2012년에도 지존파 사건에서 모티프를 가져온『살인의 추억』(네오픽션, 2012)을 발표하여, 눈에 보이지 않는 구조적 폭력의 진정한 폭력성을 심문하였다. 2014년에 발표된『두번째 날』(네오픽션, 2014)은 중국 동포들을 등장시켜 불감과 불통의 문제가

---

12 김현미, 앞의 책, 137~140면.

지닌 파국의 문제점을 치밀하게 형상화하고 있다.

『두번째 날』에서 '첫번째 날'은 중국 동포 소년인 리진웅이 한국인들의 탐욕과 폭력으로 어머니를 잃은 1991년의 어느 겨울밤이다. 그가 20년 후에 MIT 경영대학원 출신의 금융 투자 전문가인 제임스가 되어 한국에 돌아온다. 그가 하려는 일은 어머니를 살해한 한국인들에 대한 일종의 복수이다. 제임스가 된 리진웅은 성현범이라는 거물 정치인의 자금과 고려행정사라는 폭력조직을 거느린 박정호 령감을 이용하여 중국 동포 사회에서 유통되는 자금을 차지하고자 한다. 그것은 리진웅에게는 부모와도 같았던 과자삼촌의 유언인 "나중에 어른이 되면 쓰라. 사람들이 다 알 수 있도록"(292)을 실천하는 그만의 방식이라고 할 수 있다.

20년 전 리진웅의 어머니와 리진웅은 이남읍에서 한국정착의 꿈을 안고 박현필 장로가 만든 평화농장에서 살았다. 박현필 장로는 유기농 사업과 중국 동포 선교를 함께 하려고 이남읍에 유기농 농장을 만들고 중국 동포를 불러들였던 것이다. 그러나 박현필 장로는 이남읍의 유지들이 이남상조신용의 자금을 사금고처럼 마음대로 전용한 사실을 알게 되고, 이 때문에 유지들은 젊은이들을 부추겨 농장을 파괴하고 사람들의 목숨까지 빼앗는다. 리진웅은 이남읍의 유지들이 사용했던 수법을 그대로 중국 동포들에게 적용하여 가리봉상조신용과 대림동상조신용의 돈을 빼돌리려는 것이다.

이 작품의 주 스토리 시간은 2012년 9월 27일부터 2012년 12월 9일로 매우 짧으며,[13] 공간적 배경은 대림동이나 가리봉동과 같은 조선인 밀집지역으로 한정되어 있다. 『두번째 날』에서 비중 있게 다루어지는 중국 동포 정문환은 북경에서 살인을 저지르고 아내와 아들을 남겨둔 채 도망온 인물이다. 중국 동포만의 세상과 관계를 맺는 한국인은 조폭인 영등포 남문과 한사장 정도가 유일하지만, 엄밀히 말하자면 그마저도 결코 중국 동포 사회의 핵심에 발을 들여놓지 못한다. 이러한 중국 동포의 마을에 잠입하는 것은 르포 작가인 조성우의 아내와 전직 기자로 아내와 아들의 복수를 하려는 조성우뿐이다. 르포작가나 기자 그리고 경찰은 결코 중국 동포와 삶을 공유하는 자들이 아니다. 이들은 단지 중국 동포를 관찰하고 기록하고 처벌하는 자들일 뿐이다. 중국 동포는 한국인의 삶과 철저하게 구분되는 것이다.

『두번째 날』에서 그나마 한국인으로서 중국 동포와 '삶'을 공유하는 이는 제임스와 가까운 정인애뿐이다. 그러나 그가 중국 동포와 삶을 공유하는 것은 한국인으로서가 아니라 중국 동포 행세를 함으로써이다. 작가는 다음의 인용문처럼 "조선족이 되어 그들을 돕고 싶다는 욕망"을 가졌던 정인애를 부정적으로 평가한다.[14]

왜 조선족이 되기로 결심했을까. 정인애는 그 결정이 위선과 우월감 때문이었다고 생각했다. 자아라는 게 백화점 매대에 널린 속옷 같은 건 아니지만, 그때 정인애에게는 새로운 자아가 절실했다. 네일아트를 하면서 같은 업계에 들어온 조선족 여자들을 많이 만났고, 조선족이 되어 그들을 돕고 싶다는 욕망에 사로잡혔다. 누구에겐가 필요한 사람이 되기 위해 조선족으

---

13 여기에 '첫번째 날'에 해당하는 1991년의 어느 겨울밤과 에필로그에 해당하는 2013년 6월 7일이 작품의 앞과 뒤에 붙어 있다.

14 이러한 인식은 조성우에 의해서 다시 한 번 반복된다. 중국 동포가 되고 싶었다는 정인애를 보며 조성우는 "그것이 오만이나 치기라고 생각"(403)하는 것이다.

로 위장했다. 지금 생각해보면 그건 선한 일을 하고 있다는 자기위안이나 불행한 사람들 앞에서 우쭐거리고 싶은 치기에 불과했다.(350)

중국 동포와 한국인의 소통과 공감은 결코 간단한 일이 아닌 것이다. 심지어 제임스가 기획하는 복수의 주체는, 그것이 설령 "조선족 사회를 숙주로 강력한 세력을 형성해 한국 사회를 움직이는 꿈"(155)에 바탕한 것이라고 해도, 철저하게 중국 동포들로 한정된다.

그러나 『두번째 날』은 한국 사회로부터 중국 동포 사회가 분리되는 것을 지지하는 작품은 아니다. 오히려 이 작품에서 말하고자 하는 것은 그러한 분리가 가져오는 파국적 결과에 대한 우려에 가깝다. 20여 년 전 조그마한 이남읍에서 상조신용 횡령 사건이 가능했던 이유는 "인간관계가 폐쇄적"(279)이었기 때문이다. 그렇기에 전산망을 따로 만들어도 들통이 나지 않았던 것이며, 사건 이후 그러한 폐쇄성이 해체되자 횡령은 불가능해진다. 제임스가 중국 동포들을 상대로 금융범죄를 저지를 수 있었던 것도 가리봉동과 대림동의 중국 동포 사회가 "폐쇄적"(280)이기 때문에 가능한 일이다. 따라서 중국 동포를 우리의 밖에 묶어놓는다면, 그것은 언제든지 커다란 사회적 비극의 원인이 될 수 있다. 따라서 '나와 너', '한국인과 중국 동포'의 이분법을 넘어서 공감과 연대를 지향할 때만이, 우리는 더 이상 리진웅의 상처나 제임스의 상처와 대면하지 않아도 될 것이다.

『두번째 날』에서 중국 동포는 그 자체의 '대상'이라기 보다는 하나의 '상징'으로 보는 것이 적당하다. '작가의 말'에서 유현산이 밝힌 것처럼, 중국 동포는 "한국 사회에서 독특한 마이너리티의 위치"(409)를 차지하는 존재이기 때문이다. 그것은 정문환과 구령이가 본 외국인 노래자랑 프로그램에서 "베트남, 태국, 일본, 중국, 아시아 각국의 노동자들이 출연했지만 조선족은 없"(35)는 장면에서 분명하게 드러난다. 그들은 우리 사회에서 동일자와 타자의 경계선상에 선 그야말로 '독특한 마이너리티'의 위치를 차지하고 있는 것이다. 유현산은 중국 동포를 통해 우리 사회의 약소자를 대하는 근본적인 자세에 대한 문제제기를 하고 있다.

　동시에 이주노동자들은 한국인과는 무관한 이 사회의 완전한 타자로서 게토화되는 위험성도 지니고 있다. 그러나 이것이 이주민들에게 적당한 자신들의 삶과 문화를 보존할 공간을 마련하는 것에 그친다면, 이들은 주권 권력의 보호를 받는 게토의 신민에 불과하게 될 것이다. 만약 이들을 타자화하여 게토에 가둔다면, 그것은 한국 사회로부터 이주민을 분리시키는 원치 않은 결론에 도달할 수밖에 없기 때문이다. 실제로 유럽 사회는 오래전부터 다문화주의를 이주민에 대한 공식정책으로 삼아왔으며, 이러한 다문화주의는 기본적으로 이국민에 대한 분리로 귀결되고는 한다. 여러 나라들에서 발생한 인종폭동, 인종살인 등이 보여주듯이, 이국민을 분리하려는 시도는 실패로 귀결되고 있다.[15]

---

15 조너선 색스는 다문화주의가 오늘날 수명을 다했으며, 나아가 다문화주의를 적극적으로 끝내야 할 때라고 주장한다. 이유는 다문화주의가 본래의 의도와는 무관하게 사회적 분리로 귀결되었기 때문이다. 다문화주의에 대한 대안으로 그가 제시하는 것은 '우리가 함께 만들어가는 고향'으로서의 사회이다. 색스는 차이와 다양성을 인정하면서도 공동의 소속감이 사회적 공공선을 창조해나가는 협업을 통해 창출되어야 한다고 본다. 그는 결코 국가와 시장에 내속되는 공동체의 창출을 주장하는 것은 아니다. 그는 국가, 민족, 시장을 넘어서는 새로운 사회의 창출을 요구한다. 그것은 미리 규정된 정체성에 공동체의 구성원들이 맞추어나가는 과정이 아니라 새로운 집, 새로운 마을, 새로운 세상을 함께 만들어나가는 행위를 통해 새롭게 '우리'라는 정체

4. 이주노동자의 동화

2절에서 살펴본 작품들은 이주노동자를 무시와 모멸의 대상으로만 삼는 한국인의 식민주의적 의식을 날카롭게 고발하고 있다. 그런데 이러한 고발에만 너무 치중할 경우 작가의 의도와는 무관하게 타자를 연민과 동정의 대상으로만 여기게 되는 단점이 나타난다.[16] 이때 '우리'와 '타자' 사이에 작동하는 공감의 폭은 한없이 작아지며, 양자는 서로 다른 대상으로 분리되는 위험이 발생할 수 있다. 동정이나 연민에 바탕하여, 갖가지 나르시시즘적인 이분법, 즉 약자로서의 이주민/강자로서의 한국인, 고통받는 희생자/선의의 구원자, 수동적인 연기자/능동적인 관찰자를 양산할 수도 있는 것이다. 4절에서 살펴볼 작품들은 2절에서와는 반대로 이주민을 지나치게 한국인과 동일시하는 작품들이다.

김려령의 『완득이』(창비, 2007), 박범신의 『나마스테』(한겨레신문사, 2005), 박찬순의 「가리봉 양꼬치」(『발해풍의 정원』, 문학과지성사, 2009),[17] 「지질시대를 헤엄치는 물고기」(『발해풍의 정원』, 문학과지성사, 2009)는 「코끼리」, 「새끼야 슈퍼」와는 반대의 방식으로 우리 안에 들어온 이주민들을 한국 사회로부터 배제시킨다. 2절에서 살펴본 작품들이 이주민들의 타자성을

성이 창출되어나가는 과정이다(조녀선 색스, 서대경 역, 『사회의 재창조』, 말글빛냄, 2009).

16 칸트는 '자유로워지라!'는 지상명령에 따르는 것이 윤리라고 보았다. "'자유로워지라'는 명령은 동시에 타자도 '자유로운' 주체로 취급한다는 것을 포함한다. 칸트는 스스로 '자유롭다'는 것, 나아가 '타자를 수단으로서만이 아니라 동시에 목적(자유로운 주체)으로 대하라'"(가라타니 고진, 송태욱 역, 『윤리21』, 사회평론, 2002, 7면)는 것을 보편적인 윤리의 법칙으로 여겼다.

17 이 작품은 2006년 『조선일보』 신춘문예 당선작이다.

지나치게 부각하여 공동체의 경계 밖으로 몰아내는 의도치 않은 효과를 발휘한다면, 이들 작품에서는 이주민의 타자성을 무시하는 방식으로 공동체에서 이주민들이 설 자리를 제거해 버리는 것이다.

김려령의 『완득이』에서 완득이의 어머니는 베트남 여성이고, 아버지는 난쟁이이다. 그나마 젖을 갓 떼었을 때 어머니는 집을 나갔다. 물론 이 작품의 핵심에는 한국에서 살게 된 이주민들의 고통이 놓여 있다. 완득이의 어머니가 "이상한 춤이나 추면서 남한테 무시당하며 사는 당신을 이해할 수 없"[18]어 집을 떠났다면, 아버지는 숙소 사람들이 자신의 아내를 팔려 온 하녀 취급하는 것이 싫어서 떠나가는 아내를 끝내 잡지 못했다. 이처럼 네이션의 경계는 결혼과 귀화라는 제도를 통해서도 쉽게 해결되지 않는다. 완득이 어머니가 처한 상황은 다음과 같은 완득이의 생각 속에 잘 압축되어 있다.

가난한 나라 사람이, 잘사는 나라의 가난한 사람과 결혼해 여전히 가난하게 살고 있다. 똑같이 가난한 사람이면서 아버지 나라가 그분 나라보다 조금 더 잘산다는 이유로 큰 소리조차 내지 못한다. 한국인으로 귀화했는데도 다른 한국인에게는 여전히 외국인 노동자 취급을 받는 그분 (149)

피부색이 다른 타자의 문제를 다룸에 있어, 『완득이』가 보여준 성과 중의 하나는 여러 가지 이분법을 피해가고 있다는 점이다. 그것은 인도네시아에서 온 알리 핫산의 존재를 통해서, 외국인(피해자)/한국인(가해

18　김려령, 『완득이』, 창비, 2007, 169면.

자)의 구도가 깨지는 장면에서 대표적으로 나타난다. 알리 핫산은 동주가 운영하는 교회에서 일하며 동주가 킥복싱 체육관에 다니도록 도와준다. 그러나 그는 고용주가 고용한 염탐꾼으로서, 동주처럼 악덕 고용주를 고발하는 사람을 찾아내는 게 일이다. "핫산은 한국 사람을 위해 일했고, 동주는 외국 사람을 위해 일했"(119)던 것이다.

이처럼 『완득이』에는 우리 사회의 타자를 다룸에 있어 이전보다 진전된 면이 분명 존재한다. 남는 문제는 완득이가 지닌 타자성 속에 완득이의 피부색은 과연 어느 정도의 비중으로 존재하느냐이다. 관심을 완득이에게 집중하자면, 완득이가 겪는 문제는 그의 혼종적인 출생의 조건에서 비롯되지 않는다. 완득이가 겪는 가장 큰 고통의 원인은 대부분 난쟁이인 아버지에게서 비롯된다. 그리하여 이 작품은 어머니보다는 아버지의 삶을 중점적으로 다루고 있다. 완득이는 학교에서 알아주는 싸움꾼인데, 그는 "단지 아버지를 난쟁이라고 놀린 놈들만 두들겨"(11) 팬다. 달리 말하자면 완득이는 친구들로부터 피부색에서 비롯된 것이 아닌, 난쟁이 아버지로부터 비롯된 가난 때문에 고통을 받는 것이다. 이 작품의 결말은 해피엔딩이다. 이러한 결말은 완득이의 타자성을 적절하게 거세한 것과 무관하지 않다. 완득이에게 담임선생인 동주는 '인간으로 변신한 신'이라 할 만하다. 그는 얼굴도 모르는 완득이의 어머니를 끝내 찾아내서는 17년 만에 완득이와 만나게 해준다. 동주는 혼자 빈민가에 살고 있지만, 사실은 엄청난 재력가의 아들로서 외국인 노동자에게 부당한 대우를 하는 아버지가 싫어 가출했을 뿐이다. 나중에 동주는 완득이의 아버지가 댄스 교습소를 차리도록 해준다. 이처럼 완벽한 보호자를 옆에 거느린 완득이를 이 사회의 타자로 본다는 것은 넌센스일지도 모른다. 완득이의 옆에는 1등을 놓치지 않는 모범생 정윤하도 늘 함께 있었다.

이처럼 김려령의 『완득이』에서는 베트남 엄마를 둔 완득이의 타자성이 크게 부각되지 않는다. 이것이야말로 '완득이의 한국인화'라고 말할 수도 있을 것이다. 세상에 드러난 완득이는 분명 이 땅의 타자라고 부를 수 있지만, 그의 타자성은 네이션의 바깥에서 오는 것은 아니다. 이러한 과정을 거쳐 완득이는 우리가 감내할 수 있는 정도의 타자성만 지닌 타자가 되는 것이다.[19]

박범신의 『나마스테』와 박찬순의 「가리봉 양꼬치」와 「지질시대를 헤엄치는 물고기」에서도 이주민들의 타자성보다는 동일성을 강조하는 상상력과 사유를 확인할 수 있다.[20]

---

19 『완득이』에 대한 자세한 논의는 「네이션을 넘어선 연대의 가능성」(졸고, 『끝에서 바라본 문학의 미래』, 실천문학사, 2012)을 참고할 것.

20 박범신과 박찬순은 이주민이 겪는 타자로서의 고통에 대해서도 적지 않은 관심을 기울이고 있다. 『나마스테』에 등장하는 이주노동자의 고통에 대해서는 많은 선행연구들이 이루어졌다. 「가리봉 양꼬치」에서는 중국 동포로서 겪는 이들의 곤란한 삶에 대한 묘사도 이루어지고 있다. 한국에 와서 괜찮다고 느낄 만한 일자리를 갖는다는 게 얼마나 어려운 일인지 잘 알기 때문에 중국 동포 이주민들은 "월급만 괜찮다면 자잘한 불만에 대해선 서로 입을 다물었"(78)다. 일제강점기 때 만주로 간 할아버지로 인해 헤이룽장성 넝안시에서 태어난 '나'의 아버지는 한국에 와서 행방불명이 되었고, 한국에 온 어머니와도 아무런 연락이 이루어지고 있지 않다. '나'는 "언제든 붙잡히거나 불의의 사고로 죽어 경찰서 장부에 무연고 사망자로 기록되기 전엔 이 나라 어느 인명부에도 이름이 오를 리 없는 불법체류자"(82)이다. 어머니의 행방을 찾는 과정에서 알게 된 "중국교포들은 이 나라 인명부에 기록이 없으니 주민으로서 보호받지 못"(87)한다. 3년 전 '나'는 안양의 빌딩 건설 현장에서 일하다가 6개월치 임금을 모두 떼인 적도 있다. 「지질시대를 헤엄치는 물고기」의 '나'는 탈북자로서 옌지에서 중국 호구를 갖게 되었고, 브로커에 속아 도박꾼인 한국 남자에게 시집을 온 여자이다. 탈북자인 그녀는 남한 사회에서 낯선 사람만 나타나도 "목동 출입국사무소에 나왔을까. 브로커가 잡혔나, 아니면 또 돈을 뜯어내려고 남편이 보낸 사람?"(211) 등의 반응을 보일 정도로 불안과 공포에 시달린다. 그러나 박범신과 박찬순의 작품에

『나마스테』는 이주노동자 문제를 정면에서 다룬 장편소설이다. 이 작품은 이주노동자들이 인간으로 취급받지 못하는 현실을 끊임없이 고발한다. 이주노동자들이 차별받는 현실에 대한 해결책으로 제시하는 것은 '이주노동자도 우리와 같은 인간이라는 사실'의 강조이다. 무지에 가까운 이해에 바탕하여 그들을 차별해서는 안 되며, 국적, 인종, 피부색, 종교와 무관하게 그들 역시도 우리와 같은 인간이라는 사실을 분명히 인식하고 그에 따라 행동해야 한다는 것이다. 네팔 노동자들을 가장 힘들게 하는 것은 한국인들이 자신들을 별종으로 취급할 때이다. 사비나는 "네팔에도 해가 뜨냐, 니네 나라에도 달이 뜨냐, 니네 나라 여자들도 애를 낳냐. 나, 그럼 돌아요"(57)라고 말한다. 물론 제도 자체가 "다 뜯어먹고 착취"(81)하게끔 되어 있고, "한국 사람 지켜주는 법"(84)만 존재한다. 그러나 "연수생들, 법대로만 해주면 월급 작아도 다 열심히 일할 거예요"(91)라는 말에서 알 수 있듯이, 이주노동자들을 가장 고통스럽게 하는 것은 법보다 한국인들의 차별적 의식이다. 한마디로 지금의 한국인은 "여러 민족 여러 인종이 어울려 살아가는 방법"(133)을 모르는 사람들이다.

이러한 상황에 대한 해결책으로 제시되는 것이 바로 네팔 출신 노동자 카밀과 신우의 사랑이다. 처음 인종과 국적, 그리고 개인적 트라우마로 인해 발생했던 여러 문제는 국경을 초월한 가족의 탄생을 통해 해결될 수 있는 가능성을 보여준다. 이 작품에서 가족은 매우 신성하다. 신우는 카밀에게 가족이라고 말하고서는, "가족이라고 말하는 순간, 찌르

서 핵심은 동일화의 상상력과 태도라고 말할 수 있다.

르 하고 온몸을 관통하는 어떤 경련"(216)을 느낄 정도이다. 신우는 자신과 카밀로 시작된 가족의 구성원에, 자기 주위의 한국인과 카밀 주위의 노동자들까지 포함시키면 다문화적 상황의 여러 문제를 해결할 수 있다고 생각한다.

문제는 인간의 존엄성이 자율성에 대한 인정(비동일시)과 공감(동일시)에 의하여 탄생한다면,[21] 이때의 가족이 일방적으로 공감만을 강조한 공동체에 머물 수도 있다는 점이다. 이 가족이란 한국 공동체의 확장된 판본일 가능성이 존재한다. 신우는 처음부터 카밀에게서 자신의 가족을 발견한다. 처음 신우는 카밀이 손재주가 좋아 나무를 잘 다루는 사람이라고 생각하는데, 신우의 아버지 역시도 손재주가 좋아 나무를 잘 다루었다. 신우는 카밀이 웃었을 때, "내 눈앞에 찰나적으로 아버지의 환한 얼굴이 꿈결처럼 흘러갔"(25)으며, "먼 이역에서 온 그 청년의 웃음이 아버지의 그것과 너무도 닮아 신기했다"(26)고 고백한다. "아버지의 얼굴에 오버랩되어 떠오르는 건 카밀"(57)이다. 거시적인 측면에서 볼 때, "아메리칸 드림을 좇아서 미국으로 갔다가 이상과 현실을 다 잃어버린 아버지의 삶"(47)은 카밀에게도 그대로 적용된다. '코리안 드림을 좇아서 한국으로 왔다가 이상과 현실을 다 잃어버린 것이 바로 카밀의 삶'인 것이다.

신우는 카밀을 "내 가정 안에 한 개인으로 붙잡아 주저앉힐"(251) 생각을 한다. 즉 카밀을 구성원으로 삼은 한국인 가족을 만들려고 하는 것이다. 그러나 카밀이 점점 이주노동자 전체의 권익 향상을 위해 노력하

---

21   린 헌트, 전진성 역, 『인권의 발명』, 돌베개, 2009, 8면.

자, 신우는 카밀이 더 이상 내 아이의 아버지가 아니라 "다른 민족, 다른 나라 사람으로서, 나와 배타적인 집단의 일원이 되어 내 곁의 사람들을 나로부터 끌어내 가는 것 같은, 소외감"(262)을 느낀다. 이주노동자들의 전단지를 보고서, 카밀이 농성하고 있는 곳을 찾아가지만, 신우의 의식은 "내가 카밀을 만나서 하려고 준비한 말은, 왜 당신 맘대로 집 나가서 전화조차 하지 않느냐, 애린도 생각나지 않더냐, 당신은 원래부터 그렇게 매정하고 무책임한 인간이었느냐, 겨우 그런 것"(281)에 불과하다. 그리하여 농성장의 천막 안에는 들어가지 않는다.

이러한 상황에서 『나마스테』의 핵심적인 갈등은 가족과 조국 사이에서 형성된다. 인종과 국적이 다른 사람들 사이에서도 가족은 이루어질 수 있겠느냐가 핵심적인 문제로 제기되는 것이다. 이러한 갈등이 첨예하게 부각되는 것은 카밀의 친구인 구릉이 한국 내에서의 고통을 못 이기고 자살을 시도했을 때이다. 카밀은 네팔 사람이 한국 사람보다 못하지 않다며, "한국…… 싫고…… 누…… 나도 싫고……"(242)라고 절규한다. 그 순간 '나'는 "기실 나는 내 식대로만 그를 사랑해왔다"(243)는 것을 깨닫는다. "우리가 가족이니, 그가 결국은 우리와 같은 한국 사람이 되리라고 상상한 건 너무도 안일한 상상에 불과"(243)했던 것이다. 즉 신우가 카밀과 만들어가고자 한 가족이란 우리, 즉 한국인의 공동체에 카밀을 포함시키는 것에 불과했던 것이다. 그것은 카밀의 단독성을 은폐한 채, 한국인과 동일시하고자 한 욕망의 사회적 구현체에 불과한 것일 수도 있다.

물론 신우가 꿈꾸는 가족은 그녀의 오빠를 통해 나타나는 바와 같이, 혈연에 기초한 원초적 형태의 가족과는 구별된다.[22] 그러나 시간이 흐르면서 카밀을 한국이라는 공동체에 무조건 동일시하려고 하는 신우의 생각도 변한다. 나중에 이주노동자들의 죽음이 이어지자 신우는 "내 조국에 대해 끔찍할 정도의 모멸감"(297)을 느끼고, 이주노동자들이 농성하는 천막 안으로 들어간다. 그녀는 천막 안으로 들어가 죄송하다며 자신은 한국 사람이라며, "욕…… 해도 좋아요. 때려도…… 맞을게요. 용서…… 하지 마세요. 절…… 대로요……"(300)라고 말한다. 신우는 과감하게 조국이 아닌 이주노동자들과 가족이 되는 것을 선택한 것으로 볼 수 있다. 이러한 각성에 바탕해 처음에는 평범했던 한국인 여성 신우는 자신의 집에 여러 이주노동자들을 받아들이며 헌신적인 모습을 보여준다. 그리하여 그녀는 이주노동자들에게서 여신 "락슈미"(335)로 불리는 성녀가 된다.

그럼에도 이 가족이 진정으로 타자의 타자성을 그대로 포용하는 방식인지에 대해서는 조금 더 고민해보아야 한다. 이와 관련해 카밀이 산화한 지 17년이 지난 2021년을 배경으로 한 마지막 장 '2021 – 카일라스 가는 길'은 인상적이다. 신우와 카밀의 딸 애린은 17년이 지난 후 아버지 카밀의 고향 네팔에 간다. 이 가상적 상황의 설정을 통하여, 『나마스테』의 주요한 갈등 중 하나였던 신우와 카밀, 그리고 네팔에서부터 카밀이 사랑했던 또 한 명의 이주노동자 사비나 사이의 갈등은 완전히 해소

---

22 오빠는 "단지 피부 빛깔이 다르거나 내 종족이 아니거나 가난한 나라 백성이라고 해서 무조건 화부터 내는"(162) 사람이다. 나중 신우가 아이를 낳자 자신의 핏줄인 "아이를 보고 싶은"(221) 마음에 신우를 만나러 온다. 미국에서 살던 신우 가족은 1992년 LA 폭동 때, 큰 피해를 입었다. 이로 인해 본능적으로 타민족에 대한 무조건적인 증오감과 불신을 키워온 것이다. 나중에 오빠는 '나'의 부탁으로 옷을 사서 농성장에 온다. 그는 카밀에게 빨리 농성장을 빠져나와 "신우랑 애린이랑 함께 네팔로 가서 그쪽에도 혼인신고를 해"(310)라고 말한다. 즉 그를 한국인으로 만들려고 하는 것이다. 카밀이 계속 농성할 것을 주장하자, "인마", "건방진 놈"(311), "다리까지 저는 주제에…… 바보 같은 놈"(312) 등의 욕설을 퍼붓고 돌아선다.

된다. 네팔에서 사비나는 성공한 사업가로 완전히 자리를 잡았고, 그곳에는 사비나와 카밀 사이에서 태어난 카밀이 살고 있다. 애린은 카일라스까지 가는 여행에 자신의 이복동생인 카밀과 동행하기로 결정한다. 그러한 결정은 "카밀은 어쨌든 나와 피를 나누어 받은 내 동생"(379)이라는 사실에서 비롯된다. 어찌 보면 이 작품의 핵심적인 갈등이라고 할 수 있는 '신우－카밀－사비나'의 삼각관계는 서로가 조금씩 피를 나누어 가진 존재들이 됨으로써, 해결의 실마리가 마련되는 것인지도 모른다.[23]

박찬순의 「가리봉 양꼬치」의 임파는 중국 동포 출신으로 구로공단 가리봉 오거리 시장 통에서 양꼬치 요리사로 일한다. 그는 가게가 쉬는 날을 맞아 분희와 그녀의 한국 친구들에게 양꼬치를 대접할 생각이다. 그는 지난 3년간 한국인 입맛에 맞는 양꼬치를 만들기 위해 심혈을 기울여 왔다. 임파가 준비한 양꼬치는 "신장 위구르족의 것도 헤이룽장성의 것도 아니"[24]며, 단지 한국 사람들 입맛에 꼭 맞을 뿐이다. 임파의 정신적 지주인 아버지가 세계 어디든 가서 그 나라 사람들과 어울려 살려면 무슨 음식이든 먹을 줄 알아야 한다고 말한 것에서 알 수 있듯이, 각각의 음식은 고유한 문화를 상징하는 기호로서 작용한다. 임파가 그토록 없애고자 애쓰는 양고기 고유의 "노린내"(86)야말로, 임파와 분희가 중국 동포로서 가지고 있는 고유성을 상징한다고 말할 수 있다.

이 작품에서 아버지는 자신과 같은 처지의 사람들을 이쪽에도 저쪽에도 속하지 못하고 겉도는 "경계인"이라고 자칭한다. 그러면서 "그런

---

23 『나마스테』에 대한 자세한 논의는 「환갑 지난 문학청년의 부흔」(졸고, 『끝에서 바라본 문학의 미래』, 실천문학사, 2012)을 참고할 것.
24 박찬순, 「가리봉 양꼬치」, 『발해풍의 정원』, 문학과지성사, 2009, 96면.

이들이야말로 상대방의 아픔을 어루만져줄 수 있고, 양쪽을 이어줄 수 있는 사람들"(81)이라고 덧붙인다. 안정된 교원 자리를 버리고 한국에 온 이유도 중국 동포와 한국인들 사이에서 뭔가 할 일을 찾기 위해서이다. 임파 역시 아버지의 그런 생각을 이어받고 있다. 임파가 '양쪽을 이어줄 수 있는 사람', 즉 경계인으로서 한 일이 바로 양고기 고유의 노린내를 없애 한국인의 입맛에 완전히 맞는 양꼬치를 개발한 것이다. 경계인으로서의 역할이란 '노린내' 즉 고유성을 제거하는 것이며, 이는 중국 동포의 고유성을 제거하는 일에 해당한다.

더욱 주목할 점은 임파가 양꼬치의 개발에 열정을 불태우는 이유이다. 임파에게는 할아버지에게서 아버지로 이어지는 꿈, 즉 고향 마을의 모습을 그대로 간직한 발해풍의 정원을 만드는 꿈이 있다. 임파가 그토록 한국인 입맛에 맞는 비밀양념을 개발하려는 이유도 발해풍의 정원을 만들기 위한 돈을 마련하기 위해서이다. 임파는 어린 시절 아버지의 손에 이끌려 '발해풍정원'이라는 간판을 단 조선족 민속촌에 다녀온 적이 있다. 그곳에서는 조선족 춤과 씨름경기, 그네뛰기, 널뛰기 등을 보여주기도 하고, 새납이며 장구와 꽹과리, 해금 등을 연주하기도 하였던 것이다. 이러한 발해풍의 정원은 한민족의 고유한 삶을 재현한 것에 다름 아니다.

그러나 「가리봉 양꼬치」에서 중국 동포로서의 고유성이 완벽하게 제거되는 것은 아니다. '노린내'를 제거한 양꼬치의 개발을 축하하기 위해 발해풍 정원을 그린 그림을 꾸며 놓고 만찬을 하려는 순간, 가리봉동을 주름 잡는 중국 동포 폭력배인 뱀파의 조직원이 나타나 임파를 칼로 찌르기 때문이다. 뱀파의 조직원은 양념 레시피를 밝히지 않았기에 임파를 살해한 것이며, 아버지의 실종(죽음) 역시 이들의 소행임이 암시된다. 그러니까 중국 동포의 한국인화를 가로막는 것은 바로 중국 동포 폭력배들이었던 것이다. 뱀문신을 한 이 중국 동포는 동화를 통해서도 해소되지 않은 고유성의 흔적을 의미한다고 말할 수 있다.

「지질시대를 헤엄치는 물고기」에서 탈북자를 대하는 시각도 이주노동자를 대하는 것과 크게 다르지 않다. 작가는 탈북자의 고유성에 대한 별다른 고민 없이, 탈북자를 '우리'라는 범주에 포함시키고 있는 것이다. 「가리봉 양꼬치」에서는 음식이 이주민의 고유성을 상징하는 기호였다면, 이 작품에서는 물고기가 이주민의 고유성을 상징하는 기호의 역할을 하고 있다. "서울에 온 지 2년이 넘었어도 나는 아직도 뜰채에 뜨인 물고기 같은 느낌"[25]에 시달리는 것에서도 잘 나타나듯이, 북한산 민물고기는 탈북자를, 청계천은 남한 사회를 의미한다. '나'는 "강원도까지 내려온 압록강의 연준모치가 새끼들을 이끌고 당당하게 살아가듯이, 또한 K가 데려온 자그사니처럼 수수하게, 하지만 품위는 잃지"(204) 않은 채 살아가고 싶어한다. '내'가 종업원으로 일하는 수족관의 주인인 K는 어항의 물은 한꺼번에 갈아주면 안 되고, 조금씩 갈아줘서 충격을 받지 않도록 해야 한다고 이야기한다. 이것은 탈북자를 대하는 우리 사회의 올바른 방향에 대한 작가의 입장이 드러난 것이라고 할 수 있다. 그러나 물과 고기의 관계에서, 기본적으로 고기에게 주어진 과제는 일방적인 적응과 동화일 수밖에 없다. 박찬순의 소설에서 이주민은 충분한 고유성을 보여주지 못 하며, 그들은 다만 또 하나의 민족 구성원에 불과하다. 이렇게 될 경우 기존의

---

25 박찬순, 「지질시대를 헤엄치는 물고기」, 『발해풍의 정원』, 문학과지성사, 2009, 209면.

한민족 공동체는 기본적인 성격은 유지한 채 그 영역만을 확대하게 된다고 말할 수 있다.

5. 이주노동자와 한국인의 보편성 강조

손홍규의 「이무기 사냥꾼」(『문학동네』, 2005 여름)과 공선옥의 『유랑가족』(실천문학사, 2005), 「명랑한 밤길」(『창작과비평』, 2005 가을), 이경의 「먼 지별」(『아시아』, 2009 가을), 김미월의 「중국어 수업」(『한국문학』, 2009 겨울), 배상민의 「어느 추운 날의 스쿠터」(『문예중앙』, 2011 봄)는 '가진 것 없이 고통받는 자들'이라는 관점에서 한국인과 이주노동자들의 보편성을 제시하는 작품들이다. 손홍규의 「이무기 사냥꾼」에서 이주노동자는 이 땅에서 오래전부터 고통 받던 자들과 마찬가지 입장에 놓여 있다. 한국 사회의 민중이나 이주노동자들 모두 '죽은 자 노릇하기'를 통해서만 생존할 수 있는 존재들이다. 용태의 아버지는 여동생과 결혼을 했다고 하여 마을 사람들에게 이유 없는 매질을 당하고는 했다. 이때마다 아버지는 죽은 시늉을 하여 그 순간을 모면한다. 그러나 사실 용태의 아버지는 근친상간을 한 것이 아니라 빨치산 대장이었던 아버지 친구의 딸과 결혼한 것이다. 그러나 좌익과 관련된 혐의가 근친상간이라는 패륜보다 나을 것이 없는 시절이었기에 용태의 아버지는 "개새끼맨키로 납작 엎져서 살았"(257)던 것이다.

그런데 이주노동자인 알리 역시 용태의 아버지처럼 죽은 시늉을 한다. 알리는 한국에서 지낸 두 해 동안 다섯 군데나 공장을 옮겼지만 어디에서도 제대로 된 월급을 받지 못하며, 위조 여권마저 빼앗기고 만다. 한마디로 이곳은 이주노동자를 "짐승" 취급하는 곳이다. 알리 역시 용태의 아버지가 그러했듯이 죽은 시늉을 함으로써 간신히 살아간다. 어찌보면 용태의 아버지나 알리는 모두, 용태의 생식기 근처에서 살기 위해 죽은 체 하는 사면발이와 같은 존재들이었던 것이다. 용태의 아버지와 알리는 이유는 다르지만 사회로부터 죽음을 강요받은 경계 밖의 존재들이다. 마지막에는 용태 역시 죽은 시늉을 하게 된다.[26]

공선옥 역시 이주민들이 지닌 타자성보다는 그들이 지닌 하위주체로서의 보편성에 예리한 관심을 기울인다. 연작소설 『유랑가족』의 명화는 연변 출신의 중국 동포로 농업기술센터의 주선으로 서른일곱의 기석과 결혼한다.[27] 명화는 흑룡강 해림에 남편인 용철과 딸 향미가 있지만, 처녀라고 속이고 농촌 총각인 기석과 결혼을 한 것이다. 명화는 처녀라고 속인 사실이 탄로 날까봐 불안하고, 땅 한 마지기 없이 가난한 주제에 애를 낳으라고 들볶는 시부모와, 부모 없는 조카까지 딸린 생활 능력도 없는 남편 때문에 "정 붙이고 살 만한 것이 아무것도 없"(61)다. 기석이와의 결혼은 명화 입장에서는 사기 결혼에 해당한다고 말할 수

---

26 「명랑한 밤길」에서 깐쭈는 "사장 돈 없어, 몸 아파, 어머니 아파, 사장 슬퍼"(293)라며 밀린 임금 달라는 이야기를 사장에게 차마 못하겠다는 성숙한 모습을 보여준다. 이에 반해 「이무기 사냥꾼」에서 알리는 그나마 자기를 도와주었던 용태를 배신한다. 그럼에도 「명랑한 밤길」과 「이무기 사냥꾼」에서의 이주노동자들이 이곳의 고통받는 자들과 함께 살아가는 친구라는 사실에는 변함이 없다.

27 한국 사회의 이주여성은 노동이주여성, 성산업에 유입된 이주여성, 결혼이주여성 등으로 분류된다(한국염, 「이주의 여성화와 이주여성 인권보호의 과제」, 『2006 국회도서관정책간담회』, 국회도서관, 2006, 4면). 「가리봉 연가」의 명화는 결혼이주여성으로 한국에 왔지만, 현재는 광의의 성산업에 종사하는 여성으로 신분이 변했다고 할 수 있다.

도 있다. 기석의 어눌한 태도에 명화가 결혼을 망설이자 중매를 선 단체 사람들은 명화가 결혼만 해준다면 처갓집 식구들까지 다 한국으로 불러들일 수 있고 오빠 병까지 치료해준다는 말을 했던 것이다. 그러나 그 약속은 애당초 지켜질 수 없는 것이었다. 이러한 상황에서 명화는 읍내 갈빗집의 단골이던 배사장의 말을 듣고 달곤의 처인 용자와 함께 상경하여, 가리봉동 중국 동포의 노래방에서 "카수"(59)로 활동한다. 고질인 편도선이 부어 옴짝달싹 못할 정도이지만 돈이 아까워 병원에도 가지 못한다.

이 작품에서 중국 동포 명화와 한국인 용자 사이에는 별다른 차이점이 없다. 명화가 겪는 모든 고통은 그대로 한국인 용자에게도 해당하는 일이다. 명화의 이웃인 용자 역시 농촌 마을에 정붙일 곳이 하나도 없다. 명화가 정에 굶주려 자신의 방 보증금까지 사기 치고 도망간 배사장을 그리워한다면, 용자 역시 정에 굶주려 카센터 직원 훈이에게 집착한다. 둘은 이제 절대로 집에 돌아갈 수 없으며, 이제 "돈" 밖에 믿을 것이 없게 되었다는 점도 동일하다. 이처럼 이 작품에서는 '명화=용자'의 구도가 성립하는 것이다.

나아가 명화의 중국 동포 남편인 용철과 한국인 남편인 기석 사이에도 '용철=기석'의 구도가 성립한다. 용철은 공장에서 일하며 기석에게 친밀감을 느끼는데, 이유는 기석이 중국 동포에게 버림을 받았기 때문이다. 용철은 "조선족한테 버림을 받고 움츠려 있는 기석에게 동질감이 느껴지는 동시에 약간의 우월감마저"(80) 들었던 것이다. 둘은 실제로 모두 장명화라는 동일인물에게 버림을 받은 사람들이다.

한국인과 중국 동포의 동일시는 이들이 모두 가난하다는 공통점이 있기 때문에 가능하다. 공선옥의 연작소설『유랑가족』은 흡사 우리 시대 가난의 거대한 벽화라고 해도 무방하다. "가난은 사람을 황폐하게 만들기도 하고 난폭하게 만들기도 하고 무기력하게 만들기도 했다. 가난은 다양한 형태로 사람들의 삶을 무너뜨렸다"(74)라는 명제야말로, 이 소설집의 핵심이며 이 명제의 영향력은 중국 동포나 한국인 모두에게 동일하게 적용되는 것이다.

『유랑가족』에서 연민과 동정의 시선 따위는 흔적조차 없다. 가리봉동 세탁소의 주인은 중국 동포 동포들에 대하여 다음처럼 일갈한다.

> 거 뭣이냐, 나는 지난번 테레비에 나와서 외국인 노동자가 어떻고, 인권이 어떻고 해쌓던 목사, 교수들 말 듣고 분개까지 했다니까. 뭐? 핍박? 돈 없으면 인간 대접 못 받는 건 당연한 것 아녀? 어이, 김 사장, 삼십 년 전에 우리 막 서울 와서는 어쨌어. 자국민 핍박받을 때는 암 소리 안 하고 있다가 외국인들 인권이 어쩌네, 야만이네, 하여간 배운 인간들 하는 짓거리란 이제나저제나 맘에 안 들드만 이?(88)

심지어 용자가 장명화를 찾기 위해 중국 동포들에게 무료로 밥을 제공하는 가리봉동의 '동포의 집'을 방문했을 때, 발견하는 것은 중국서 온 사람들이 아닌 "그저 오갈 데 없는"(89) 한국인들이다. 이 연작소설집의 구성원리인 모자이크라는 서사 기법 자체 역시 모든 현상을 대등한 비중으로 다루는 것과 관련되어 있다.[28]

---

28 방민호는『유랑가족』의 발문에서 연작 소설인『유랑가족』핵심적인 구성원리가 몽타주 기법에 있다고 지적한다(「가난에 대한 천착과 그 의미」,『유랑가족』, 실천문학

공선옥의 「명랑한 밤길」은 하위주체들 사이의 공통점을 드러내는 것에서 나아가 그들 사이의 연대 가능성까지 제시하는 작품이다. 공선옥의 「명랑한 밤길」에서 농촌에 사는 '나'의 아버지는 죽었고, 엄마는 중증의 치매 환자이다. 스물한 살인 '나'는 자신이 태어난 곳을 떠나 도시로 나가 살고 싶은 열망에 빠져 있다. '나'의 고향 마을에 생긴 농공단지 주변에는 외국인 노동자들이 새롭게 살기 시작했다. '나'는 동료 간호조무사인 수아와 함께, 농공단지에서 일하는 이주노동자들은 모두다 "너무 무식하고 너무 거칠고 너무 교양이 없고 하여간 저질이라고"(284) 질색한다. 대신에 '나'는 도저히 알아들을 수 없는 외국어를 줄줄 읊으며 고급스런 것들에 쌓여 있는 남자를 사랑한다. '나'는 남자가 자신과는 다른 세계에 속해 있으며 무엇보다 남자가 이 고장 남자가 아니라는 사실에 흥분한 것이다. 그러나 곧 '나'는 남자에게 배신당한다. '나'는 남자를 찾아가 자신의 억울한 심정을 토로하지만 돌아오는 것은 남자의 "쌍. 촌년이 발랑 까져가지구서는. 에잇 재수없어"(291)라는 막말뿐이다.

돌아오는 길에 '나'는 두 남자가 쫓아오는 것을 보고 놀라 발을 헛디디며 정미소 안에 이른다. 두 명의 남자는 네팔에서 온 깐쭈와 방글라데시에서 온 싸부딘이다. 흥미로운 것은 '나'와 이주노동자들이 서로 연대해야 할 대상이라는 인식이 상징적으로 그려지고 있다는 점이다. 본래 주인공은 잘난 남자에게 주려고 상추와 고추를 검은 봉지에 담아서 지니고 있었다. 그러나 그 상추와 고추는 최종적으로 깐쭈와 사부딘의

사, 2005, 258~263면).

손에 들어간다. '나'의 선물은 인간성을 상실한 잘난 남자가 아니라 이주노동자들을 향해야 했던 것이다. 마지막의 "명랑한" 분위기는 이들의 연대가 지닌 희망을 암시하기에 부족함이 없다. 위의 두 작품에서 이주노동자들은 이 땅의 고통 받는 자들과 함께 살아가는 대등한 인간이라는 관점이 분명하게 드러나 있다.

이경의 「먼지별」(『아시아』, 2009 가을)은 선명한 이분법을 보여준다. 이분법의 양쪽 항을 차지하는 것은 '지상의 화성'과 '진짜 화성'이다. '지상의 화성'이 경기도에 위치한 화성이라면, '진짜 화성'은 태양계의 네 번째 행성을 의미한다. "찌마와 나는 지상의 화성에 잘못 버려진 거였다. 언젠가는 오렌지색 먼지 폭풍을 타고 진짜 화성으로 날아가고 싶었다"(251)고 이야기되는 것에서 알 수 있듯이, 이러한 이분법은 '현실'과 '이상'의 이분법이기도 하다.

지상의 화성에는 공단이 있고, 거기에서는 "팔과 다리만 있는 것 같은 사람들"(249)인 외국인 노동자들이 힘겨운 노동을 하고 있다. 화성 거리는 개발이 시작되면 나올 상가 딱지를 노리고 지은 가건물들로 가득하다. 「먼지별」은 "딱 3만 원어치만 가르쳐 준다"(247)라는 문장으로 시작되는데, 이 문장이야말로 '지상의 화성'을 지배하는 절대의 준칙이다. 이곳은 모든 것이 철저한 교환원리에 따라 작동하는 작은 우주인 것이다.

무엇 하나 돈 없이는 얻을 수 없는 '지상의 화성'에서, 가출소녀인 '나'는 외국인 노동자들을 상대로 한 성매매로 살아간다. 이 어린 소녀가 이 험한 인생길에 나서게 된 이유는 비운의 가족사 때문이다. '내'가 노파라 부르는 어머니는 쉰 살에 아빠를 만났다. 술집 작부였던 '나'의 어머니는 아버지가 살고 있는 곳이 곧 개발된다는 소문을 듣고 집 한 칸을 가지고 있는 아버지에게 작정하고 꼬리를 쳤던 것이다. '내'가 여섯 살이 되었을 때, 어머니는 아빠 몰래 딱지를 떴다방에 넘긴 후 도망친다. 어머니는 10여 년 만에 거지꼴을 하고 집으로 돌아오고, 아버지는 아내를 보자마자 그 자리에서 죽는다. 이 비극은 돈만을 생각한 어머니의 탐욕으로 인해 연출된 것이다. 집에는 일용할 양식조차 없기에 '나'는 수시로 가출하여 공단 지대에 간다.

　'지상의 화성'에서 교환원리에 따른 삶의 영위에 있어 예외적인 존재가 한 명 있으니, 그는 파키스탄에서 온 외국인 노동자 찌마이다. 찌마는 '내'가 접근했을 때, 아무런 대가도 없이 3만 원을 건네준다. '내'가 끊임없이 찌마에게 3만 원어치 뭐라도 해줘야 한다고 생각하는 이유는, 찌마에게 3만 원을 받고도 바지를 내리지 않아도 되었기 때문이다. "돈을 주면 뭐든지 가질 수 있고, 뭐든 가지려면 돈을 주어야 한다는 원칙"(253)에서 벗어난 유일한 사람이 찌마인 것이다. 이후에도 찌마는 바지를 벗기지 않고도 '나'를 여러 차례 재워준다. 이곳의 절대 준칙인 교환원리에서 벗어난 존재이기에 찌마는 제 입에 넣을 빵 한 쪽 구하지 못한다.

　찌마는 파키스탄에서 대학까지 나왔지만 빵을 찾아 화성까지 왔다. 처음 화성은 찌마에게 "지상에서는 찾을 수 없는 것들이 찾아질 것 같"(250)은 이상적인 곳으로 받아들여진다. 찌마는 화성이라는 도시가 한국말로 태양계의 네 번째 행성과 발음이 같다는 걸 알고, 한국행 비행기를 타게 된 것이다. 그러나 '지상의 화성'은 '진짜 화성'과는 너무나도 거리가 먼 곳이다. 알루미늄 기둥에 손목이 깔리는 사고를 당한 이후로 화성 일대에서 찌마를 받아주는 곳은 없다. 어쩌다 일자리를 구하게 되어도 공장주들은 월급을 체불하기 일쑤이다. 이로 인해 찌마는 파키스탄을 떠난 지 5년이 지났지만 비닐하우스나 컨테이너 박스 하나 구하지 못하고 고시원에서 생활한다. 결국에는 그 돈마저 떨어져 고시원에서 쫓겨나는 지경에 이른다.

이제 '나'는 찌마에게 빵을 구하는 방법을 가르쳐 주기 위해 화성빵집으로 향한다. 화성빵집은 '지상의 화성'을 움직이는 교환원리가 가장 적나라하게 압축된 공간이다. 그곳은 '진짜 화성'처럼 오렌지색 할로등이 천장 위에서 빛나고, 먼지가 금박지처럼 반짝반짝 떠다닌다. 온갖 빵으로 가득한 풍요의 공간이지만, 돈이 없이는 결코 단 한 조각의 빵도 얻을 수 없는 공간이기도 하다. '내'가 그 어린 나이에 성매매에 나선 것도, 빵두어 개를 훔치려다가 빵집주인에게 성폭행을 당한 일이 계기가 되어서였다. '나'는 단돈 100원도 그저 주어질 수 없음을, 가진 것이 없으면 바지라도 내려야 한다는 것을 빵집 주인에게서 배운다. 빵집 주인은 외국인들에게 여권을 담보로 맡고 터무니없는 이자로 돈을 빌려 주기도 한다.

이처럼 자본의 논리를 미메시스한 강력한 빵집 주인을 상대로 우리의 찌마와 '내'가 빵을 훔친다는 것은 애당초 불가능하다. 어설픈 강도짓은 끝내 실패하고, 찌마는 결국 빵집 옥상에서 몸을 던진다. 빵집 하나 제대로 못 터는 찌마가 이곳에서 살아갈 방법은 없기에, "빵을 찾아 이곳에 불시착했듯이 또 다른 행성을 찾아"(261)간 것이다.

이러한 찌마의 최후는 사실 예상된 것이기도 하다. 이 작품에서 찌마는 '나'에게 끊임없이 아버지를 연상시키는 존재이다. 아버지는 노가다판에서 근근이 연명하며 죽는 날까지 앞날이 캄캄하기만 했던 것이다.

"모든 것이 캄캄했다는 점"(247)에서 찌마는 아버지와 닮았다. '나'는 흔들리는 찌마의 눈을 보며 아빠를 떠올리기도 한다. 아빠의 눈은 "살아 있기 때문에 살아갈 일이 불안"(249)하여 종종 흔들리고는 했다. 그런 아빠는 죽었고, '나'는 "죽어 버린 아빠는 지금쯤 차라리 속이 편할지도 모른다"(249)고 생각한다. "배고픈 사람에게 빵을 주어야 하는 의무"(254)가 지켜지지 않는 '지상의 화성'에는 가진 것 없고, 양심을 지키며 살아가려는 자들을 위한 자리는 조금도 준비되어 있지 않았던 것이다. "일자리를 찾아 행성처럼 떠돌다 이곳에 불시착"(250)한 사람인 찌마와, "마땅하게 착륙할 곳이 없어 거리를 떠돌다 아무 데서나 바지를 벗는"(251) '나'가 나누는 우정은 현실적으로 아무런 힘도 발휘하지 못한다. 그럼에도 그 슬픈 연대의 몸짓 속에는 다가올 공동체가 귀담아 들어야 할 삶의 준칙이 오롯하게 새겨져 있다.

김미월의 「중국어 수업」(『한국문학』, 2009 겨울)에서 연안부두 근처에 있는 전문대학의 부설 한국어학원에서 한국어를 가르치는 수는 하루에 만 왕복 세 시간을 들여 서울에서 인천을 오고 간다. 이 한국어학원에는 베트남인이나 우즈베크인, 몽골인도 있지만 대부분은 중국인들이다. 수는 학생들에게 한국어를 가르치기 위해 이곳에 왔지만 청도나 대련, 천진 등에서 온 중국인들은 한국어를 배우러 온 것이 아니라 취업을 위한 학생 비자를 받기 위해 온 것이다. 당연히 학생들은 공부에는 별다른 관심이 없으며, 어학원도 인원 확보와 재정 충당에만 급급해 하기 때문에 학생들의 이탈률은 무려 80%에 이른다. 중국에서 여섯 달 일하고 받는 급여와 한국에서 한 달 아르바이트하고 받는 급여가 비슷하기에, 중국인들은 갚는데만 꼬박 일 년이 걸리는 큰 빚을 지고 한국에 입국하는 것이다. 남학생들은 주로 택배회사에서 일하며 여학생들은 주로 공단지역 식당에서 써빙을 하거나 인터넷 쇼핑몰의 상품 포장 일을 한다. 그들이 한국인 못지않게 능숙하게 구사하는 낱말들은 "씨발. 개새끼. 병신"(59) 같은 것들이다. 이러한 단어들은 이들이 한국에서 겪는 삶이 얼마나 고단한 것인지를 잘 보여준다.

주목해야 할 것은, 이 작품의 주인공인 수 역시 중국에서 온 학생들과 별반 다르지 않다는 점이다. 수는 어학원에서 턱없이 낮은 월급을 받는 것은 말할 것도 없고 석 달 단위로 고용 계약을 갱신해야 하는 비정규직 노동자 신분이다. 수는 스스로 이곳에서 적당히 경력을 쌓으면, 그것을 발판으로 "서울 시내의 번듯한 어학원에서 제대로 된 학생들에게 제대로 된 강의를 할 거"(58)라고 다짐하며, 인천에서의 날들을 간신히 견뎌내고 있다. 수는 자신이 가르치는 학생 중에 최장기 결석자인 쓰엉을 인천의 옐로하우스에서 우연히 만나 술잔을 나눈다. 수는 인천의 바다가 "메마른 바다"(62)로서 다른 바다와는 달리 "아무 위안도 주지 못해"(62)라고 단정적으로 말한다. 수는 열차가 서울권으로 접어들자 "승객들 사이에 아연 활기가 돌기 시작"(66)하며, "공기의 질감도 미묘하게 달라지는 것 같다"(66)고 느끼며, "다들 그렇게 인천 땅을 빨리 벗어나고 싶어 조바심냈던 것일까"(66)라고 생각하기까지 한다.

그러나 「중국어 수업」에는 또 하나의 시선이 존재한다. 서울에 대한 맹목 이면에 놓인 보다 본질적인 문제에 대한 예민한 촉수가 번뜩이는 것이다. 이것을 통해 이 작품은 한 단계 깊어지며 사회를 바라보는 사유의 고도도 확보하게 된다. 그토록 원하는 한국에 왔지만 쓰엉은 오히려 애인만 빼앗기고 어떠한 행복도 얻지 못한다. 그에게 여전히 고향은 배로 스물네 시간이 걸리는 중국의 동북일 수밖에 없는 것이다. 결국 쓰엉은 자신의 애인이었던 멍나의 살림집에 무단으로 침입했다가 강제 출국을 당한다. 수는 구치소에서 만난 쓰엉이 다시 한국에 올 것이라고 말하자, "네가 다시 한국에 왔을 땐 몇배로 불어난 빚더미와 남의 아이 엄마가 돼 있는 멍나밖에 없을 거"(72)라며 쓰엉에게 한국으로 돌아오지 말라고 말한다. 그러나 사실 이 '돌아오지 말라'는 당부는 수 자신을 향한 것이기도 하다. 수는 "어찌어찌하여 '나중'에 요행 서울로 돌아간다고 치자. 그 다음에는?"(67)이라고 생각하는 것처럼, 서울 역시 그에게 뚜렷한 해답이 될 수 없음을 알고 있는 것이다. 쓰엉이 한국에 왔지만 아무런 인생의 답도 얻을 수 없었던 것처럼, 수에게도 서울이 근본적인 해결책은 될 수 없는 것이다. 이미 한국은 나아가 세계는 동일한 사회경제체제에 의해 비인간적 다림질이 깨끗하게 이루어진 상태이기 때문이다. 서울은 다만 "지금 그녀의 목적지"(72)일 뿐이다.

　「중국어 수업」의 중요한 축은 쓰엉으로 대표되는 이주 중국인의 삶과 시각이다. 인천에 사는 중국인은 오래전부터 문학적 소재가 되어 왔으며, 이를 대표하는 작품은 오정희의 「중국인 거리」(『문학과지성』, 1979 봄)이다. 그러나 「중국인 거리」에서 알 수 있듯이, 인천에 사는 중국인이 주로 화교라는 고유한 미지의 타자로서 표상되었다면, 「중국어 수업」의 중국인은 신자유주의 시대의 불안정한 노동자라는 사회적 맥락에서 형상화되고 있음을 확인할 수 있다. 불안정한 노동자라는 측면에서는 한국인인 수나 중국인이 쓰엉이나 다를 바가 없다. 사회적 약자의 위치를 공유한 존재로서 중국인과 한국인이 나란히 존재한다는 점은, 「중국어 수업」이 한국 내 중국인을 형상화 한 이전 소설과 구별되는 지점이라고 할 수 있다.

배상민의 「어느 추운 날의 스쿠터」(『문예중앙』, 2011 봄)는 한 편의 단막극을 연상시키는 소설이다. 주스토리 시간은 민방위 훈련이 갑자기 발동되어 해제되기까지의 얼마간이다. 피자 배달원인 '나'는 갑자기 발동된 민방위 훈련 때문에 피자 배달을 할 수 없어 도로 통제 요원에게 항의를 하다가 나중에는 몸싸움까지 벌이고 지구대에 끌려온다. 그가 그토록 민방위 훈련에 민감하게 반응하는 이유는 25분 내로 피자를 배달해야 한다는 피자 가게의 규정 때문이다.

지구대 안에서는 두 명의 미국인이 술에 취해 경찰관들을 향해 영어로 온갖 욕을 퍼붓고 있다. 두 명의 미국인들은 배달 오토바이를 훔친 혐의로 지구대에 끌려온 것이다. 둘은 모두 남한에서 미군으로 근무한 경력이 있는 사람들로, 그들이 내뱉는 욕설의 핵심은 "US.army에서 근무하며 목숨을 걸고 지켜준 fucking할 Korea의 stupid한 police들이 asshole같은 motor cycle을 좀 탔기로서니 경찰서에다 감금하는 이런 shit한 상황이 말이 되냐는"(315) 것이다.

위의 미국인들처럼 한국인에게 온갖 추태를 연출하는 미국인들에게 반감을 드러내지 않기는 힘들다. 「어느 추운 날의 스쿠터」는 미국에 대한 반감과 그러한 반감을 가능케 한 상황에 대한 기술로 이루어져 있다. 첫 번째로 주인공이 미국에 반감을 느낀 것은 대학시절 짝사랑하던 여자가 영어 회화를 배우다가 미국인 강사와 눈이 맞아 떠나갔을 때이다. 흥미로운 것은 '나'에게 신자유주의를 전세계에 퍼뜨리는 미국에 대한 강렬한 반감을 처음 갖게 해준 당사자가 다름 아닌 그녀라는 사실이다. 두 번째는 주인공이 일하는 피자 가게 옆에 지점을 냄으로써 주인공으로 하여금 피 말리는 배달경쟁에 나서게 한 미국의 거대 피자 회사와 맞닥뜨렸을 때이다. 미국에서 거대 피자 지점이 건너오기 전까지만 해도 주인공의 피자 가게는 동네의 유일한 피자 가게로서 나름 여유롭게 운영되었다. 그러나 세계 굴지의 피자 회사가 '무료 쿠폰 제공' 및 '무조건 30분 내에 배달'이라는 슬로건이 적힌 전단지를 뿌리자마자 "오직 속도와 쿠폰만이 피자의 모든 것을 결정하는 시대"(317)가 시작된 것이다. 이제 주인공이 다니는 피자 가게도 동네 사람들에게 쿠폰을 제공하는 것은 물론이고 25분 내에 배달이 되지 않으면 피자를 무료로 제공한다는 제안까지 하기에 이른다. 이러한 방침의 효과는 금방 나타나서 사장의 눈가에는 보톡스 주사도 들지 않는 주름이 자리 잡고, 대신 25분 내에 배달을 하지 못하면 해고당하는 배달원들의 눈에는 살쾡이같은 안광이 번쩍거린다.

어중간한 대학을 낮은 학점으로 졸업한 '나'는 '어지간해서는 안 잘리는 정규직'과 '계약 기간이 만료되면 자를 수 있는 비정규직'과 단 '한 번의 잘못으로도 잘릴 수 있는 비정규직' 중에서 마지막 직업군의 삶을 선택한다. 주인공이 전역한 후의 세상은 완전히 달라져 있다. 정규직이었던 아버지의 친구들은 피자 가게 내지는 치킨 가게 사장이 되었다가 대부분 일 년 안에 가게를 접고 경비로 전락한다. 대학을 졸업할 무렵이 되어서는 중년 경비, 젊은 노점상, 고학력 청소부, 배울 만큼 배운 백수들로 넘쳐났고, 잘하는 거라고 힙합 밖에 없던 주인공 역시 그들과 합류하게 된 것이다.

피자집 사장은 A급 태풍이 오면 배달을 못 나가게 하는데, 이유는 배달원이 아닌 스쿠터를 보호하기 위해서이다. 사람은 다치면 알아서 재생이 되지만 스쿠터는 그렇지 않다는 것이 사람보다 스쿠터를 더 아끼는 사장의 논리이다. 이러한 사장 밑에서 25분 내에 피자를 배달해야 하는 주인공이 민방위 훈련을 만나 속이 타들어가는 것은 명약관화한 일. 주인공의 신경은 갈수록 날카로워지고 결국 사람들을 통제하는 대머리 공무원과 멱살을 잡는 일까지 벌이게 된다. 그러한 초조함과 성냄에는 검은색 세단에 탄 나으리는 곱게 보내주는 대머리의 이중성도 한몫 단단히 한다.

이 일로 지구대까지 끌려온 '나'는 대학 시절 공무집행 방해죄로 재판을 받은 적이 있기 때문에 긴장한다. '나'는 힙합 가수를 꿈꾸며 군대도 가지 않던 그리하여 집회 같은 것과는 거리가 먼 대학생이었다. 그런 주인공이 집시법 위반 및 공무집행 방해와 폭력 행사 등의 복잡한 죄명을 달고 징역 6개월에 집행유예 1년의 형을 받은 이유는 소개팅에서 만난 그녀 때문이었다. 신비로울 정도로 아름다운 그녀는 "지리산 반달곰만큼이나 희귀한 운동권 학생"(327)이었고 미국발 신자유주의에 맞서 언제든지 투쟁할 각오가 되어 있었다. 그녀 때문에 불려나간 촛불시위에서 머리채가 붙들린 채 끌려가는 그녀를 바라보며 이성을 잃어버린 결과 '나'는 징역 6개월에 집행유예 1년의 형을 받는다. 그녀는 전 세계에서 전쟁이 일어나고 노동자들의 해방이 요원한 가장 근본적인 이유가 미국의 거대 자본 때문이라며 극도로 미국을 싫어했다.

군대에 가있는 처음 얼마 동안 그녀는 꼬박꼬박 편지를 보낸다. 첫 번째 편지에서는 2008년 미국발 금융위기 때문에 노동자들이 무참히 해고당한다는 사실을, 두 번째 편지에서는 정부에서 국론을 분열시키는 불만 따위는 내뱉지도 못하게 한다는 사실을 전한다. 그러면서 세상에 나아가기 위해 토익과 영어 회화 학원을 다니는 것이 무척 괴롭다는 하소연을 덧붙인다. 그녀의 마지막 편지에는 원수를 사랑하는 성경의 가르침에 따라 그녀에게 영어회화를 가르쳐 주던 미국인 학원 강사를 사랑하게 되었다는 내용이 담겨 있다.

'나'는 대학을 졸업한 지 얼마 안 되었다는 이유로 지구대 안에서 미국인들의 통역을 맡는다. 그런데 온갖 영어 욕설로 지구대 안을 쩌렁쩌렁 울리던 그들은 한국말에 능통하다. 이 순간부터 두 명의 미국인들은 분노와 적대의 대상이 아닌 연민과 연대의 대상으로 변화하고, 작품의 주제에도 변화가 일어난다.

고등학교만 나온 그들은 먹고 살기 위해 주한미군으로 근무했고, 제대한 후에는 미국의 한 자동차 공장의 조립 라인에서 일을 했으나 곧 구조조정 당할 위기에 처한다. 그들은 피자 배달일을 하기도 하는데, 그래봐야 대출 이자 갚기도 힘들다. 그들은 살기 위해 무작정 학원 강사를 꿈꾸며 한국에 돌아온 것이다. 한국은 무엇보다 "미국이라고 하면 환장하는"(335) 나라이기 때문이다. 그러나 그들은 학원에서 college diploma가 없는 것이 발각되어 쫓겨나고, 그 괴로움에 술을 먹고 오토바이를 훔친 것이다.

이들의 말을 듣고, 특히 그들이 한 때 피자 배달원이었다는 사실에 '나'는 묘한 동질감을 느낀다. 두 명의 미국인은 국민국가의 시대인 근대에 가장 힘이 센 나라의 국민이지만, 계급적인 차원에서는 고통 받는 전세계 99%의 사람들 중 하나였던 것이다. '나'는 지구대에서 풀려 나오면서 갑자기 스쿠터의 시동을 끈다. 이어서 소설은 "그리고 배달 박스에서 아직 온기가 남아 있는 피자와 차가운 콜라를 꺼냈다"(335)는 문장으로 끝난다. 피자와 콜라를 들고 주인공이 향할 곳이 어디인지는 물을 필요도 없다. 배상민의 「어느 추운 날의 스쿠터」는 이 지구상의 그 누구도 그 어느 곳도 비껴갈 수 없는 신자유주의의 광풍과 그 해결책으로서의 따뜻한 연대 가능성을 제기하고 있는 작품이다.

5절에서 살펴본 작품들은 우리와 이주노동자가 지닌 보편성에만 지나치게 몰두하는 경향을 보여준다. 그러나 이주노동자를 한국인과 똑같다고만 볼 수는 없을 것이다. 가진 것이 없다는 점에서는 똑같은 존재들일지라도, 한국인과 이주민들 사이에는 인종적 민족적 차이가 분명 존재하기 때문이다. 5절에서 살펴본 작품들은 한국인과 이주민의 사회·경제적 보편성은 발견했지만, 이주민들의 고유성을 주목하는 단계에까지는 이르지 못했다고 말할 수 있다.

6. 이주노동자의 고유성과 보편성에 대한 인정

이주민의 가장 인간적인 삶은 한국 사회에 동화되면서도, 자신의 고유한 문화를 동시에 유지하는 방식을 통해서일 것이다. 이를 통해 한국 사회는 좀 더 풍요로운 삶과 정체성을 재구성하는 것이 가능하다.

앞에서 살펴본 작품들은 이주노동자들의 인간적 존엄을 인정하지 않으며 한국 사회에 주변화시키는 방식이거나 그들을 한국 사회에 받아들이기는 하지만 그것이 동화의 방식에 머물거나 혹은 한국인과 이주노동자의 보편성만 강조하는 것들이었다. 이 장에서 살펴보려고 하는 작품들은 그들의 고유성도 인정하면서 그들을 한국 사회의 일원으로 인정하는 소설들이라고 할 수 있다. 구체적으로 그것은 이주민들의 고유성과 그들도 우리와 같은 인간이라는 보편성을 동시에 사유하는 방식이라고 할 수 있다. 강영숙의 「갈색 눈물방울」(『문학과사회』, 2004 겨울), 김연수의 「모두에게 복된 새해」(『현대문학』, 2007.1), 민정아의 「죽은 개의 식사 시간」(『문장웹진』, 2013.12)은 이러한 사유의 모습을 보여주는 소설들이다.

강영숙의 「갈색 눈물방울」에서 1970년대 지어진 빌라의 이층 오른쪽 끝에는 '나'가 살고 있고, 같은 층의 왼쪽 끝에는 동남아 여자와 피에로 분장을 하고 호객행위를 하는 남자와 야구모자를 쓰고 다니는 키 작은 남자가 산다. 같은 공간에 살지만 '나'와 동남아인들 사이에는 연대감은 물론이고 이렇다 할 교류도 없다. 이러한 이질감은 동남아 여자가 사는 집에서 나는 "이국의 냄새"(1518)를 통해 상징적으로 드러난다. '나'를 제외한 다른 한국인들 역시 이들을 자신과는 다른 완전한 타자로서 받아들인다. 이 작품은 "그들의 기이한 동거의 이유를 아는 사람이 있는지 모르지만 사람들은 그들을 '저기 빌라에 사는 것들'이라고 불렀다"(1517)는 문장으로 시작된다. '빌라에 사는 것들'이라는 말 속에는 다른 인종의 사람들을 바라보는 한국인들의 인식이 잘 나타나 있다. 이러한 차별적 시선을 가장 선명하게 보여주는 사람은 같은 빌라에 사는 노인으로서, 그는 스스럼없이 "지금 걸어올라가는 년 좀 봐. 피부가 탱탱하잖아"(1523)와 같은 발언을 한다. 나중에 동남아 여자가 자기 나라로 돌아갔을 때도, "우리의 골칫거리였던 이층의 그 외국 년이 오늘 아침 제 나라로 돌아갔네. 어떤가? 기쁘지 않은가?"(1534)라고 소리를 지를 정도이다.

그러나 「갈색 눈물방울」은 이주민의 타자성을 부각시키는 것으로 끝나지 않는다. '나'는 동남아 여인과 공통점을 발견하고 끝내 그녀와 교 감을 나누는 것에 성공하기 때문이다. '나'는 오 년간 사귄 연인과 헤어지는데, 갑자기 닥친 실연은 그동안 '내'가 최고의 고통이라 알고 있던 치통보다도 더한 고통을 준다. 실연은 자연스럽게 타자에 대한 이해라는 난제를 '나'에게 던져준 것이다. '나'는 실연의 고통을 극복하고 정상적인 생활을 하기 위한 무의식적인 노력으로 영어를 배우기 시작한다. 그러나 빈틈투성이인 언어, 즉 외국어를 배운다고 해서 타자를 이해하는 길이 열리는 것은 아니다.[29] 이러한 절망은 영어 학원에만 가면 그녀를 실어증에 빠뜨린다.

이때 '나'는 같은 빌라에 사는 동남아 여인과의 교감을 통하여 타자에 대한 이해가능성을 배우게 된다. '나'는 동남아 여자가 병원 공터에서 춤추는 모습을 보기도 하고, 둘이 함께 한밤중에 각자 알아들을 수 없는 말을 중얼거리며 빌라 주변을 돌아다니기도 한다. 영어 학원 사람들이 포트럭 파티를 열었을 때, '나'는 쓰레기통을 뒤지던 동남아 여자를 떠올린다. 그날 저녁에 음식을 들고 처음으로 동남아 여자의 집으로 찾아간 '나'는 검은 엉덩이 사이에서 독이 오를 대로 올라 꽈리처럼 부푼 치질 덩어리로 고통스러워 하는 그녀를 발견하고, 이후 그녀를 정성껏 돌봐준다. 동남아 출신의 여인을 간호하며 '나'는 "치통보다 참기 어려운 건 실연의 아픔, 실연의 아픔보다 참기 어려운 건 치질의 통증"(1533)이라고 새롭게 고통의 순위를 매긴다. 동남아 여자의 아픔에 '나'는 완전

---

29 이 작품에서 언어를 통한 외국인과의 교류는 피상적인 수준에 머물 수밖에 없다. 그 것은 호주인 강사가 들어와 갑자기 할머니가 위독해 호주에 가야한다는 말을 했을 때, 각자가 보여주는 서로 다른 반응을 통해 잘 드러난다.

히 공감을 하게 된 것이다. 동남아 여자 역시 병원에서 퇴원해 돌아와 화장품을 꺼내 '나'의 이마에 붉고 굵은 동그라미 하나를 찍어주고, 뒤로 돌아서 항문을 보여주며 환하게 웃는다. 쓰레기통을 뒤지는 인간에 대한 연민과 병으로 고통받는 인간을 돌보는 작은 정성을 통해 인간 사이의 교감은 가능해진 것이다.

이러한 일을 겪으며 '나'는 드디어 실어증에서 벗어나 학원 사람들 앞에 서서 영어로 발표를 한다. 이때의 발화 내용은 동남아 여인이 겪은 일을 고백하는 것이다. 이때 중요한 것은 내용 보다는 인간 사이의 소통이 어떠해야 하는지를 실연하고 있는 발화의 형식 그 자체이다. '나'는 한국인이지만 그 순간 동남아인이 되어 제3의 언어인 영어로 발언하고 있다. 한국인과 이주민 사이에는 누구도 누구의 타자나 동일자가 되지 않았을 때, 혹은 그 누구도 타자인 동시에 동일자가 되었을 때, 진정한 소통과 윤리가 발생할 수 있는 것이다.

김연수의 「모두에게 복된 새해」(『현대문학』, 2007.1) 역시 이주민만의 고유성과 한국인과의 보편성을 동시에 보여주는 작품이다. 이 작품에도 한국인들의 인종적 편견으로 고통받을 수밖에 없는 이주노동자들의 고통스런 삶이 형상화되어 있다. 열두 명의 편잡 출신 동료들과 가구공장에 딸린 컨테이너에서 생활하는 사트비르 싱은 자신을 함부로 재단하는 한국인들에 의해 고통을 받는다. 공장을 다니기 위해 한 시간 동안 버스를 타야 하는데, 버스에서 술 취한 사람들이 알카에다라고 말하며 그를 괴롭히는 것이다. 그리하여 사트비르 싱은 이슬람교와는 무관한 시크교도임에도 매일 터번을 쓰지 못하겠다고 하소연한다. 버스에서 알카에다를 운운하는 한국인들의 모습은 이주노동자들을 바라보는 폭력적인 태도를 대변한다고 말할 수 있다.

그러나 「모두에게 복된 새해」는 이러한 태도에서 한 단계 나아가 이주노동자를 우리와 보편성을 공유한 인간으로 바라보는 시각을 보여준다. 그것은 인도인 사트비르 싱과 한국인 아내의 관계를 통해 집중적으로 드러난다.

아내의 인도인 친구 사트비르 싱은 '나'의 피아노를 조율해주기 위해 방문한다. 사트비르 싱은 한국어를 배우기 위해 이주노동자들을 위한 한국어 강좌에 나갔다가, 그 강좌의 강사였던 '나'의 아내와 친구가 된 것이다. 처음 '나' 역시 버스 안의 한국 사람들과 그리 다르지 않은 태도를 보여준다. "도대체 한국에 돈을 벌려고 온 외국인 노동자와 내 아내가 친구가 될 수 있다는 가능성 그 자체가 좀체 믿기지 않았"(126)던 것이다. '내'가 처음 느끼는 사트비르 싱에 대한 느낌은 몇 번이나 반복해서 등장하는 그의 "한국어가 형편없었다"(119)는 말에 압축되어 있다.

따라서 이 작품에서 '나'와 사트비르 싱이 의사소통을 하는 문제는 단순한 일상의 에피소드를 넘어 타자의 이해라는 거대한 철학적 문제를 동반하게 된다. 사트비르 싱은 "이 피아노, 어떻게, 이렇게 왔습니다"(125), "이 피아노 외롭습니다"(125), "이 피아노, 긴 시간 안 노래했습니다"(125), "안 노래하면 안 삽니다"(125)와 같이 한국어 문법에 맞지 않는 말을 계속 한다. '나'는 이와 같은 말을 전혀 이해하지 못하지만, 시간이 지나면서 조금씩 이해하기 시작한다.

이러한 소통의 과정은 아내와 사트비르 싱이 "말하자면 친구"(126)가 되는 과정을 이해하는 일이기도 하다. 아내와 사트비르 싱은 "이야기"(127)를 통해 친구가 되었는데, 그 과정은 철저하게 윤리적이다. 아내와 싱은 한국어에는 능통하지만 영어에는 약한 아내가 영어로 말하고, 반대의 입장인 싱은 한국어로 말하는 방식으로 서로 이야기한다. 둘은 서로에게 한국어와 영어를 가르쳐주고, 동시에 영어와 한국어를 배웠던 것이다. 아무런 대가 없이 "서로서로 배웁니다. 서로서로 고쳐줍니다"(132)라고 말할 수 있는 관계가 "말하자면 친구"(132)였던 것이다. 「모두에게 복된 새해」에서와 같이 한국말에 서툰 인도인이 하는 한국어와 영어에 서툰 한국인의 영어로 이루어지는 소통이란 결코 일방적일 수 없다.

그럼에도 '나'는 고작 'I like Zorba the Greek'이나 '저는 라흐마니노프 좋아합니다' 따위의 말밖에는 못하는 언어 실력을 통해서는, 서로 마음에 있는 이야기를 나누지 못할 거라고 주장한다. 그러나 아내와 싱은 다양한 방법을 통해 소통을 했던 것이고, 결국에는 '나'에게까지 아이가 없어 늘 외로웠던 아내 혜진의 마음이 전달되는 기적같은 일이 일어난다. '나'는 상대방을 향해 말하려는 의지와 상대방의 말을 들으려는 의지야말로 소통에 있어 가장 중요한 것임을 뒤늦게야 깨닫는다.

김연수의 「모두에게 복된 새해」에서 한국인과 이주민의 만남은 어떠한 수식어도 필요치 않은 인간 대 인간의 관계일 뿐이다. 그 어떤 타자화의 혐의로부터도 벗어나 있다. 그러나 이들의 순수한 인간적 관계 속에는 한국 사회에서 이주민이 겪는 특수한 인종적 상황도 일정하게 드러나 있다.

민정아의 「죽은 개의 식사 시간」(『문장웹진』, 2013.12)은 무연고 시신을 처리하는 중국 동포 진봉의 삶을 다룬 소설이다. 이 작품에는 두 가지 죽음이 존재하는데, 진봉이 처리하고 있는 시체의 죽음과 진봉의 죽음이 그것이다. 사내는 죽은 지 이십일 만에 욕조에 몸을 담근 모습으로 집주인에 의해 발견된다. 화장실 바닥에는 그가 죽기 전까지 보았던 딸의 결혼식 사진이 놓여 있다. 그토록 그리워하는 딸이지만, 딸은 미국으로 이민 간 이후 아버지에게 아무런 연락도 하지 않는다. 아무도 찾지 않는 그는 물속에서 곤죽이 되어버렸고, 진봉의 체질에 의해 가까스로 걸러져 쓰레기통에 버려진다. 이러한 사내의 모습은 현대인이 겪는 소외의 문제를 보여주는 것이다.

그러나 「죽은 개의 식사 시간」의 초점은 사내의 죽음보다는 진봉의 죽음 쪽에 맞추어져 있다. 중국 동포인 진봉의 삶은 이주노동자가 겪는 여러 곤란과 연결되어 있다. 진봉은 한국 사회에서 '몫 없는 자'이자 '말할 수 없는 자'이다. 중국 동포의 말투가 보이면 사람들은 "무례와 멸시"를 보였기에, 진봉은 차라리 중국인처럼 중국어를 사용하는 것이 편했다. 중국에서는 한 번도 포기하지 않았던 중국 동포란 정체성을 한국 땅에서는 부인해야 하는 아이러니한 상황에 처한 것이다. 그가 시체처리업을 맘에 들어 하는 이유는 무엇보다 "말하지 않아도 된다는 점"이다. 숯불갈비 집이든 공장이든 한국인이 버리고 간 자리는 모두 그의 자리이기에 진봉이 한국에서 할 일은 차고 넘친다. 그는 불법체류자이기에 제대로 된 치료 한번 받을 수 없으며, 월급을 떼먹혀도 제대로 신고할 수조차 없다. 한국의 사장들은 진봉을 "값싼 모조품" 정도로만 바라볼 뿐이다. 다음의 인용문에는 진봉이 처한 삶이 요령 있게 압축되어 있다.

사장이 월급을 주지 않거나 다른 직원들보다 야근을 많이 시킬 때, 함께 일하는 동료들이 자신의 등에 대고 조선족은 인육을 먹는 식인종이라고 수군거릴 때 그는 열심히 다른 일자리를 알아보았다. 그들의 눈앞에서 조용히 사라져주는 것도 그가 해야 하는 중요한 일 중의 하나였다. 그런 의미에서 그가 특수팀에서 일을 시작하게 된 것은 자연스럽고 당연했다. 더럽고 냄새나는 그 일을 한국 사람들은 꺼려했다. 파키스탄, 필리핀, 부탄, 베트남, 몽골…… 진봉은 한 번도 가보지 못한 나라에서 온 사람들과 함께 일을 했다. 모두 고향을 떠나온 사람들이었다.

이 작품에서 진봉은 시종일관 맹렬한 허기를 느낀다. 시체 앞에서도 진봉은 삼겹살이나 청국장찌개를 먹고 싶어 하며, 심지어는 온 몸이 마비되어 누워 있는 마지막 순간까지 "그는 심한 허기를 느꼈다"고 표현될 정도이다. 이 허기는 아무런 대우도 받지 못하는 진봉이 느끼는 정서적 허기인 동시에, 자신을 죽은 존재 취급하는 사회에 맞서 끊임없이 자기 존재를 확인하고자 하는 존재에의 욕망이라 볼 수도 있을 것이다.

진봉은 유하 출신인데, 그 곳의 사람들이 중국의 큰 도시나 한국으로 떠나는 바람에 유하는 버려진 곳이 된다. 마을의 서른두 집 중에 스물한 집이 폐가로 변했으며, 마을에 남은 사람들은 거동이 불편한 노인과 아이들뿐이다. 그처럼 버려진 유하에서 진봉의 아버지는 홀로 죽는다. 이제 진봉은 나아갈 곳도 돌아갈 곳도 없는 살아 있는 중음신中陰身이 된 것이다. 그가 의지할 이십 평 남짓한 작은 고향 집은 사라졌으며, 그렇다고 한국에 계속 머무를 수도 없다. 그렇기에 진봉이 욕실에서 미끄러져 몸이 마비상태에 빠진 것은 그가 처한 현재 조건을 있는 그대로 보여주는 것이기도 하다. 작품의 마지막 부분에는 애매한 모습이 등장한다. 부탄과 몽골인 동료들이 빈 아파트에 홀로 남겨진 진봉을 발견한 것인지 발견하지 못한 것인지가 불분명하게 처리되어 있는 것이다. 이러한 애매함은 사실 별다른 의미가 없는데, 진봉이 발견되더라도 그는 이미

"죽은 개"일 뿐이기 때문이다.

「죽은 개의 식사 시간」은 이주노동자들이 겪는 현실의 문제를 치밀한 묘사와 에두르지 않는 정공법으로 충실하게 다루고 있다. 동시에 이 작품은 이주노동자가 겪는 고통이 곧 우리의 문제이기도 하다는 점을 충분히 사유하는 모습을 보여준다. 그것은 진봉의 고향 유하가 사라져가듯이, 사내가 죽어 있는 길음 아파트도 하룻밤 사이에 "두세 개의 계절이 빠르게 지나가버린 것"처럼 변해가고 있기 때문이다. 또한 진봉의 아버지가 폐허가 된 동네에서 혼자 죽어갔듯이, 사내 역시 딸을 미국으로 이민 보내고 혼자 폐허가 된 아파트에서 죽어갔던 것이다. 유하와 진봉의 아버지가 그러했듯이, 길음 아파트는 완전히 철거가 될 것이며 그 안에서 죽어간 남자 역시도 깨끗이 지워질 운명인 것이다. 민정아의 「죽은 개의 시간」은 이주민에 대한 (비)동일시의 윤리적 상상력이 담겨진 작품이라고 할 수 있다.

7. 이주노동자를 형상화하는 다섯 가지 유형

2000년대 이후 한국문학은 민족이라는 경계 안에서 작동하던 이전의 상상력과 감수성을 초월하기 시작하였다. 이것은 세계시장 안에서 자본과 노동력의 탈국경적인 움직임이 막강한 영향력을 발휘한 것과 관련된다. 이러한 탈민족주의적 현상을 가장 선명하게 보여주는 존재는 한국 사회에 무시할 수 없는 속도로 증가하고 있는 이주민들이다. 이들의 존재는 순혈주의적 단일민족신화에 사로잡힌 한국인들에게 민족적 정체성을 재고하도록 요구한다. 따라서 근대의 강고화된 민족 범주를 벗어나 우리 안에 나타난 타자들과의 관계 속에서 새로운 공동체를 구성하는 문제는 시급한 과제가 아닐 수 없다. 이주민들의 존재는 더 이상 혈통이나 영토에 의해 규정되는 민족의 개념을 넘어선 새로운 차원의 윤리와 정치를 우리에게 요구하고 있기 때문이다. 본고에서는 한국인과 이주노동자의 관계 맺기 양상을 중심으로 다문화 소설들의 유형화를 시도하고자 하였다.

첫 번째로 이주민들이 한국 사회에서 주변화되어 '벌거벗은 자'가 되어가는 현실을 재현하는 데 집중하는 소설들이 있다. 김재영의 「코끼리」, 이시백의 「새끼야 슈퍼」, 이명랑의 『나의 이복형제들』 등이 여기에 해당하며, 이들 소설들은 이주노동자를 무시와 모멸의 대상으로만 삼는 한국인의 식민주의적 의식을 날카롭게 고발한다. 이들 소설에서 이주노동자는 고통의 극한에 서 있는 존재들로 형상화된다. 이것은 그들이 현재 놓여 있는 위치에 바탕한 정당한 인식일 수도 있지만, 이러한 형상화는 의도하지 않은 방식으로 이들의 타자성을 자연화하는 위험성도 지니고 있다. 이러한 고정관념을 뒤집어 놓은 작품이 김민정의 「안젤라가 있던 자리」이다.

두 번째로 이주민들이 한국 사회로부터 벗어나 자기만의 문화적 시공 속에 분리되는 소설도 존재한다. 유현산의 『두번째 날』이 여기에 해당하며, 이주민들의 게토화가 지니는 문제점을 날카롭게 드러내고 있다.

세 번째로 이주민들의 타자성에 대한 고려 없이 그들을 한국인과 동일시하려는 경향의 작품들이 있다. 김려령의 『완득이』, 박범신의 『나마스테』, 박찬순의 「가리봉 양꼬치」, 「지질시대를 헤엄치는 물고기」는 「코끼리」, 「새끼야 슈퍼」와는 반대의 방식으로 우리 안에 들어온 이주민들을 한국 사회로부터 배제시킨다. 2장에서 살펴본 작품들이 이주민들의 타자성을 지나치게 부각하여 공동체의 경계 밖으로 몰아내는 의도치 않은 효과를 발휘한다면, 이들 작품에서는 이주민의 타자성을 무시하는 방식으로 공동체에서 이주민들이 설 자리를 제거해 버리는 것이다. 이들 작품은 이주민들의 고유성에 대한 충분한 고려 없이, 섣부르게 그들을 한국인과 동일시하는 상상력과 사유를 보여주고 있다. 이러한 상상력과 사유가 심화될 경우 이주민은 또 하나의 민족 구성원에 불과하게 되며, 기존의 민족 공동체는 기본적인 성격은 유지한 채 그 영역만을 확대하게 된다고 말할 수 있다.

네 번째로 공통성에 바탕하여 한국인과 이주민의 연대 가능성을 제시하는 작품들이 있다. 이와 관련해 손홍규의 「이무기 사냥꾼」, 공선옥의 『유랑가족』, 「명랑한 밤길」, 이경의 「먼지별」, 김미월의 「중국어 수업」, 배상민의 「어느 추운 날의 스쿠터」는 '가진 것 없이 고통받는 자들'이라는 관점에서 한국인과 이주노동자들의 연대가능성을 제시한다는 점에서 주목된다. 그러나 이주노동자와 결혼이민자가 가진 것이 없다는 점에서는 한국의 수많은 하위주체들과 똑같은 존재들일지라도, 한국인과 이주민들 사이에는 인종적 민족적 차이가 분명 존재한다. 손홍규와 공선옥은 한국인과 이주민들의 사회·경제적 공통성은 발견했지만, 이주민들의 고유성을 주목하는 단계에까지는 이르지 못했다고 말할 수 있다.

마지막으로 이주민의 고유성과 보편성을 동시에 인정하는 상상력과 사유를 보여주는 작품들이 있다. 인간의 존엄성이 그 존재에 대한 인정(비동일시)과 공감(동일시)에 의하여 탄생한다면, 이주민에 대한 윤리적 태도 역시 고유성과 보편성을 동시에 고려함으로써 탄생할 수밖에 없을 것이다. 구체적으로 그러한 태도는 이주민들의 고유성을 충분히 인정하면서, 이주민들이 지니고 있는 인간으로서의 보편성에 공감하는 모습을 통해 나타난다. 강영숙의 「갈색 눈물방울」, 김연수의 「모두에게 복된 새해」, 민정아의 「죽은 개의 식사 시간」은 그러한 가능성을 보여주는 작품들이다.

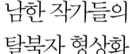

6장
남한 작가들의
탈북자 형상화

1. 서론

　현재 대한민국에 거주하는 탈북자[1]는 2017년 12월을 기준으로 3만 1천 명을 넘어섰다.[2] 이것은 1990년대 중후반 이후에 탈북자의 정체성이 변모하며, 그 숫자가 대량으로 증가한 결과이다. 1990년대 중반 이전까지의 탈북이 소수에게 국한된 정치적 성격을 지닌 것이었다면, 이후의 탈북은 생존을 목적으로 한 경제적 성격을 지니게 되었다. 어떠한

1　대한한국 정부는 「북한이탈주민의 보호 및 정착지원에 관한 법률」에서 북한이탈주민을 "군사분계선 이북지역에 주소, 직계가족, 배우자, 직장 등을 두고 있는 사람으로서 북한을 벗어난 후 외국 국적을 취득하지 아니한 사람"이라고 정의하고 있다. 본고에서는 북한이탈주민이라는 말보다는 한국 사회에서 일반적으로 사용되는 '탈북자'라는 용어를 사용하고자 한다.

2　이들 중 적지 않은 수가 한국을 떠나 유럽 혹은 북미 지역에 가서 난민 신청을 한다. 신청이 받아들여지면 합법적 난민 신분과 사회복지 혜택을 받을 수 있다. UNHCR(유엔난민기구)는 2013년 말 기준으로 해외에서 난민지위를 받았거나 대기중인 탈북자를 2,118명이라고 발표하였다. 신청이 거절당한 경우와 불법체류를 감안하면 인원수는 더 많을 것으로 추정된다(류종훈, 『탈북 그 후, 어떤 코리안』, 성안북스, 2014, 6면).

방식으로든 현실과 관련을 맺을 수밖에 없는 소설 장르의 특성상, 2000
년대 한국소설에서 탈북자들을 다룬 경우는 어렵지 않게 발견할 수 있
다. 무엇보다도 탈북자와 더불어 함께 살아간다는 것은, 남북통일의 예
행연습에 해당한다는 점에서 그 의의가 매우 크다.

최근의 한국소설이 탈북자를 다루는 시각은 세 가지 정도로 나누어
볼 수 있다.[3] 첫 번째는 탈북자를 통해 남한 자본주의 사회의 비정함을
비판하는 것이다. 다음으로 탈북자를 통해 북한 체제의 문제를 직접적
으로 드러내는 경우도 있다. 마지막으로는 전지구적 현상으로 나타나
고 있는 디아스포라 현상의 대표적인 사례로 탈북자를 다루는 경우이
다. 탈북자는 나라 잃고 이방을 떠도는 삶들이 인류 역사에 던져온 실존
적이면서 인문학적인 질문에 가 닿는 중요한 소재인 것이다. 2000년대
이후 창작된 탈북자제재 소설들은 장편이 주류를 이루고 있으며, 장르
의 성격상 위에서 말한 세 가지 시각이 모두 나타나고 있다.

여기에서는 강영숙의 『리나』(랜덤하우스, 2006), 정도상의 『찔레꽃』(창

---

3 박덕규와 이성희가 편집한 『탈북 디아스포라』는 2000년대에 탈북자를 집중적으로
다룬 논문들을 모아 놓은 저서이다. 이 저서의 총론이라 할 수 있는 대담 「민족의 특수
한 경험에서 전지구의 미래를 위한 포용으로」에서 박덕규는 최근의 탈북자 주인공
소설들의 특징을 다음과 같이 정리하고 있다. "발표 시대별로 보면 대체로 국내적 관
점으로 탈북 문제를 이해하던 작품에서 국제적 경험과 인식을 포괄하는 작품으로 확
장되어 왔다고 할 수 있겠습니다. 내용면에서는 탈북해서 정착하는 과정에서 여전히
'유랑 중인 상태를 다룬 소설'과 이미 남한을 중심으로 어느 지역에 '정착해서 사는
상태를 다룬 소설'로 구분할 수 있겠고요. 또한 이들 소설에서 탈북자의 눈으로 남한
자본주의 체제나 나아가 글로벌 자본주의 체제의 모순이 부각되거나, 이 연장선에서
'탈북 장사'와 관련된 다양한 인권 유린이 나타난다는 점, 특히 탈북 여성이 겪는 비인
간적인 경험에 대해서 특별히 생각하게 한다는 점 등이 이들 탈북 소재 소설의 주제적
쟁점이라 할 수 있겠습니다"(박덕규, 「민족의 특수한 경험에서 전지구의 미래를 위한
포용으로」, 박덕규·이성희 편저, 『탈북 디아스포라』, 푸른사상, 2012, 26면).

비, 2008), 이응준의 『국가의 사생활』(민음사, 2009), 조해진의 『로기완을 만났다』(창비, 2011), 강희진의 『유령』(은행나무, 2011), 이경자의 『세번째 집』(문학동네, 2013), 김금희의 「옥화」(『창작과비평』, 2014 봄), 정이현의 「영영, 여름」(『문학동네』, 2014 여름)을 대상으로 하여 탈북자가 한국소설에서 표상되는 방식과 그것이 지닌 의미와 한계 등을 검토해보고자 한다.

2. 디아스포라의 대표형상

강영숙의 『리나』는 가장 극단적인 방식으로 북한 체제로부터 이탈하여 떠도는 탈북자의 문제를 세계사적 보편성의 차원에서 다루고 있다. 그리하여 이 작품에서의 리나는 굳이 '탈북자'일 필요가 없을 정도이다. 리나는 '탈북자' 이전에 근대세계체제가 만들어 낸 '탈출자'인 것이다. 『리나』는 리나라는 이름을 가진 소녀의 여러 국경을 넘는 이동경로를 소설의 기본 서사로 삼고 있다. 리나는 다 찢어진 운동화를 신고 힘들게 국경을 넘어, 대륙의 동쪽에서 서남쪽으로 내려갔다가 그곳에서 국경을 넘어 제3국으로 들어간다. 이후 다시 대륙으로 들어온 리나는 동북쪽으로 이동해서는 처음 넘었던 국경에 다시 서게 된다. 그 광대한 스케일의 이동 내내 리나는 폭력, 매춘, 노역에 시달리며 계속해서 팔려가고 또 팔려간다.

『리나』는 주인공 리나가 처음 넘었던 국경에, 팔난신고를 겪은 후에 다시 서는 순환적 구성방식을 취하고 있다. 이러한 구성방식은 결국 내·외부의 경계설정 자체를 무화시키며, 모든 곳이 동질적인 곳임을 증명한다. 리나의 살인, 강간, 매춘, 끔찍한 노동으로 가득한 여정이 보여주고자 하는 것은 이 세계에는 더 이상 외부가 없다는 사실이다. 첫 번째 인솔자가 탈북자들에게 하는 "당신들한테 안전한 데가 어딘데?"(20)라는 물음, 대륙의 남쪽으로 이동하여 리나가 하는 "우린 공중에 떠 있는 거나 마찬가지야"(24)라는 생각, 화공약품제조공장에 끌려간 사람들이 이구동성으로 내뱉는 "멀리 오긴 했는데 우리나라나 여기나 다를 게 별로 없군"(52)이라는 말은 탈출자에게는 모든 곳이 동질적일 수밖에 없는 지금의 지구적 상황을 압축해서 보여준다. 리나가 견뎌내는 삶이야말로 구체적인 시공을 상정할 수 없는 세계자본주의체제(제국)를 문제삼고 있는 것이다.[4] 제국에는 자본의 논리만이 통용될 뿐이다. "자기 나라를 떠나 제3국을 향해 가는 탈출자들을 대하는 첫 번째 공식"(110)은 바로 "돈"(110)이며, 돈을 매개로 해서만 사람도 물건도 이동할 수 있다. 동시에 "남자든 여자든, 노인이든 어린애든, 리나에게는 누구나 다 똑같았다. 그들은 항상 리나를 주시하고 몸값을 담보로 시비를 걸 준비가 되어 있었다"(102)는 말처럼, 국경을 넘은 자에게는 감시와 처벌, 즉 '벌거벗은 삶'만이 주어질 뿐이다.

정도상의 『찔레꽃』은 7개의 단편이 묶여진 연작소설집이다. 충심의 함흥, 남양, 해림, 선양, 옌지, 몽골, 한국으로 이어지는 이동경로를 중심으로 탈북자의 문제를 다루고 있다. 이 작품은 탄탄한 서사구조를 보여주는데, 그러한 안정감은 위의 여로가 충심이라는 여인의 성장과 맞

---

4 강영숙은 "유-토피아(ou-topia), 즉 사실상 무장소(non-place)"(안토니오 네그리·마이클 하트, 윤수종 역, 『제국』, 이학사, 2001, 257면)로서의, 세계자본주의하 지금-이곳을 드러내려고 한 것으로 보인다.

물려 있기 때문이다. 여로에 따라 충심은 충심, 메이나, 소소, 은미라는 이름을 얻게 된다. 충심이었을 때, 그녀는 주체적인 의지와 욕망을 지니지 못한 미성숙한 소녀이다. 재춘 오빠를 사랑하게 되는 과정이 특히 그러하다. 엘리트라고 할 수 있는 충성 오빠 대신 재춘 오빠를 사랑하는데, 그 사랑은 충심의 자발적인 욕망이나 의지와는 무관하게 재춘 오빠로부터 기습적인 키스를 받으면서 시작된다. 북한에서 소녀인 충심은 "한번도 운명을 미리 알아야겠다고 생각해본 적이 없"(38)다는 것에서 알 수 있듯이, 운명이 분명하게 예정되어 있다. 음악학교를 졸업하면 자연스럽게 선전대나 기동대에 가는 것이 결정되어 있기 때문이다. 함흥역의 노숙자들과 장마당의 거지를 보면서도 "충심은 장군님과 당이 어련히 알아서 하겠지"(56)라고 생각한다. 장군님과 당에 모든 것을 맡긴 그녀 앞에 선택이나 책임이라는 단어는 주어져 있지 않다.

충심은 자신의 뜻과는 무관하게 중국 땅에 발을 디디며, 그곳에서 중국 동포 마을에 팔려 가기도 하고, 나중에는 안마사가 된다. 그런데 충심이 그 험한 세파 속을 헤쳐 나가는 방식은 남성의 힘을 통해서이다. 중국 동포 마을인 신흥촌으로 팔려가 명목상의 남편과 살을 섞어야 하는 순간에 충심을 구원하는 것은 춘구이다. 춘구는 처음부터 "까탈스럽게 구는 충심이 마음에 들었"(84)던 것이다. 한성안마의 안마사로 일할 때도 충심은 자신을 좋아하는 호룡의 도움을 받는다. 그러나 이 소설집에 등장하는 거의 유일한 악인이라 할 수 있는 김화동이 충심에게 진 빚을 갚지 않기 위해 공안을 데리고 등장했을 때, 충심은 이전과는 다른 모습을 보여준다. 공안이 '미나는 조선사람에다 비법월경자'라며 충심을 찾으려고 할 때,[5] 마지막 방법으로 충심은 한국에서 온 '그'가 마련해 준 아파트를 찾아간다. 그러나 끝내 충심은 '그'에게 도움을 요청하지 않는다. "다른 사람의 도움 없이 스스로 길을 찾고 싶었"(168)기 때문이다. 자신의 미래마저 정해져 있었던 함흥에서의 삶과 자신을 좋아하는 남자들을 통해서만 생존할 수 있었던 삶을 지나 비로소 누구의 도움도 원하지 않는 주체적 삶을 시작하게 된 것이다.

본격적인 남한행 여로를 담고 있는 「얼룩말」에서 충심은 이제 남을 돌보는 모성으로까지 성장한다. 충심은 부모가 없는 영수에게 어머니의 역할을 수행한다. 충심만이 영수를 돌보며, 충심은 다른 사람들의 염려에도 불구하고 끝까지 영수를 데려 가고자 한다. 영수는 "충심이모한테서 엄마 냄새를 맡"(187)는다. 한국에서의 삶을 그린 마지막 작품 「찔레꽃」에 이르러서 충심은 한 가정을 책임진 가장의 모습까지 보여준다. 온갖 어려움을 헤치고 그녀는 엄마에게 얼마간의 돈을 보내며, 진숙 언니처럼 대학에 갈 생각까지 한다.

충심이 진정으로 원하는 것은 신분증을 지니는 것이다. 이때의 신분증은 꼭 특정한 국민국가nation-state에 소속됨을 의미하지는 않는다. 호구만 가지게 된다면, "중국 백성"으로도 열심히 살아갈 생각이며, 심지어는 "영출도 받아들일 수 있을 것 같"(128)다고 생각한다. 신분증만이 자유를 약속할 수 있는 것이다. 이러한 신분증에 대한 강조는 여러 차례

---

5 제네바협약에 의하면 국제법상 난민은 '국적을 가진 나라나 거주지 바깥에 위치하고 있는 자로서 인종, 종교, 국적, 특정 사회계층, 정치적 의견을 이유로 박해를 받을 만한 근거 있는 공포로 인해 귀환을 원하지 않는 자'를 의미한다. 하지만 중국은 탈북자들이 경제적인 이유로 생계를 위해 국경을 넘었다는 점을 들어 난민 지위를 인정하지 않고 있다. 따라서 탈북자들은 중국에서 숨어 살 수밖에 없다. 발각되면 북한으로 송환되고 가혹한 처벌이 기다리고 있다. 이들의 숫자에 대해서는 수만 명부터 20만 명이 넘는다는 의견까지 다양하게 존재한다(류종훈, 앞의 책, 7면).

이루어진다. "필요한 것은 사랑이 아니라 신분증이었다"(154), "무엇보다도 신분증 없이 떠돌지 않으며, 아무리 늦어도 돌아갈 집이 있는 삶을 간절히 소망했다"(157)는 문장 등이 그것이다. 충심이 한국에 가고자 하는 이유도 "한국에 가야만 합법적으로 신분증을 가질 수 있다는 것"(154)을 알았기 때문이다. 이 소설에서 인간은 신분증이 있는 인간과 없는 인간으로, 세상은 신분증을 받을 수 있는 땅과 없는 땅으로 나뉘어진다. 이것은 충심의 삶이 특정한 국민국가가 아닌 국민국가라는 근대의 보편적인 사회체제로부터 벗어난 존재임을 의미한다. 이처럼 충심의 삶은 체제로부터 소외되어 떠도는 디아스포라 일반의 문제까지 포괄하는 세계사적 보편성을 획득하게 된다.

조해진의『로기완을 만났다』(창비, 2011)는 한 방송작가가 탈북자 로기완을 추적하는 내용으로 되어 있다. 이 소설의 스토리 시간은 2010년 12월 7일부터 같은 달 30일까지로 채 한 달이 되지 않는다. 이 기간 동안 3년 전인 2007년 12월에 브뤼셀에 머물렀던 로기완이라는 인물의 체험과 느낌을 복원하는 것이 이 소설의 기본 골격이다. 로기완은 진짜 난민이다. 그는 "종종 무국적자 혹은 난민으로 명명되었으며, 신분증 하나 없는 미등록자나 합법적인 절차 없이 유입된 불법체류자"(7)로 어떤 소속이나 정체성으로부터도 벗어나 있는 "유령"(7)같은 존재인 것이다.

이 작품은 "처음에 그는, 그저 이니셜 L에 지나지 않았다"(7)는 문장으로 시작된다. 서사를 간단히 정리하자면, 처음에 그저 이니셜 L에 지나지 않던 사람을 나중에는 직접 만나서 "살아 있고, 살아야 하며, 결국엔 살아남게 될 하나의 고유한 인생, 절대적인 존재, 숨쉬는 사람"(194)

으로 마주하게 되기까지의 이야기라고 할 수 있다. 또한 이 소설은 주인 공 '내'가 "로기완을 통해 살아 있는 나를 긍정하게 된 과정을 적은 이야 기"(191~192)이기도 하다. 이 작품의 L, 로기완은 우리가 생각할 수 있 는 타자성의 극단을 구현한 인물이다.

주인공 '나'는 방송작가로 로가 남긴 일기와 자술서 등을 바탕으로 로기완이 머물렀던 벨기에의 곳곳을 찾아다닌다. 이를 통해 로기완의 기본적인 인적사항과 벨기에에서의 행적은 거의 완벽하게 재구된다. 1987년 함경북도 온성군 세선리 제7작업반에서 태어났으며, 어머니와 중국으로 탈출했다는 것. 중국에서 키가 작고 몸이 약한 로 대신 어머니 가 밤낮으로 일만 하다가 교통사고로 죽었다는 것. 로기완은 공안의 눈 이 무서워 어머니의 시신조차 확인할 수 없었으며, 어머니의 시신을 판 매한 돈 650유로를 가지고 2007년 12월 4일에 벨기에까지 왔다는 것 등이 밝혀진다.

이경자의 『세번째 집』에서는 20세기 한국 현대사를 끌어들임으로써 역사적인 맥락에서 탈북자를 바라보는 시각이 드러나 있다. 성옥의 서 사는 보다 큰 상위 서사의 일부로 편입되는데, 그 상위 서사는 한국 현 대사가 만들어 낸 디아스포라의 역사이다. 100여 년에 걸친 디아스포 라의 서사는 성옥의 할아버지로부터 시작되어 성옥에게까지 이어진다. 각각의 세대를 대표하는 단어로는 '조센징', '귀국자', '탈북자'를 들 수 있다. 성옥의 할아버지 김정남은 경북 경산에서 태어나 일제 말기인 1944년에 강제징용을 당해 일본의 후쿠오카 탄광으로 보내진다. 그러 나 정남이 다섯 살 때 어머니는 부잣집 첩실로 시집을 갔고, 유일한 혈 육인 할머니까지 죽자 "북해도나 북간도나 남양군도 어디든지 끌려간

대도 고향보다 더 쓸쓸하지 않겠거니"(12)라는 생각을 하며 징용에 나간다. 김정남(가네다 마사오)은 일본에서 해방을 맞았지만 "딱히 돌아갈 고향이 없"고 "자신을 반겨줄 사람은 아무도 없었"(15)기에 시모노세키 항구의 맞은 편 모지항에서 풍각쟁이로 눌러앉는다. 그곳에서 열다섯 살 소녀와의 사이에서 성옥의 아버지인 김대건을 낳는다.

김대건(가네다 다이켄)은 모지항에서 나고 자라 와세다대까지 나온 엘리트로서 1967년 북송선을 탄다. "조센징으로 차별받고 멸시받는 인생은 싫"(17)어 조선인 학교도 다니지 않았지만, 김대건은 조센징이라는 굴레에서 벗어날 수가 없었던 것이다. 처음 북송을 망설이던 김대건은 아버지의 "부모 형제 없이 너 혼자 여기 남아도 행복하게 살 수 있겠느냐. 아무리 잘살아도 남의 나라에선 셋방살이다. 너는 조센징이다. 일본 사람이 될 수 없다"(26)는 말에 결국 1967년 만경봉호를 탄다. 그러나 북한에서 '귀국자'라는 굴레는 쉽게 벗어날 수 있는 것이 아니다. 마지막으로 김대건의 딸인 성옥은 남한에서 '탈북자'의 신세가 되어 힘든 삶을 이어나가고 있다. 『세번째 집』의 제목이기도 한 '세번째 집'은 탈북자인 성옥이 앞으로 살아가야 할 이상적인 집을 의미한다.[6] 이 작품의 중심인물인 성옥은 좁은 방들이 다닥다닥 붙어 있는 북한의 하모니카 집을 벗어나 현재는 남한의 반 지하방에서 남한 사람들의 오해와 멸

---

[6] 인호는 수복지구 기념관 건립을 추진중이다. 인호는 자신이 하는 일은 기념의 정서를 불러일으키는 것이며, 그것은 "식민지와 해방과 전쟁과 휴전과 탈북자를 아우르는 데서 우러난다"(52)고 느낀다. 인호가 수복지구 기념관 건축을 위해 6·25, 식민지 전쟁, 분단과 탈북에 이르는 여러 가지 것들을 검토하는 과정에서 "성옥이 툭툭 튀어나오거나 숨결이 느껴지는 걸 알아차"(160)려야 했다고 하듯이, 성옥의 삶은 현대사의 비극을 압축시켜 놓은 것이다.

시 속에서 살아가고 있다. 김정남, 김대건, 김성옥'은 각각 타지(일본, 북한, 남한)에서 '조센징', '귀국자', '탈북자'라는 명찰을 달고 고통스러운 삶을 살아가야 하는 것이다. 이들을 통해 한국 근대사가 낳은 뼈저린 디아스포라의 행방이 그려지게 된다.

3. 남북한을 바라보는 복합적 시각

1) 북한 사회에 대한 비판과 향수

탈북자를 다룬 소설들은 남한과 북한을 비판적인 시각으로 바라본다. 그러나 남한과 북한 중에 어느 한쪽만을 집중적으로 비판하는 소설은 찾아보기 힘들다. 두 개의 국가는 모두 분단체제의 한 주체로서, 대부분의 소설에서는 동시적 비판의 대상이 된다.

대부분의 작품들이 북한의 집권층에 대해서는 분명한 비판의식을 보여준다. 이와 관련해 강희진의 『유령』은 자못 철저하다. 회령 아저씨는 조선로동당과 김일성을 찬양했다가, 탈북자들 모두의 공분을 자아내 살해당한다. 인희는 술을 마시고 자신의 몸을 노동당 간부들에게 보여주고 싶어 한다. 자신들이 길러낸 조선의 딸들은 아무리 예술이라고 해도 벗은 몸을 보이지 않을 것이라는 그들의 믿음에 침을 뱉고 싶기 때문이다. 엄지 역시 북한의 생활총화를 그리워하는 아버지에 대한 강렬한 적개심을 드러낸다. 『로기완을 만났다』에서도 자유롭게 시위를 하는 브뤼셀의 군중을 바라보며, 로기완은 "조국이란 가난해도 선한 공동체였지만, 그 선한 의도를 받아들이지 않고 반대의견을 말하는 자들에게는 무참할 만큼 냉혹했던 것도 사실"(74)이라고 생각한다.

이경자의 『세번째 집』에서 북한은 무엇보다도 타자를 용납하지 않는 전체주의적인 속성이 강한 사회로 그려진다. 그것은 성옥의 가족이 북한에서 '귀국자'로서 살아가며 겪는 고통을 통해 실감나게 전달된다. '귀국자'는 북송선을 타고 북한에 온 재일 교포를 의미한다.

성옥 가족의 북한 내 생활은 "자본주의와 자유주의의 콧김을 쐰 경험"(27)을 의미하는 귀국자라는 신분으로 인해 고통과 차별로 점철되어 있다. 동네에 불이 났을 때도, 보위부에 끌려가 "토대가 나빠서, 성분이 안 좋아서 어린아이가 남의 소먹이를 다 태운 거"(58)라는 얼토당토한 이야기를 들어야 할 정도이다. 성옥은 "귀국자라는 말이 얼마나 지독한 덫인가를"(102) 인민학교에 들어가면서부터 계속해서 느끼기 시작하고, 나중에는 귀국자라는 말만 들어도 지겨울 지경에 이른다.

성옥의 아버지는 "오리는 오리끼리 만나야 한다"며, 성옥에게 연애 상대로 "귀국자를 만나라"(102)고 말한다. 실제로 보위부장의 아들인 철이와 성옥은 연애 감정을 느끼게 되지만, 결국 철이 부모의 반대로 둘의 사랑은 결실을 맺지 못한다. 이후에도 성옥은 도자기 공장 작업반에 다닐 때, 아버지가 비행군관학교 교수인 토대 좋은 남자의 청혼을 받는다. 결혼을 허락해 달라고 찾아온 남자에게 성옥의 아버지는 남자에게 "자네 아버지에게 허락받고 와. 그럼 내가 허락해주지"(169)라고 말한다. 아버지의 예상대로 그 남자의 아버지는 "귀국자에 비당원의 자녀와는 혼인할 수 없다"(170)며 성옥과의 결혼을 분명하게 반대한다. 이처럼 북한은 평등한 사회와는 거리가 멀었던 것이다. 정신과 의사였던 사람이 배고픔에 못 이겨 자기 자식을 잡아 먹을 지경에 이르러서야, 북한에서는 "귀국자를 차별할 틀조차 무너져서 사라진"(104)다. "목숨을 이기는 이념"(179)은 존재하지 않았던 것이다.

북한에 온 초기에는 성실하게 생활하던 성옥의 아버지도 귀국자에 대한 차별로 인하여 술만 찾는 냉소적인 인물로 변한다. 나중에는 당은 물론이고 김일성 부자까지도 비판하는 모습을 보여준다. 이러한 상황에서 성옥은 "아버지를 미워하긴 해도 당이나 대원수님, 그리고 장군님을 원망"(179)하지는 않는다. 그러나 북한의 사정은 점차 나빠져서 나중에는 할아버지가 스스로 곡기를 끊어 자살하고 할머니는 장마당에서 아사한다. 이러한 상황에서도 성옥은 "조국이 고난에 빠진 건 미 제국주의의 오만한 경제봉쇄정책 때문"(27)이라고 믿을 정도로, 북한 사회의 이데올로기적 통제는 심각하다. 그러하기에 "아버지를 혐오하는 것"(175)은 성옥에게 차라리 힘이 된다. 죄 많은 '당이나 대원수님, 그리고 장군님'을 죄없다고 생각하기 위해서는, 죄 없는 '아버지'를 죄가 많다고 미워해야만 했던 것이다. 성옥에게 아버지는 북한의 모순과 문제점을 가려주는 환상의 커튼이라고 할 수 있다.

북한의 문제적인 상황은 또 한 명의 탈북자인 명숙의 가족사를 통해서도 드러난다.[7] 명숙의 아버지 삼식은 "주인집 개와 사는 처지가 같

---

7   남한에 온 명숙은 간성에 사는 언니 정숙을 찾아간다. 그러나 정숙은 명숙을 만나기 싫어할 정도로 부모에 대한 적개심이 크다. 자신을 버린 부모에 대한 정숙의 원한이 더욱 커진 것은 그녀의 불행한 가족사가 덧보태졌기 때문이다. 정숙은 아들 하나를 얻어 청상과부로 살았는데, 그 아들은 외할아버지와 외할머니의 존재로 인해 간첩으로 몰려 죽음에까지 이른다. 정숙에게 부모는 얼굴도 모르는 사람들이지만, 그녀의 인생 전체를 짓밟은 존재였던 것이다.

았"(75)지만 해방을 맞은 뒤에는 세포위원장이 되어 식모살이를 하던 처녀와 결혼을 해 명숙의 언니인 정숙을 낳는다. 한국전쟁이 나고 후퇴해야 할 시기에 아내가 정숙을 들쳐 업으려고 하자, 삼식은 "조국 강산을 빼앗기면 되찾기 어렵지만 딸은 또 낳으면 된다"(75)며 아내를 만류한 후 함께 월북한다. 정숙의 어머니 역시 "조국의 운명에 비하면 딸의 목숨은 모래알 하나일 뿐이었다"(76)고 생각했기에 남편의 뜻에 따른다. 이러한 모습을 통해 작가는 인륜보다도 이념을 우선시하는 모습을 극단적으로 보여주고 있는 것이다. 그렇게 모든 것을 버리고 북한을 선택한 "자랑스런 전쟁 열사, 공화국 영웅"(88)인 명숙의 부모들이지만, 명숙의 어머니는 "당신은 공산주의 낙원을 경험했다, 그러나 이제 그런 공산주의는 지나갔다"(90)고 단언한다.[8]

이성아의 『가마우지는 왜 바다로 갔을까』(나무옆의자, 2015)는 북송된 재일 동포가 북한에서 겪는 고통스러운 삶에 초점을 맞추고 있는 작품이다. 북송선을 타고 북한에 간 백소라의 가족이 북한에서 '귀포'로서 겪는 일들은 우리가 생각할 수 있는 인간 삶의 최악이다. 어린 아이가 가지고 간 바비인형조차 "미제 장난감"(50)이라는 이유로 용인되지 않는 북한에서의 삶은 "유리 벽 안에서 사는 것과 다르지 않"(150)다. 또한 "지옥"(290)이라 불리는 그곳에는 부정부패와 폭력이 난무하고, 빈곤과 억압만이 존재한다. 작가가 형상화하고 있는 북한은 어린 학생이 똥을 "민족의 영산"(213)인 "백두산"(213)에 비유했다는 이유만으로 대

---

[8] 그렇다고 북한 사회가 무조건적인 비판의 대상으로만 존재하는 것은 아니다. 성옥이 살았던 첫 번째 집인 하모니카집은 "대문도 없고 문을 잠그는 집도 거의 없었다"(56)고 이야기된다.

6장 _ 남한 작가들의 탈북자 형상화 • 209

학 진학이 취소되고 대신 무산의 탄광으로 발령을 받는 그런 곳이다.

『가마우지는 왜 바다로 갔을까』에서 가장 빛나는 부분은 북한이라는 '지옥'을 만나 무너져 가는 귀국 동포의 삶을 언어라는 매개를 통해 드러내는 대목이다. 북한을 동경하게 된 오빠로부터 조선말을 배울 때, 소라는 조선말을 좋아하여 "아무도 모르게 보물을 숨겨두고 있"(123)는 기분을 느낀다. '조센징'으로서 차별을 받으며 일본에 살 때, '조선말'은 소라에게 보물이었던 것이다. 그러나 북한에서 소라가 실제로 맞닥뜨리는 말들은 "이해할 수 없는 말, 인정할 수 없는 말, 복종할 수 없는 말, 상상할 수 없는 말, 추한 말, 역겨운 말, 강요하는 말, 네모난 말, 딱딱한 말, 날카로운 말"(93)들 뿐이며, 이런 말들은 결코 소라의 "마음으로 들어오지 않"(93)는다. 이러한 북한의 언어들에 맞서 누구보다 언어에 민감한 소라는 "쓰다가 죽을지 몰라도, 죽은 채로 살고 싶지는 않"(66)은 마음으로 "일본 말"(351)로 된 글을 쓰기 시작한다.

소라에게 글을 쓰는 행위는 "하이쿠를 읊으며 가슴이 저미도록 슬퍼져 강물처럼 울음이 차올랐던 소녀"(66)를 확인하는 의식이기도 하다. 하이쿠를 좋아하는 소라는 북한에 갈 때, 대표적인 하이쿠 시인인 바쇼의 시집 몇 권을 챙겨 간다. 하이쿠는 소라의 고유성과 아름다운 생명력을 의미하는 하나의 상징이다. 북한에서 소라의 꿈과 삶이 훼손되어 끝내 사라지는 과정은 멋과 낭만으로 가득한 바쇼의 하이쿠가 소멸되는 과정과 병행한다. "하이쿠 시집 몇 권을 들고 암탉처럼 종종거리던"(337) 소라는, 북한 생활을 시작한 지 얼마 지나지 않아 하이쿠 시집을 땔감으로 불 속에 밀어넣을 수밖에 없는 상황으로 내몰린다. 김일성 사후에는 북한이 더욱 끔찍한 곳으로 변모하고, 이 때부터 소라에게는 하이쿠의 단 한 구절도 "마치 강바닥의 깊은 뻘 속에 묻힌 듯 떠오르지 않"(272)는다. 북한은 하이쿠의 세계와는 "너무나 먼 세계"(272)인 것이다.

이처럼 자기만의 고유한 언어를 잃어버리게 되는 것은 단지 귀국 동포에게만 해당하는 일은 아니다. 소라에게 유일한 인간적 온기를 느끼게 해주었고, 나중 해랑의 아버지가 되기도 하는 담덕에게도 마찬가지 일이 벌어진다. 담덕의 가족사를 통해 북한 사람들 모두는 자기만의 언어를 가질 수 없다는 사실이 드러나고 있다. 담덕의 아버지는 본래 글을 쓰는 사람이지만, 글에 문제가 있어 회령으로 이주를 하게 되고 그곳에서 글을 쓰는 대신 활판공으로 일한다. 담덕도 원래는 아버지를 따라 작가가 되고 싶었지만, 아버지의 어처구니 없는 인생행로를 보며 자신의 꿈을 포기한 채 군인이 된다. 소라는 여러 가지 일을 전전하다가 김책탄광에서 저질탄을 골라내는 일을 하는데, 이 때 "누가 누군지 분간도 가지 않고 말도 필요 없는 작업이 딱 마음에 들었다"(325)며 만족해한다. 자신의 고유한 말이 불가능한 북한에서는 차라리 말하지 않는 삶이 가장 편안한 것일 수도 있는 것이다.

살아 있는 말이 불가능한 북한 사회의 모습은 스스로 혀를 자른 아버지의 모습을 통해 극명하게 드러난다.[9] 소라의 아버지는 남한 대학생들

---

9 탈북작가인 도명학의 「책 도둑」에서도 북한은 혀가 잘려나간 사회로 그려진다. 도명학의 「책 도둑」에서 참된 말을 담고 있는 책은 북한 사회에 존재할 수 없다. 이 작품은 김유정의 「만무방」(『조선일보』, 1935)을 떠올리게 한다. 「만무방」이 자신이 농사지은 벼를 자신이 훔치는 반어적 상황을 통해 식민지 농촌 사회의 참담한 삶을 드러냈다면, 이 작품은 자기의 책을 사기의 아내가 훔치는 상황을 통해 언어가 죽어 있는 북한의 상황을 그대로 보여준다. 도작가동맹위원장은 책은 "곧 생명"(『국경을 넘는 그림자』, 예옥, 2015, 165면)이라고 여길 만큼 책을 소중하게 생각하는 장서가

의 데모장면을 방송으로 보다가, 한국이 발전했으며 자유가 있다고 별 생각 없이 동료에게 말한다. 그러나 이 일로 소라의 아버지는 "스파이, 첩자, 반동"(154)의 죄목을 얻게 되고, 끝내는 수용소에 갇힌다. 그 후 한참의 시간이 지난 2009년 보따리 장사로 떠돌던 소라는 아버지가 갇혀 있던 수용소 근처를 지나다가 한 노인을 만나고, 그로부터 아버지의 소식을 듣는다. 아버지는 이발사로 일했는데 평소 한마디 말도 하지 않았다. 아버지는 스스로 혀를 잘라 "벙어리가 아니었지만, 벙어리가 아닌 것도 아니"(09)게 스스로를 만들어 버린 것이다. 아버지는 스스로 혀를 잘라낸 것이고, 이것은 북한이라는 사회가 기본적으로 어떠한 말도 허용하지 않는 사회라는 것을 의미한다. 아버지는 "말 한마디 잘못한 죄"로 "남은 생을 벙어리로 살"(338)아야 했던 것이다. 끝내 아버지는 수용소 안에 만연한 폭력으로 인해 목숨까지 잃게 된다.

감시와 처벌의 그물이 이토록 촘촘하게 처져 있는 사회이지만, 가끔 생명으로 가득한 말이 터져 나오는 순간도 존재한다. 어린 소라가 담덕

(藏書家)이다. 그가 소장한 책에는 "오래전 회수도서로 취급돼 사라진 책들"(164)도 포함된다. 그러나 경제적 궁핍으로 인해 위원장의 아내는 남편의 귀한 책이 소장된 도서들을 꿰짝 채로 장마당에 팔아 버린다. 이념적인 이유 뿐만 아니라 경제적인 이유로도 북한에서는 소중한 책(언어)을 개인이 보유할 수 없는 것이다. 「책도둑」에서 아무런 부담없이 북한 사람들이 소유할 수 있는 책이란 결국 김정일의 『주체문학론』 정도 뿐이다. 북한에서 참된 언어가 존재할 수 없다면, 탈북자들에게 남한은 참된 언어가 존재하는 세계일 수 있을까? 그 가능 여부는 이은철의 「아버지의 다이어리」에서 어느 정도 확인해 볼 수 있다. 남한에서 췌장암으로 죽어 가는 아버지는 개인적 진실로 가득한 검정색 노트를 아들에게 남겨 놓는다. 거기에는 자신의 아버지에게 보내는 편지도 담겨 있고, 미래의 며느리감에 대한 쑥스러운 칭찬도 담겨 있다. 그것은 분명 '잘린 혀'가 남길 수 있는 말들과는 거리가 멀다. 특히 "한국은 우리가 살던 북한에 비해 사람 사는 냄새가 덜하오"(『국경을 넘는 그림자』, 예옥, 357면)라는 솔직한 비판은 북한소설에서는 발견하기 힘든 대목이기도 하다.

과 마음을 나누며 나누었던 이야기들은, "봄이 되면 꽃송이처럼 터질"(104) 것들에 비유되는 것이다. 또한 1983년 화자가 재일 동포 북한 방문의 일환으로 소라의 가족을 방문하게 되었을 때, 그들은 도청장치가 두려워 이불을 뒤집어쓰고 일본어로 속삭인다.[10] 이 순간 소라는 "거미줄처럼 나를 옭아매고 있던 것들을 한순간에 벗어버린 듯 무한한 자유의 느낌이 나를 덮쳤"(209)다고 느낀다. 그러나 말들이 잠시나마 생명을 얻는 순간은 죽음의 긴 시간에 비한다면 너무도 짧다.

이 작품에서 거의 유일하게 자신의 언어를 지킬 수 있었던 존재는 북송선을 타지 않았던 미오의 아버지 리병호이다. 재일교포의 북송이 활발하게 이루어지던 당시, 조총련은 "행방불명, 연락두절, 실종, 숙청, 처형, 스파이 등등의 말"(326)이 난무할 만큼 억압적이고 비인간적인 조직으로 변한다. 이 시기 리병호는 조총련의 방침과는 다르게 일본인 아내와의 이혼을 거부하고 딸들과 함께 팝송을 들었다는 이유로, "미제국주의자의 앞잡이"(325)라는 선고를 받는다. 그럼에도 리병호는 북한의 주체사상을 반대하며 끝까지 자신의 신조를 지켰던 것이다. 그 결과 조총련을 나온 리병호는 "집에서 책이나 보고 팔리지도 않을 평론이나 쓰"(262)는 사람으로 남게 된다. 나중 화자는 미오의 아버지를 "시대

---

10 이 작품의 화자는 소설의 話者에 버금갈만큼 중요한 역할을 한다. 결국 백소라의 글이 작가인 준에게까지 전달된 것은 바로 화자를 통해서이다. 화자는 소라의 삶을 전달해주는 진짜 話者이기도 한 것이다. 화자는 칠순을 바라보는 나이가 될 때까지, 배나 인편으로 돈이나 물건을 북한에 간 소라 가족에게 보내며 관심을 기울인다. 화자가 평생 자신의 사촌인 소라에게 관심을 기울이는 이유는, 화자도 총련에서 일하며 많은 사람들을 북송시키는데 큰 역할을 했던 경험이 있기 때문이다. 화자는 스스로 자신이 "천벌"(336)을 받고 있다고 여긴다. "일본도 조총련도 북한도, 그 어느 누구도 미안하다는 말 한마디 하지 않는" 상황에서, 화자는 "평생을 십자가처럼 그 죄의식을 끌고"(352) 살아가는 윤리적 존재라고 할 수 있다.

적인 유행에 휩쓸리지 않고 양심의 소리를 따른 분"(295)으로, 미오 역시도 자신의 아버지가 "아무것도 하지 않았"(354)기에 "더 나쁜 사람이 되진 않"(354)을 수 있었다고 긍정적으로 평가한다.

　소라 가족의 북한 생활은 철저한 비극으로 끝난다. 소라의 가족은 수용소에 끌려간 아버지를 구하기 위해서라도 더 열심히 생활하며 체제에 충성하지만, 변하는 것은 아무 것도 없다. 오빠 경엽은 함께 일하는 동료가 일본 배로 탈출을 시도했던 일이 빌미가 되어 아오지에서 노동형을 받았다가, 나중에는 알코올중독자가 되어 사십도 되지 않은 나이에 죽는다. 어머니 역시 생존하기 위해 온갖 고생을 하지만 나중에는 사기꾼으로까지 몰리는 비참한 상황에서 죽게 된다. 소라를 제외한 아버지, 어머니, 오빠 모두 실제적이며 동시에 상징적인 죽음을 맞이하는 것이다.

　그러나 소라는 자신의 가족들과는 다르게 탈북이라는 새로운 탈주선을 만들어낸다. 그것은 소라가 북한에서 오랫동안 잊고 있었던 '사랑'이라는 말을 되찾은 것과 무관하지 않다. 다음의 인용문에서처럼, 소라는 해랑을 낳고 나서 "비로소 엄마가 되었고, 사랑을 알게"(338) 된 것이다.

　　어떤 말들은 결코 발성되지 않는 것들이 있다. 사랑도 그런 말 중 하나였다. 사랑도 없이 사랑이란 말을 하고 싶지 않았고, 사랑이란 말이 저절로 나오는 날을 기다렸다. 아끼거나 외면했다. 그런데 이제 보니 잃어버린 거였다. 누구에게나 똑같이 아무런 대가 없이 주어지는 그것을 아끼다가 다 잃어버린 거였다. 사랑 한번 해보지 못하고 이 나이에 이르러, 가장 아픈 방식

으로 사랑을 말하게 되었다. 이것이 사랑이 인간을 벌하는 방식일까. (338)

이성아의『가마우지는 왜 바다로 갔을까』(2015)는 남한에서 나고 자란 작가가 북한에서도 특수한 사람들인 북송 재일교포의 삶을 다루고 있기 때문이다. 그야말로 자신이 발 딛고 선 곳으로부터 몇 단계 떨어져 있는 인간과 세상을 형상화한 소설이다. 따라서 이 작품은 하나의 맹목(작가와 대상간의 거리를 의식하지 못한다면)이 되거나 하나의 만용(작가와 대상간의 거리를 의식하지 않는다면)이 될 수도 있는 운명을 지니고 있다. 다행히도『가마우지는 왜 바다로 갔을까』는 이 거리에 대한 예민한 자의식으로 가득하다. 그것은 몇 가지 이야기가 겹쳐 있는 중층적 액자소설이라는 복잡한 작품의 서사구조에서부터 확인된다. 미오, 소라, 화자가 번갈아 가며 초점화자로 등장하는 이 작품의 맨 안쪽에는 재일 동포로서 북송선을 타고 북한에 간 소라의 글이 있고, 그것을 발견한 화자는 거기에 자기의 글을 덧보태 미오에게 건넨다.[11] 조선국적의 재일 동포 의사로서 해마다 북한에 결핵약을 가지고 방문하는 미오는 소라와 화자의 글을 다시 작가인 준에게 건네준다. 그러니까 여러 단계를 거쳐서야 재일 동포의 북한생활기는 간신히 작품화되고 있는 것이다. 이러한 전달의 복잡성 속에는 쉽게 전달할 수 없는 사건의 특수성이 암시적으

---

11 미오가 준에게 건넨 가방 속에는 여러 권의 공책이 들어 있으며, 거기에는 "크기나 두께 무엇 하나 일정치 않았고 고문서라도 되는 것처럼 누렇게 색이 바랜 갱지 공책들"(13)과 "그 사이에 껴 있는 하얀색 스프링노트"(13)가 담겨져 있다. 누런 공책을 쓴 사람은 후쿠오카의 조선인 부락에서 태어나 열두 살이던 1972년에 가족과 함께 북송선을 탄 백소라이다. 스프링 노트의 주인은 화자로서 백소라의 아버지가 바로 그녀의 외삼촌이다.

로 드러나 있다. 더군다나 백소라의 글이 쓰여진 "갱지 공책"(343)은 "중간에 찢긴 것도 있었고 어떤 글은 다른 종이를 찢어서 쓴 것도 있"(343)다. 찢기기도 하고, 다른 종이가 덧대져 있기도 한 갱지야말로 백소라의 삶이 지닌 재현(불)가능성을 직접적으로 드러내는 문학적 형식인지도 모른다.

일부 작품에서는 떠나온 북한 사회에 대한 향수가 나타나기도 한다. 강희진의 『유령』에서는 백석의 시가 매우 중요한 소설적 배경으로 등장하는데, 이때의 백석 시는 이상적인 공동체 혹은 유토피아를 상징한다. 아내와 자식을 잃은 사십대 탈북자의 유서는 이러한 사정을 잘 드러낸다. 거기에는 "아름답고 아늑한 마을 공동체, 눈물나게 숨막히게, 살가운 마을을 노래한 민족시인 백석. 한동안 북한의 농촌 마을은 그런 세상이었습니다. 니것 네것 없는 완전한 세상이었습니다"(140)라고 쓰여 있다. 이에 반해 남한은 "더 이상 고향을 그리워하지 않는 사람들, 고향이 무엇인지도 모르는 사람들, 밥이 없어 굶어 죽는 그곳이 무슨 고향이냐며 경멸하는 사람들"(140)로 가득한 세상이다. 『로기완을 만났다』에서도 로기완은 북한을 "나눌 수만 있다면 언제라도 나눌 준비가 되어 있"(74)는 곳이라고 말한다.

정도상의 『찔레꽃』에서도 북한은 공동체적 유대감이 남아 있어 노스탤지어를 불러일으키는 공간으로 그려진다. 이 작품에서는 '북한/세계'라는 이분법이 성립하는 것처럼 보인다. 북한 밖의 세상은 강영숙의 『리나』에서 그랬던 것처럼 오직 교환원리만이 통용되는 폭력적이고 살벌한 사회이다. 이와 달리 북한 사람들이 물질적으로 최저의 생활을 누릴지언정, 북한에는 여전히 인간적인 삶의 가능성이 남아 있다. 그리하여 충심이 월경하게 되는 이유도, 인신매매라는 저항불능의 타율적 힘에 의한 것으로 그려진다. 인신매매를 당하기 전에 충심과 연인인 재춘 오빠는 두만강가에서 밀애를 나누는데, 그들 앞에 놓인 북한에서의 삶은 다음과 같이 진술된다.

> 함흥으로 돌아가 고난의 행군에 동참하면서 소박하게 사는 것, 그가 군대에서 돌아올 때까지 음악학교를 졸업하고, 선전대에 들어가 노동자와 인민을 위로하며 살아야겠다고 충심은 마음을 굳혔다. 그는 군대에서 제대하면 대학에 들어가 제대로 공부하고 싶다고 포부를 밝혔다. 그가 앞날의 꿈을 말한 것은 이번이 처음이었다. 그와 함께 밤안개 속을 걸으니 충심은 행복했다.(65)

충심과 미향 등이 탈북 이후 겪는 고통스런 삶에 비한다면, 이들이 살아갈 북한에서의 삶은 소박하지만 충분히 '행복'하다. 남한에 넘어온 충심이 노래방 도우미 생활을 할 때, 북한은 충심에게 절절한 그리움의 대상이다. 소래포구를 걸으며 "내 안에 있던 함흥"(199)을 불러내고, 함흥 음악학교에서 배운 노래를 부르고, 슬픔이 더 깊어지면 "함흥냉면을 서너 그릇씩 사먹"(200)기라도 한다. "함흥을 떠난 이래, 한번도 땅에 발을 붙여보질 못했다"(200)라는 진술에서처럼, 함흥은 그가 거쳐 온 다른 곳과는 구분되는 장소로서 표상된다. 물론 "북조선이나 중국에서처럼 비루하게 살고 싶진 않았다. 그건 사는 게 아니라 죽지 못하는 것뿐이었다"(214)라는 속삭임도 들리지만, 현재의 생활이 불행한 것에 비례하여 북한은 교환의 원리만이 지배하는 남한과는 다른 곳임에 분명하다.

그러나 최종적으로는 북한이야말로 남한처럼 돈이 절대적으로 필요한 사회라는 것이, 충심의 비인간적 삶을 통해 반어적으로 드러난다. 남한에 온 충심이 "결국 이차를 나가기로 마음을 먹고 몸을 내놓"(205)는 것은, "나 혼자 목구멍에 풀칠을 하자면 굳이 몸까지 팔 건 없었지만, 엄마와 이모한테는 목돈을 보내주"(205)기 위해서이다. 이처럼 "그악스럽게 돈을 모아 중국의 브로커를 통해 인편으로 가족한테 송금"(209)하는 일은 충심만이 아니라 대부분의 새터민들이 하는 일로 그려진다. 매춘을 하는 현장에서도 충심은 "휴대폰 속에서 울먹이던 엄마의 목소리"(203)를 생각한다. 남한의 물신이 돈이라면, 북한의 물신 역시 돈이었던 것이다. 남한에서 충심과 탈북자가 보여주는 삶은 '북한/세계'의 이분법적 구도를 허문다.

2) 남한 사회에 대한 비판

정도상의 『찔레꽃』에서 충심은 그토록 원하던 신분증을 남한에 도착해 드디어 얻게 된다. 그러나 남한에서의 삶 역시 충심에게 인간으로서 요구되는 존엄을 가져다주지 못한다. 적대와 착취의 선은 신분증 없음과 신분증 있음, 즉 국외자와 국민 사이에만 그어지는 것이 아니라 국민 안에도 선명하게 그어지기 때문이다. 충심은 그녀의 노력과는 무관하게 남한이라는 민족국가 내에서 종속적 하위 집단subalternity에 머물 뿐이다. "하나원을 나오자마자 기다리고 있는 것은 탈북자는 이방인에 불과하다는 사실"(202)이다. 같은 민족이라는 사실은 오히려 외국인 노동자보다도 더 심한 차별을 가져올 뿐이다.

강희진의 『유령』은 남한 사회에 대해서도 비판적인 시각을 유지하고 있다. 이 작품은 의문의 살인 사건에서 시작해 그 범인을 추적해 나가는 추리소설적 구성을 취하고 있다. 극심한 정체성의 혼란을 겪는 '나'는 주철, 하림, 쿠사나기라는 세 가지 이름 사이에서 길을 잃은 채 헤맨다. 주철은 북한에서 사용하던 이름이고, 하림은 탈북하여 중국에서 함께 지내다가 아사한 친구의 이름이다. 쿠사나기는 인터넷 게임 리니지에서 독재자 시저에 저항하는 바츠 해방전쟁을 이끈 전설의 무사이다.[12] '나'는 북한이나 중국에서의 기억이 차츰 희미해져 가고 있다. 그렇다고 남한에서 뚜렷한 정체성을 부여받은 것도 아니다. '나'에게는 자아는 물론이고 기억이나 현실조차도 불분명하게 존재한다. '나'는 북한에 남은 가족을 보호하기 위해서 이미 죽은 친구의 이름인 서하림을 사용한다. 하림이라는 이름을 놓고 "내 이름이다. 아니다. 본명이다. 가짜다. 진짜다. 하림이 내 이름인가?"(13)라고 말하는 것처럼 그는 자신과 하림을 구별하지 못한다. 또한 "쿠사나기는 내 아바타가 아니다. 바로 나다"(25)라고 말하는 것에서처럼, 자신과 쿠사나기 역시 구별하지 못한다. 이러한 혼란은 비단 '나'에게만 해당하는 것은 아니다. "탈북자에게 본명은 무의미한 것이다"(312)라는 말처럼, 다른 탈북자들에게도 해당하는 일반적인 상황인 것이다.

이 작품의 주인공은 실제 현실과 가상 현실 사이에서도 극심한 혼란

---

[12] 바츠해방전쟁은 레벨이 높은 게이머들이 온라인 게임에서 횡포를 일삼자 이에 분개한 다수의 레벨 낮은 게이머들이 단결하여 1년여 동안 싸움을 벌인 사건을 말한다. 개발자와는 무관하게 사용자들이 게임 안의 권력에 맞서 투쟁을 벌였다는 점에서 많은 관심을 끌었다(이인화, 『한국형 디지털 스토리텔링-'리니지 2' 바츠해방전쟁 이야기』, 살림, 2005 참조).

을 느낀다. "게임은 내게 현실이니까"(51)라는 말처럼, 그에게 게임은 곧 현실이다. 나아가 게임은 그에게 "엄마의 자궁"(51)처럼 편안한 곳이다. 게임에 대한 과도한 몰입은 탈북자들의 안타까운 현실과 그들의 비원을 역으로 드러낸다. 그들이 사이버 상의 바츠해방전쟁에 그토록 매달리는 것도 모두 현실에서는 제대로 적응하지 못하고 소외감과 무관심, 절망감에 시달리기 때문이다. "현실에서 평균보다 못한 삶을 살고 있"(53)지만, 게임에서는 비루한 현실에서 벗어날 수 있으며 때론 영웅의 기회까지도 얻을 수 있다.[13]

이 작품에서 주인공이 사랑하는 마리 역시 일종의 가상이다. 마리가 대학 다닐 때 '나'의 연인이었으며, '나'와 동거까지 한 사이라고 말하지만 이를 확인할 수 있는 방법은 없다. 그녀는 대형 광고판이나 리니지 게임 속에 등장한다. 실제로 만남을 갖는 일은 없다. 그녀는 "오래전부터 실종 상태고, 현재 국내에 없"(250)다. 그렇다고 마리가 부재한다고 말할 수는 없다. "그 속에 봉인된 인형사는 그녀의 아바타가 아니다"(281)라는 말에서 알 수 있듯이, 마리 역시 리니지 속에서 인형사로 살고 있기 때문이다. 탈북자들에게는 사랑조차 가상 현실 속에서만 가능한 것인지 모른다.[14]

이 작품의 초점자 '나'는 북한에서 탈출해 중국에서 2년간 살다가 남

---

13 게임 속에서의 경험은 현실에서 힘을 발휘하기도 한다. 사채업자 달수가 나타나 간을 요구했을 때, 나는 해방전쟁의 경험을 기억하며 당차게 대응한다.

14 때로 실제와 가상의 혼란은 탈근대를 살아가는 사람들의 보편적인 문제로까지 확장된다. "남한은 진짜와 가짜를 꼬치꼬치 따지는 나라가 아니다. 원본처럼 생겼으면 가짜도 별 문제 삼지 않는 나라. 여기는 애초에 둘을 구별하지 않는 곳"(250~251)으로 설명된다.

한에 들어와 대학까지 다녔지만, 지금은 온라인 게임에 빠져 폐인이 되다시피 한다. 빚 때문에 조직 폭력배에 쫓기는 주인공은 아주 가끔 단역 배우나 삐끼 활동으로 간신히 생계를 유지해간다. 그의 시각을 통하여 대딸방 종업원, 삐끼, 불법 포르노 제작자, 노숙자, 룸살롱 여급으로 살아가는 탈북자의 삶이 조명된다. 주인공의 부적응과 소외, 그리고 정체성의 혼란은 이 작품에 등장하는 탈북자들 모두에게 해당한다고 해도 과언이 아니다. 탈북자들은 심지어 아무도 모르게 사라지기도 한다.

탈북자의 고통과 비애는 정주 아주머니 부부를 통하여 극적으로 드러난다. 간호사였던 정주 아주머니의 전남편은 북한에서 교사로 근무하다가 정치적인 이유로 농민이 된다. 극심한 배고픔 속에서 딸은 영양실조로 실명하고 아들은 꽃제비가 되어 집을 떠났다가 살인죄를 뒤집어쓰고 공개 처형된다. 결국 이들 부부는 탈북을 감행한다. 이 과정에서 남편은 아내가 수장水葬되었다고 믿었고, 아내는 남편이 국경수비대의 총에 죽었다고 믿는다. 그러나 둘은 모두 살아서 남한에 도착했고, 다시 만났을 때 아내는 목사의 아내가 되어 있다. 이 충격으로 남편은 자살을 선택한다.

경찰 조사 결과 안구를 비롯한 사체의 주인은 회령 아저씨로 밝혀진다. '나'는 그 범인이 리니지 게임에서 활동하는 떠돌이 전사 피멍이라고 생각한다. 피멍은 게임 속에서 사람들을 죽인 후에는 그 안구를 파내거나 손가락을 잘라서 제단에 바치고는 했기 때문이다. 이 피멍이 바로 정주 아주머니였던 것이다. 정주 아줌마는 리니지 게임 속에서 북한의 위정자에게 복수를 하는 심정으로 게임 속 황제의 모든 장군과 부하들에게 맹렬하게 저항했던 것이다. 정주아주머니를 비롯한 탈북자들은 지도자에게 절대적으로 복종하던 북한에서의 정신세계로부터 완전히 벗어나 있지 못하다. 그것은 정주 아주머니 등이 신봉하는 기독교 신앙을 통해서 나타난다. 이들은 찬송가를 부르다가 적기가를 부르기도 하는데, "머릿속에는 하나님 나라와 김일성 장군이 다스리는 나라가 같은 모양"(237)으로 나란히 존재하기 때문에 비롯된 일이다. 이러한 복종의 심리에서 벗어나는 순간은 오직 인터넷 게임을 할 때뿐이다.

정주 아주머니가 회령 아저씨를 살해한 이유는, 자살한 남편을 위로하는 위령제에서 회령 아저씨가 자신이 조선노동당 출신이라고 떠들어대며 김일성을 옹호했기 때문이다. "조선노동당이 우리 가족을 그렇게 만든"(320) 것이라 생각하는 그녀는, 게임 속 '피멍'으로 돌아가 회령 아저씨를 게임 속에서처럼 살해한 것이다.

그러나 이 작품은 살인범이 다른 사람일 수도 있다는 가능성을 한껏 열어 놓는다. "하림은 회령 아저씨를 죽이겠다고, 조선노동당을 죽여 버리겠다고 벼르고 있었다. 회령 아저씨를 죽인 사람이 나인지도 모른다"(284)는 말처럼, '내'가 범인일 가능성도 남아 있는 것이다. 마지막 정주 아줌마의 유서 역시 하림의 글씨일 가능성도 존재한다. 이것은 정주 아주머니의 사연이 모든 탈북자들에게 해당될 수 있다는 사실과 관련된다. 즉 정주 아주머니가 죽였든 '내'가 죽였든, 살인의 주체가 누구인지는 중요하지 않을 수도 있는 것이다. 누구나 살인자가 될 수 있을 만큼 탈북자가 처한 심리적 혼란과 고통이 매우 크다는 것이야말로 이 작품의 핵심에 해당한다.

남한 사람들의 "이해하기 힘듦, 공감의 부재 속에서 탈북자들은 오늘도 유령처럼 우리 옆을 떠돌고 있"(140)다. 또한 탈북자들은 "노동 강도가 제로에 가까운 나라에서 살다가 세상에서 최고로 살기 힘든 동네, 유엔에서 노동 강도가 최고라고 꼽은 나라로 이사를 왔"(168)기에 더 견디지 못한다. 그럼에도 "남쪽 사람들에게 탈북자나 그들의 인생담은 영화의 소재감에 불과"(255)하다. 따라서 그들이 견딜 수 있는 곳은 "위대한 수령의 교시와 같은"(286) 오직 게임 속 세상뿐이다. 작품의 마지막에 주인공 '나'는 리니지 게임 속으로 다시 들어간다. 그러며 "이번에 그 속으로 들어가면 영원히 돌아오지 않을 생각"(325)이라고까지 덧붙인다. 탈북자를 위한 비상구는 지상 어디에도 존재하지 않는 것이다.

이경자의 『세번째 집』에서는 남한 역시 북한과 똑같이 타자에 대하여 적대적인 사회라는 점에서 비판의 대상이 된다. 북한 사회가 '귀국자'에게 차가운 시선을 거두지 않았다면, 남한 사회는 '탈북자'에게 차가운 시선을 거두지 않는다. 인호의 친구는 탈북자들이 "같은 민족이란 느낌이 들지 않는다"(48)고 말한다. 인호의 엄마는 처음으로 성옥을 만난 자리에서 성옥이 빠지지 않는 대학에 다니고 중국어를 전공한 것에 만족해 하지만, 탈북했다는 말을 듣자 싸늘하게 변해서는 자신의 아들에게 "미친놈", "겨우, 그래, 불효막심한 놈"(230) 등의 말을 건넨다. "옥수수 한 배낭을 얻으러 강을 건넌 이후 얼떨결에 중국에서 도망자가 되었을 때도 늘 혼자이긴 했었다"(36)라는 말에서 잘 드러나듯이, 탈북 이후부터 성옥이 느끼는 감정은 혼자라는 외로움이다.

이 작품에서는 탈북자들의 모습도 다양하게 그려진다. 명숙은 탈북한 지 삼 년이 다 되어 가면서도 여전히 함경도 억양을 쓰며, 다른 탈북자들 앞에서 "자기 고향을 모욕하는 사람은 현재도 없고 자기 존엄성을 부정하는 것과 같다!"(64)고 말한다. 함흥 이모 역시 "북조선 사람들의 생활감정이 고스란히 밴 혁명적 표정을 간직"(132)하고 있다. 이와 달리 남한 사회에 과도할 정도로 적응하는 모습을 보여주는 탈북자들도 존재한다. 어려운 식량사정으로 북한에서 학교도 제대로 다니지 못했던 남혁은 틈나는 대로 영어 회화 공부를 한다. "이모님, 저는 자본주의가 좋습니다"(80)라고 말하는 것에서 드러나듯이, 남혁은 남한 사회에 잘 적응하고 있다. 또한 노래방 도우미로 일하며 고객이 원하면 2차도 나가는 혜교는 나중에 아버지가 누구인지도 분명치 않은 임신을 하고, 남한 사람들에게 자신의 경력을 속이기도 한다.

그러나 이들은 모두 쉽지 않은 삶의 진창을 건너는 중이다. 혜교는 나중에 임신한 몸으로 술에 취해 "결혼도 닥치는 대로 할 거야. 늙지도 않을 거야. 돈을 많이 벌 거야. 외국을 안방 드나들듯 할 거야. 맘껏사치 할 거야. 내키는 대로 살 거야. 하지만 오래 살진 않을 거야"(214)라고 절규한다.[15] 십일 평 좁은 아파트에서 어머니의 세 번째 남편인 한국인 계부와 함께 살다 자살하는 정아같은 탈북자도 있으며, 마약 운반으로 돈을 벌거나 마약을 하다 들켜 동거인을 살해하고 목을 매 숨진 탈북자도 있다. 성옥이 일하는 가게의 무산 이모는 탈북한 지 3년 만에 아들을 남으로 데려 오는데, 아들은 학교 생활에 적응하지 못한다. 아들의 주위에는 친절한 남한 아이들도 있지만 "거지같이 얻어먹으러 왔느냐고 때리고 욕하는 아이들도 있"(195)으며, 무산 이모의 이들은 말투와 이휘가 달라 적응하는데 애를 먹는 것이다. 이러한 아들로 인해 무산 이모

---

15 완전히 자본의 화신이 된 것처럼 보이는 혜교이지만, 그렇기에 "돈이 자유다!"라는 말도 외치지만 바로 이어서 "그래도 고향은 그립다! 눈물난다!"(80)라는 말을 덧붙인다.

역시 위염에 불면증, 불안신경증을 앓고 있다. 성옥 역시 혜교에게 "우리는 왜 사니?"(148)라고 말할 정도로 힘들어 한다.

이처럼 모든 탈북자들은 자신만의 병을 앓고 있다. 성옥은 한국 사람과 결혼해서 행복한 경우를 한 번도 못 보았을 정도이다. 명숙 이모는 한국 사회의 자유를 넌더리난다고 말하며, 탈북자를 "이웃의 무관심과 냉혹한 시선에 여러 번 다친 사람"(167)으로 규정한다. 남한 사람들의 차가운 시선 속에서 탈북자들은 "어떻게 살아왔는지 궁금해하지 않고, 달리 물어볼 필요도 없는 사람들, 그래서 눈물나게 반가운 사이"(94)들이다.

위에서 살펴본 소설들에서 탈북자들은 모두 '유령'에 가까운 존재들이다. 그들은 북에서 자신의 상징적 위치를 확보하지 못한 것처럼, 남한에서도 자신의 좌표를 설정하지 못한다. 유럽을 떠도는 로기완은 말할 것도 없고, 남한에서 생활하는 『유령』의 수많은 탈북자들 역시 유령처럼 자신의 상징적 좌표를 잃어버린 것이다. 이것은 수만 명의 탈북자가 결코 행복하다고 말할 수 없는 오늘날의 현실에서 비롯된 현상임에 분명하다.

4. 윤리와 행동

4절에서는 탈북자를 다룬 소설들에 나타난 탈북자들과 탈북자들을 대하는 한국 사회의 올바른 태도와 지향에 대해 살펴보고자 한다. 강영숙의 『리나』에서 리나가 자본의 논리만이 지배하는 세계 시장을 헤쳐

나가는 방식은 지극히 윤리적이다. 그것은 혈연에 바탕한 가족을 맹목적으로 지향하는 것에 대한 거부와 소외받는 자들의 공동체를 대안으로 선택하는 모습에서 선명하게 드러난다. 핏줄에 바탕한 가족에 대한 거부는 두 번이나 이루어진다. 처음 대륙의 남서쪽에 위치한 마약과 관광의 도시에서 가족을 만났을 때, 리나는 그들을 피하고 전직 여가수, 삐, 봉제공장 언니로 이루어진 공동체를 선택한다.

이때 가족은 단순히 윤리적 근본주의를 강조하기 위한 매개물에 그치는 것이 아니다. 『리나』에서는 가족 자체가 사회를 축소해 놓은 근대의 억압적인 오이디푸스 구조를 반영하기 때문이다. 그것은 남성중심주의에 대한 반발이기도 하다. 리나의 엄마는 "어딜 가나 아들을 품안에 꼭 안고"(16) 있으며, 리나가 뭘 잘못하면 "너도 3, 4년 후면 나처럼 애를 낳을 거란 말이지, 이년아"(16)라고 말하고는 한다. 처음 가족을 피할 때, 리나는 그 이유로 자신의 성격이 고분고분하지 않은 것과 "사회에 대한 불만이 너무 많"(85)은 것을 들고 있다. 부모의 품으로 돌아가지 않는 것과 사회에 대한 불만이 맞닿아 있는 것이다. '네모반듯한 남자'와 클럽 오빠의 살인사건이 모두 여성들의 공모를 통해 폭력적이거나 가부장적인 남성을 살해한 사건이라는 것도 이와 관련된다.

그녀의 공동체를 구성하는 자들은 나약하기 그지없는 세계자본주의 체제의 타자들이다. 삐는 "말도 잘 못하는 바보에다 매일 공장에서 맞기만 하던 외국인 남자애"(114)에 불과하고, 전직 여가수는 거동이 불편하고 돌봐줄 사람도 없다. 봉제공장 언니는 리나와 함께 월경한 자로서, "두 사람 다 겪은 일들이 비슷해 새로울 것 없"(133)는 리나의 거울상이다. 이들을 향해 리나는 적극적인 공감과 연대의 모습을 보여준다. 삐를 때리는 네모반듯한 남자에게 막무가내로 달려들기도 하고, 삐를 구하기 위해 자신이 모은 돈을 아낌없이 쓰기도 한다. 전직 여가수에게 "밥을 떠먹여주는 것도, 변기에 똥오줌을 받아내는 일도 다 리나가"(97) 도맡아 하며, 전직여가수와 떨어졌을 때는 자신이 고생해서 번 돈으로 기어이 그녀를 데려온다. 시링에서 봉제공장 언니와 탈출을 계획할 때도 "할머니랑 할아버지 그리고 삐는 꼭 같이 가야 돼"(144)라고 주장한다.

흥미로운 것은 이들 공동체가 일종의 유사가족pseudo-family 형태를 지닌다는 점이다. 이때의 유사가족은 핏줄로 연결되지 않았으며 동시에 전통적인 '부-모-자'의 가족형태가 아니면서, 주의 깊은 애정의 분위기 속에서 서로에게 배려를 베푸는 가족과 같은 공동체를 말한다. 이러한 유사가족에서 리나는 모성의 자리에 놓인다. 리나는 전직 여가수를 굳이 할머니라 칭하고, 삐를 자신의 아들이라 여긴다. 삐가 누구냐는 물음에 "내 아들이에요"(125)라고 답하며, 봉제공장 언니는 리나에게 삐를 가리켜 리나의 "아들"(175)이라 부른다. 리나도 삐에게 "우리 아들"(133)이라는 호칭을 사용한다. 삐의 친구 역시 리나를 "니네 엄마네"(128)라고 부르며, 삐 역시 리나를 향해 "아이스크림 먹을래, 엄마?"(128)라고 말하기도 한다. 이런 방식으로 '할머니(전직 여가수)-이모(봉제공장 언니)-엄마(리나)-아들(삐)'로 이루어진 유사가족이 탄생하는 것이다.

유사가족을 만들어내는 윤리적인 모습 속에서 국경을 넘어설 수 있는 가능성이 처음으로 개시된다. 시링의 강제 철거로 삐와 잠시 헤어졌던 이들 가족이 다시 만났을 때 벌이는 작은 축제는, "이 순간만큼은 부러울 게 없어서 자꾸만 싱겁게 웃었다"(176)라고 표현될 만큼 정겹고 따뜻하다. 그러한 따뜻함은 리나와 삐의 성교 장면을 통해 극적으로 드러나는데, 이것은 나중에 리나에 의해 실제인지 환상인지가 모호하게 처리된다. 이것은 문자 그대로의 성교라기보다는 둘이 나누는 상호교 감 속에서의 이상적인 관계를 상징한다고 보는 것이 타당할 것이다. 그 순간 "머릿속이 환해지면서 비좁은 방 안의 벽들이 다 무너지고 저 먼 하늘로부터 둑처럼 펼쳐진 푸른 국경선이 다가"(139~140)온다. 국경을 넘는 것은 타자를 향한 연대와 공감을 통해 처음으로 가능해지는 것이 다.

이러한 윤리적 방식은 공단지대의 폭발사고 이후 더욱 분명해진다.[16] 이 작품에서 공단지대의 폭발사고는 일종의 묵시록에 해당한다. 폭발 사고 이후 리나는 새롭게 태어나, 더욱더 윤리적인 모습을 보여준다. 이 전에 그랬듯이 갈 곳 없는 네 명의 남자애들을 거두어 함께 살아가는 것 이다. 또한 봉제공장 언니를 만난다면 "언니에게 사랑한다고 말"(309) 하겠다는 생각을 하고, 재로 변한 돈통 안의 돈을 발견한 순간에는 오랫 동안 잊고 있었던 삐를 떠올린다.

리나의 윤리적 결단은 가족을 앞에 둔 두 번째 선택에서 더욱 극적으 로 나타난다. 폭발 사고 이후 리나는 탈출자들을 팔아 먹고 사는 선교사 장을 다시 만나는데, 그는 리나에게 가족이 보낸 편지를 전달한다. 아버

---

16 공단지대에 이르러 강영숙의 『리나』가 세상을 심문하는 문제구성의 방식은 윤리에서 정치로 변화한다. 공단지대에서의 일들은 적나라한 현실의 적대적 대립을 실감나게 환기시킨다. 7년 전 가스 유출사고의 후유증은 조금도 치료되지 않은 채 그대로이고, "값싼 임금을 주고 이 나라 저 나라에서 데려온 비숙련공들은 아무런 교육도 받지 않 고 현장에 투입됐고, 사고를 당해 죽은 사람은 자기가 왜 죽는지도 모르는 채로 죽"(212)는다. 공단을 폐허로 만들어 버린 공단의 폭발사고는 리나가 겪어온 세계자 본주의체제의 온갖 모순과 폭력이 중첩되어 일어난 것이다. 폭발 사고 이후 작품은 다시 정치적 문제의식을 무화시키는 윤리적인 방식의 해결로 급격히 기울어진다.

지, 어머니, 남동생은 무사히 P국으로 들어가 무난하게 살고 있었던 것이다. 거기에는 "여기에 네 방이 있다. 빨리 오길 바란다"(334)는 구절도 적혀 있지만, 리나는 끝내 P국으로 들어가기를 거부한다. 대신 자신이 가지고 있던 돈을 가족에게 보내고, 갈 곳 없는 네 명의 아이들에게 "너희들 이제부터 나를 엄마라고 불러"(337)라고 말한다. 리나는 가족 대신 자신이 돌보고 있는 소년들의 어머니 되기를 다시 한 번 선택하는 것이다. 이 공동체의 구성은 '타자에 대한 환대'라는 윤리적 정언명령에 충실한 방식이다.

마지막에 리나는 다시 한 번 처음 넘었던 국경 앞에 선다. 그러나 이제 리나는 열여섯 소녀로서 가족을 따라온 그러한 수동적 존재가 아니다. 그동안 리나는 "마약과 관광의 도시 한복판에 떨어뜨려졌다"(78)는 표현에서 알 수 있는 것처럼, 늘 수동적으로 끌려다니거나 팔려 다녔을 뿐이다. 그러나 마지막에 리나는 자발적인 욕망에 근거하여, "저만치 앞 허공에 푸른 둑처럼 펼쳐져 있는 국경을 향해 달리기 시작"(348)한다. 이것은 국경 위에 선 삶, 즉 경계 위에 선 윤리적 존재로 남겠다는 리나의 다짐이라고 볼 수 있다.

2000년대 첫 십 년 동안에 창작된 전지구적 배경의 소설들은 대부분 민족(주의)에 대한 이탈의 상상력을 보여주었다. 오늘날 양식 있는 자들 대부분이 네이션을 '상상의 공동체', 즉 역사적으로 만들어진 표상으로 간주한다. 이것은 표상을 비판하고 계몽만 한다면, 내셔널리즘을 해소시킬 수 있다는 관점에서 비롯된다. 가라타니 고진은 이와 관련해 "그러나 그런 일은 없다. 설령 네이션이 상상물이라는 것을 안다고 해도 그것은 해소되지 않는다"[17]고 단언한다. 종교가 그러하듯이 네이션이 단순한 계몽주의적 비판으로는 폐기되지 않는다는 주장이다. 이유는 자본도 네이션도 국가도 단순한 표상이 아니며, 그것들은 각기 다른 '교환' 양식에 근거하고 있기 때문이다. 나아가 각각은 긴밀하게 연관되어 자본＝네이션＝국가라는 삼위일체적인 구조를 이룬다고 말한다.

'상상의 공동체'인 민족과 그에 바탕한 민족주의에 대한 가장 보편적인 삶의 대안으로서 제시되는 것이 세계시민적 태도일 것이다. 그것은 『리나』에서도 제시된 윤리적 근본주의와도 친연성을 보인다. 그렇다면, 과연 이러한 태도는 새로운 삶의 가능성을 열어줄 최선의 사유로서 기능할 수 있을까? 해답은 없지만, 하나의 질문으로서『리나』에 나타난 윤리적 근본주의의 한계를 살펴보고자 한다.

먼저 '할머니-봉제공장 언니-리나(엄마)-삐'로 구성된 우애와 연대의 공동체에 발생하는 균열을 들 수 있다. 대륙 동북쪽의 공단지대에서 매춘을 했던 과거를 숨기기 위해 삐와 리나는 부부행세를 시작한다. 그 후 삐는 재미없는 사람으로 변해서, "이제 리나를 봐도 웃지 않"(216)는다. 파이프 용접공이 된 삐는 두 번째 겨울을 맞을 때쯤에는 "어리병병하던 모습은 다 어디로 가고 뼈와 근육이 적당히 붙은 단단한 체형을 가진 남자"(215), "고된 일을 몸으로 감당할 수 있는 남자"(239)가 된다. 삐는 리나가 그토록 떠나오고자 한 가부장이 된 것이다. 리나와 삐의 관계는 계속 어긋나기만 해서, "둘만 도망치자"(251)는 리나의 제안에도 삐는 아무 말도 하지 않는다. 봉제공장 언니도 아랍게 외국인 노동자와 결혼하여 불행한 결혼생활을 시작한다. 리나는 술에 취해 "이 미친년야,

---

17　가라타니 고진, 조영일 역, 『네이션과 미학』, 도서출판b, 2009, 9면.

그러게 뭐하러 애는 낳고 지랄이야"(250)라며, 몸을 날려 봉제공장 언니의 멱살을 잡아 바닥으로 끌어내리기도 한다. 나중에는 할머니마저 죽게 되어 '할머니–봉제공장 언니–리나(엄마)–삐'로 이루어진 우애와 연대의 유사가족은 해체되고 만다. 결국에는 리나만 혼자 남겨진다.

더욱 본질적인 문제는 리나 스스로가 자신을 고통스런 유랑에 빠뜨린 자본의 논리에 침윤되어 버린다는 점이다. 그것은 리나가 공단지대와 폐쇄구역 중간에 있는 유흥가의 클럽 퍼즐에서 일하면서부터 본격화된다. 클럽에 나가면서 모은 돈을 셀 때, 리나는 "언제나 이 비밀스러운 순간이 제일 행복했다"(230)고 느낀다. 봉제공장 언니는 믿을 수 없다며 그녀가 잠든 후에야 돈을 감추고는 한다. 돈 앞에서 유사가족의 우애는 속절없이 허물어지는 것이다. 리나는 휴가가 "너무 길어서 돈을 벌 수가 없다"(251)며 고래고래 소리를 지르고, 의도치 않은 살인을 저지른 후에도 "이제는 돈만 벌면 돼"(264)라고 다짐한다. 클럽에서는 돈을 벌기 위해 "술에 이상한 약도 타서 팔"(269)고, 심지어는 클럽 사람들과 여자들을 사러 다니기도 한다. 실제로도 자신과 같은 나라에서 탈출한 여자를 돈으로 산다. 리나 스스로도 "매일 팔려만 다니던 주제에 돈 주고 사람을 사는 일당 중의 한 명이 되어 있다는 사실"(242)에 놀란다. 이제 리나는 그녀를 지옥에 빠뜨린 세상과 하나가 되어버린 것이다.

리나의 변모와 그녀가 만든 유사가족의 해체는, 근본주의적 윤리가 세계자본주의체제와 맞부딪쳤을 때의 현실적 한계를 보여주는 것은 아닐까? 이와 관련해 세계자본주의하에서 네이션 스테이트는 소멸하고 다중multitude이 제국에 대항할 것이라고 주장한, 네그리와 하트에 대하여 반론을 펼친 가라타니 고진의 주장은 경청할만하다. 고진은 네그리와 하트 등의 논의에는 네이션과 국가에 대한 고찰이 결여되어 있으며, 제국을 해체하는 다중의 반란(원주민 운동, 환경운동, 이슬람원리주의 운동) 등을 고찰함에 있어서, 자본, 스테이트, 네이션에 대한 구조론적 파악이 필요하다고 말한다. 이러한 구조론적 파악이 부족할 경우, 다양한 반글로벌리제이션 운동은 서로 고립되어 대립하거나 네이션 혹은 종교에 먹히고, 결국 국가에 흡수되어버릴지 모른다는 것이다.[18] 물론 『리나』에서 리나는 공단의 폭발사고를 계기로 이전보다도 더욱 윤리적인 존재로 새롭게 태어난다. 그러나 현실적 가능성의 측면에서 리나가 "푸른 둑처럼 펼쳐져 있는 국경"(348)을 향해 달려갈 때, 리나의 옆에는 자신을 엄마라고 부르라던 네 명의 아이들은 사라지고 없다. 이러한 고독은 경계에 선 자가 되기 위해 치러야 할 정당한 대가일지도 모른다. 남겨진 네 명의 아이들과 혼자가 된 리나를 생각할 때, 가라타니 고진의 이야기는 강영숙의 『리나』와도 전연 무관한 것이라고 볼 수는 없다.

이경자의 『세번째 집』은 탈북자를 우리와 똑같은 인간으로 바라보아야 한다는 점을 강조한다. 즉 탈북자와 남한 사람이 공유한 보편성에 초점을 맞추어야 한다는 입장인 것이다. 이 작품에는 탈북자를 대하는 세 가지 유형의 남한 사람들이 등장한다. 첫 번째가 인호의 친구나 어머니처럼 탈북자를 백안시하고 차별하는 사람들이라면, 두 번째는 그들을 뭔가 불쌍하고 고통 받는 우리 사회의 타자로서만 바라보려는 최아림 같은 사람들이다. 마지막으로는 작가의 입장을 대변하는 인호가 있다.

정윤희는 여성의 정체성이라는 주제로 논문을 쓰고 있으며, 이를 위해

---

18 위의 책, 62~64면.

성옥과 면담을 하고 그 대가로 돈을 준다. 성옥은 윤희와 인터뷰를 하면 "마치 자신의 삶을 팔아버린 아주 고약한 기분"(110)을 느낀다. 윤희의 친구인 소설가 최아림은 윤희보다 한층 더 불쾌하다. 윤희가 성옥을 만날 때 "자존심을 건드리는 말을 삼갈 것. 호기심이 나더라도 참고 있을 것. 흥미를 보이지 말 것. 그들도 우리와 같다는 느낌을 줄 것"(112) 등의 충고를 하지만, 최아림은 정윤희의 충고를 모두 잊는다. 그러기에 성옥은 정윤희나 최아림과 헤어진 후에는 자신의 존재가 "'섬'같다"(117)고 느낀다.

사실 탈북자는 한국 사회에서 끊임없이 무언가를 말해야 하는 존재이다. 성옥의 간증은 몇 년 동안 지속되는데, 나중에는 북한 인권단체의 도움으로 미국을 방문해 북한 인권 상황을 증언하기까지 한다.

> 처음엔 교회에 가서 분노와 증오와 환멸에 이글거리는 목소리로 간증했다. 이렇게 저렇게 고통받았다. 이 고통은 나의 잘못에서 비롯된 것이 아니다. 간증의 핵심은 그랬다. 자신의 간증에 감동한 성도들이 탄식하듯 아버지! 아버지! 할 때 성옥은 가슴이 부풀어 터져 나갈 것 같은 폭발의 긴장감에 떨었다. 목사님은 거의 모든 설교에서 우리 죄인들의 문제를 모두 해결해주는 아버지에 대해 역설했다. 성옥은 그런 아버지가 있다는 것이 너무 좋았다. 성옥이 만난 세 번째 아버지였다. 자신을 낳아준 아버지 김대건, 의식주를 해결해주고 나라를 지켜주는 수령님 아버지, 그리고 이제 하나님 아버지였다. (157)

그러고 보면 성옥의 탈북 서사는 강력한 아버지들에게서 벗어나 평범한 아버지를 인정하게 되는 과정이라고 정리해 볼 수 있다. 달리 말해 이 것은 성옥이 거대한 아버지들이 만들어 놓은 특별한 정체성의 굴레에서 벗어나 온전한 하나의 주체로서 서게 되기까지의 과정을 의미한다. 이 작품의 처음은 성옥의 일본행으로 되어 있는데, 이것은 "영양실조에 뇌혈전"(8)으로 죽은 아버지와의 화해를 위한 통과제의에 해당한다. 후쿠오카 공항을 떠나며 성옥은 "아버지, 용서해 주세요. 이제 아버지를 이 해할 것 같습니다"(32)라고 울먹인다. 한국에서도 성옥은 "아버지, 용서 하세요. 너무 잘못한 게 많아요. 불효했습니다"(45)라고 되뇌는 모습을 자주 보여준다. 성옥이 인호와 가까워지는 것도, "인호를 통해 아버지를 연상"(155)했다는 말에서 알 수 있듯이, 아버지를 받아들이는 일에 해당 한다.

성옥은 자신이 탈북자가 됨으로써 아버지를 이해하게 된다. 비로소 한 공동체의 이질적인 소수자가 되는 것을 통해 소수자로서의 아버지 가 살아내야 했던 간난의 삶을 이해하게 된 것이다.[19] 성옥은 남한에서 "일없슴다"(229) 같은 북한 말 때문에 곤혹스러움을 느끼면서, 일본에 서 나고 자란 자신의 어머니가 도저히 고쳐지지 않는 일본식 발음 때문 에 고통받았음을 이해하게 된다.

성옥이 북한에서 그토록 부정했던 '아버지'에 해당하는 존재인 인호

---

19 물론 성옥은 "자기 인생이 아버지처럼 될까봐 두렵고 죄책감도 생겼다"(238)고 이 야기하며, "나는 아버지하고는 다르다, 시대가 다르고 처지가 다르다"(238)고 다짐 하기도 한다. 이것은 할아버지 때부터 이어져 온 소수자의 위치에서 벗어나고자 하 는 간절한 욕망에서 비롯된 것이다. 성옥은 빨리 서울말을 배우고 중국어를 전공한 후에 평범한 중산층 남한 사람의 삶을 살고자 한다. '귀국자'라는 "생의 덫"(159)과 '탈북자'라는 "족쇄"(159)가 안겨주는 "저 특별한 소수자 신부의 역사로부터 오는 소외감"(159)에서 벗어나고 싶은 것이다.

는 성옥에게 어떻게 다가가는 것일까? 이러한 인호야말로 말할 것도 없이 이경자가 전하고자 하는 메시지를 담지한 관점인물이라고 할 수 있다. "성옥의 정서에 쉽게 와 닿지 않는 말을 쉬지 않고 하"(152)는 최아림을 볼 때마다 성옥은 자연스럽게 인호를 떠올린다. 인호는 최아림과는 반대로 성옥에게 "한 번도 호기심을 드러낸 적이 없었"(153)기 때문이다. 왜 자신에게 잘해주냐는 성옥의 질문에 인호는 "우린 같은 사람이잖니"(163)라고 대답한다. 인호는 대학 동기에게 성옥을 가리켜 "걘 여자가 아냐, 동포야!"(53)라고 말한다.

자신을 특별한 인간으로만 취급하는 최아림을 향한 성옥의 답변과 자신을 이해해주려고 노력하는 인호를 향해 했던 다음과 같은 말들은 탈북자를 대하는 우리 사회의 올바른 태도에 대한 작가의 생각을 단적으로 보여준다.

죄송하지만 전 특별하지 않아요. 진짜 사람이 굶어 죽었느냐? 진짜 사람고기도 먹느냐? 솔직히 이런 질문은 듣고 싶지 않습니다. 굶긴 했지만 회상하기 싫습니다. 죄송합니다. 너무 피곤하고 졸려요. 실망을 드려 죄송합니다. 탈북자는 아주 많습니다. 제가 아니더라도. 그리고 탈북자들도 그곳에서 신분이 다 다르고 역경도 달랐을 테니까요. 죄송합니다. (154)

선생님, 제가 살아온 삶도 인정해주세요. 그렇게 살았다고요. 그걸 송두리째 부정하라고 강요하지 마세요. 그렇게 살았는데 그걸 어떡해요. (251)

인호는 성옥과 압록강에 다녀와서 "이런 사람이 되어볼까 해. 성옥이를 말이야, 조국의 반역자로도 생각하지 않고…… 빨갱이로도 생각하지 않는…… 사람"(257)이 되겠다고 결심한다. 인호가 다른 남한 사람들과 달리 이러한 성숙한 인식에 도달할 수 있었던 것은, 그 역시도 많은 아픔을 견뎌낸 존재이기 때문이다. 인호는 본인 스스로도 이혼 경험이 있을 뿐만 아니라, 부모들도 다섯 살 때 이혼하였다. 이러한 "어린 시절의 고통"을 기억함으로써, 인호는 "그러니 사람은 다 같지? 불행은 누구 혼자의 몫은 아닐 거야"(189)라는 깨달음에 도달할 수 있었던 것이다.

이경자의 『세번째 집』은 여타의 탈북자 소설과는 달리 '조센징'과 '귀국자'의 존재를 등장시킴으로써 탈북자를 바라보는 새로운 시각 하나를 개척하는데 성공하고 있다. 탈북자를 한국 현대사가 만들어 낸 수많은 디아스포라의 하나로 바라볼 수 있는 시각을 마련한 것이다. 더 나아가 이 작품은 우리 모두는 어떠한 공동체에나 존재하는 소수자의 하나일 수도 있다는 사실을 분명하게 제시하고 있다. 이 작품은 결국 탈북자 더 나아가서는 어느 공동체에나 존재하는 타자들을 인간이라는 보편성에 바탕해 바라보아야 한다는 메시지를 단단하게 전달하고 있다.

성옥이 읽는 위화의 장편소설 『인생』에 나오는 다음 문구, "사람은 살아간다는 것 자체를 위해 살아가지, 그 이외의 어떤 것을 위해 살아가는 것은 아니라는 사실"(100)에 작가의 주제의식은 압축되어 있다. 이러한 주제의식은 "바위 벼랑에 씨앗이 붙은 소나무는 저렇게 살고 여기 씨앗이 붙은 관목은 이렇게 산다…… 이념을 위해 살지 않고 사는 것을 위해 산다"(251)는 말을 통해서도 반복된다.[20] 『세번째 집』의 주인공 성

---

20 이러한 입장은 "성옥아. 넌 사는 것을 위해 살아야 한다. 산다는 것. 그것보다 더 소중한 이념이나 가치는 없다는 거, 이제 알지?"(260)라는 '작가의 말'에서도 분명하게

옥은 조센징도, 귀국자도, 탈북자도 아닌 "고향은 함경북도 경성군. 지금은 서울시 성북구 정릉2동"에 사는 "그저 살아가는 사람"(258)일 뿐이다.

강영숙의 『리나』와 이경자의 『세번째 집』이 기본적으로 윤리를 강조하는 작품이라면, 조해진의 『로기완을 만났다』는 윤리와 더불어 행동을 강조하다는 차이점이 있다. 이 작품에 등장하는 로기완은 "무국적자이자 이방인"(9)으로 유령같은 인물이며, "이방인이 되어서 이방인일 수밖에 없었던 사람"(13)이다. 그는 우리가 생각할 수 있는 타자의 극한인 것이다. 이 작품은 특이하게도 가장 낮은 곳에 있는 존재인 로기완을 통해서 인간에 대한 공감과 이해의 가능성을 제시하고 있다. 로기완은 벨기에의 중국식당에서 일하며 만료기간이 지난 여행비자로 불법 취업한 필리핀인 라이카와 연인이 된다. 라이카는 경찰의 단속으로 외국인 수용소에 감금되었다가, 그곳에서 도주하여 영국까지 건너간다. 이러한 상황에서 로기완은 자신의 목숨과 바꿔가며 얻은 벨기에에서의 정치적 난민 지위를 포기하고 필리핀 출신의 연인을 쫓아 또다시 불법체류자가 되는 것을 감수한다. 그것은 "벨기에에서 누릴 수 있는 여러 사회적 혜택과 정착민으로서의 안정감을 저버린 채 또다시 불법 이민자가 되겠다"(175)는 결심을 내포한다. 마지막에 영국의 중국음식점에서 라이카와 로기완은 너무도 행복한 모습을 보여준다. 이것은 둘이 타인에 대한 진정한 공감과 연민에 도달했음을 의미하며, 이러한 상태에 도달하기 위해서는 자신의 전존재를 건 행동이 필요했다는 점을 알려준다.[21]

확인할 수 있다.

[21] 탈북자를 다룬 소설 중에서 『로기완을 만났다』는 가장 희망적인 느낌을 자아낸다.

5. 다양한 시각의 작품들

5절에서 살펴볼 김금희의 「옥화」, 이응준의 『국가의 사생활』, 정이현의 「영영, 여름」은 한국 사회의 탈북자 문제와는 조금 거리가 있지만, 그럼에도 탈북자나 북한과 관련한 상상력과 사유를 보여준다는 점에서 중요한 검토 대상이 되는 작품이다.

김금희의 「옥화」는 중국 동포 사회의 탈북자라는 매우 독특한 소재를 다루고 있다. 이러한 독특함은 김금희가 1979년 중국 지린성 주타이시에서 출생한 중국 동포라는 사실과 밀접하게 연관된다. 1945년부터 1999년까지의 중국 동포 문학은 크게 정치공명시기(1945년~1978년)와 다원화시기(1979년~1999년)로 나뉘어진다. 개혁 개방을 기점으로 하여 극단적인 정치화와 공리주의 가치관을 획일적으로 드러내던 모습에서 벗어나 다양한 주제와 다원적인 가치관을 추구하는 방향으로 변한 것이다. 이러한 변화는 "국가언어에서 개인언어에로의 변화"[22]라고 정리해 볼 수 있다. 김금희의 「옥화」역시도 중국 동포 문학이 거쳐 온 큰 변화의 연장선상에 놓인 작품으로서, 탈북자라는 사회적 문제를 이념과 같은 거대담론이 아닌 한 개인의 내면 심리를 통해 섬세하게 추적하고 있다.

『찔레꽃』에서는 출구 없는 현실에 대한 쓰디쓴 긍정의 모습이 가슴 아프게 드러났고, 『국가의 사생활』에서는 새로운 삶의 가능성이 희미하게만 드러났다. 『유령』에서는 끝도 없이 이어질 탈북자들의 절망만을 생각하게 된다. 『유령』에서 게임 중독자인 주인공은 끝내 다시 게임의 세계 속으로 향한다. 현실 세계 속에서 '유령'이 아닌 '인간'이 될 수 있는 가능성은 애당초 주어져 있지 않았던 것이다. 이것은 작가가 현실을 직시한 결과일 수도 있지만, 탈북자들의 곤경을 자연화할 수도 있다는 문제가 있다.
22 김동훈·최삼룡·오상순·장춘식, 『중국조선족문학사』, 민족출판사, 2007, 339면.

김금희의 「옥화」에 등장하는 탈북자 옥화와 여자는 중국 동포 마을을 거쳐 한국으로 떠나간다. 이 작품의 초점화자는 중국 동포인 홍이다. 중국 동포의 눈에 비친 탈북자는 배은망덕한 존재들이다. 중국 동포들의 눈에 탈북한 '여자'는 꾀병을 부리고 일자리를 구해 주어도 갖가지 핑계를 대며 일을 하지 않는 사람이다. 나아가 그 여자는 "인간으로서 기본적인 도덕이나 정직한 양심 따위마저 있는지 여부가 의심스러운 사람"(223)으로까지 인식된다. 여자는 한때 홍의 올케였던 옥화와 뒷태는 물론이고 분위기까지 비슷하다. 옥화의 경우에는 동생과 가족을 버리고 도망가버려, 홍의 가족을 거의 파탄에 이르게 만들었다.

　탈북자인 옥화와 여자는 중국 동포 사람들이 베푼 호의에 고까워하며 은혜를 갚기는 커녕 도망치듯 다른 곳으로 떠나간다. 여자가 돈을 꿔달라는 말을 한 이후 홍이 꾸는 꿈속에서, 여자는 홍의 도움에 감사하기는 커녕 "그 잘난 돈, 개도 안 먹는 돈, 그딴 거 쪼끔 던재준 거 내 하나도 안 고맙다요"(225)라며 비난한다. 그리고 "한국 가서 돈 많이 벌어바라, 내는 너들처럼 안 기래"(225)라며 더욱 홍을 불편하게 한다. 김치 쪼가리와 밥덩어리도 주었지만, 탈북자들은 감사해 하지도 않으며 고까워하기나 하는 것이다. 이러한 탈북자들의 모습이야말로 바로 홍(중국 동포)가 겪는 심리적 불편함의 핵심이다.

　그러나 홍과 여자가 나누는 대화를 통해 중국 동포들이 지닌 탈북자들에 대한 인식은 중국 동포들의 선입견에 불과하다는 사실이 드러난다. "한사람이 어떻다는 거이는 하느님만 아시디, 딴 사람들으는 다 모른다는 거이요"(235)라는 말처럼, 중국 동포들은 탈북자 일반에 대한 선입견으로 여자를 대했을 뿐, 고유한 개인으로서의 탈북자에는 아무런 관심도 없다. 중국 동포들은 여자가 북한을 탈출하여 사람 장사꾼한 테 잡혀서 하북성 산골 오지에 팔렸다가, 애까지 낳은 후에 혼자 도망쳐 나온 과거 따위는 전혀 모르는 것이다. 그런데도 교회 사람들은 여자를 중간에 앉혀 놓고 죄인 심판하듯이 "너는 이래서 아이되고, 너는 이래 서 어쩌고……"(236) 하던 질책의 말을 쏟아놓는다. 여자의 말을 들으며 홍은 "부유하고, 학식있고, 덕망있고…… 또 '믿음'있는 사람들에게 둘 러싸여 죄인이 된 그날의 여자"(236)를 눈앞에 떠올린다. 그제야 비로 소 여자가 중국 동포들로부터 받은 것들을 "'그 잘란 것, 그딴 거'따 위"(236)로 생각하는 이유를 어렴풋하게 이해한다. 나아가 엄마가 옥화 를 처음 데려왔을 때 엄마가 냈던 "백화점 쎄일을 만나 명품을 헐값으 로 사온 듯한 흥분된 목소리"(225) 속에도 사물화 된 옥화의 모습이 분 명하게 아로새겨져 있었음을 알게 된다.

중국 동포들은 탈북자들을 단독성을 지닌 고유한 인간이 아니라, 김 치쪼가리나 밥덩어리에 감지덕지할 불쌍한 자라는 특수한 위치에 자리 매김하고서는 그 틀만으로 그들을 바라보았던 것이다. 그 결과 여자는 "사람들은 여기서 일도 하고 맘에 맞는 사람 만나 살라디만, 긴데 기실 여기서는 하고 싶은 거 아무거이두 못해요. 거기 가므는 합법적으루 뭐 이나 할 수 있대니, 가야디요"(233)라고 말한다.

홍이 여자를 이해하는 데에는 한국에서 삼사년간 일하고 돌아온 시형 의 존재도 큰 역할을 한다. 시형의 겉모습은 거짓말처럼 땟물을 쑥 벗고 허여멀쑥하니 변해 있었지만, "힘든 노동, 사람들의 배척과 편견, 보장 받지 못하는 인권"(231)으로 인하여 "그곳에서의 정착은 아직 미래가 명랑하지 못하"(231)다고 말한다. 시형은 술에 취해서는 "에이, 못사는

게 죄지. 잘사는 나라에 살지 않는다고 대우가 이렇게 다르니"(231)라고
까지 말하는 것이다. 홍은 시형네도 "여자처럼? 옥화처럼?"(231) 생활
한 것인가라는 의문을 갖게 된다. 시형네는 아무도 알지 못하고 아무도
믿을 수 없는 상황에서 누구에게도 진실한 이야기를 할 수 없었다고 말
한다. "자기편이 아닌 땅에서 살아가는 이들의 불안함"(232)은 그들을
더욱 폐쇄적이고 불투명한 존재로 만들었던 것이다. 그러고 보면 옥화
를 비롯한 북녘 여자들 누구도 "가야 하는 이유를 아무한테도 말"(232)
하지 않은 채 떠나갔다. 홍의 시형네를 통해 알 수 있듯이, 중국 동포와
탈북자 사이에서 벌어지는 비윤리적 인간관계는 한국인과 중국 동포 사
이에서 그대로 벌어지고 있었던 것이다. 그렇다면 한국행을 선택한 옥
화나 여자의 미래도 결코 밝지만은 않을 것임이 분명하다.

　이응준의『국가의 사생활』(민음사, 2009)의 주요한 배경은 한반도가
준비 없이 통일된 2016년 서울이다. 이러한 측면에서 이응준의『국가
의 사생활』은 '가상역사소설'이라 부를 수 있다. 이 작품에서 통일된 한
반도의 모습은 우리가 생각할 수 있는 미래의 모습 중에서 가장 고약한
것 가운데 하나이다. 통일은 준비 없이 발생한 북한의 붕괴를 의미할 뿐
이고, 이 소설이 그려 보이는 디스토피아dystopia는 그러한 붕괴의 결과
이다.

　아무런 질서 없이 해체된 인민군 120만 명은 속속 폭력조직으로 결
집되고, 심지어는 그들이 사용하던 무기마저 제대로 통제되지 않아 거
리에는 무기가 넘쳐난다. 군인들만 그러한 것이 아니라 노동당 핵심 간
부의 딸은 서울의 창녀가 되고, 아나운서 출신의 할머니는 잠실 야구장
선수 탈의실에서 목을 매며, 북한의 지성이라 할 수 있는 김일성대 교수

는 폭력조직에서 구두를 닦는다. 북한의 엘리트들이 이러할진대 여타 계층의 북한인들이 겪는 고통은 언급할 필요도 없을 정도이다. 통일 대한민국 정부는 북한 사람들의 전부를 주민등록화하는 데도 실패하여, 거리에는 주민번호도 사진도 지문기록도 없는 "대포 인간"(105)들이 넘쳐난다. "청천벽력같이 찾아든 평화통일의 대혼란"(22) 속에서 북한 주민들은 "상상하던 풍요로운 낙원 그 서울이 아니라 아귀 같은 인파 속에서 헛되게 청춘을 소비하면서 느끼는 화려한 지옥"(34)을 경험한다.

이 작품의 주인공 역시 거리로 내동댕이쳐진 120만 인민군 중의 하나이다. 그의 할아버지는 의열단 출신의 애국지사였고, 리강 자신도 인민군의 촉망받는 엘리트 전사였다. 그러나 현재 그는 북한 출신 폭력 조직 '대동강'의 2인자로 변신한다. 리강을 비롯한 '대동강' 조직의 주요 활동거점인 광복빌딩은 "대한민국의 모델하우스"(26)이다. 광복빌딩 지상에서는 이남 출신의 통일 대한민국 상류층 남자들이 이북 여성 접대부들을 만끽하는 최고급 룸살롱이 있고, 그 밑에서는 인민군 출신 폭력 조직 대동강 단원들이 수시로 사람을 죽여 화덕에 밀어넣는 잔혹극이 벌어진다. 광복빌딩은 이응준이 보여주고자 하는 통일 한국의 축소판이다.

이 작품의 기본적인 서사는 비교적 간단하다. 대동강 단원 림병모가 의문의 살인을 당하고, 주인공인 리강이 그 미스테리를 풀어나가는 것이 핵심이다. 대동강의 오남철 단장은 북한에서 생화학 부대 장교였던 림병모를 이용해 생화학 테러를 저지르고, 이를 통해 폭동을 일으키려고 한다. 이때 모든 책임을 리강에게 덮어씌우려고 한다. 이유는 "불세출의 독립투사 이장곤의 손자이고 북조선의 뛰어난 장교"(249)인 리강이 테러를 저질러야만 통일 대한민국에 더 큰 충격을 줄 수 있기 때문이다. 리강의 부하인 림병모는 큰 죄책감을 느끼고, 그 계획을 누설하려고 하며 이에 오남철은 림병모를 죽인 것이다.

후반부에서부터 본격적인 서사가 전개되고, 그 이전에 소설의 육체를 채우는 것은 통일 이전 북한에 대한 정보와 그에 바탕한 통일 이후의 예상되는 상황들이다. 이 정보의 신뢰성을 보여주기 위해 작가는 논문처럼, 소설의 마지막에 56권에 달하는 참고문헌을 제시하고 있다. 이처럼 정보나 교양에 바탕하여 작품의 구체적인 육체를 채우는 것은 2000년대 소설들, 그중에서도 역사소설이 지닌 고유한 특징 중의 하나이다. 이것은 사실에 대한 재현이라는 대명제가 사라진 시대에, 상상력의 진실성을 보증하는 하나의 담보물로서 기능한다. 『국가의 사생활』을 채우는 다른 하나는 디스토피아가 되어 버린 통일 한국과 밀접하게 관련된 현란하고 가학적인 장면들(scene)이다. 오남철이 림병모의 심장을 썰어먹는 장면, 광복빌딩 지하의 화덕에 수시로 시체를 밀어넣는 장면, 귀머거리가 된 김동철이 조명도를 껴안고 폭사하는 장면 등이 대표적이다. 작가는 인터뷰에서 "다시 쓰는 소설은 전혀 다른 이야기를 새로운 방식으로 쓰고 싶었다"라는 이야기를 하고 있는데, 이때의 '새로운 기법'은 이웃 장르인 영화에서 빌려온 것으로 보인다. 심야의 영화관에서 화려한 스크린을 바라보는 것과 같은 소설 속의 강렬한 장면들은, 작가의 영화계 활동의 자연스러운 반영이라 볼 수 있다.[23]

이응준의 『국가의 사생활』은 작가의 이전 작품과 많은 차별점을 보여

---

23 이응준은 영화계에서 각본가와 감독으로 활동한 경험이 있다.

주지만, "가장 센 이야기"(259)의 이면에는 근본적인 유사성도 발견된다. 그 유사성은 절대적인 가치가 부재하는 상황에서, 자신만의 진정성을 찾아가는 이야기라는 점이다.[24] 『국가의 사생활』은 이강을 중심으로 했을 때, 온전한 개인이나 주체의 탄생을 그린 성장소설로 볼 수도 있다. 성장의 과정은 "너는 너를 죽일 것이야"라는 할아버지의 신탁을 실연하는 과정이기도 하다. 이 문구의 축자적 의미는 리강의 자살을 의미한다. 그러나 이 작품에서 리강은 자살하지도 않을 뿐 아니라 죽지도 않는다. 이 신탁에서 '너'는 리강의 분신들을 의미했던 것이다. 리강의 분신은 리강이 사랑에 빠지는 윤상희와 대동강 단장인 오남철이다.

리강은 윤상희에게 사랑을 느껴, 그녀와 자신을 동일시한다. 마지막에 오남철은 자신이 이남에서의 모든 활동을 리강의 이름으로 했음을 밝히면서, "나는 없는 사람이지만 너야. 너는 없는 나고. 우리는 한 사람이야"(25)라고 말한다. '리강=윤상희, 리강=오남철, 윤상희=오남철'의 도식이 성립하는 것이다. 이 작품은 오남철이 윤상희를 죽이고, 리강이 오남철을 죽이는 것으로 끝난다. 결국 '너(오남철, 리강)는 너(윤상희, 오남철)를 죽일 것이야'라는 말은 실연되었던 것이다. 이 과정은 리강이 거울단계의 상상적 자아들과 결별하고 온전한 주체로 탄생하는 과정에

---

24 작가의 말에서 이응준은 "범죄의 장면들로 가득한 소설을 만들면서 나는 질문했다. 무엇이 죄인가? 살인? 누가 악인인가? 살인자? 혼돈 속에서도 제 정체성을 회의해보지 않는 것이 죄이고 그러한 그가 악인이다. 혼돈 속에 살면서도 그 혼돈 자체를 부인하고 나는 누구인가를 묻지 않는 죄. 혼돈을 치장해 장사하며 나는 누구인가를 묻는 척하는 죄. 그러다가 스스로 더 무지막지한 혼돈이 되는 죄. 나는 누구인가를 왜곡하는 이런 식의 저 모든 뻔뻔함들이 처세를 신념으로 위조하고 위선을 격조로 착각하게 한다. 개인이건 국가이건 간에"(260)라는 언급을 하고 있다. 이 언급 속에서 우리는 자신의 정체성에 대한 치열한 회의와 탐구를 중시하는 작가의 태도를 다시 한번 확인할 수 있다.

상응한다.

리강은 거대한 나르시시즘의 사회인 북한에서 결코 독립적인 주체일 수 없다. 북한은 자율환상을 만들어내 가공의 통일성을 구축하고, 이를 통해 전능한 폐쇄성을 유지하기 때문이다. 이때 자기와 타자는 구별되지 않는 상상적 허구에 빠지며, 근원적인 총체성이나 원초적 합일을 향한 지향만이 남게 된다. 장용수가 리강을 "거울 속의 자신"(143)이라고 느끼는 것처럼, 북한은 이러한 자율환상이 집단적인 차원에서 이루어지는 사회라고 볼 수 있다. 리강은 북한에서 자신에게 뿐만 아니라 부하들에게도 "아무것도 아닌 인간"(66)이 되라고 이야기했는데, 이처럼 북한에서는 그 누구도 개별적인 개인이나 주체일 수 없다. 이러한 상황에서, 이북 사람들이 북한의 갑작스러운 붕괴로 인해 맞닥뜨린 "완전한 자유란 곧 공포"(99)에 불과하다.

통일 대한민국에서도 리강은 자신이 "이미 죽었는데도 살아가고 있는 거구나"(49)라고 인식한다. 주체를 확립하지 못한 상황에서, 리강은 맹목적으로 오남철을 따르며 대동강 단원으로 이런 저런 범죄에 휩쓸렸던 것이다. 다른 대동강 단원들에게도 상황은 마찬가지이다. 결국 리강은 또 다른 자신인 윤상희의 죽음을 통해, 즉 상징적 자살을 통해 오남철과 결별하고 새로운 주체로 탄생한다. 마지막 장은 2023년 리강이 윤상희가 묻힌 곳을 4년 만에 찾아가는 내용이다. 『국가의 사생활』은 "너는 네 운명의 주인이 맞는가?"(257)라는 리강의 자문에, "리강은 미소 지었다. 그리고 외로웠지만, 인파 속을 다시 걷기 시작했다"는 답변으로 끝난다. 리강이 외로움 속에 짓는 미소에는 북한이라는 집단적 나르시시즘과 자본이라는 물신[25]에서 벗어난 "거대한 새"(10)의 그림자가 짙게 드리워져 있다.

정이현의 「영영, 여름」은 한국인과 일본인의 혼혈로 태어난 '나'와 '더 데모크라틱 피플스 리퍼블릭 오브 코리아The Democratic People's Republic of Korea' 국적의 소녀가 나눈 우정을 다룬 매우 이색적인 작품이다.

「영영, 여름」에는 남태평양에 위치한 K의 국제학교에 다니는 북한소녀가 중핵으로 존재하는데, 이 소녀와 '나'의 관계는 기존의 한국소설 맥락에서 볼 때 매우 특이하다. 이 작품이 한국문학계에서 차지하는 위치는 돼지에 대해 갖고 있는 선입견을 부정하는 프롤로그의 문장들과 닮아 있다. 그 문장들은 "알고 보면 돼지만큼 깔끔하고 예민한 짐승도 없다"나 "아무도 먼저 공격하지 않는다"(147)와 같이 돼지에 대해 갖고 있는 기존 선입관과는 배치되는 내용들이다.

이 작품은 남한 사람이 북한 사람에 대해 가지는 선입견의 상당 부분도 부정하고 있다. 「영영, 여름」에서 북한소녀 메이는 가난과 권력에 짓눌린 약자가 아니라 북한의 대단한 집안 아이로서 '나'보다 훨씬 풍족한 도시락을 싸서 다닌다. 한국인과 일본인의 피가 섞인 한 소녀가 한국어를 매개로 북한소녀와 우정을 쌓지만, 그것은 분단이나 통일과 같은 거대한 담론과는 무관하다. 그 우정은 사춘기 소녀들의 따뜻한 만남이라는 미시적 차원을 벗어나지 않는다.

이 작품에서 굶주리는 것은 북한 출신의 메이가 아니라 한국인 어머니

---

25 스스로 회의하며 그에 따른 혼돈 속에서 살지 않기는 이남 사람들도 고유한 개성을 가진 존재들은 아니다. 이러한 면모는 전직 연극배우 이선우를 통해 자주 드러나는데, 그에 의하면 남한에 살던 사람들은 종교인들과 예술가들까지 포함하여 "현실에서 제 잇속만 챙기는 회사원"(155)에 불과하다. 그들은 돈이라는 물신에 들려 있는 것이다.

와 일본인 아버지를 둔 '나'이다. '나'는 무역회사의 해외영업자인 아버지로 인해 어린 시절부터 여러 나라의 인터내셔널 스쿨에 다닌다. 부모는 "한국인도 일본인도 아닌, 말하자면 코스모폴리턴 같은 것"(148)이 되기를 갈망했는지 모르지만, 살이 찐 '내'가 국제학교에서 가장 먼저 배우는 단어는 돼지의 현지어이다. 일본에 사는 열세살의 '나'는 뚱뚱하고 내성적이며 당분이 부족하여 핏기 없는 얼굴을 한 와타나베 리에이다.

'나'의 가족은 K로 이주하고, K의 인터내셔널 스쿨 7학년으로 전학한다. 그곳에는 모두 '나'까지 포함해 열 명의 학생이 있으며, 남자 두 팀과 여자 두 팀이 짝을 이뤄 생활한다. 메이라는 키 작고 여윈 동양계 여자만이 혼자 남아 있는데, 그 아이의 라스트네임은 장이다.

'나'와 메이는 한국말을 통해 친구가 되고 도시락을 바꿔 먹는다. 엄마의 폭식으로 인해 4.5킬로그램으로 태어난 '나'는 어린 시절부터 일일섭취열량을 과도하게 제한당하며 자라왔다. 매일 밤 주린 배를 안고 잠들거나, 까치발로 주방으로 가 냉장고 속 음식들을 먹어야만 했던 것이다. '나'의 다이어트를 위해 엄마가 준비한 도시락에는 "삶은 계란 반개씩과, 알따랗게 썬 오이와 토마토만을 넣은 작은 샌드위치 한 조각"(160)이 들어있을 뿐이다. 반면에 메이의 휘황찬란한 런치박스에는 "소스까지 제대로 뿌린 두툼한 햄버그스테이크와 새우튀김, 닭튀김이 가득했고 두꺼운 햄과 치즈를 넣고 양상추가 밖으로 비어져나올 만큼 커다랗게 싼 샌드위치도 여러 조각"(161)이 담겨져 있다. 두 도시락의 극명한 대비는 이전 소설에서 발견되던 이분법(풍요로운 남한 / 궁핍한 북한)이 완전히 전도된 모습이라고 할 수 있다. 의사로부터 "건강상태가 몹시 좋지 않다고, 이대로 가다가는 영양실조에 걸릴 수도 있다고 충고"(164)를 듣는 것은 메이가 아닌 '나'이다.

또 하나 이 작품이 이전의 작품들과 구분되는 지점은 철저히 개인적인 차원에서 네이션의 문제가 사유되고 있다는 점이다. 프롤로그에서 '내'가 가장 인상적으로 받아들인 것은 "돼지는 다른 돼지와 구별되지 않는 것을 가장 싫어한다는 구절"(147)이다. '나'에게는 이 문장이 "몹시 슬프고 아름다운 문장으로 각인"(147)된다. 이것은 집단적 표상으로 인해 개인의 고유성을 잃어버리게 되는 것에 대한 강한 거부를 드러낸 것이라고 할 수 있다. 부모는 다시 일본을 떠난 해외근무를 하게 되는데 엄마가 원하는 도시는 "한국인도 일본인도 많지 않은 곳"(149), "왜 한국 여자가 일본 남자와 살고 있느냐는 시선을 신경쓸 필요 없는 곳"(149), 그리고 "한국어도 일본어도 아닌 영어나 불어를 상용어로 쓰는 곳"(149)이다. 엄마의 이러한 바램 속에 강박적인 민족의식이 숨쉴 공간은 남아 있지 않다. 엄마는 K의 장점 중 하나로 "거긴 한국인도 일본인도 없다"(151)는 점을 들기도 한다.

「영영, 여름」에서 한국인 어머니와 일본인 아버지 사이에서 태어난 소녀가 메이라는 북한 소녀와 친구가 될 수 있었던 가장 중요한 계기는 한국어이다. 우연히 메이가 "미치겠네"(159)라고 조용히 뇌까린 말을 듣고 '나'는 한국말을 하며 메이에게 접근한 것이다. 그러나 이 작품에서 언어는 네이션을 대표하는 핵심적인 구성물은 아니다. 어릴 때부터 엄마가 '나'에게 한국어를 가르쳐온 이유는 "모국과 모국어에 대한 깊은 애정의 발로 따위와는 전혀 관련이 없"(150)다. 엄마는 단지 "자기가 하고 싶은 말을 완전히 이해하는 타인, 모국어의 청취자를 간절히 원했을 뿐"(150)이다. 엄마에게 중요한 것은 모국이나 모국어가 아니라, 모국어로만 발화될 수 있는 자신의 고유한 경험이자 기억이었음에 분명하다.

따라서 두 소녀의 우정 혹은 소통은 단순히 언어가 같다는 이유만으로 성립할 수 없다. '나'는 언어가 통하는 일본의 국제학교에서도 여전히 부타메(돼지)였기 때문이다. 둘의 우정을 가능케 한 것은 다름 아닌 '진심'이다. 메이의 정체, 즉 북한의 대단한 집 자식인 "매희梅嬉"(164)의 실체가 밝혀지자 메이는 일주일이 넘도록 결석한다. 담임인 미란다는 메이와 관련해 '나'에게 아무런 말도 해주지 않고, 평소 네이션의 굴레에 갇히기를 거부했던 엄마 역시도 메이와 어울리지 말 것을 당부한다. 다음의 인용문에는 엄마도 끝내 떨쳐버리지 못한 네이션의 굴레에서 벗어나고 있는 비만기 있는 십대 소녀 '나'의 당당한 모습이 나타나 있다.

> 나는 엄마가 나에게 들려주었던 그 수많은 한국어들에 대해 생각했다. 그것들이 나를 만들었음을 인정해야 했다. 그렇지만 말해야 했다. 싫어요. 엄마의 눈이 커다래졌다. 나는 다른 반에 가지 않을 거고 다른 학교에도 가지 않을 거예요. 메이랑, 같이 있을 거예요.(164)

결국 다시 "나, 와타나베 리에가 혼자 남"(165)게 된 것이다. '나'는 엄마가 가장 소중하게 여기는 다이아몬드 목걸이를 담아서 메이가 살던 아파트로 간다. "아무래도 변하지 않는 것, 사라지지 않는 것을 단 하나쯤 가지고 싶었"(165)기 때문인데, 이때의 '변하지 않는 것, 사라지지 않는 것'은 메이와의 우정임이 분명하다. '나'는 아파트만 알고 동호수는 모르기에, 오피스로 찾아가 근무자에게 친구가 전학을 갔는데 선물을 주지 못했다며 다이아몬드 목걸이가 담겨진 박스를 전달하려고 한다. 오피스의 남자는 박스를 전달해주겠다고 말하고, '나'는 "내가 그의 마음을 움직였다면 진심이었기 때문일 것"(166)이라고 생각한다. '진심'에 대한 강조는 국제학교의 영어선생인 존이 이전에도 한 바 있다. 메이는 영어를 못하지만 토론시간에 발표를 하고 칭찬을 받는다. 그 칭찬의 논지는 "메이의 주장은 단순해 보이지만 그 단순성 안에 진심이 담겨 있어서 오히려 타인을 효과적으로 설득할 수도 있다"(159)는 것이다. 바로 한 인간이 가진 '진심'이야말로 모든 소통과 설득의 가장 핵심적인 조건이었던 것이다.

한 계절이 지난 뒤 메이에게서 "사정이 생겨서 잠깐 떠나왔어. K가 그리워. 곧 돌아갈 거야. 여기서 진짜 공깃돌을 선물로 가져갈게"(166)라고 한국어로 쓰여진 답장이 도착한다. 한글로 쓰여진 그 편지의 발신인에는 "'매희'가 아니라 '메이'라고 단정한 한글"(166)이 적혀 있다. '내'가 그랬듯이 메이 역시 네이션의 호명된 주체(매희)가 아닌 온전한 한 명의 개인(메이)으로서 우정을 택하는 용기를 보여주고 있는 것이다. 「영영, 여름」은 네이션의 상상력과 사유를 한껏 자극하는 소재를 가져와 탈민족적인 문제의식을 한껏 뽐낸 작품이라고 할 수 있다. 정이현의 소설에서 남한사람과 북한사람, 나아가 남·북한사람과 일본사람이 만날 수도 있겠지만, 그 만남의 주인공은 '장매희'도 '와타나베 리에'도 아닌 '그냥 메이'로서일 것이다.

「옥화」는 탈북자와 관련해 한국소설에 빈 칸으로 남아 있던 많은 부분을 채워주고 있다. 한국소설에서 탈북자와 중국 동포는 이주노동자나 결혼이주여성으로서 한국 사회의 타자라는 같은 범주로 묶여서 이해되고는 하였다. 특히 이들은 한민족이라는 한 덩어리로서 이해되었고 그들 사이의 차이는 거의 고려되지 않았다. 그러나 중국 동포 작가 김금희를 통하여 이들 사이의 공통점과 차이점에 섬세하게 구분되고 있다. 고유성이 전혀 고려되지 않는 것이야말로 타자화의 가장 큰 문제라는 사실에 비춰볼 때, 중국 동포와 탈북자가 지닌 고유성에 대한 인식은 올바른 인식을 위한 중요한 계기가 될 수 있다. 나아가 이 작품은 진정으로 남을 돕는다는 것이 무엇인지를, 인간을 떠돌이로 만드는 '불안'이 무엇인지를 고민하게끔 만드는 작품이기도 하다. '미래(2016년)'의 통일된 한반도를 그리고 있는 『국가의 사생활』은 엄밀한 의미의 탈북자와는 무관하다. 그러나 이 작품은 북한 인민의 일부가 아닌 북한 인민의 전체가 탈북자일 수밖에 없는 상황을 그리고 있다는 점에서 다른 작품들과 유사하다. 『국가의 사생활』은 오늘날 유행하는 통일담론의 한 축을 대변하는 소설이라고 할 수 있다. 이때의 통일론은 북한의 붕괴와 그에 따른 남한의 흡수통일을 말한다. 이러한 통일에서는 경제적 파탄에 당면한 북한식 사회주의를 자본주의로 변환하기 위하여 천문학적인 남한의 자본이 투입되고, 그 결과 북한 사람들은 2등 국민으로 편입되어 새로운 불평등 구조가 만들어질 수밖에 없다. 통일된 조국에서 북한 사람들의 삶이란 자신의 고유성을 포기하거나 포기당할 수밖에 없는 탈북자의 삶에 다른 아닌 것이다. 정이현의 「영영, 여름」에서는 개인적인 차원에서 네이션의 문제가 사유되고 있다. 두 소녀의 만남과 우정은 네이션의 틀을 벗어나 오직 환원불가능한 단독자로서 가능한 것이다. 네이션의 상상력과 사유를 한껏 자극하는 소재를 가져와 탈민족적인 문제의식을 제기하는 작품이라고 할 수 있다.

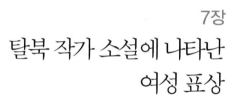

7장
탈북 작가 소설에 나타난
여성 표상

1. 서론

이 글은 탈북 작가들의 소설에 나타난 여성상이 성별에 따라 구별되어 표상되는 양상을 살펴보고자 한다. 현재 대한민국에 거주하는 탈북자는 2020년 9월 기준 3만 3,718명에 이른다. 탈북자들 중에서 많은 이들이 개인적 트라우마로도, 난민/이주민의 트라우마로도 환원되지 않는 그들만의 '탈북 트라우마'에 시달린다.[1]

지금까지 탈북자 제재 소설에 대한 논의는 대부분 남한 출신 작가들의 작품에 집중되어 왔다.[2] 이 글에서는 탈북자 당사자의 서사에 주목하

---

[1] 탈북자의 경우 대다수는 ① 탈북 전 조선, ② 탈북 과정, ③ 제3국 체류, ④ 정착국이라는 크게 4단계의 이동 과정에서 여타의 트라우마와는 구분되는 독특한 외상 경험을 한다.(김종곤, 「남북분단 구조를 통해 바라본 '탈북 트라우마'」, 『문학치료연구』 33집, 한국문학치료학회, 2014, 207~208면)

[2] 그동안 발표된 탈북자 제재 소설에 대한 논의는 크게 네 가지 유형으로 나누어 볼 수 있다. 탈북자가 탈북 이후 겪는 자본주의적 현실의 문제점에 초점을 둔 논의, 탈북자들의 이주를 디아스포라의 관점에서 살펴본 논의, 분단체제에 따른 분단문학의 새로

고자 한다. 수만명의 탈북자가 살아가는 지금의 남한에는, 여러 명의 탈북 작가들이 창작 활동을 하고 있다. 2015년에 발표된 권세영의 박사논문에 따르면, 탈북자가 발표한 수기와 에세이는 94편, 시집은 10권, 그리고 장편 소설은 19편이 출판되었다고 한다.[3] 이제 탈북자 문학에 대한 논의는 탈북 작가들이 직접 창작한 작품들에 대해서도 적극적인 관심을 기울여야 할 단계에 도달했다고 볼 수 있다. 나아가 서사란 인간관계의 형성과 위기와 회복에 대한 이야기로서,[4] 탈북자들의 소설을 살펴보는 것은 문학 연구 이상의 사회적 의미를 지닌다고 할 수 있다.

지금까지 탈북 작가에 대한 논의가 전무했던 것은 아니다. 대부분의 논의는 김유경의 『청춘연가』(웅진지식하우스, 2012)에 드러난 탈북자의 경험과 정체성을 해명하는데 집중되었다.[5] 이외에 도명학과 이지명의 단편소설에 나타난 북한 사람들의 인권 문제에 주목한 정하늬의 논의[6], 탈북 여성 작가의 작품에 나타난 탈북 경험을 살펴본 연남경의 논의[7],

---

운 유형으로 접근하는 논의, 탈북자가 겪은 북한 현실에 대한 비판에 관심을 둔 논의 등이 그것이다.

3 권세영, 「탈북 작가의 장편 소설 연구」, 아주대 박사논문, 2015, 1면.

4 정운채, 「인간관계의 발달 과정에 따른 기초서사의 네 영역과 〈구운몽〉 분석 시론」, 『문학치료연구』 3, 한국문학치료학회, 2005, 9면.

5 김효석, 「탈북 디아스포라 소설의 현황과 가능성 고찰」, 『어문논집』 57, 중앙어문학회, 2014, 이성희, 「탈북자의 고통과 그 치유적 가능성」, 『인문사회과학연구』 16-4, 부경대 인문사회과학연구소, 2015.11, 서세림, 「탈북 작가 김유경 소설 연구」, 『인문과학연구』 52, 강원대 인문과학연구소, 2017.3, 백지윤, 「탈북작가의 '몸' 형상화와 윤리적 주체의 가능성 – 김유경의 소설을 중심으로」, 『한국문예비평연구』 54, 한국현대문예비평학회, 2017.6.

6 정하늬, 「탈북 작가 도명학과 이지명의 단편소설에 나타난 '인간'의 조건」, 『통일인문학』 69, 건국대 인문학연구원, 2017.3, 33~63면.

7 연남경, 「탈북 여성 작가의 글쓰기 연구」, 『한국현대문학연구』 51집, 한국현대문학회, 2017, 421~449면.

탈북 작가 작품에 나타난 "글쓰기 욕망과 자본의 문제를 분석"[8]한 서세림의 논의를 들 수 있다. 또한 문학치료적인 관점에서 탈북자의 구술에 초점을 맞춘 연구들[9]과 본고와 직접적으로 연관성을 지니는 탈북 여성의 형상화와 정체성을 다룬 연구들[10]도 주목할 만하다. 기존에 탈북 여성에 대해 고찰한 논문들이 탈북 여성의 탈북 과정과 남한 내에서의 삶에 초점을 맞추었다면, 이 글은 주로 북한 내 여성의 삶을 집중적으로 살펴보고자 한다.

이 글이 북한 여성들의 삶에 초점을 맞추는 이유는 탈북자들 중에서도 여성이 겪는 정신적 고통이 남성보다 더욱 크기 때문이다. 남한 내에 거주하는 탈북자 200명을 분석한 연구에 따르면 200명 중에서 29.5%가 외상 후 스트레스장애로 진단되었으며, 이 중에서 남성은 23.9%에 머물렀지만 여성은 37.4%가 외상 후 스트레스장애를 앓고 있다고 한다.[11] 이러한 연구 결과는, 탈북여성이 탈북남성보다 더욱 심각한 정신

8 　서세림, 「탈북 작가의 글쓰기와 자본의 문제」, 『현대소설연구』 68, 한국현대소설학회, 2017.12, 95면.

9 　김종군, 「구술을 통해 본 분단 트라우마의 실체」, 『통일인문학논총』 51, 건국대 인문학연구원, 2011; 김석향, 「1990년 이후 북한주민의 소비생활에 나타나는 추세 현상 연구 : 북한이탈주민의 경험담을 중심으로」, 『북한연구학회보』 16-1, 북한연구학회, 2012; 김종군, 「구술생애담 담론화를 통한 구술 치유 방안」, 『문학치료연구』 26, 한국문학치료학회, 2013, 강미정, 「북한이탈주민의 탈북경험담에 나타난 트라우마 분석」, 『문학치료연구』 30, 한국문학치료학회, 2014.

10 　이덕화, 「탈북여성 이주 소설에 나타난 혼종적 정체성」, 『현대소설연구』 52집, 한국현대소설학회, 2013; 이지은, 「'교환'되는 여성의 몸과 불가능한 정착기」, 『구보학보』 16호, 구보학회, 2017; 김소륜, 「탈북여성을 향한 세겹의 시선」, 『여성문학연구』 41호, 한국여성문학학회, 2017; 배개화, 「한 탈북 여성의 국경 넘기와 초국가적 주체의 가능성」, 『춘원연구학보』 11호, 춘원연구학회, 2017.

11 　홍창형 외 5인, 「북한이탈주민들의 외상경험과 외상 후 스트레스 장애와의 관계」, 『신경정신의학』 44집 6호, 대한신경정신의학회, 2005, 716면.

적 장애를 경험한다는 점을 보여준다. 이 글은 이러한 현실에 바탕하여 탈북 작가들이 형상화 한 북한 여성의 삶에 초점을 맞춰 보고자 한다. 남한 내 탈북자 여성들이 겪는 정신적 고통의 이면에는 북한에서의 삶과 이후의 탈북 과정에서 겪은 신산한 삶이 구체적인 병인病因으로 존재한다고 판단되기 때문이다. 또한 식량난과 경제 위기로 인해, 1990년대 중반 이후 여성이 북한 사회에서 독특한 위상을 차지하게 된 점도 고려하고자 하였다.

이러한 문제의식에 바탕해 이 글에서는 최근에 간행된 '북한 인권을 말하는 남북한 작가의 공동 소설집'인 『국경을 넘는 그림자』(예옥, 2015), 『금덩이 이야기』(예옥, 2017), 『꼬리 없는 소』(예옥, 2018)를 본격적으로 논의하고자 한다.[12] 이 작품집들을 통해 탈북 작가 소설에 대한 논의가 특정 작가에 치우쳐 있던 기존의 연구경향에서 벗어나, 가능한 다양한 탈북 작가의 소설을 살펴보는 것이 가능하기 때문이다. 세 권의 소설집에는 총 17편의 탈북 작가 소설이 수록되어 있는데, 이 중 11편의 작품이 탈북 이전 북한 여성의 삶을 형상화하고 있다. 그럼에도 군이 재현이 아닌 표상이라는 단어를 제목으로 사용한 이유는, 작품 속의 여성 형상은 객관적이고 중립적인 결과가 아니라 성 이데올로기와 권력

---

12 『국경을 넘는 그림자』에는 탈북 작가인 윤양길의 「꽃망울」, 이지명의 「불륜의 향기」, 도명학의 「책 도둑」, 설송아의 「진옥이」, 김정애의 「소원」, 이은철의 「아버지의 다이어리」이, 『금덩이 이야기』에는 탈북 작가 윤양길의 「어떤 여인의 자화상」, 이지명의 「금덩이 이야기」, 도명학의 「잔혹한 선물」, 김정애의 「밥」, 곽문안의 「코뿔소년」, 설송아의 「제대군인」이, 『꼬리 없는 소』에는 탈북 작가인 이지명의 「확대재생산」, 도명학의 「꼬리 없는 소」, 김정애의 「서기골 로반」, 설송아의 「초상화 금고」, 박주희의 「꿈」이 수록되어 있다. 앞으로 이들 작품에서 인용할 경우 본문 중에 페이지 수만 기록하기로 한다.

의 문제에 민감하게 영향을 받아 이루어진 것이라고 생각하기 때문이다.[13] 따라서 이 연구는 탈북 작가들의 작품에 나타난 여성 형상을 통하여 북한 여성들이 겪는 삶의 실상을 파악하는 동시에, 이러한 여성 표상을 낳은 작가의 욕망과 정치적 무의식 등에도 관심을 기울이고자 한다. 같은 탈북 작가라고 하더라도 남녀라는 성별의 차이에 따라 다르게 나타나는 여성 형상에 대하여 살펴본 후에, 같은 성별 내에서 확인되는 개별 작가들의 차이를 확인해 볼 것이다.

2. 탈북 남성 작가 소설에 나타난 여성상

북한은 남성 중심의 젠더적 위계가 심한 국가이다. 이것은 역사적 상황에 의해 발생한 것이다. 본래 해방 이후 북한에서는 소련의 젠더 전략을 거의 그대로 따라 여성이 노동자 역할과 어머니 역할을 훌륭하게 조화시켜야 한다고 강조하였다. 대부분의 현실 사회주의 국가에서 여성의 역할은 가족과 사회 두 차원을 모두 중시하는 방향이었다. 이것은 기존의 여성 영역이었던 가사의 책임은 그대로 짊어지면서 노동자 역할까지 추가한 것이다. 북한에서는 한국전쟁과 전후 복구, 산업화 시기를 거치면서 이러한 이중의 부담이 더욱 강화되었다.[14] 이후 1967년 갑산파 숙청과 1968년 푸에블로호 사건으로 조성된 국내외적 긴장 관계는 절대지도자에 대한 충성을 제도화하고 북한의 전시체제를 강화하는 계

---

13   이효덕, 박성관 역, 『표상 공간의 근대』, 소명출판, 2002, 10~124면.
14   박영자, 『북한 녀자─탄생과 굴절의 70년사』, 앨피, 2017, 87~100면.

기가 되었다. 이러한 정치사회적 분위기를 배경으로 남성 중심적이고 위계적인 군사문화와 함께 남녀 간 성별 위계가 사회 전반에 제도화되었다. 1970년대 이후에는 김정일에게 혈연적 권력 이양이 제도화되는 과정에서, 북한은 체제 전반에 가부장적 위계가 구조화되었다. 북한 체제의 가부장성은 전체 주민에 대한 국가권력의 위계성을 극도로 강화했으며, 이 과정에서 젠더 위계 역시 사회 위계와 연계되어 제도화된 것이다.[15]

탈북 남성 작가 중에서도 이지명은 권위주의적 남성 문화와 이에 바탕한 이상적 여성상을 일관되게 작품화하고 있다. 이지명의 『금덩이 이야기』에도 권위주의적 남성문화에서 떠받들여지는 여성상이 등장한다. 정치범관리소에서 영수와 윤칠보 노인은 절친한 사이가 된다. 죽음을 앞둔 윤칠보 노인은 자신의 집 부엌바닥에 금덩이가 두 개나 묻혀 있다는 말을 남기고 죽는다. 이후 관리소에서 풀려난 영수는 윤칠보 노인의 집에 가서 금덩이를 찾으려고 한다. 그러자 윤칠보 노인의 아내는 윤칠보가 평소에 늘 자신을 보고 금덩이라고 했다며, 노인이 말한 부엌 바닥의 금덩이가 바로 자신이라고 말한다. 그렇다면, 과연 "움푹 들어간 눈, 자글자글한 주름을 뚫고 솟아오른 검은 흙빛의 광대뼈, 깁고 덧기워 남루한 옷, 이가 다 빠져버린 홀쭉한 볼"(120)을 하여 "사람 얼굴이 아닌 어떤 초상"(120)을 하고 있는 노파는 어떻게 '금덩이'가 될 수 있었을까? 그 대답은 다음의 인용문 속에 담겨 있다.

---

15 위의 책, 79~116면.

조용한 성품이고 남편 말이라면 팥으로 메주를 쑨다 해도 예, 그렇지요, 이를 말이나유, 하고 대답하는 어질어 빠진 여자였다. 노인은 그런 아내의 숫진 성품이 얼마나 예쁘고 대견한지, 또 얼마나 복덩이 같은지 집에만 들어오면 얼싸안고 쩝쩝 입을 맞추며 돌아갔다.

숫제 말없이 입술을 내주면서도 잘 익은 꽈리처럼 활딱 붉어진 얼굴을 아내는 내내 쳐들지 못했고, 내려 깐 눈도 밥상을 물릴 때까지 들 줄을 몰랐다. 그 모양이 또 너무 귀엽고 가슴이 싸해 발끝까지 쩌릿쩌릿했고, 어떤 때는 가슴이 환희로 들끓어 오줌까지 찔, 싸지른 줄도 몰랐다며 노인은 제풀에 큭큭 웃었다. (102~103)

"마누라는 말이지 끔찍이도 날 위해 살았어. 내가 농장 일을 하고 집에 들어가면 말이야. 늘 밥 차린 상에 신문지를 덮어 놓고 기다렸지. 손 씻고 상에 앉으면 신문질 내리고 가마에서 김이 문문 나는 국그릇을 두 손으로 잡아 꺼내고는 아 따가, 하고 덴겁해 귓불을 쥐면서도 마누라는 날 보고 활작 웃었어. 허허허." (109)

위에 드러난 것처럼, 노파는 남편의 말과 성적인 요구를 무조건 따르고, 가사일을 전담하는 순종적인 여성이다. 이러한 모습이야말로 '금덩이'가 될 수 있는 조건이었던 것이다. 동시에 노파의 이러한 모습은 가부장제에 길들여진 남성의 판타지fantasy에 해당한다고 볼 수 있다.

이지명의 『불륜의 향기』에도 가부장적인 남성의 판타지에 해당하는 북한 여성이 등장한다. 김문성은 북한인민보안성 정치대학졸업생으로서 S시 보안서 감찰과로 발령된 후, 영옥과 결혼하여 아들까지 낳으며 행복한 삶을 산다. 그러나 아내는 첫 아이를 낳은 후 탈모증에 걸리고, 둘째 아이까지 임신한 후에는 발작 증상까지 보일 정도로 우울증이 심해진다. 직업이 뭐든 시장에 나가 자체적으로 식량을 해결해야 하는 시절이 오자, 병든 아내와는 점차 사이가 멀어지고 대신 한유진이라는 여성과 가까워진다. 보안원인 문성은 황금 수십 킬로그램을 국경 너머로 밀수하다가 적발된 한유진을 수사하게 된다.[16] 범죄자의 집 수색을 위해 한유진의 집을 찾았을 때, 그녀의 집은 "결혼하고 아내와 오순도순 웃으며 살던 그때가 지금 보는 방 안에 그대로 재현됐다"(112)고 이야기 될 정도로 정갈하고 윤기가 돈다. 문성은 한유진을 무죄로 풀려나게 힘을 쓰고, 이후 한유진은 문성에게 물질적 지원을 아끼지 않는다.

결국 한유진은 자신을 법망에서 피해가도록 도와준 문성과 살림을 차리는 순간에 "법망은 결코 스쳐가지 않을 것"(120)을 예감하면서도, 이혼한 문성과 결혼한다. 그녀는 "나에겐 지금 아무것도 안 보인다. 그냥 그 사람만 보인다"(121)고 일기장에 쓸 정도로 문성을 사랑하는 것이다. 나중 생활이 어려워지자 한유진은 자신은 북에 남고 문성만을 탈북시킨다. 문성이 탈북하는 것은 유진에게는 커다란 위험이며, 장애인인 유진에게 "징역은 곧 죽음을 의미"(122)하는 것임에도 그러한 결단을 내린 것이다. 한유진은 문성이 탈북한 후에도 문성의 전처와 아이들에게 매달 돈을 보내기까지 하며, 그들을 탈북시켜 한국으로 보낸다.

한유진은 문성에게 일종의 어머니라고 할 수 있다. 한유진과 동침하기 직전 "문성의 모습은 분명 엄마 앞의 철없는 막내"(117)로 표현되고,

---

16 고난의 행군 시기 이후 시장경제를 여성이 주도하다 보니 경제사범의 약 80퍼센트 정도가 여성이라고 한다. (위의 책, 574면)

동침하는 순간 한유진은 "문성에게는 따뜻했고 한없이 부드러운 엄마 품 같았다"(117)고 이야기된다.[17] 가부장제 이데올로기가 여성에게 부여하는 정체성은 '성모(聖母)'와 '매춘부'라는 두 가지 뿐이다. '성모'가 전통적 성 역할을 받아들이고 가부장적 규범들에 순종하는 '착한 여자'라면, '매춘부'는 전통적 성 역할과 가부장적 규범들을 거부하는 '나쁜 여자'라고 할 수 있다.[18] 그녀는 곱사등이이며, 문성을 만나기 전까지 이성을 모르고 살아왔던 것으로 묘사된다. 곱사등이라는 설정은 외모보다 순종과 헌신의 내적인 태도가 더 중요하다는 것을 강조하려는 의도를 갖는 것으로 보이며, 순결에 대한 강조도 '성모'로서의 유진이 지닌 이미지를 더욱 부각시킨다고 볼 수 있다.

지금 김문성의 고백을 듣고 있는 탈북작가인 '나'는 한유진이 다음과 같은 글을 쓸 것이라고 생각한다.

> 이젠 모두 떠나버렸다. 다시 오지 못할 곳으로…… 한데 난 왜 외롭지 않을까? 나는 내가 한 일을 후회하지 않는다. 죽어서도…… 이유가 뭐냐고 물으면 난 서슴지 않고 대답할 것이다. 내 가슴엔 아직 그 사람의 향기가 남아 있다고, 그 향기가 있어 난 너무 행복하다고…… (125)

---

17 문성이 병든 아내를 차갑게 버리는 모습도 책임감 있는 성인의 모습과 거리가 먼 것이다.

18 Lois Tyson, 윤동구 역, 『비평이론의 모든 것』, 앨피, 2012, 206면. 이러한 이분법은 보편적인 것으로서, 남한 사회도 예외는 아니다. 한국 사회는 여성을 정상적 질서와 규범을 존중하는 현모양처와 질서와 규범에서 벗어나 늘 유혹의 눈길을 보내는 위험한 여성으로 이분화시켰다. (이임하, 『계집은 어떻게 여성이 되었나』, 서해문집, 2004, 62면)

한유진은 마지막까지 문성을 위해 모든 것을 바치고 그것에 만족하는 모습으로 남는 것이다. 그러한 모습은 마지막까지 서술자인 '나'에 의해서도 긍정적인 것으로 의미부여 된다.[19]

이지명의 『확대재생산』은, 1990년대 이후를 배경으로 한 『금덩이 이야기』나 『불륜의 향기』와는 달리 1980년대 후반의 북한을 배경으로 한 작품이다. 비사회주의 현상을 사찰하기 위해 은광탄광에 내려온 검열단은, 김은옥이 채탄공 강철무와 연애를 한다는 이유로 그녀를 심문한다. 이 검열단은 김은옥에게 강철무와 관계를 맺은 횟수까지 캐묻고, 김은옥은 횟수는 물론이고 관계를 맺은 장소까지 이야기 한다. 이러한 검열단의 어이없는 질문은, 검열단의 손이 아무런 꺼림 없이 김은옥의 "봉긋한 가슴을 짚고 구부러진 등을 눌"(42)르기도 하는 행동과 병존한다. 강철무는 여리고 순진한 김은옥과는 달리 당차게 검열단에 맞선다. 검열단 앞에서도 "당신들은 여기 선선한 곳에 앉아 남녀관계나 캐며 그렇게 바쁜 나를 충성의 사금장에서 불러들였소?"(56)라고 항의하는 것이다. 그러나 검열단은 위축되기는 커녕, 강철무가 자신들에게 대든 것까지 포함하여 "강철무 동무를 안일부화, 그리고 당 조직에 대한 무차별 반항, 안하무인의 독단적 판단에 따른 무지한 행패에 준하여 엄중한 처벌"(61)을 내리고자 한다.

---

19 북한의 대가정 사회주의는 가족주의에 기반하여 성차별적 구조를 재생산해 왔는데, 가족주의는 전통적인 젠더구조의 이분법에 도전하지 않으면서 아버지를 정점으로 하는 가족내 권위구조를 전제로 하기 때문이다. 이런 점에서 북한여성은 독립적인 주체가 아니라 남성에게 소속되는 부차적, 종속적 지위를 부여받아왔다. (김혜영, 「북한 가족의 특징과 변화의 불균등성: '고난의 행군기' 이후를 중심으로」, 『가족과 문화』 29-1, 한국가족학회, 2017, 74면)

이 순간 강철무는 궁지에 몰려 옛 상관이기도 한 초급당 비서를 찾아 간다. 초급당 비서는 강철무가 구제받는 유일한 길은 은옥과의 관계를 돈독히 해 나가는 것이라고 충고한다. 강철무는 김은옥이 모든 것을 이 야기했다고 하자, 둘 만의 비밀을 얘기했다며 절교를 선언한 상태였다. 비서는 은옥의 고지식함이 "당에서 바라는 성품"(64)이며, 은옥처럼 "당 조직을 존엄 있게, 어머니처럼 대하는 것이 자신을 확대재생산할 필수의 지름길이라는 걸 명심"(65)하라고 충고한다. 그리고 이를 강철 무도 받아들인다. 그렇다면 이지명 소설에서 헌신적이며 수동적인 여 성은 북한 인민이 따라야 할 이상적인 모습에, 그러한 여성의 무조건적 인 떠받듦을 받는 남성은 당과 지도자의 모습에 부합한다고 볼 수도 있 다.[20]

윤양길의 『어떤 여인의 초상화』도 고난의 행군 시기를 전후로 하여, 일방적으로 헌신하고 희생하는 북한 여성의 초상을 보여준다. 음악 교 원으로 앞날이 촉망되는 심일옥은 농촌지원을 갔다가 군인인 광호를 사랑하게 된다. 그런데 광호는 군사임무수행 중 뜻밖의 사고로 하반신 을 못 쓰게 되고, 주변에서는 반대하지만 일옥은 광호와의 결혼을 감행 한다. 광호와 결혼한 일옥을 두고, 인민군신문은 "전선에 찾아온 아름 다운 꽃"이라는 제목으로, 노동신문은 "우리 당의 효녀"(43)란 제목으

---

20 현실 사회주의에서 가부장은 당이 되고, 인민은 아이가 되기를 요구받는다는 주장도 있다. 코르나이에 의하면 고전적 사회주의에서 가부장제는 권력의 자기 정당화 기제 이다. 위계 의식에 기초한 가부장의 역할은 사회 구성원을 규율한다는 점에서 관료 조직에게 이데올로기적 정당화를 가능케 한다는 것이다. (Janos Kornai, *The Socialist System : The Political Economy of Communism*, Princeton, Princeton University Press, 1992, pp.56~57)

로 보도를 한다. 광호를 배신하는 것이 "당 조직"(46)을 배신하는 것이라고 여기는 일옥은 광호를 헌신적으로 돌본다. 결혼 생활에서도 일옥은 언제나 광호의 취향을 우선적으로 고려한다. '고난의 행군' 시기가 되면서 "돈을 위한 살인, 절도, 사기, 강도 행위가 난무"(49)하고, 사람들은 탈북을 감행한다. 일옥은 몰래 옷가지들을 팔면서까지 자신의 집 울타리 안에서만은 고난의 행군의 비정함이 스며들지 못하게 하려고 노력한다. 그러나 결국 일옥도 장마당에서 장사를 시작한다. 이 와중에도 "남편을 홀로 두고 나가는 것"(53)을 걱정하거나, "남편에게 고깃국물이라도 대접할 수 있다는 생각"(55)에서 순대 장사를 하거나, 힘들 때면 "'여보 너무 힘들어'하는 대신 '여보 고마워요'라고 말"(56)할 정도로 남편에게 헌신적이다. 일옥의 모습은 북한에서 이상화 된 여성상에 그대로 일치한다.

일옥은 남편의 제안에 따라 남편의 고향 땅에 가서 살게 된다. 일옥은 당의 부름을 받고 온실 관리를 맡지만, 그곳에서 비서에게 성폭행을 당하고 임신까지 한다. 광호는 "이렇게 늦은 선택을 용서하오"(68)라는 유서를 남긴 채 목숨을 끊고, 일옥은 남편의 사진 앞에서 "여보, 이 애를 당신의 성을 가진 애로 잘 키울게요. 당신처럼 나라를 위해 한 몸 바칠 영웅으로 만들게요"(69)라는 다짐을 하는 것으로 작품은 끝난다.

그런데 문제는 일옥이 성폭력에도 큰 저항을 하지 않는 모습으로 그려진다는 것이다. 성폭행을 당하고도 일옥은 "비서에게 무례하게 굴지는 않"(65)는다. 이후에도 일옥은 리 당 비서에게 몸을 허락하는데, "아마도 직책 없는 사람이었다면 내가 그런 생각까지 하진 못했을 것"(67)이라는 말에서 알 수 있듯이, 비서라는 권위가 일옥의 태도에 큰 영향을 미친 결과이다. 『확대재생산』에서도 은옥은 자신을 성추행하는 검열단은 물론이고, 자신의 남자친구에게도 맹목적으로 복종한다. 강철무는 은옥이 모든 것을 이야기했다고 하자, 둘 만의 비밀을 얘기했다며 "에잇, 내 너 같은 거 다시 상종하나 봐라. 이거야 더러워서 내 살겐?"(53) 이라며 절교를 선언하는 폭력적인 모습을 보여주었다.[21] 이러한 상황에서 은옥이와 같은 순종적인 여성상이 결국에는 모든 인민들에게도 귀감으로 받아들여진다는 것은 커다란 문제라고 할 수 있다.

3. 탈북 여성 작가 소설에 나타난 여성상

선군정치(1995년부터 시작되어 2000년대 김정일 정권의 생존 전략으로 구조화됨) 이전 북한 권력이 여성에게 요구한 여성적 정체성은 보은과 섬김, 헌신, 근면 알뜰이라는 여성 도덕률에 집중되었다. 여기에 더해 경제난과 선군정치 시대 이후 두 가지 새로운 여성성이 추가되었다.[22] 바로 '돌봄'과 '이악함'이다. 정권이 강조한 돌봄의 윤리는 개인적인 차원의

---

21 북한에서 여성의 노동계급화는 점차 심화되어 1987년에는 여성 경제활동 인구가 남성보다 약 200만명이 더 많은 것으로 보고될 정도이다. (Eberstadt & Banister, *North Korea : Population Trends and Prospects*, Center for International Research, 1990, p.135) 그러나 산업화 시기 중공업 우선주의에 따라 남녀 노동자 간의 위계가 존재했다고 한다.

22 선군시대 북한 여성의 여성성(Feminine)은 은혜에 보답하는 보은의 도덕, 김정일 장군을 우러러 받드는 섬김의 자세, 가정뿐 아니라 군대 및 사회 취약 계층까지 돌보는 돌봄의 윤리, 자신을 바쳐서 공동체를 돌보는 헌신성, 어려운 생활 조건에서도 근면하고 알뜰하며 이악하게 주민 생존을 책임지는 억척스러움 등이다. (「녀성들은 강성국가 건설의 최후승리를 향하여 억세게 싸워나가자」, 『조선녀성』, 2014년 3호, 3~4면)

헌신을 사회적으로 확장한 개념으로, 자원이 부족한 상황에서 전쟁 준비와 국방사업에 자원 분배를 집중해야 하는 선군시대에, 국가의 부양 의무를 여성에게 전가한 것이다. 이악함은 국가권력과 남성이 주민 생존을 책임지지 못하는 선군정치 상황에서, 공동체의 의식주 해결을 책임지게 된 여성들이 '생존경쟁의 전사'로서 물질 및 실리에 민감해지고 경쟁적인 시장성을 체화한 결과물이라 할 수 있다.[23] 탈북 여성 작가인 김정애와 설송아는 선군 시대 이후 강조된 두 가지 여성성, 즉 '돌봄'과 '이악함'의 모습을 체화한 여성들을 지속적으로 형상화하고 있다.

1) 돌봄의 윤리를 체현한 여성상

김정애는 고난의 행군 시기 북한 여성에게 요구되었던 돌봄의 윤리를 체현한 여성들을 반복적으로 형상화하는 작가이다. 김정애의 『소원』에서 명선은 지금 걸인이 되어 아들인 형철과 깊 옆의 커다란 콘크리트관 속에서 생활한다. 명선의 소원은 남편이 "잡아 온 고기 팔아 쌀 사 오구 그걸루 부뚜막에 앉아 도란도란 말하며 살림이란 걸"(306) 해 보는 것이다. 이러한 명선의 소원은 깨진 콘크리트관이 아닌 "불 땐 뜨뜻한 구들에서 자는"(307) 어린 형철의 소원을 들어준다는 것도 의미한다. 이 소원을 이루기 위해서 명선은 자기 아버지의 소도둑질을 밀고하여 5년 전에 아버지를 처형당하게 한 우진 영감의 아내가 되고자 한다. 이것은 딸과 아내가 모두 탈북하여 어려운 상황에 처한 우진 영감을 돌

---

23 박영자, 앞의 책, 616~617면.

본다는 의미도 지니고 있다. 딸과 아내의 탈북 사실이 드러날 것이 두려워 우진 영감은 명선을 죽이려고 몸 위에 올라앉아 목을 조르지만, 명선은 그것이 자신에게 "정을 주려 그러는 것으로 착각"(302)할 정도로 자신의 소원을 이루려는 의지가 강하다. 이 의지는 아들인 형철과 혼자 된 우진 영감을 돌본다는 의미가 포함된다. 그러나 결국 우진 영감도 딸과 아내가 탈북한 사실을 친구가 밀고하는 바람에 보안원에게 끌려가고, 명선의 소원은 끝내 이루어지지 못한다.

김정애의 『서기골 로반』은 서기골이라는 중국의 산골 마을이 배경이며, 이 마을의 로반(사장)은 여자로서, 피골이 상접한 늙은 남자와 함께 살고 있다. 로반은 중국 동포로 알려져 있고, 그녀는 탈북자를 보호해주는 동시에 탈북자를 착취하며 자신의 부를 쌓는다. 탈북자들과 로반은 서로에게 "똥퇘놈 같은 중국조선족 간나새끼들"(174)과 "탈북자인 주제들이"(174)라고 험한 말을 주고받을 정도로 반목한다. 그러나 결국 로반도 신분증이 있는 중국 동포가 아니라 불법월경자인 탈북자임이 드러난다. 로반은 "강 건너에 사고를 당해 운신을 못하는 남편과 앓는 아들을 두고 온 여자"(181)였으며, "앓는 남편과 아기를 살리려면 돈이 필요"(182)해서 어쩔 수 없이 탈북자들에게 거짓말을 했던 것이다. 작품 속의 로반은 탈북해서도 자신의 모든 것을 바쳐 북한의 '운신을 못하는 남편과 앓는 아들'을 돌보는 여인이다.

이 작품은 중국에서 불법월경자에 불과한 북한 탈북여성과 엄연한 공민인 중국 동포의 위계가 얼마나 큰 것인지를 분명하게 보여준다. 또한 북에 두고 온 '앓는 남편과 아기를 살리'기 위해 피골이 상접한 늙은 여자와 함께 사는 로반의 존재 방식은 중국을 떠도는 탈북 여성의 비참한 삶을 보여준다. 실제로 중국거주 탈북여성은 신변 보장을 위해 어쩔 수 없이 중국인 남편을 받아들이는 경우가 많다고 한다. 중국인 남편은 대부분 농촌에서 농사를 짓거나 건설현장에서 일용직으로 일하는 경우가 많으며, 신체적으로 장애가 있거나 『서기골 로반』의 여주인공처럼 나이 차이가 서른 살 이상 차이나는 중국인 남자와 사는 경우도 적지 않다고 한다.[24]

김정애의 『밥』은 북한 사회에서 '착한 여자'에 대한 요구가 얼마나 강력한가를 잘 보여준다. 선옥의 친정은 북한에서 가장 문제시 되는 월남자 가족이기에, 나이가 아홉 살이나 많지만 당성黨性 하나는 남들이 따라올 수 없다는 시골 총각 상철에게 "감지덕지 서둘러"(225) 시집을 간다. 상철은 힘세고 일 잘하는 농사꾼과는 거리가 먼 선옥을 "머저리"(225)라고 부르고, 선옥은 차차 상철의 입에서 나오는 "머저리라는 호칭조차 정감 있게"(225) 듣는다. 선옥의 삶은 그야말로 "착한 아내, 착한 며느리, 착한 엄마"(237)가 되기 위해 최선을 다하는 삶이다. 선옥은 시어머니를 모시는 것은 물론이고, 정신지체자인 시아주버니 상철의 대변까지 받아내며 살아간다.

선옥은 "당성이 강한 남편의 뜻을 헤아리다 보니"(227) 돈 될 만한 장사에 손을 대지 못해서 생활이 매우 어렵다.[25] 이러한 상황에서 선옥이

---

24 강동원·라종억, 『북조선 환향녀』, 너나드리, 2017, 285~317면.

25 선옥이 장사에 손을 대지 못하는 이유는 실제 북한 사회의 분위기를 반영한 것이다. 고난의 행군 시기까지도 북한 사회에서는 장사에 대한 인식이 좋지 않았고, 장마당에 나서는 걸 부끄러워하고 심지어 천하게 여겼다고 한다. 이것은 계획경제와 봉건적 사회 문화 속에서 장사를 천시하는 의식이 강했기 때문에 일어난 현상이다. (박영자, 앞의 책, 566면)

생존의 전략으로 선택한 것은 극단적인 내핍이다. 1990년대 중반을 넘기면서 배급이 아예 끊기자, 선옥은 남편에게만 간신히 밥을 싸주고, 자신은 옥수수쌀과 무를 섞은 무밥을 도시락으로 싸간다. 결국 선옥은 배급도 끊기고, 장사도 할 수 없는 막다른 상황에 처한다. 결국 그녀는 딸 향이만을 데리고 탈북한다. 탈북은 "착한 아내, 착한 며느리, 착한 엄마"(237) 중의 어느 것도 될 수 없는 상황에서, 딸 향이를 위해 그나마 '착한 엄마'라도 될 수 있는 유일한 방법인 것이다. 탈북마저도 김정애의 소설에서는 북한 체제에 균열을 가하는 행동이라기보다는 북한 체제가 강요한 돌봄의 윤리를 실천하는 행동에 가까운 것으로 그려진다고 볼 수 있다.

선옥은 탈북한 이후에도 여전히 북한 체제가 요구하는 여성상에서 한치도 벗어나지 못한다. 탈북한 지 10년이 넘었지만 남편과의 통화에서도 오직 시집 식구들의 안부만을 묻고, "여보, 정말 미안해요. 염치없지만, 용서해주세요. 당신이 모르게 떠나서 너무 죄송해요."라며 울먹이는 것이다. 그리고 남편은 목소리에 힘을 보태 "머저리……"(246)라고 한마디를 한다. 탈북한 선옥은 남편의 "확고부동한 당성 앞에서는 한갓 배신자에 불과할 뿐"(242)인 것이다.[26]

김정애는 어떻게든 아이와 홀아버지를 돌보려는 여인(『돌봄』), 중국

---

[26] 가정 경제와 양육을 돌보지 않으며 당성만을 강조하는 남편의 모습은 "북한에서 아버지라는 존재는 양육의 주체라기보다는 일세강점기와 한국전쟁 시기의 고통을 알려 주고 자식들이 현실에 만족하며 노동당과 김일성에게 충성하도록 독려하는 일반적인 '권위자'의 모습을 하고 있다"(위의 책, 494면)나 "1990년대 중반 이후 배급제가 마비되어 시장의 공급 기능을 통하지 않고서는 생존 자체가 불가능한 상황이었음에도, 당시 북한 남성들은 여전히 장사에 나서는 것을 부끄럽게 여겼다. 따라서 생존 책임은 온전히 북한 여성의 몫이었다"(위의 책, 537면)는 설명에 부합한다.

에서 노인과 살면서 북한의 남편과 아이를 돌보는 여인(『서기골 로반』),
이북에서는 물론이고 남한에서도 가족만 걱정하는 여인(『밥』)을 통해
북한에서 강요한 이상적인 여성상에 대한 강박이 얼마나 강고한 것인가
를 보여준다. 이처럼 돌봄의 윤리를 내면화한 착한 여성에 집착하는 것
은 탈북 여성의 건강한 삶을 가로막는 커다란 장애물이다. 문제적인 것
은 이러한 여성을 형상화하는 작가 김정애의 시각에는 별다른 거리감이
나 비판의식이 드러나지 않는다는 점이다. 이것은 김정애 자신 역시 북
한이 강요한 이상적인 여성상에서 벗어나지 못한 결과일 수도 있다.

2) 이악함을 무기로 시장의 주체가 된 여성상

식량난과 경제 위기를 맞은 1990년대 중반부터 북한에서는 군사주
의가 전면화된다. '선군정치'로 불리워지는 이 시기에 북한 군대는 체
제 운영의 핵심 조직이 되고, 이에 따라 군대를 구성하는 남성은 국가를
보위하는 주체로, 여성은 의·식·주를 중심으로 사회공동체의 일상생활
을 책임지는 주체로 젠더 역할이 구성되었다. 남성은 전방의 전사로, 여
성은 후방의 전사로 살아야 하는 젠더정책이 강제되었으며, 선군시대
북한 여성들은 준準전시 상황에서 헌신적이며 이악스러운 생활력으로
가족의 생존을 책임지도록 강제받은 것이다. 군사주의가 강화되는 과
정에서 불평등한 젠더 위계는 이전보다 더욱 심화되었다.[27] 본래 군사
주의 문화는 여성에게 "수동성과 공격성을 겸비하고, 적과 맞서 싸울

---

27 박영자, 앞의 책, 116~119면.

때는 공격적이며, 남녀간에는 남성에게 복종할 수 있는 여성"[28]을 강요한다. 이러한 상황에서 북한 여성에게는 이악함이 중요한 성격 특성으로 강조된다. '이악함'은 '헌신적인 모성' 또는 '강한 생활력'만으로는 설명할 수 없는, 억척스러움을 넘어선 특유의 승부욕과 이익에 대한 민감함 등을 의미한다. 정권으로부터 생존에 대한 책임을 부여받은 여성들은 이악함을 무기로 시장의 주체가 되었다고 할 수 있다.[29]

설송아는 '이악함을 무기로 시장의 주체'가 된 북한 여성을 반복적으로 형상화한다.[30] 설송아의 작품에서 가장 주목해야 할 것은 북한 여성의 이악함이 바로 성性을 통해서 나타난다는 점이다. 그녀들은 성을 도구로 생존의 고해를 헤쳐 나가는 것으로 그려진다.[31] 진옥은 건설자재 전문학교를 졸업하고 처음 설계실 사도공으로 일할 때만 해도 얌전하고 교양 있는 처녀라는 평판이 있었다. 그러나 간부 과장은 간부라는 위압으로 진옥을 성폭행한다. 이후 둘은 내연관계가 되고, 이후 진옥이네 집 살림은 펴기 시작한다. 간부 과장은 진옥과의 관계를 유지하기 위해 자신의 아들을 소개하고, 진옥도 이를 받아들인다.

친정 아버지가 장사 하라며 준 돈을 밑천 삼아 진옥은 시장에서 돈을

---

28 와카쿠라 미도리, 손지연 역, 『전쟁이 만들어낸 여성상』, 소명출판, 2011, 80면.

29 박영자, 앞의 책, 532~536면.

30 경제난 이후 북한주민의 생계는 공식소득보다는 장마당과 같은 자생적인 소득활동에 의존하며, 이러한 자가 소득의 획득은 주로 자녀양육과 가정살림을 도맡아온 여성들에 의해 수행되고 있다. (김병연, 『7·1 경제관리 개선조치 이후 북한 경제와 사회』, 한울, 2009, 75~79면; 장은찬·김재현, 「경제난 이후 북한여성의 실질 소득격차분석」, 『아시아여성연구』 53-1, 숙명여대 아시아여성연구원, 2014, 33~64)

31 고난의 행군 시기 이후 생존 자체가 위기를 맞은 상황에서 북한 여성들이 선택한 생존 전략은 크게 내꿈과 출혈노동, 관계망 극대화, 출산 기피, 성매매 등이다. (위의 책, 554면)

벌기 시작한다. 진옥은 처음 약장사를 하고, 나중에는 우연히 기름 파는 곳을 물어본 운전사를 만난 후 자신이 직접 기름 장사를 한다. 진옥은 연유공급소 사장과 인간관계를 맺기 위해 간부 과장이였던 시아버지를 이용하고자 한다. 진옥은 스스로 돈을 벌게 되면서 거절했던 시아버지와의 성관계를, 연유공급소 사장과의 관계를 맺기 위한 목적으로 다시 시작한다. 진옥은 이러한 과정을 거치며 "섹스가 돈과 권력보다 힘이 있다는 원리를 터득"(234)한다. 점차 장사 발판이 넓어질수록 진옥은 성이 가지는 힘과 세상 이치를 배워간다. 진옥은 돈을 벌기 위해 필요한 남자에게 성을 제공하며 그들을 자신의 손발로 삼는 것이다.[32]

진옥의 돈벌이가 절정에 이르렀을 때, 진옥은 "재수 없이 임신되었다는 것을 확인"(238)한다. 진옥이 장마당 야망은 끝이 없이 오르고 있었기에, 그녀는 "태아를 없애는 것이 최선의 선택"(238)이라고 여긴다. 진옥은 "엄마가 되려는 본능을 죽이고"(245) "오직 돈을 벌어야 하고, 살아야 하기 때문"(245)에 낙태 수술을 감행한다. 북한 사회에서 낙태가 흔한 일이라는 것은, 산부인과 의사로 삼십 년 동안 일해 온 정임 선생의 집으로 낙태를 하려는 여성들이 끊임없이 찾아오는 것을 통해 드러난다.[33]

주인공의 이름이 진옥이인 『초상화 금고』는 『진옥이』에 이어지는 속

---

32 처음 기름 파는 곳을 물어보았던 운전수와 불륜을 맺으며, 진옥은 운전수와의 섹스는 "다른 남자들과 달리 이해타산 별로 없이 최소한 정이 통한 것"(237)이라고 생각하지만, 운전수도 진옥의 중요한 사업 조언자라는 점을 고려하면 다른 사람들과의 성관계와 별반 다르지 않다.

33 북한의 경제적 어려움은 점차 자녀 출산을 미루고 기피하는 현상마저 낳고 있다. 실제로 2010년 이후 북한을 떠난 이탈주민들의 진술에서는 출산기피관련 이야기가 자주 언급되고 있다.(김혜영, 앞의 논문, 90면)

편이라고 볼 수 있다. 진옥은 억척스럽게 장마당을 통해 고난의 현실을 헤쳐 나간다. "돈을 포기하는 건 삶을 포기하는 거나 마찬가지"(233)라고 생각하는 진옥은 연유 장사에 이어 항생제를 제조해 팔기로 한다. 북한 사회 분위기도 장마당을 더욱 권장하는 분위기이다. 진옥은 특유의 사업 수완으로 약학을 자습하고 뇌물까지 요로에 적당히 뿌려대며 큰돈을 번다. 진옥은 지도자들 초상화 뒷벽에 금고를 설치하여 약장사로 번 돈을 보관한다. 마지막에는 보위부에서 사람들이 나와 항생제 약품들과 금고를 모두 가져가고, 이 일에 남편이 공모했음을 암시하며 작품은 끝난다.

『진옥이』와 『초상화 금고』에서 북한 여성들은 이악함을 바탕으로 무섭게 성장한다. 그것은 특히 성을 수단으로 하여 인간관계망을 확대시킴으로써 가능해진 것이다.[34] 설송아의 『제대 군인』에서는, 여성(화순)이 장바닥에서 남자(철혁)를 가르치는 스승의 자리에까지 오른다. 제대 군인 철혁은 입대하기 전과는 완전히 변화된 현실을 맞이한다. 제대 군인인 철혁은 아버지가 죽고 아무런 삶의 희망도 보이지 않는 상황에서, 살기 위해 군복을 입고 범죄를 저지른다. 이 와중에 철혁은 만원열차에서 자신이 구해준 바 있는 화순을 만나는데, 그녀는 일종의 장물아비 역할을 한다. 화순은 많은 돈을 벌어 "쌀이 없어 굶어 죽어 가는 지금, 별세계와도 같은 극락세계"(363)에 살고 있으며, 20만 원짜리 배터리를 철혁에게 사면서 오십만 원을 지불한다. 이후에도 화순은 철혁의 장물을 처리해준다. 여성이 남성보다 경제적 위계에서 더 높은 곳에 서 있음

---

34 1990년대 중반 이후 발생한 생존 위기는 "성의 수단화를 증폭시켰고, 성 상납을 넘어 성매매가 일종의 생존 수단으로 자리잡게 되었다"(박영자, 앞의 책, 562면)고 한다.

을 보여주는 것이다. 이 작품에서도 시장에 잘 적응한 화순은 성적인 모습으로 형상화된다.[35] 철혁은 화순을 안고 싶은 욕망을 느끼며, 실제로도 둘은 사랑을 나누는 사이가 된다.[36]

이처럼 설송아는 선군 시대 이후 체제가 강제하는 이악스러움을 체화하여, 북한 사회에서 나름의 성공가도를 달리는 여성들을 형상화한다.[37] 설송아는 이러한 성공이 주로 성의 무기화를 통해 이루어지는 과정을 치밀하게 그리고 있다. 성을 도구로 삶을 유지하는 여성의 모습은 그 자체로 참된 인간성의 자리와는 한 참 거리가 먼 도구화된 부정적 인간 형상이라고 할 수 있다.

그러나 놓치지 말아야 할 것은 설송아의 소설 속 여성인물은, 정권으로부터 생존에 대한 책임을 부여받아 시장의 주체가 되기 위해 필요로 되는 이악함의 정도를 훨씬 뛰어넘은 존재라는 점이다. 이것은 그녀들

---

35 화순은 "사십 대치고는 생기가 끓어 넘쳤고 연한 화장으로 느낄 수 있는 엷은 향기는 이성을 흡인할 만큼 넉넉했다. 생긋이 웃을 때 드러난 덧니가 퍽 귀여운 인상을 준다"(364)고 묘사되는 것이다.

36 그러나 설송아의 소설 속 모든 여성 인물이 이악스러움으로 현실에 성공적으로 적응하는 것은 아니다. 『제대 군인』에는 이악스러움과는 거리가 먼 여인들도 등장한다. 철혁의 어머니는 해마다 돼지 스무 마리를 길러 군부대에 지원하고 김정일의 감사문을 받았다. 그러나 철혁이 편안하게 군생활을 할 수 있었던 것은 아버지 수완 때문이지 "어머니가 받은 장군님 감사문은 하등의 가치도 없었"(349~350)다. 철혁의 어머니는 남편이 죽은 후에는 친정집으로 돌아온 딸들과 함께 두부 장사를 하지만 밥 한 그릇 배불리 먹지 못한다.

37 북한에서 창작되는 소설에서도 여성들의 위상은 매우 높아졌다고 한다. "2010년부터 2012년까지의 소설을 분석해보면 최근 북한에서 여성들의 위상은 매우 상승했으며, 상당수의 여성들이 슈퍼맘과 슈퍼우먼의 역할을 주문받고 있는 실정이다. 2007년의 7.1 경제 조치 이후 북한여성들은 단순히 어머니나 내조하는 아내 역할에 머무를 수 없었다. 그렇게 했다가는 식량 배급 체계가 무너진 현실에서 가족들이 굶어죽을 실정에 처하게 된다."(박태상, 『북한소설에 나타나 여성의식과 성역할』, 한국문화사, 2018, 200면)

이 정권의 지배논리를 그대로 따르는 순종적인 신민臣民의 차원을 넘어서 그것에 도전한다는 의미를 지닌 것으로 이해할 수도 있다. 또한 설송아의 소설 속 여성들은 방법이 옳다고는 할 수 없지만, 사유재산의 축적과 기존 성규범의 파괴를 통해 북한이라는 사회의 가부장적 규범에 균열을 가져오는 존재들이기도 하다. 이러한 체제 비판적인 여성 형상은 북한의 변화된 현실에 바탕한 것이라고 볼 수 있다. 실제로 고난의 행군을 경과하며 시장 주체로 자리매김한 북한 여성들의 의식과 행위는 이전과 달라지는 중이다. 기혼 여성들은 북한 사회에서 어렵다고 알려진 재판이혼을 감행하거나 집을 나가기도 하며, 미혼 여성의 경우에는 아예 결혼을 기피하거나 북한이 아닌 새로운 사회(혹은 남성)을 찾아 떠난다는 것이다.[38] 설송아는 이러한 북한 현실을 일정 정도 반영하는 것으로도 이해할 수 있다.

김정애의 소설과는 달리 설송아의 소설에 북한체제에 대한 강렬한 비판정신이 드러나는 것도 설송아 소설 속 여성들의 과도한 이악함이 지닌 정치적 의미와 연관된 것으로 보인다. 『진옥이』에서 진옥은 연유공급소 사장을 이용하기 위해 계산적이고 목표가 분명한 간부과장과의 성관계를 맺은 후에 "철든 섹스를 하고 나니 이제는 간부 과장이 된 기분이었다"(235)고 느낀다. 간부 과장이란 어느새 '타산적이고 계산적인 그리고 목표가 분명한 섹스'나 하는 존재가 되어 버린 것이다. 『초상화 금고』에서도 '선량하고 능력 있는 보통 사람 對 사악하고 무능한 간부 출신'이라는 이분법이 성립한다. 여기에 덧보태 이 이분법에는 '능력

---

38 박영자, 위의 책, 550면.

있고 순종하는 여성 對 무능하고 권위적인 남성'이라는 이분법이 포개져 있다. 여성들의 이러한 불평등한 처지는 북한 여성들 일반에 해당하는 것으로 설명된다.[39]

『제대 군인』에서 철혁은 "선군시대를 이용하여" 군복을 입은 채 도둑질을 하여 많은 돈을 만진다. 철혁은 열차 안에서 "군복 입은 자신을 무서워하던 승객들이 떠올랐"(355)던 것이다. 군복을 입고 도둑질을 하는 모습은 '군인=도둑'이라는 작가의 인식을 드러낸 것으로 이해할 수도 있다. 나중 친구들과 함께 군복을 입고 도둑질을 할 때는 "반듯한 국복을 입은 이들의 머리에는 군모의 군별까지 달빛에 반사하고 있어 품위 있는 친위부대(수령을 옆에서 보위하는 호위국)를 방불케 했다"(365)고 묘사될 정도이다. 선군시대 사회의 가장 전위적 집단인 군인을 고작 도둑으로 인식하는 비판적 시각이 생생하게 드러나 있는 것이다.

4. 결론

이 글은 탈북 작가들의 소설에 나타난 여성상이 성별에 따라 구별되어 표상되는 양상을 살펴보았다. 북한에서는 남성 중심적인 권위주의 문화 속에서 여성들에게 수동적이고 헌신적인 여성상이 강제되고 있다. 이것은 이지명이나 윤양길과 같은 탈북 남성 작가들의 작품을 통해서 일정 부분 확인할 수 있다. 이러한 여성상의 상당 부분이 가부장제를 내

---

39 이 부분에 대한 상세한 논의는 이경재의 「탈북 작가 소설의 새로운 이해」(『학산문학』, 2018년 가을호, 104~105면)를 참조할 것.

면화 한 남성들의 판타지에 기인한 가상일지라도, 북한 여성들이 실제로 겪는 젠더적 고통은 결코 작은 것이 아니다. 이지명은『금덩이 이야기』,『불륜의 향기』,『확대재생산』를 통해 권위주의적 남성 문화와 이에 바탕한 이상적 여성상을 일관되게 작품화하고 있다. 윤양길의『어떤 여인의 초상화』도 일방적으로 희생하는 수동적인 선군先軍 시대의 북한 여성상을 보여준다. 이처럼 수동적으로 사물화 될 것을 강요받는 사회적 환경은, 북한 여성들에게는 엄청난 폭력이며 이후에 정신적 문제를 일으키는 하나의 병인이 된다고 할 수 있다.

또한 탈북 여성 작가인 김정애와 설송아는 선군 시대 이후 강조된 두 가지 여성성, 즉 '돌봄'과 '이악함'의 모습을 체화한 여성들을 지속적으로 형상화하고 있다. 김정애는 북한에서는 물론이고, 중국에서도, 남한에서도 가족을 돌봐야 한다는 사명감으로 구속받는 여인을 지속적으로 형상화한다. 이처럼 돌봄의 윤리에 집착하는 것은 탈북 여성의 건강한 삶을 가로막는 장애가 된다. 설송아는『진옥이』,『초상화 금고』,『제대군인』을 통해서 '이악함을 무기로 시장의 주체'가 된 북한 여성을 반복적으로 형상화한다. 설송아의 작품에서 가장 주목해야 할 것은 북한 여성의 이악함이 바로 성性을 통해서 나타난다는 것이다. 설송아의 소설 속 여성인물은, 정권으로부터 생존에 대한 책임을 부여받아 시장의 주체가 되기 위해 필요로 되는 이악함의 정도를 훨씬 뛰어넘는다. 이것은 그녀들이 정권의 지배논리를 그대로 따르는 순종적인 신민의 차원을 넘어서 그것에 도전한다는 의미를 지닌다. 김정애의 소설과는 달리 설송아의 소설에 북한체제에 대한 강렬한 비판정신이 드러나는 것도 설송아 소설 속 여성들의 과도한 이악함이 지닌 정치적 의미와 연관된 것으로 보인다.

　다음으로 탈북 작가들의 작품에 나타난 남성들의 모습에도 주의를 기울일 필요가 있다는 점을 말하고 싶다. 위에서 살펴본 작품들 중에서도 여성이 시장의 주체로서 새로운 시대에 가장 잘 적응한 모습을 보여주는 설송아의 소설에서 남성은 매우 폭력적인 모습으로 그려진다. 이것은 남편이 아내를 강간하는 끔찍한 모습으로 나타나고는 한다.[40] 특히 『초상화 금고』에서 진옥은 힘들게 돈을 벌어 남편은 물론이고 시집까지 먹어살리다시피 하지만, 돌아오는 것은 "나쁜 죄가 아닌데 세상이 여자를 나쁜 년으로 만든다"(233)는 말처럼, 늘 폭력과 학대이다. 진옥은 가족을 위해 돈을 벌고 헌신하지만, 진옥의 남편은 짜증을 부리고 습관적으로 폭력을 행사한다.[41] 진옥이 낙태했을 때도 위로는 커녕 "너 왜 낙태했어? 아이 낳기 싫어?"(230)라는 폭언을 하며 (성)폭행을 할 정도로 인간 이하의 모습을 보여주는 것이다.[42] 그런데 이러한 폭력의 이면에는 변화된 세상에 적응하지 못한 남성의 소외감과 박탈감이 적지 않

40　다음의 인용을 고려할 때, 이러한 모습은 북한 여성이 실제로 겪는 삶의 모습을 어느 정도 반영한 것으로 볼 수 있다. "가정에서는 '아버지(남편)가 모든 것의 주인이고 모든 것을 결정하는 존재'이다. 대부분의 가정은 자율성과 통제감을 침해당하며 무력감을 경험한 남성들이 남자다움을 과시하는 '남자의 왕국'이 되기도 한다. 이 남자의 왕국에서 여성폭력, 아동학대 등은 충격적이고 유별난 경험이 아니라 매일의 일상적인 경험이 된다."(김경숙, 「탈북여성의 가정폭력 경험과 트라우마에 관한 연구」, 『한국기독교상담학회지』 29-3, 한국기독교상담심리학회, 2018.8, 59면)

41　여성을 가정에 묶어두는 것과 여성 개인의 자각을 막는 것은 예로부터 이어져 온 가부장제 질서를 유지하는 마차의 두 바퀴라고 할 수 있다. (와카쿠와 미도리, 『사람은 왜 전쟁을 하는가—전쟁과 젠더』, 김원식 역, 알마, 2006, 87면) 사회활동을 하는 진옥에 대한 남편의 이러한 태도는 가부장제를 내면화한 모습에 해당한다.

42　남편의 폭력적인 모습은 계속 해서 이어진다. 진옥은 시집도 잘 챙겨주고, 도당 간부부에 뇌물을 질러주어 남편이 간부 발령이 나도록 하지만, 남편은 바람을 피고 이에 항의하는 진옥이를 무차별적으로 폭행한다.

은 비중을 차지하고 있다. 『초상화 금고』에서 남편은 간부 집안 출신으로서, 노동자 집안 출신인 진옥을 보면서 자신의 무능력에 대한 자괴감을 매우 크게 느끼는 것이다.[43] 『진옥이』에서 남편은 돈버는 법을 아예 모른다. 그렇기에 비법非法만이 돈이 된다는 세상 묘리를 깨달은 아내에게 "남편의 말은 무식한 자의 언어로 들"(232)릴 뿐이다. 남편이 진옥을 완력으로 범하는 순간은, 진옥이가 세상 물정을 모르는 남편이 "차라리 죽었으면 좋겠다는 생각"(232)을 할 때이다. 어떤 의미에서 북한 남성들은 선군권력의 젠더 전략에 따른 또 다른 희생자이다. 사회변동의 주체라는 측면에서 보면 남성들이 여성들보다 훨씬 소외되어 있는 것이다. 실제로 북한 남성들의 무력감과 무기력은 심각한 수준이며, 이로 인해 남성들은 살인 등의 강력 범죄와 자해적인 행태를 보인다고 한다.[44] 이를 고려할 때, 탈북 여성 작가의 소설에 등장하는 폭력적인 남편은 분명한 가해자인 동시에 또 하나의 피해자로서 한국문학이 관심을 가져야 할 또 하나의 중요한 존재라고 할 수 있다.

마지막으로 북한은 '신의 얼굴을 한 타자'라는 사실을 강조하고 싶다. 우리의 자아상이 그러하듯이, 북한은 가장 익숙한 얼굴로 나타나기도 하지만, 때로는 가장 낯선 모습으로 등장하기도 한다. 분명 탈북 작가들은 남한에서 나고 자란 이들에 비해서는 비교할 수도 없이 북한 사회를 잘 아는 존재들이지만, 그들 역시 '강(국경)'을 건넌 순간 더 이상 온전한 북한 사람일 수는 없다는 것도 잊어서는 안 된다. 그렇기에

---

43 김정애의 〈밥〉에서 남편은 설송아의 소설에서처럼 직접적인 폭력을 행사하지는 않지만, 과거에 고착되어 있어서 아내를 전혀 이해하지 못하고, 극단의 고통을 주면서도 당성만 강요하는 방식으로 정신적인 폭력을 행사한다고 볼 수 있다.
44 박영자, 앞의 책, 624면.

이들의 작품이 곧바로 북한의 실제와 일치한다고 주장하기는 어려운 일이다. 이 글이 굳이 재현이 아닌 표상이라는 개념에 바탕해 여러 가지 작품들에 나타난 북한 여성상을 정리한 이유도, 바로 표상되는 것과 표상하는 주체 사이의 복잡한 맥락을 염두에 두고자 한 의도에서 비롯된 것임을 밝혀둔다.

8장

남한 출신 작가들과
북한 출신 작가들의 작품 비교

1. 탈북자와 한국문학

현재 대한민국에는 3만 5천 명에 가까운 탈북자가 살고 있다. 탈북자 제재 소설은 분단문학의 새로운 유형으로 큰 주목을 받아왔다. 그 결과 남한을 대표하는 여러 작가들이 탈북자를 전면에 내세운 소설을 다양하게 발표하였다. 일반적으로 인간의 가장 깊은 내면을 다루는 문학은 일정 단계에 이르면 당사자에 의한 발화(재현)라는 문제가 대두할 수밖에 없다. 소위 말하는 탈북자 문학도 현재 이러한 단계에 도달한 것으로 판단된다. 실제로 수만 명의 탈북자가 존재하는 지금의 남한에는, 적지 않은 탈북 작가들이 활동하고 있다. 이제 탈북자 문학에 대한 논의는 탈북 작가들이 직접 창작한 작품들에 대해 관심을 기울이지 않고는 별다른 진전을 이루기 힘든 상태에 도달했다고 볼 수 있다.

탈북 작가의 작품에 대한 논의도 적지 않게 이루어졌다. 탈북 작가에 대한 지금까지의 연구성과를 더욱 발전시키기 위해서는 두 가지가 필요한 것으로 판단된다. 첫 번째는 특정 작가에 치우친 논의를 확장시켜 가능한 다양한 탈북 작가들을 논의에 포함시키는 것이다. 두 번째는 탈북 작가의 작품과 남한 출신 작가의 탈북자 소설을 비교하는 작업이다. 남한 작가들의 탈북자 소설은 탈북 작가 소설들이 지닌 특징을 비춰주는 훌륭한 거울로서 기능할 수 있을 것이기 때문이다. 이러한 문제의식에 바탕해 이 글에서는 최근에 간행된 '북한 인권을 말하는 남북한 작가의 공동 소설집 세 번째 권'인 『꼬리 없는 소』(예옥, 2018)를 본격적으로 논의하고자 한다. 이 소설집에는 탈북 작가인 이지명, 도명학, 김정애, 설송아, 박주희와 남한 출신 작가인 이정, 유영갑, 이성아, 정길연, 방민호의 소설이 수록되어 있다. 이 작품집을 살펴봄으로써 가능한 다양한 탈북 작가의 소설을 동시에 살펴볼 수 있으며, 남한 출신 작가들의 탈북자 소설과의 비교도 자연스럽게 이루어질 수 있을 것으로 판단된다.

2. 북한 사회의 균열

탈북 작가인 도명학의 「꼬리 없는 소」는 제대로 작동하지 않는 북한 사회의 모습을 여러 가지 측면에서 드러낸 작품이다. 북한 사회의 첫 번째 문제는 기본적인 물질적 기반이 와해되었다는 점이다. 용우가 사는 산골에는 농기계는 바랄 수도 없고 심지어 소조차 없어서 꼬리도 없는 인간이 소 역할을 대신해야 한다. 이러한 결핍에는 정치적 이유가 작지 않은 영향을 미쳤다. 용우가 사는 동네는 주민의 90%가 평양에서 추방된 사람들로서, 남편들이 잡혀가거나 처형되고 연좌제로 이 산간오지에 쫓겨 온 것이다. 이런 상황에 처한 용우는, 군에서 제대한 직후부터 꼬리 없는 인우[4]가 되어 가대기를 끌어야 한다.

다음으로 이 소설에서 북한은 지배 이데올로기가 그 힘을 잃어가는 곳이다. 위원장은 용우에게 한 해 동안 열심히 일해서 당원이 될 것을 권유한다. 용우는 그러나 "얼결에 당원증을 그 잘난 것"[1]이라고 말할 정도로 당원이 되는 일에 열성을 보이지 않는다. "요즘 세월에 입당은 해서 뭘해, 재산이 많으면 되지"(112)라고 하던 군복무 시절 전우의 말처럼, 당원이 되는 일은 용우의 흥미를 끌지 못하는 것이다.

이처럼 기존의 질서가 제대로 작동하지 않기에, 기존의 권력관계는 쉽게 흔들린다. 용우는 사소한 일로 박영감과 시비가 붙고, 담당 보안원은 "용우 이 새끼 또 버릇이 도졌구나"(116)라며 용우를 비난한다. 그러자 박용우는 움츠러들기는 커녕 다른 사람들처럼 자기도 탈북을 할 수 있으며, "중앙당에다 담당 보안원이 사람들을 못살게 굴어 숱한 사람들이 두만강 건너 달아났다고 편지 올리고 가지"(117)라며 보안원을 협박한다. 탈북자가 연이어 발생하는 상황에서, 용우의 이 발언은 보안원을 움츠러들게 하고, 이를 보며 용우는 흐뭇한 표정을 짓는 것으로 작품은 마무리된다.

남한 출신 작가 이성아의 「얼음불꽃」은 월북 작가 이태준의 불행한 북한에서의 삶을 담아낸 작품이다. 조선을 대표하는 작가였던 이태준이 "공산당을 경계하며 혐오하기만 했지, 그들에 대해 너무 몰랐"(135)기에 월북한 후 겪는 수난의 과정이 작품의 주요한 서사이다. 이태준은

---

1   도명학, 「꼬리 없는 소」, 『꼬리 없는 소 – 북한 인권을 말하는 남북한 작가의 공동 소설집 세 번째 권』, 예옥, 2018, 109면.

처음 집필권을 박탈당하고, 이후 신문사의 교정원이 되고, 나중에는 교정원 자리에서마저 쫓겨난 후 강원도 오지의 탄광노동자지구에까지 이른다. 이태준은 지금 비극적인 인생의 유일한 길동무였던 아내마저 저세상으로 떠나보내는 중이다. 겉에 드러난 이태준의 이력만 본다면, 「얼음불꽃」은 도명학의 「꼬리 없는 소」와 달리 북한 체제가 얼마나 강고하게 작동하는가를 보여주는 작품으로 보이기도 한다.

그러나 조금만 깊이 생각해보면, 북한체제는 이태준이라는 한 작가를 결코 체제가 원하는 방식으로 순치시키는 데 실패하였다. 이태준은 자신의 아버지가 그러했듯이, 결코 자신의 신념을 굽히지 않았던 것이다. 그는 김일성을 찬양하는 글을 쓰라는 명령도 거부했으며, 대신 "어디에도 발표할 수 없는 글을 누구에게도 보여줄 수 없는 글"(145)을 계속 해서 써왔다. 이태준은 정치적으로나 작가로서나 자신의 양심을 끝까지 지켜낸 것이다. 이성아의 「얼음불꽃」 역시 북한이라는 체제가 결코 포섭하거나 순치시킬 수 없었던 한 순결한 영혼을 통하여 북한 체제의 근원적 균열을 이야기하는 작품으로 볼 수 있다.

3. 아무것도 가지지 못한 자들의 공동체

남한 출신 작가 이정의 「붉은 댕기머리새」와 북한 출신 작가 김정애의 「서기골 로반」은 불법월경자로서 온전한 대우를 받을 수 없는 탈북자의 제3국(중국이나 몽골 등)에서의 삶을 그리고 있다. 두 작품은 모두 탈북자들의 분리와 결합이라는 서사 진행을 통하여, 탈북자들이 공통적으로 지니는 존재의 근원적 취약성을 드러낸다.

이정의「붉은 댕기머리새」에서 같은 탈북자인 장씨 부부와 은별 엄마는 가족 이상의 *끈끈함*을 유지한 채 함께 움직인다. 탈북하여 처음 통화에 머물 때, 식당 주인은 은별 엄마를 사창가에 팔아넘기려 하고, 이를 피해 장씨 부부와 은별 엄마는 통화에서 수천리 북쪽에 있는 내몽고의 우란하오터로 함께 도망친다.

내몽고에서 장씨의 아내는 한족漢族 노인이 경영하는 조선국수점에 취직하여 뛰어난 요리 솜씨로 많은 매상을 올리며 주인의 사랑을 받는다. 장씨 부부는 같은 탈북자인 은별 엄마도 함께 받아달라고 말하지만, 그 노인은 미인이 주변사람을 심란하게 해서 복을 달아나게 한다는 얄궂은 속설을 내세우며 은별 엄마를 받아주지 않는다. 이 때부터 장씨 부부와 은별 엄마 사이에는 균열이 발생한다. 멋진 요리 솜씨로 많은 손님을 불러 모으는 장씨 부부는 곧 호구戶口도 사서 불법월경자 신세에서 벗어날 희망을 품는다. 그러나 은별이 엄마는 직장도 얻지 못하고, 장씨 부부의 벌이나 축내는 신세가 된 것이다. 장씨 부부는 은별이 엄마의 취직 자리를 단골인 중국 동포 박씨에게도 부탁하고, 박씨는 일자리 대신 괜찮은 혼처를 소개하겠다고 나섰던 것이다. 고향에 남겨둔 외동딸 은별이를 생각하며 주저하는 은별 엄마를 향해 장씨는 "자식 생각하며 울고 짜고 하는 꼴도 더는 두고 못 보오. 결혼을 안 하려거든 아예 우리와 갈라지기오."(20)라는 모진 말까지 던진다.

결국 은별 엄마는 장씨 부부와 헤어지고 중국 동포 박 씨를 따라 나서서 여관에서 몸 파는 일을 한다. 그 고된 일로 인하여 은별 엄마는 하혈까지 한다. 그런데 뛰어난 요리 솜씨만으로 불법월경자라는 신분에서 벗어나는 일은 사실상 불가능하다. 그들이 아무런 법의 보호도 받을 수 없는 신분이라는 것은 내몽고에서도 변함없는 사실이기 때문이다. 곧 장씨 부부로 인해 파리를 날리던 근처의 중국 동포 식당 여주인이 찾아와서는 "탈북자가 뻔한데 왜 조선족 행세를 하오?"(31)라며, 장씨부부를 협박하는 일이 벌어진다. 결국 장씨네는 다시 빈털터리가 되어 거리로 나앉게 된다. 얼마 전 은별 엄마의 처지와 별반 다를바 없는 처지가 된 것이다. 장씨 부부는 은별엄마가 그랬듯이 이 낯선 도시에서 유일하게 의지할 수 있는 중국 동포 박 씨에게 도움을 청하고, 박씨는 장씨에게 아내를 "창녀로 내놓으라고"(33) 윽박지른다. 중국 동포 박씨는 어디에도 의지할 곳 없는 탈북자들에게 돈을 꿔주며 댓가로 몸을 팔게 해왔던 것이다. 한때 장씨는 은별이 엄마도 박씨의 덫에 걸린 줄 모르고 맹비난 한 시절이 있었는데, 이제 은별 엄마를 향했던 비난은 그대로 장씨 자신에게 돌아오고 있는 것이다.

결국 북한과 남한이 아닌 제3국에서 불법월경자로서의 탈북자라는 처지는 가장 근본적인 존재조건이었으며, 이것에 비춰보자면 요리 솜씨나 미모 등은 자잘한 차이에 불과했던 것이다. 불법월경자라는 신세는 어떠한 공권력의 보호도 받을 수 없으며, 공안에 국적을 알려주겠다는 아주 손쉬운 협박만으로도 "협박자의 손아귀에 덜미를 내줄 수밖에 없"(25)는 존재이기에 그들은 결국 같은 처지일 수밖에 없다.

김정애의 「서기골 로반」은 부부인 순옥이와 덕만이가 북한을 탈출하여 한 서기골이라는 산골마을로 접어드는 것으로 시작된다. 이 마을의 로반(사장)은 여자로서, 피골이 상접한 늙은 남자와 함께 살고 있다. 로반은 중국 동포로 알려져 있고, 그녀는 탈북자를 보호해 주는 동시에 탈북자를 착취하며 자신의 부를 쌓는다. 로반이 서기골을 비운 사이 탈북자들은 설명절을 맞이한다. 이들은 로반이 숨겨둔 개고기를 실컷 먹는다. 이 일로 탈북자들과 로반은 서로에게 "똥꽤놈 같은 중국조선족 간나새끼들"(174)과 "탈북자인 주제들이"(174)라는 험한 말을 주고받는다. 탈북자들은 자신들을 "짐승 이하로 취급하는 로반에 대한 복수심"으로 "가슴속 용암이 되어 끓"(175)는 지경에 이른다. 여기까지 읽는다면, 「서기골 로반」은 로반과 일꾼들, 보다 본질적으로는 '신분증이 있는 중국 동포'와 '신분증이 없는 탈북자' 사이의 이분법에 바탕해 있는 것으로 이해할 수 있다.

그러나 당 지부 서기인 로반의 시동생이 개고기를 사서 서기골에 온 것을, 이 곳의 사람들은 공안이 출동한 것으로 오해하는 소동을 벌이면서, 로반(신분증이 있는 중국 동포)과 일꾼들(신분증이 없는 탈북자) 사이의 이분법은 해체된다. 공안이 출동한 것으로 오해하여, 서기골의 모든 탈북자가 몸을 숨기는 와중에 로반 역시도 똑같이 몸을 숨기는 일이 벌어지는 것이다. 결국 로반도 "강 건너에 사고를 당해 운신을 못하는 남편과 앓는 아들을 두고 온 여자"(181)였음이 밝혀진다. 로반은 "앓는 남편과 아기를 살리려면 돈이 필요"(182)해서 어쩔 수 없이 탈북자들에게 거짓말을 하며, 못된 짓을 했다는 고백까지 덧붙인다. 거짓말이나 잔재주로 사람들을 속이기에, 탈북자라는 존재 조건은 너무도 결정적이었던 것이다. 결국 탈북자는 '아무것도 가지지 못한 자들의 공동체'로 남겨질 수밖에 없는 것이다.

4. 무덤 속에서 살아가는 자

남한 출신 작가인 정길연의 「초대받지 않은 손님」과 유영갑의 「봄비 내리는 날」, 그리고 북한 출신 작가인 박주희의 「꿈」은 탈북자가 체험하는 남한에서의 삶을 다루고 있다. 「초대받지 않은 손님」은 제목처럼 남한에서 자신의 자리를 가질 수 없는 탈북자의 고단한 삶을 다루고 있다. 이 작품에는 현우와 상철이 공존한다. 현우가 어떻게 해서든 남한의 현실에 적응하려는 인물이라면, 상철은 날카롭게 남한 사회와 현우의 문제를 응시하는 존재이다. 상철은 현우가 북한에서 사용하던 이름으로서, 상철과 현우는 동일인의 각기 다른 이름일 뿐이다.

명문사립대에 다니는 현우는 학업을 따라가기도 어렵고, 그들의 경제적 능력을 따라가는 것은 더욱 어렵다. 현우는 "사상의 토대가 아닌 자본의 토대"(193)가 다르기에 문화와 감성의 영역에서 남한 사회에 진입할 수 없다. 어학 연수나 배낭여행을 자유롭게 떠나는 남한의 대학생들은 현우에게는 "또 다른 '평양아이들'"(190)일 뿐이다. 이런 상황에서 현우는 주류 사회의 진입 장벽을 "국경수비대의 철조망과 너무나도 닮은꼴"(191)이라고 느낀다. 북에서는 "배신자"로 여겨지고 남에서는 "틈입자"로 여겨지는, 현우는 "두 세계의 제삼자"(192)라고 할 수 있다. 대학 생활 4년 내내 혼자 지낸 현우는, 동료 대학생들 사이에서 "탈북자. 특례입학제도의 찜찜한 수혜자. 공부로봇들을 따라잡을 수 없으리라는 편견 유발자. 세금도둑"(194)으로 규정된다. 이런 현우에게 "기업 취직은 어불성설"(194)이다.

거기다 현우는 북한의 가족들을 위해 남측의 브로커를 통해 칠천 달러를 보냈다. 칠천 달러는 임대아파트 보증금에다 비상금으로 꿍쳐 두었던 통장 전액을 털고, 정부에서 나오는 생활지원금과 기업의 약정 후원금을 모두 합친 돈, 즉 그의 전재산이다. 그러나 현우가 가족을 만나서 행복해질 가능성은 이 작품에서 조금도 드러나지 않는다.

이러한 현우의 처지는 다른 탈북자에게도 해당한다. 남소윤으로 이름을 바꾼 이금화는 완전히 새로운 존재가 되고자 한다. 완벽한 서울 말씨를 쓰며 몰라보게 화려해진 이금화는 현우에게 "오빠가 아는 이금화는 이 세상에 없"(206)다며 앞으로 아는 척하지 말아달라고 부탁한다. 그녀는 "기억나게 만드는 그 어떤 것과도 마주치지 않고 싶어요"(207)라는 말에서 알 수 있듯이, 과거로부터 벗어나고 싶은 것이다. 그러나 인간의 정체성이란 과거와의 연속선 위에서만 성립할 수 있는 것이기에, 자신의 과거를 완전히 부정하는 이금화는 현우의 "너 역시 무덤 속에서 살아나서, 무덤 속에서 살아가는구나"(207)라는 말처럼, 온전한 인간일 수는 없다.

상철은 현우에게 "매 순간 너나 나는 무엇인가를 자백해야 했다. 저 윗동네에서도 그랬고, 여기 아랫동네에서도 별반 다르지 않았다"며, "너나 나의 자아비판 혹은 자아성찰은, 너나 나의 자기부정 혹은 자기비하의 토대 위에서만 가능했다"(187~188)고 말한다. 상철의 말처럼 남과 북이 인간의 존엄성을 인정하지 않는다는 점에서 동일하다면, 북에서 실패한 현우가 남에서 성공하는 것은 불가능한 일이다. 그렇기에 상철은 "잊지 마라. 넌 살아남았지만 실패자다. 실패자. 실패자⋯⋯"(199)라고 반복해서 말하고, 현우는 자신이 남한 사회에서 실패자가 되었음을 인정할 수밖에 없다.

작가 정길연은 집요할 정도로 현우에게서 삶의 모든 가능성을 차단하고 있다. 현우에게는 작은 빛조차 존재하지 않는다. "모욕적인 언사들, 경멸의 시선들만"이 아니라 "때로는 동정 어린 말투, 고난의 증언을 강요하는 분위기"(212)도 현우의 자존심을 상하게 할 뿐이다. 이런 상황에서 탈북자 현우는 "무덤 속에서 살아난, 무덤 속에서 살아가는 자"(213), 즉 유령일 뿐이다. 그렇기에 작품의 마지막에 현우가 "장상철"(216)이라는 이름으로 죽음을 선택하는 것은 자신의 상징적 의미와 실제적 의미를 일치시키는 단순한 의례에 불과하다.

유영갑의 「봄비 내리는 날」은 정길연의 「초대받지 않은 손님」에 비하면 한층 희망적이다.[2] 탈북자 동수의 삶에는 별다른 문제가 발견되지 않는다. 그것은 남한에서의 모든 일을 행복으로 여기게 만드는 최악의 비교대상인 북한에서의 삶을 경험했기 때문에 가능하다. 북에 있을 때 건설돌격대에서 일했던 동수에게 남한에서의 막노동은 일도 아니며, 북에서 살던 하모니카집에 비하면 남한의 허름한 집은 여간 편리한 것이 아니다. 지옥으로서의 북한 체험이 삶의 밑바닥에 놓여 있기에, 동수가 남한에서 겪는 일들은 결코 고통일 수 없다. 동수 이외의 탈북자들도 나름대로 자기의 삶을 알차게 꾸려나가고 있다. 윤미는 신토불이 장터에서 커피 장사를 하며 바리스타 공부를 하고, 고무산로동자구의 닭공장에서 일했던 부령댁은 식당을 운영하며 병아리를 부화시켜 횡성장에

---

2 정길연의 「초대받지 않은 손님」과 유영갑의 「봄비 내리는 날」의 탈북자인 현우와 동수는 모두 트라우마에 시달린다. 「초대받지 않은 손님」의 현우는 탈북 당시 몽골의 사막에서 죽은 탈북자들의 "하얗게 풍화된 사람의 뼈"가 "고통이 촉발될 때마다 자동적으로 재생"(199)된다. 「봄비 내리는 날」의 강동수는 때때로 돌격대 중대장의 목소리를 들으며 식은땀을 흘리고는 한다.

다 내다팔기도 한다.

이 작품의 결말도 희망의 빛이 농후하다. 동수는 동생 동희와 두만강을 함께 건넜지만, 동생 동희가 한족漢族 남자에게 팔려가는 것을 그저 지켜봐야만 했던 아픔이 있다. 이후 동수는 동희를 찾기 위해 임대아파트 보증금을 찾아 세 번이나 연변 일대를 돌아다닐 정도로 동희에게 신경을 쓰고 있었다. 동수가 그토록 듣고 싶어 했던 동희의 목소리를 듣는 것으로 작품은 끝난다.

그러나 이 작품이 희망의 빛깔로만 가득한 것은 아니다. 「봄비 내리는 날」에서는 그림자처럼 동수를 시종일관 따라다니던 떠돌이 개 검둥이가 죽는 것이다. 동수는 "검둥이가 그의 마음을 알아주는 것 같았다"(80)고 느끼며, 검둥이에게서 과거와 현재의 자신을 발견한다. 검둥이를 보며 "연변의 삭막한 들판을 걸어가는 자신의 모습"을 떠올리는 것은 물론이고, 현재의 자신이 "개선충에 걸린 검둥이와 다를 바가 없다"(89)고 생각하는 것이다. 이처럼 자신과 동일시를 하던 검둥이의 죽음은 희망의 빛 속에 감춰진 그림자의 흔적으로 읽어볼 수도 있다.

탈북 작가 박주희의 「꿈」은 정길연의 「초대받지 않은 손님」이나 유영갑의 「봄비 내리는 날」과 비교할 때, 매우 발랄한 작품이다. 이 작품은 선명한 이분법을 보여준다. 축구선수인 아들이 제대로 적응을 하지 못하는 전반부와 완벽하게 적응을 하는 후반부로 나뉘어 지는 것이다. 두 세계의 차이는 두 달여의 간격으로 쓰여진 아들 혁이의 일기를 통해서도 선명하게 드러난다. '나'는 외화벌이단위 주축이었던 남편이 보위부에 체포되자 탈북하였다. 한국에 입국한 후에는 삼 년 만에 중국에 나가 북에 있는 아들을 데려왔으며, 아들은 축구에 재능이 있어 유소년축구단에서 활동한다.

K유소년축구선수단에 소속된 아들 혁은 '나'의 꿈에 나타나 "엄마는 날 왜 한국에 데려왔어? 난 여기가 싫어. 아버지한테 갈래. 보내줘"(288)라고 말할 정도로 남한의 축구단에 적응하지 못한다. 아들의 일기에는 "왜 여기 애들은 날 꽃제비 취급하듯 하지?"(290)라며, "꿰진 운동화를 신고 아버지와 단둘이 웃고 떠들며 차던 그 울퉁불퉁한 운동장"(291)을 그리워한다. 혁이는 지금 축구단 내에서 왕따를 당하고 있는 것이다.

그러나 남한 아이들과의 소통을 통하여 그 고통스러운 상황은 순식간에 변한다. 혁이의 두달 후 일기에는 "이곳엔 눈치나 나 아닌 다른 사람에게 잘보일 필요도 없고 오로지 실력과의 싸움이다"(309)라는 문장이 등장한다. 나아가 혁이는 반드시 국가대표가 되겠다는 꿈을 키운다. 실제 경기에 나가 혁이는 준혁과의 완벽한 콤비플레이를 통하여 팀에 승리를 가져다 준다. 남한 출신의 어린 선수들은 혁이를 목마에 태우고 퇴장하기까지 한다. 축구부가 남한 사회를 의미한다면 아들은 탈북자를 대표한다고 할 수 있다. 그러나 모든 사람이 혁이처럼 뛰어난 재능을 가질 수는 없기에, 「꿈」의 이 밝은 빛깔이 지닌 한계 역시 뚜렷하다.

그럼에도 이 밝은 시선은 고통을 자연화하는 남한 작가들의 탈북자 소설에서는 보지 못하던 새로운 면모라고 할 수 있다. 또 주목할 것은 탈북자를 일방적인 피해자로만 그리지는 않는다는 점이다. 혁이를 따돌리는데 앞장섰던 준혁은 "혁이 어머니, 저희들이 잘못했습니다. 그렇지만 혁이도 좀. 실력이 좋은 건 알지만 다른 단원들을 너무 깔보거든요"(306)라고 말한다. 일단의 책임을 탈북자에게도 돌린다는 것은, 탈북자도 자신의 고통에 일정 부분 책임을 지게 되었다는 것을 의미한다.

이것은 탈북자에게도 주체로서의 윤리가 조금은 허용된 것으로 볼 수도 있는 것이다.[3]

5. 북한과 여성

북한 출신 작가인 이지명의 「확대재생산」과 설송아의 「초상화 금고」는 북한에서 여성이 처한 상황을 압축적으로 보여준다. 「확대재생산」은 1980년대 후반의 북한을 배경으로 하여, 헌신적이며 수동적인 여성 은옥을 주인공으로 내세운 작품이다. 이 작품에서 은옥의 모습은 북한 인민이 따라야 할 이상적인 모습으로까지 자리매김되며, 이 때 은옥의 절대적인 복종을 받는 남성은 당과 지도자에 해당한다고 볼 수 있다.

설송아의 「초상화 금고」는 여리고 순진하기 이를데 없던 은옥이 고난의 행군 시기를 지나며 얼마나 억척스러운 여인이 되었는지를 보여주는 작품이다. 진옥은 억척스럽게 장마당을 통해 고난의 현실을 헤쳐

---

[3] 타자를 피해자로만 규정하는 것의 문제점에 대해서는 비엣 타인 응우옌(Viet Thanh Nguyen)의 논의를 참고할 만하다. 그는 타자에게 피해자가 되는 것만을 부추기면, 타자는 자신의 피해자성만을 유일한 정체성으로 착각하게 된다고 우려한다. 타자를 영속적 피해자로만 보게 된다면, 타자는 모두가 꺼리는 끔찍한 이미지로 귀결되고 만다는 것이다. 동시에 타자를 비판하지 않고 그들을 멋대로 미화하는 것 역시 타자를 예속시키는 일이라고 비판한다. 주체가 된다는 것은 죄를 저지를 수 있다는 것이고, 그러한 죄는 일반인의 죄와 마찬가지로 충분히 추궁할 수 있고, 추궁되어야 한다. 만약 타자를 피해자로만 규정짓는 절대적 윤리와 정의는 타자를 지향하지만, 결과적으로 타자를 사라지게 한다고 주장한다. 비엣 타인 응우옌은 타자 역시도 우리와 같은 사람이며, 그렇기에 책임을 질 수 있는 존재라는 인식이 무엇보다 중요하다는 것을 강조한다.(비엣 타인 응우옌, 부희령 역, 『아무것도 사라지지 않는다-베트남과 전쟁의 기억』, 더봄, 2019, 37~135면)

나간다. 이러한 변화는 북한사회가 "사형 재판을 받아도 돈만 있으면 살아나는 세상"이며, "평양 거주권도 달러를 바치면 한방"(254)인 세상이라고 말할 정도로 돈이 큰 힘을 발휘하게 된 것과 관련된다.

진옥은 가족을 위해 돈을 벌고 헌신하지만, 진옥의 남편은 짜증을 내고 습관적으로 폭력을 행사한다. 진옥이 낙태했을 때도 위로는 커녕 "너 왜 낙태했어? 아이 낳기 싫어?"(230)라는 폭언을 하며 (성)폭행을 할 정도로 인간 이하의 모습을 보여주는 것이다. "돈을 포기하는 건 삶을 포기하는 거나 마찬가지"(233)라고 생각하는 진옥은 연유 장사에 이어 항생제를 제조해 팔기로 한다. 북한 사회 분위기도 장마당을 더욱 권장하는 분위기이다. 진옥은 특유의 사업 수완으로 약학을 자습하고 뇌물까지 요로에 적당히 뿌려대며 큰 돈을 벌게 된다. 진옥은 지도자들 초상화 뒷벽에 금고를 설치하여 약장사로 번 돈을 보관한다. 진옥은 도당 간부부에 뇌물을 질러주어 남편이 간부 발령이 나도록 한다. 그러나 남편은 바람을 피고, 이에 항의하는 진옥이를 무차별적으로 폭행한다. 마지막에는 보위부에서 사람들이 나와 항생제 약품들과 금고를 모두 가져가고, 이 일에 남편이 공모했음을 암시하며 작품은 끝난다.

여기서 놓치지 말아야 할 것은 이토록 무능력하고 폭력적인 남편이 "간부과장이나 했다는 집안 아들"(231)이라는 점이다. 이것은 지금 북한사회에서 간부로 표상되는 지배층이 어떤 위치에 놓여 있는가를 잘 보여준다. 진옥의 집안은 "볼 데 없는 노동자 집안"이고, 자신은 "성분 좋은 간부 출신"(231)이지만 장마당이 등장한 이후에는 신세가 완전히 뒤바뀐 것이다. 그럼에도 간부 출신의 시집 식구는 진옥을 "돈벌이 가치"(251)로만 여기며 학대한다. '선량하고 능력 있는 보통 사람 對 사악하고 무능한 간부 출신'이라는 이분법이 성립하는 것이다. 여기에 덧보태 이 이분법에는 '능력 있고 순종하는 여성 對 무능하고 권위적인 남성'이라는 이분법이 포개져 있다. 여성들의 이러한 불평등한 처지는, 다음의 인용문에서 알 수 있듯이 북한 여성들 일반에 해당한다.

> 이고지고 어디론가 부지런히 걷는 사람들은 여자들뿐이다. 그들이 가는 길은 하나같이 장마당이다. 살아남겠다고 넘어지고 피터지고 또 일어나고 뛰는 아낙네들, 아글아글 장마당이 하루 일터지. 돌도 안 된 아기를 안고 채소 파는 색시들이 눈물겹게 불쌍하다. 아기에게 물렸던 허연 젖가슴이 늘어져도 의식하지 않은 채 "싸게 줄게 사라요" 애원하고 있으니. 여자들이 개고생은 하지, 그래도 남자에게 복종해야 하니 세상은 참 우습구나. (227~228)

남한 출신 작가 방민호의 「윤혜영은 죽지 않았다」는 윤혜영이라는 보천보 전자악단의 가수를 둘러싼 일종의 루머를 제재로 삼고 있는 작품이다. 윤혜영은 또래의 한 남자를 사랑했지만, 지도자의 눈에 드는 바람에 비극을 겪게 된다. 윤혜영이 끝내 지도자의 요구를 거절한 결과, 윤혜영의 남자는 자살하고 윤혜영은 처형당했다는 이야기가 탈북자의 수기를 통해 남한 사회에 알려진다. 그러나 윤혜영이 얼마 후에 공식적인 자리에 모습을 드러냄으로써 탈북자의 수기는 거짓임이 드러난다. 그럼에도 작가회담을 취재하러 북에 간 기자 채홍옥은 다음의 인용에서처럼, 애타게 윤혜영이 죽었기를 열망한다.

꽃을 보니 윤혜영이 다시 생각났다. 사랑을 위해 목숨을 바친 그 여자의 마음이 왠지 꼭 저 도라지꽃처럼 아름다울 것 같았다. 그녀가 죽어 도라지꽃으로 다시 피어나기라도 한 듯 나는 오랫동안 그 꽃을 바라보며 서 있었다. (268)

사실이야 어떻든 그때 나는 어쩌면 윤혜영이 차라리 죽었기를 바랐는지도 모른다. 이 자유 없는 차가운 땅에 사랑을 위해서 뜨거운 피를 바친 이가 한 사람은 있어야 하니까. (271)

아무래도 나의 윤혜영 이야기에는 그녀의 죽음이 필요한 것 같았다. (274)

저 얼어붙은 땅에서 누군가 한 사람쯤은 뜨거운 사랑을 위해서 죽어야 한다. 그러나 윤혜영이든 김금녀든 또 다른 여자든, 누군가 죽었다면 그건 내가 원해서는 안 될 현실적 결말이었다. (278~279)

이지명의 「확대재생산」이나 설송아의 「초상화 금고」에서 북한 여성이 처한 열악한 처지를 살펴볼 수 있었다. 「확대재생산」의 은옥은 자신의 성관계 횟수마저 공적인 자리에서 발화해야 하며, 검열단은 물론이고 자신의 남자친구에게도 맹목적인 복종을 해야만 한다. 「초상화 금고」의 진옥은 힘들게 돈을 벌어 남편은 물론이고 시집까지 먹어살리다시피 하지만, 돌아오는 것은 "나쁜 죄가 아닌데 세상이 여자를 나쁜 년으로 만든다"(233)는 말처럼, 늘 폭력과 학대이다. 그러고 보면 남한 출신 작가 이정의 「붉은 댕기머리새」에서도 장씨 아내가 몸을 파느냐 안 파느냐를 결정하는 것은, 당사자인 아내가 아니라 장씨인 것으로 그려져 있었다. 이처럼 극단적인 남녀차별적 모습은 재현의 대상(현실)에 나타난 문제를 뛰어넘어 재현의 주체(작가)가 지닌 인식의 문제를 의심하게 만들 정도이다.

이와 관련해 「윤혜영은 죽지 않았다」에서 그토록 애타게 윤혜영의 죽음을 바라는 채홍옥의 (무)의식 속에는 여성을 숭고한 대의의 수단으로 여기는 남성중심적 시각이 게재된 것으로 의심해 볼 수도 있다. 이러한 의문과 관련해, 윤혜영은 철저하게 채홍옥이 자신을 투사한 인물이라는 점을 놓쳐서는 안 된다. 채홍옥이야말로 남한에서 남성 권력에 의해 철저히 유린당했으며 유린당하고 있는 존재이기 때문이다. 채홍옥은 힘 있는 누군가의 "한때의 놀잇감일 뿐"(280)이었고, 그 남자는 채홍옥을 옆에 두기 불편해지자 자신의 선배를 통해 중소 신문사로 보내버린 것이다. 채홍옥은 신문사에서도 그 어두운 개인사로 인해 온전한 대우를 받지 못한다. 채홍옥이 윤혜영의 죽음을 그토록 원하는 심리의 이면에는, 부당한 권력을 받아들인 자신을 응징함으로써 실제로는 그 부당한 권력을 단죄하고자 하는 들뢰즈적 의미의 매저키즘masochism적 욕망이 존재한다고 볼 수 있다. 그럼에도 그 매저키즘적 주체가 늘 여성이어야 하는가에 대해서는 고민해 볼 필요가 있다.

6. 결론

현재 대한민국에는 3만 5천 명에 가까운 탈북자가 살고 있으며, 이를 반영하여 수많은 작가들이 탈북자를 문학적으로 형상화하였다. 지금은 남한 출신 작가들에 의해 재현의 대상에 머물렀던 탈북자 스스로가 자신의 이야기를 발화하는 단계에 이르고 있다. 탈북 작가에 대한 지금까지의 연구성과를 더욱 발전시키기 위해서는 두 가지 과제가 해결되어야 할 것으로 판단된다. 첫 번째는 특정 작가에게 치우친 논의를 확장시켜 다양한 탈북 작가들을 논의에 포함시키는 것이고, 두 번째는 탈북 작가의 작품과 남한 출신 작가의 탈북자 소설을 비교하는 작업이다. 이러한 문제의식에 바탕해 8장에서는 최근에 간행된 '북한 인권을 말하는 남북한 작가의 공동 소설집 세 번째 권'인 『꼬리 없는 소』(예옥, 2018)을 본격적으로 논의하였다.

이러한 비교의 결과, 남한 출신 작가와 북한 출신 작가의 작품에는 차이점보다는 공통점이 보다 많이 발견된다. 공통점의 첫 번째 사항으로는, 북한 사회의 문제에 대해 날카로운 시각을 드러내는 점을 들 수 있다. 탈북 작가인 도명학의 「꼬리 없는 소」에는 물질적 기반이 와해되었으며, 지배 이데올로기와 권력관계가 그 힘을 잃어가는 북한 사회의 모습이 드러나 있다. 남한 출신 작가 이성아의 「얼음불꽃」도 북한이라는 체제가 결코 포섭하거나 순치시킬 수 없었던 월북 작가 이태준의 불행한 삶을 통해, 북한 체제의 근원적 균열을 이야기하고 있다. 다음으로 탈북자가 제3국(중국이나 몽골 등)에서 경험하는 인간 이하의 삶에 대한 민감한 인식을 공통적으로 드러낸다. 남한 출신 작가 이정의 「붉은 댕기머리새」와 북한 출신 작가 김정애의「서기골 로반」은 모두 탈북자들의 분리와 결합이라는 서사 진행을 통하여, 탈북자들이 공통적으로 지니는 존재의 근원적 취약성을 드러낸다. 마지막으로 북한 여성이 처한 열악한 처지를 드러낸다는 점에서도 공통점을 지닌다. 이지명의「확대재생산」에서 주인공인 은옥은 자신의 성관계 횟수마저 공적인 자리에서 발화해야 하며, 검열단은 물론이고 자신의 남자친구에게도 맹목적인 복종을 해야만 한다. 설송아의「초상화 금고」에서 진옥은 힘들게 돈을 벌어 남편은 물론이고 시집까지 먹여살리다시피 하지만, 돌아오는 것은 폭력과 학대뿐이다. 그러고 보면 남한 출신 작가 이정의「붉은 댕기머리새」에서도 장씨 아내가 몸을 파느냐 안 파느냐를 결정하는 것은, 당사자인 아내가 아니라 장씨인 것으로 그려져 있었다. 이처럼 극단적인 남녀차별적 모습은 재현의 대상(현실)에 나타난 문제를 뛰어넘어 재현의 주체(작가)가 지닌 인식상의 문제를 의심하게 만들 정도이다. 이와 관련해 방민호의「윤혜영은 죽지 않았다」에서 그토록 애타게 윤혜영의 죽음을 바라는 채홍옥의 (무)의식 속에는 여성을 숭고한 대의의 수단으로 여기는 남성중심적 시각이 게재된 것으로 의심해 볼 수도 있다.

이러한 공통점과 더불어 중요한 차이점도 발견된다. 그것은 남한에서 살아가는 탈북자의 삶을 형상화하는 작품에서 발견된다. 정길연의「초대받지 않은 손님」에서 탈북자가 남한에서 겪는 삶은, "무덤 속에서 살아가는 자"(213)라는 비유가 어울릴 만큼 끔찍하다. 유영갑의「봄비 내리는 날」은 정길연의「초대받지 않은 손님」에 비하면 한층 밝다. 탈북자 동수의 삶에는 별다른 문제가 발견되지 않으며, 작품의 결말도 희망적이다. 그러나 동수와 동일시되던 떠돌이 개 검둥이의 죽음에 담겨진 절망의 그림자 역시 결코 무시할 수 없는 요소이다. 이러한 남한 출신 작가들의 작품과 달리 탈북 작가 박주희의 「꿈」은 매우 발랄한 분위기로 가득하다. 축구선수인 아들은 처음 적응하지 못해 고생하지만, 곧 훌륭한 축구 선수로 성장하여 영광의 주인공이 된다. 이러한 밝은 시선은 고통을 자연화하는 남한 작가들의 탈북자 소설에서는 보지 못하던 새로운 면모라고 할 수 있다. 또 주목할 것은 탈북자를 일방적인 피해자로만 그리지는 않는다는 점이다. 문제의 책임을 탈북자에게 돌리기까지 하는데, 이러한 모습은 윤리적 주체로서의 탈북자를 인정한다는 점에서 그 의의가 매우 크다고 할 수 있다.

9장
외국의 한국인들

1. 넘을 수 없는 장벽 앞에 선 한국인들

유엔은 그 나라에서 태어나지는 않았지만, 12개월 이상 특정 국가에 체류하는 사람을 이주자^{imigrant}로 분류한다. 2010년 기준 2억 1400만 명이 이주자로 살아갈 만큼, 이주는 보편적이고 익숙한 일상이 되고 있다.[1] 한국이 다문화 사회로 급격하게 변모하는 것과 더불어, 한국인 역시 세계 곳곳으로 삶의 터전을 확장하고 있는 중이다. 그것은 단순한 해외 여행이나 어학연수에서부터 본격적인 이민에 이르기까지 다양한 양상으로 나타난다. 이러한 현상을 반영한 소설들도 2000년대 이후 적지 않게 창작되었으며, 이들 소설을 통해서 다른 민족이나 인종을 사유하는 우리의 모습을 확인해 볼 수 있다. 5장에서는 해이수의 소설집(『캥거루가 있는 사막』(문학동네, 2006), 『젤리피쉬』(이룸, 2009))에 수록된 호주 배경 작

1 　스티븐 카슬 · 마크 J. 밀러, 한국이민학회 역, 『이주의 시대』, 일조각, 2013, 29~30면.

품들과 윤고은의 「늙은 차와 히치하이커」(『한국문학』, 2014 여름), 전성태의 소설집 『늑대』(창비, 2009)에 수록된 몽골 배경 작품들, 베트남을 주요한 시공으로 끌어들인 방현석의 「존재의 형식」(『창작과비평』, 2002 겨울)과 「랍스터를 먹는 시간」(『랍스터를 먹는 시간』, 창작과비평사, 2003), 태국을 배경으로 한 박형서의 『새벽의 나나』(문학과지성사, 2010)를 집중적으로 살펴보고자 한다.

해이수는 한국문학사에서 가장 집중적으로 호주에서 살아가는 한국인의 삶을 소설화한 작가이다. 호주를 배경으로 한 작품으로 등단작인 「캥거루가 있는 사막」(『현대문학』, 2000.6), 「돌베개 위의 나날」(『심훈상록문화제사화집』, 2004), 「우리 전통 무용단」(『현대문학』, 2003.12), 「어느 서늘한 하오의 빈집털이」(『현대문학』, 2005.2), 「젤리피쉬」(『현대문학』, 2007. 2), 「마른 꽃을 불에 던져 넣었다」(『리토피아』, 2007 여름) 등을 들 수 있다. 이 중에서 등단작인 「캥거루가 있는 사막」을 제외한 대부분의 작품은 호주에서 살아가는 한국인들의 고단한 삶을 집중적으로 보여주었다. 해이수의 소설은 호주 사회로부터 분리된 한국인의 모습을 지속적으로 보여준다. 결론부터 말하자면, 호주와 한국인들 사이에는 보이지 않는 투명차단막이 쳐져 있다. 정확히 말하자면, 호주의 백인들 자체가 해이수의 소설에는 존재하지 않는다고 말할 수 있을 정도이다.

「캥거루가 있는 사막」에서 호주에 있는 '나'의 마음을 가득 채우는 것은, 한국에 두고 온 여자친구 아영이다. '나'는 자신을 "가로막는 모든 것이 걷혀진 원시적인 상태를 확인하고 싶"(86)은 마음으로 호주의 "지평선"(86)을 바라본다. 이것은 '나'에게 호주가 일종의 현실도피의 공간임을 의미한다. 사랑하는 아영은 '나'와 동성동본이며 그것도 모자라 같은 파에 속하는 사이이다. 동성동본 금혼이 법제화된 상황에서 '나'는 한국을 떠나 호주에 온 것이다. 더군다나 아영은 '나'의 아이까지 임신한 상태이며, '나'는 여러 가지 골치 아픈 일을 떠맡기보다는 "그녀가 아이를 지우고 다른 사람 만나서 행복하게 잘살았으면 좋겠다"(108)는 바램을 가지고 있다. '나'의 동성동본 금혼 조항이 남겨진 한국에 대한 거부는, "언제부터인가 나의 일기장에는 한글이 사라지고 알파벳과 나만이 알아볼 수 있는 기호로 채워졌다"(108)는 부분에서 알 수 있듯이 언어에 대한 거부로 나타난다.

'내'가 호주에서 유일하게 교류하는 사람은 일본에서 온 코바(고바야시 이사오)이다. 그 역시 여행자로서 호주와는 무관한 존재이다. 나중에 '나'는 섬에 갔다가 일본 여인 우미코를 만난다. 나중에 코바와 우미코는 남매이며 그들은 불륜의 사이였다는 것이 드러난다. 도덕적 금기로 고민한다는 점에서, 코바와 우미코는 '나'의 거울상에 해당한다고 볼 수도 있다. 호주가 배경이지만 이 소설에서 '내'가 유일하게 만나는 이국인들은 일본인 여행자들이며, 그들도 '나'의 거울상에 가깝다는 것은 해이수의 호주 배경 소설이 지니는 중요한 특징을 압축해서 보여준다. 해이수의 소설에서 호주에 간 한국인들이 만나는 건 결코 호주 사회의 주류라 할 수 있는 백인들이 아니다.

「돌베개 위의 나날」은 정색을 하고 호주에서 살아가는 한국인들의 현실적 불우를 다루고 있는 작품이다. 사내의 아내는 아침마다 화장대 대용인 종이박스 위에 놓인 다 쓴 화장품을 짜내느라 "퐁, 퐁, 퐁, 소리"[2]

---

2 「돌베개 위의 나날」은 『심훈상록문화제사화집』(2004)에 처음 수록되었다. 그러나 『심훈상록문화제사화집』을 구할 수 없어 해이수의 첫 번째 작품집인 『캥거루가 있

(71)를 내며 화장을 한다. 아내는 영주권 획득점수에 가장 높은 가산점이 붙는 컴퓨터학과의 대학원 준석사과정에 적을 두고 있다. 사내는 학생 신분인 아내에게 의존하는 동반 비자이기 때문에 아내가 학교에서 제적당하면 호주를 떠나거나 불법체류자로 남는 수밖에 없다. 등록금 마감이 사흘 앞으로 다가오지만, 사내는 등록금을 마련하지 못해 골머리를 앓는다. 이 작품에는 물질적 결핍을 걱정하지 말라는 성경의 구절[3]이 반복해서 등장하는데, 이것은 오히려 사내가 처한 불우함을 더욱 강조하는 효과를 발휘한다. 호주에서의 사내는 "자신이 '미취학 아동 같다'"(95)고 중얼거릴 정도로 무력하며, 이러한 상황은 다음의 인용문에 잘 나타나 있다.

지난 일 년 동안 이곳에서 무엇을 했는가? 사내는 스스로에게 물었다. 사 개월간은 대학원에 들어가기 위해 랭귀지 스쿨에서 공부를 했다. 이 개월간은 청소 외에 다른 직업을 구하러 사방팔방 발버둥을 치며 알아보았다. 그렇게 반년을 보내는 사이 들고 온 돈이 바닥나고 쪼들리기 시작하자 이 개월 동안 백선배를 따라다니며 각종 청소를 했다. 그후 이 개월은 공장 청소를 했다. 지난 한 달간은 그 돈을 받기 위해 배회했다. 현재 그의 수중에 남은 것은 아무것도 없었다.(99)

는 사막』(문학동네, 2006)에서 인용하였다.

3 그 구절을 옮겨보면 다음과 같다. "내가 너희에게 이르노니 너희는 삶에 대해 걱정치 말라. 먹을 것과 마실 것, 입을 것을 걱정치 말라. 삶이란 음식과 옷가지보다 더 중요하지 않더냐. 하늘을 나는 새를 보라! 그들은 심지도 아니하고 곡식을 거두지도 아니한다. 그들은 곡식을 헛간에 저장치도 아니한다. 하물며 날아다니는 새도 염려치 아니하는데, 너희는 새들보다 더 가치 있는 존재가 아니더냐. 걱정이 너의 삶을 연장케 해주더냐."(43)

이 작품에서 한국인들은 철저히 그들만의 공동체에 분리되어 있다. 이러한 현상의 근본적인 원인은 아무리 우수한 조건을 갖춘 한국인이 더라도 "백인들"(59)이 고급 일자리를 주지 않기 때문이다. 그러나 구체적인 서사 속에서 사내를 착취하고 삶의 막장으로 몰아넣는 존재들은 호주의 백인들이 아니라 한국인들이다. 사내에게 죽도록 일만 시키고 서는 임금⁴마저 떼먹는 사람은 다름 아닌 불법체류자 최씨이다. 호주 정부가 정한 최저 임금은 시간당 십삼점 오 달러이고, 토요일이나 휴일에는 1.5배나 2배를 지불해야 하지만, 한국 고용주들은 평일이나 휴일을 가리지 않고 시간당 7달러 내지는 8달러를 지불할 뿐이다. 사내의 눈에 비친 "시드니의 한국인들은 서로를 좋아하지 않"(72)으며, "동족에 대한 날카로운 신경과민증세"(72)를 지니고 있다. "시드니에 있는 똑똑한 한국인들은 사기를 치고 정직한 사람들은 청소를 하고 아둔한 사람들은 사기를 당한다"(72)고 이야기될 정도이다.

사내는 "먹고 살아야 한다는 일념"(45)으로 군대 훈련소보다도 더욱 험하고 혹독한 일을 하며 돈을 벌기 시작한다. 사내의 주요한 일은 청소를 하는 것이다. 때로 그것은 일곱 시간이 넘도록 소변도 보지 못하며, 변기에 있는 대변이나 생리대를 손으로 치우는 일까지 포함한다. 그 힘든 청소일도 "같은 한국 사람들끼리"(54) 서로 치열한 경쟁을 벌인다. 유학생들이 하는 청소는 중간에 슈퍼바이저가 두세 명씩 끼어서 노동 단가가 점점 내려간다는 말을 들으며, 사내는 "한국의 조선족이나 동남아시아 노동자들의 착취구조에 대해 듣는 기분"(54)을 느낀다. 신자유

4　그 돈이 있어야만 '나'는 아내의 대학원 등록금을 마련할 수 있고, 호주에서 계속 살아갈 수 있다.

주의적 세계화의 결과로 세계는 경제적 격차를 통해 위계화되고 있는 것이다. 우리나라의 수많은 이주노동자가 겪는 불평등과 착취를 해이수의 소설 속 주인공들 역시 호주에서 그대로 겪는 것이다.

　오피스 청소, 슈퍼마켓 청소, 홈청소 등에 종사하는 한국인들은 대부분 "상당한 대학 출신들"(55)이다. 사내 역시도 석사 학위를 소유한 고학력자이다. 한국인들 사이의 경쟁은 치열해서, 사내에게 청소일을 알선해주는 선배는 우편함을 뒤져 한국 사람이 집어넣은 청소 우편물을 찢어 버리기도 한다. 심지어 경찰에게 한국인 불법체류자를 신고하는 것 역시도 같은 한국인들이다. 따라서 한국인 선배의 행복은 "어느 쪽에선가는 청소권을 잃었음"을, "그만큼의 권리금을 선배에게 빼앗겼음"(61)을 의미한다. 이처럼, 이 소설에서 한국인들은 자기들만의 공간에 분리된 채 생존하는 것이다. "이 3D업종에다 저임금, 부당대우, 노동력 착취를 당하며 타국 땅에서 사느니 죽는 게 낫다"(64)고 생각하지만, 영주권자나 시민권자가 아닌 "해외에서 온 서른 살의 남자가 할 일"(64)이란 청소 이외에는 존재하지 않는다.

　「돌베개 위의 나날」에서 한국인 공동체는 자립적인 존립 기반을 마련하는 단계까지 이르지는 못한다. 사내에게 사기를 친 최씨도 시민권을 샀다가 비자법 위반으로 불법체류자 수용소에 잡혀간다. 이미 최씨는 갬블에 미쳐서 빚더미에 오른 상태이다. 사내의 선배 역시도 "시드니에서 사는 게 참 똥 같다"(106)며 한국으로 돌아간다. 한국인이 운영하는 경쟁 청소업체에서 선배가 불법체류자인 것을 이민 경찰에 신고하겠다고 협박한 결과이다. 결국 한국인들은 모두 호주 사회로부터 배제되어 버리고 마는 것이다. 이러한 상황에서 사내가 식민지 시기에 창작된 시들을 생각하며 "호주에서 그 식민지 시절의 냄새와 정서"(113)를 가슴 깊이 체험하는 것도 무리는 아니다. 사내는 아내와 머무는 허름하고 좁은 방에서 "자신이 흡사 오랜 과거 속의 만주 혹은 북간도, 니콜리스크나 블라디보스트크의 어느 들판에 내버려진 느낌"(114)에 빠지는데, 이것은 호주에서 살아가는 한국인의 삶이 일종의 식민지배를 받는 고통스러운 삶에 해당하는 것임을 보여주는 것이다.

「돌베개 위의 나날」에 나타난 현상은 베리Berry가 주장한 네 가지 문화변용 모형 중에서 분리segregation에 해당한다고 볼 수 있다. 분리 모형은 대개 후진국에서 선진국으로 이주한 이민자에게 나타난다. 이는 후진국 출신의 이민자가 이주해 간 나라의 주류사회와 관계를 맺거나 유지할 수 있는 사회적 통로가 제한적이기 때문에 발생한다. 이들은 이주해 갈 나라의 구성원과 소통할 수 있는 네트워크가 전무한 상태로 이주하고, 이주한 후에도 그 사회의 구성원들과는 다른 업종에서 생업을 유지한다. 이렇듯 종사하는 업종이 구조적으로 분리되어 있는 상태의 이주민들은 이주해 간 나라의 주류사회와 새로운 네트워크를 구성하지 못하는 대신에 출신국 네트워크를 통해 이주한 나라에 적응하기 위한 도움을 받게 되고 이 과정에서 문화 정체성은 계속 유지되는 것이다.[5]

「우리 전통 무용단」에서도 '나'는 철저히 한국인들과만 관계를 맺으며 살아간다. 호주에서 가이드 일을 하는 '나'는 중학교를 마치고 호주에 와서 대학원 공부를 하며 돈까지 벌고 있다. 그가 상대하는 사람들도 모두 호주에 놀러 온 한국인들이다. 그들은 전통리에서 온 할머니 열두

---

[5]   임선일, 『한국 사회 이주노동자의 문화변용』, 이담, 2011, 73~34면.

명과 전통리의 청년회장이다. 여행사의 상사들인 김 과장과 박 과장, 임 부장 역시 한국인들이다. 백인으로는 '내'가 머무는 원룸의 위층에 사는 데이비드가 유일하게 등장한다. 데이비드는 한국의 문화에 대하여 매우 무지한 예술학부 대학원생이다. 그는 과제 제출을 위해 한국의 문화에 대해 잠시 궁금증을 표할 뿐, '나'와 구체적인 삶의 연관을 맺지는 못한다. 「어느 서늘한 하오의 빈집털이」에도 한국인 유학생인 '나'와 열서너 살이 많은 한국인 선배만이 등장한다.

「젤리피쉬」에서는 비로소 호주의 주류라고 할 수 있는 백인과 함께 살아가는 한국인이 등장하는데, 그 동거의 방식은 무척이나 충격적이다. '나'는 시드니에서 5년간 박사논문을 준비하고 있는데, "허드렛일을 하며 학비걱정을 하느라 언제나 쫓겨 다"(112)니는 처지이다. '나'의 아내 역시 오년간 낯선 땅에서 막일을 한 결과 무릎과 허리에 통증을 호소한다. 생활에 궁핍한 '나'는 윤집사로부터 열일곱 살의 소녀에게 한국어를 하루 세 시간씩 일주일에 두 번 가르치는 과외를 소개받는다. 그것은 식당 허드렛일보다 몇 배의 돈이 되는 일이기도 하다. 그 소녀는 "다른 사람 혹은 사물의 처지 따위는 전혀 의식하지 않거나 고려하지 않는 일종의 자폐 또는 소통장애 증상"(119~120)에 빠져 있다. 에밀리는 욕설도 함부로 내뱉는데, 이것은 그녀가 세상으로부터 단절된 채 고급 주택에 감금된 상태인 것과 무관하지 않다. 에밀리는 바닷가에 위치한 시드니에 살면서도 바다조차 가본 적이 없다.[6]

---

6   사실 '나'도 "학업과 일자리에 정신없이 쫓기"(230)느라 오년 동안 "바비큐와 맥주를 마시며 수평선을 즐길 만한 여유조차 없었던 처지"(230)인 것이다. 그런 점에서는 에밀리나 '나'나 마찬가지 상태라고 할 수 있다.

'나'는 등록금 때문에 부목사의 집을 방문하여, 백인 중에는 아시안 여자애를 입양하여 나중에 애인으로 삼는 일이 있다는 이야기를 듣게 된다. '나'는 마지막으로 에밀리가 이사간 집을 찾아갔다가, 집 앞 쓰레기통에서 비아그라를 발견한다. 이를 통해 에밀리라는 소녀는 서양남자와 성적인 관계로 맺어져 있음이 강력하게 암시된다. 백인과의 유일한 동거방식이 성적 노예라는 것은 여간 쓸쓸한 일이 아니다.

「마른 꽃을 불에 던져 넣었다」에는 해이수의 호주 배경 소설 중에서 처음으로 한국인이 다른 인종의 사람과 어울리는 이야기가 나온다. 주인공 '나'는 호주 최고의 우범지대인 킹스 스트릿에서 "검고 두툼한 입술"(101)을 가진 벡스와 어울린다. '나'는 테이프 칼리지의 IT 코스 2학기를 다닐 무렵, 능숙치 못한 언어와 "호주 학생에 비해 열 배가 비싼 등록금"(101)에 지쳐 있었다. 그 무렵 한국은 IMF를 겪고 있을 때였다. 우연히 위기에 빠진 흑인 벡스를 구해주고, 이후 둘은 함께 어울리게 된 것이다. 벡스는 "탄자니아와 모잠비크 국경해안지대"(104)에서 태어난 흑인이다. 둘은 모두 호주에서 "밑바닥 잡일 따위에 넌덜머리가 나"(122) 있다. "하급 단순노동으로 연명하는"(105) 한국인이 되는 것이 두려운 결과, '나'는 벡스를 따라 포켓볼 도박판으로 뛰어들게 된다. 그들은 벡스의 고향행과 '나'의 졸업을 걸고 마지막 포켓볼 도박판을 벌이지만, 결국 처절한 실패로 끝나고 만다. 마지막 도박판을 운영하는 사람은 브루스 왕이라는 중국인이고, 포켓볼의 상대는 띠앙이라는 베트남인이다. 이처럼 마지막 도박판은 철저히 유색인종끼리만의 무대라고 말할 수 있다. 2015년에 해이수가 발표한 장편소설『눈의 경선』에서도 김완은 호주에서 유학생활을 하며, 주로 중국인 유밍과 관계를 맺는 모

습을 보여준다.[7]

윤고은의 「늙은 차와 히치하이커」(『한국문학』, 2014 여름) 역시 호주를 배경으로 한 소설이다. '나'는 호주의 포트오거스타라는 도시의 서바이벌 용품 회사에 근무한다. 이 회사는 극한 상황에서 사람이 최소 3일간 생존하도록 돕는 물품을 담아놓은 생존배낭을 주로 판매하는 곳이다. '나'는 서바이벌 용품에 관심이 많은 이들에게 인기가 좋은 홀튼사에서 새로 출시할 양말을 독점 공급받는 계약을 체결하기 위해, 홀튼사의 책임자가 휴가를 간 울룰루라는 곳을 가야 한다. 울룰루Uluru는 흔히 "이 섬의 배꼽"(51)이라 불리며 호주의 중심에 있는 지구상에서 가장 큰 바위이다. 호주 원주민들에게는 매우 신성시 되는 곳이며, 이곳의 원주민을 애버리진Aborigine이라고 부른다. 울룰루를 향한 여정은 '나'와 또 한 명의 동행자인 그가 자기의 가장 깊은 상처와 대면하는 여정이기도 하다.

'나'는 후배의 소개로 게빈이라는 사람의 차를 타고 울룰루에 가기로

---

7 해이수는 두 번째 소설집 『젤리피셔』(이룸, 2009)의 「고산병 입문」, 「루클라 공항」, 「아웃 오브 룸비니」에서 히말라야까지 자신의 소설적 공간으로 끌어들였다. 히말라야 3부작이라고 할 수 있는 「고산병 입문」, 「루클라 공항」, 「아웃 오브 룸비니」에서는 크레디트카드, 산악자전거 동호회원들, 돈에 목을 맨 릭샤꾼의 모습 등을 통해 자본의 논리가 예외 없이 관철되는 공간으로서의 히말라야를 보여주었던 것이다. 최근에 발간된 『눈의 경전』(자음과모음, 2015)에서는 호주와 히말라야에 서울까지를 포함시킴으로써 더욱 다양한 공간을 자신의 소설적 배경으로 삼고 있다. 첫 번째 장편인 『눈의 경전』에서는 지금까지 자신이 다루었던 공간들을 하나의 서사 속에 능숙하게 종합하는 데 성공하고 있다. 이 작품의 공간적 배경을 순서대로 정리하면 다음과 같다. 1장 : 길게 휘어진 시간(히말라야) - 2장 : 구원자(호주) - 3장 : 쏜달라(히말라야) - 4장 : 스테인드글라스(호주) - 5장 : 폭설(히말라야) - 6장 : 시드는 꽃(호주) - 7장 : 불꽃놀이(호주) - 8장 : 고산병 함정(히말라야) - 9장 : 만다린(호주) - 10장 : 봄 그리고 봄(한국) - 11장 : 놓칠 수 없는 기회(한국) - 12장 : 텅 빈 흰 몸(한국 · 히말라야) - 13장 : 라스트 카니발(히말라야) - 14장 : 우주는 모든 것을 기억한다(히말라야) - 15장 : 처음부터 다시 걸어오라(히말라야).

되어 있다. 그러나 '나'는 엉뚱한 사람의 차에 타게 된다. 게빈이라고 생각한 사람은 게빈이 아니며, '마이마일러'를 재현한 '레트로'라고 생각했던 차는 진짜 '마이마일러'였던 것이다. '게빈이 아닌 남자'인 그 역시 '내'가 차를 탄 시점에서 니나로부터 신발을 건네받게 되어 있었는데, 신발 대신 '나'를 태우게 된 것이다. 그리하여 '게빈이 아닌 남자'와 '니나 아닌 여자'의 동행은 시작된다.

처음 '게빈이 아닌 남자'는 여덟 살에 길 가운데 두고 온 차 마일러를 찾기 위해 40년 만에 울룰루로 가는 길이라고 말한다. 그는 40년 전에 지금과는 반대 방향, 즉 내륙에서 바다 쪽을 향해 달린 적이 있었다. 그러나 연료가 떨어져 마이마일러를 내버려둘 수밖에 없었고, 지금 다시 그 차를 버렸던 지점으로 되돌아가는 중이다. 그러나 나중에 그는 그 마일러 자동차가 다름 아닌 형이었음을 고백한다. 1959년에 출시된 마이마일러는 같은 해에 태어난 아이가 다섯 살 어린 동생에게 해주던 이야기에 불과했던 것이다. 동생은 형을 마일러라고 불렀고, 형은 마일러처럼 동생을 태우고 달렸을 뿐이다. 둘의 여정은 다음의 인용에 드러난 것처럼 문명화 교육이라는 미명하에 자행된 끔찍한 인종주의의 폭력으로부터 도망치는 필사적인 행위이기도 하다.

서류상으로 그는 1967년생이었지만 그는 자신이 1964년 혹은 1965년에 태어났을 거라고 믿었다. 그의 실제 삶과 서류 사이에 2~3년의 오차가 발생한 이유는 호주 정부의 불명예스러운 정책 때문이었다. 1900년부터 1972년까지 추정하기로는 10만 명에 가까운 애버리진, 그러니까 원주민 아이들, 그중에서도 특히 백인과의 사이에서 태어난 아이들이 희생되었던 사건 말이다. 문명화 교육이란 명목하에 한 살 미만의 아이들이 부모로부터 강제로 분리되었고, 교육원이나 백인 가정으로 보내졌다. 얼굴이 하얄수록 더 데려간다는 말이 있어서 일부러 아이의 얼굴에 검은 것을 바르는 엄마들도 있었다. 그중에 한 아이가 그였다. 그의 형도 마찬가지였다.(64)

'게빈이 아닌 남자'와 그의 형이 탈출하는 과정에서 생존배낭 역할을 한 것은 삽 한자루이다. 다섯 살 때부터 자기 키만 한 삽을 들고 일해야 했던 그는 특별한 의식 없이 삽을 들고 나온 것이다. 삽을 들고 있었기에 어른들은 그들 형제를 의심하지 않았고, 그 삽으로 죽은 형을 묻을 수 있었고, 나중에는 형의 묘지를 표시하는 비목으로 그 삽을 사용하였다. 생존배낭 안에는 각자가 삶에서 가장 중요하게 생각하는 물건을 담게 마련이라는 점에서, 생존배낭은 결국 그 사람이 중시하는 삶의 가치를 드러내는 기호가 된다. 마치 '나'를 진심으로 사랑한 위키의 생존배낭에는 '나'와 찍은 사진과 추억이 가득 담긴 미용가위가 담겨 있었던 것처럼 말이다. 그 배낭 안에는 사람마다 각기 다른 것을 넣으며, 그 안에 들어갈 수 있는 물건은 무궁무진하다. 그것은 그만큼 삶이 다양하다는 의미일 것이다. 그리고 어느 물건이 더욱 낫다고 말할 수 없다는 것은, "한 사람이 짊어질 수 있는 최소한의 무게, 그 마지막 무게라는 건 어쩌면 저울로 잴 수 있는"(70) 것이 아니라는 사실과 관련된다.

형은 죽어가면서 그에게 "최대한 자유로운 곳"(65)으로 가라고 말한다. 그 곳은 울룰루와는 거리가 먼 바닷가의 도시이다. 그가 호주 중심에서 바다까지 이동하는데 걸린 시간은 무려 7년이다. 남들보다 몇 배의 노력을 기울여 나름의 성공을 이룬 그는, 지금 형이 묻힌 곳을 찾아가고 있는 것이다. 그가 "죽은 이에 대한 추모"(65)의 의미를 담고 있는 운동화까지 가지고 울룰루로 향하는 것은 지난 삶에 대한 애도의 의례라고 할 수 있다.

그에게는 인종차별에서 비롯된 형의 죽음이 커다란 상처로 내면에 자리잡고 있었던 것이다. 그 상처야말로 그의 내면에 자리한 진짜 울룰루인지도 모른다. '나'에게도 같은 사회적 이유에서 비롯된 상처가 있다. '나'는 백인인 아버지와 애버리진인 어머니 사이에서 태어난 위키와 몇 년 간 동거를 한 경험이 있다. 위키는 낡은 차가 갑자기 멈춰 서고, 아무런 이유도 없이 애버리진의 자취가 남아 있다는 이유로 폭행을 당한다. 그 날 위키는 예정되어 있던 직장의 취업인터뷰에 나가지 못한 것은 물론이고, 폭행의 후유증으로 사망한다. 이러한 인종차별은 호주에 살기 시작한 백인들은 이제 겨우 여덟 번째 세대에 불과하고, 애버리진은 18,500번째 세대라는 것을 생각한다면 그야말로 어처구니없는 일이다.

"그를 처음 본 순간, 위키를 떠올렸는지 그때 알았다"는 것처럼, 「늙은 차와 히치하이커」에서 위키와 '게빈이 아닌 남자'는 끊임없이 동일시된다. 위키의 죽음은 '나'에게 "이곳은 과연 내가 모국을 떠나 올 만큼 기회의 땅이었을까"(67)라는 회의를 들게 한다. 이러한 회의는 사실 '나'의 삶에 계속 누적되어 온 것이기도 하다. 「늙은 차와 히치하이커」에서는 인종차별이 매우 심각하고 일상화된 것으로 그려진다. 시드니 초기 정착 시절 '나'는 아시아권 사람들과 함께 동거했는데, 다툼이 일어나자 그들은 '나'를 향해 "옐로몽키"(49)라고 말한다. 이 말은 동거인들이 "들었던 말들을 따라 하고 있"(49)는 것이다. 이러한 공통의 상처로 인하여 작품의 마지막은 둘의 진한 공감의 영역을 한껏 넓히며 끝난다.

나는 가방 안에서 위키의 사진을 꺼냈다. 이제 내 차례인가. 밤은 길었지만 이야기는 우리가 이 길고 험한 밤을, 멈춘 채 통과하는 한 방법이었다. 위키의 이야기를 하다 보면 까만 밤, 붉은 흙 위로 한 아이가 다른 한 아이를 등에 업고 걸어오는 장면과도 마주칠 수 있을지 모른다. 서로 등과 가슴을 맞대고 걸어가는 아이들 말이다.(69)

"위키의 이야기를 하다 보면 까만 밤, 붉은 흙 위로 한 아이가 다른 한 아이를 등에 업고 걸어오는 장면과도 마주칠 수 있을지 모른다"는 '나'의 기대는 상처의 공유를 통한 소통가능성을 열어놓는 것이라고 할 수 있다. 타인의 상처에 대한 관심과 자신을 열어놓는 개방성 속에서 낯모르는 두 사람은 호주 대륙을 가로지르는 여행의 동반자가 될 수 있는 것이다.

윤고은의 「늙은 차와 히치하이커」는 호주에서의 인종주의를 배경으로 하여 개인들의 공감은 어떻게 가능한지를 시험하고 있다. 인종주의란 타인에 대한 아무런 배려도 없이 자신이 가진 공허한 환상에 타인을 끼워 맞춰 궁극에 이르러서는 그 존재를 지워버리는 것이다. 그런 측면에서 인종주의는 위키와 형의 죽음이 선명하게 증언하듯이, 타자를 배제하는 가장 폭력적인 이데올로기라고 할 수 있다. 이 작품에서 이러한 폭력에 맞서 인간 사이의 길을 여는 방법은 타자의 고통에 귀 기울이고, 자신을 개방하는 일이다. 이를 통해 수천 킬로에 이르는 여행길도 우리는 누군가의 동행이 되어 함께 갈 수 있는 것이다. 이 작품 역시 기본적으로는 해이수의 호주 배경 소설들과 마찬가지로, 백인들과 어울리는 모습은 보여주지 못한다. '내'가 깊은 인간적 교류를 나누는 상대(위키,

'게빈이 아닌 남자')는 모두 애버리진이다. 이것은 '나'의 초기 정착 시절이 보여주듯이, 호주라는 공간에 만연한 인종차별주의와 무관한 것일 수 없다.

2. 세 사람이 함께 하는 번역 작업

방현석의 「존재의 형식」에서 영화감독이자 시인인 레지투이는, 작가가 현재의 한국에서는 사라졌지만 여전히 의미 있는 것으로 생각하는 이상적인 세계를 대변하는 현지인이다. 레지투이는 호치민 루트를 타고 내려와 남부의 게릴라전에 참여한 전사로서, 베트남전의 의미를 온몸에 구현하고 있는 존재이다. 레지투이는 열일곱 살 때부터 전선에 나섰으며, 그와 함께 입대했던 300명의 부대원들 중에 전쟁이 끝났을 때까지 살아남은 사람은 오직 다섯 명이다. 레지투이는 시인으로서 반레라는 필명을 사용하는데, 그 이름은 본래 시인을 꿈꾸었지만 전선에서 죽은 친구의 이름을 가져온 것이다. 호치민 루트를 대상으로 한 다큐멘터리를 만들며 일본 자본가가 관광상품 소개를 대폭 늘려달라고 요구하자, 레지투이는 "그렇게 증선을 찍을 수는 없"(222)다며 거부한다. 레지투이는 "아직도 공산주의자"(236)냐는 문태의 물음에 분명하게 "그렇다"(237)고 대답하며, 이 나라에는 왜 이렇게 잡상인들이 많냐는 물음에는 "우리나라가 아직 가난하지만 남의 고된 생계수단을 빼앗으면서까지 부자가 되려고 하진 않아요"(237)라고 대답한다.[8]

이 작품에서 현재의 베트남은 과거의 한국을 끊임없이 호출한다. 음식을 배달하는 베트남 청년의 "시커먼 기름때가 묻은"(206) 손은 재우에게 오랜 동안 공장에서 일하던 창은의 손을 떠올리게 한다. 재우, 문태, 창은은 과거 운동권 학생들로서, 문태가 현재에 훌륭하게 적응한 인물이라면, 창은과 재우는 과거의 가치와 지향을 잊지 않은 인물이다. 변호사가 된 문태는 베트남에 와서 가장 비싼 소피텔호텔로 예약을 바꾸어 달라며 돈의 위력을 뽐내고, 가난한 유학생의 통역료는 비싸다며 항의를 하기도 한다. 문태 일행은 현지 가이드에게도 모욕을 주고 무례한 행태를 보인다.[9]

지난해 서울에서 열렸던 동문회에서 '민주화운동 관련자 명예회복과 보상에 관한 법률'에 대한 설명을 하는 문태에게, 재우는 "누가 누구의 명예를 회복시켜주고 누가 누구로부터 보상을 받죠?"(194)라고 항의한다. "불명예스러운 건 지난날이 아니라 지금의 우리야"(226)라는 말 속에, 재우의 현재 입장이 잘 나타나 있다. 재우는 문태 일행처럼 "서울에서 방귀깨나 뀌는 놈들"(215)이 싫어서 베트남에 와 있는 것이다. 베트남에 외국기업이 몰려들 무렵, 한국기업으로 재우의 손을 거치지 않은 곳은 거의 없었다. 재우의 베트남어 실력이 최고일 뿐만 아니라, "베트남에서 거의 유일하게 베트남이라는 나라의 역사와 현재를 있는 그대로 이해하는 한국사람"(216)이었던 것이다. 그때 재우는 많은 돈을 벌었으며, 베트남에 유학온 한국인들에게 많은 은혜를 베풀기도 하였다. 그러나 재우는 70년대 한국에서 노동자를 다루던 방식으로 베트남 노

---

8 레지투이는 재우와 희은이 비싸게 음식을 식혀 먹는 것을 보며 "자네들 지금 내 앞에서 돈자랑 하는 건가?"(34)라며 분개한다.

9 그렇다고 문태가 완전히 타락한 인물로 그려지지는 않는다. 문태는 일행과 함께 골프를 치러 가는 대신 "구치터널"(58)에 가는 면모도 지니고 있다.

동자를 대하는 한국기업의 태도에 분개해, 이를 비판하는 글을 신문에 실었다가 한국기업들로부터 "기피의 대상을 넘어 저주의 대상"(217)이 된다.

창은은 재우보다도 더욱 신실하게 과거의 이념을 견지하고 있는 인물이다. "충분히 외로워서 이땅을 떠났고, 완벽하게 외톨이가 되어서 잠시 돌아왔다고 생각한 그 앞에 창은이 있었"(194)던 것이다. 문태가 청년운동에서 이름을 얻고 재우가 노동단체에서 역량을 인정받아가면서 비합법조직에서 지도선으로 지위를 높여 갔지만 창은은 계속 공장에 남았다. 그런 노동의 삶 속에서 창은은 오른쪽 팔을 잃어버렸고, 현재는 "'이주노동자의 집' 소장"(226)으로 활동하고 있다.

이러한 창은의 모습은 레지투이의 모습에 그대로 연결된다. 레지투이는 자신들이 "공산주의를 위해서 싸운 것이 아니고 공산주의를 살았"(237)다고 말하는데, '공산주의를 살았다'는 말은, 사실 지난 겨울 한국의 명동성당에서 만난 창은이 재우에게 "무언가를 꿈꾸려는 자는 그 꿈대로 살아가야 하지 않을까"(239)라며 했던 말이기도 하다. 문태와 공항에서 이별한 후, 돌아오는 길에 재우는 택시기사에게 무심코 행선지를 "명동성당"(239)이라고 말한다. 이것은 베트남을 통해 얻은 가치를 통해 재우가 지향해야 할 삶의 가치를 다시 한 번 떠올리게 된 결과라고 할 수 있다.

「랍스터를 먹는 시간」에서도 베트남은 「존재의 형식」과 마찬가지로 작가가 추구하는 이념과 가치가 남아 있는 곳이다. 여기에 덧보태 이 작품에는 베트남과 우리가 맺은 그 아픈 현대사의 비극이 담겨져 있다.

건석은 베트남의 조선소 직원으로 베트남어에 능통하다. 김 부장이 베트남 직원들과 싸웠다는 이유로 공안국에 끌려가자, 이를 해결하기 위해 건석이 나선다. 공안국에서도 김 부장은 "삼십년 전에 우리가 철수 안했으면 베트콩새끼들이 판치는 빨갱이 세상이 되지도 않았어"(93) 등의 말을 하고, "참전 당시의 군가를 소리쳐 부르고 호치민에 대해 막말을 퍼부어대"(98)기도 한다. 평소와 달리 공안국에서는 이 문제에 대하여 완강한 입장을 보이고, 당에서 파견된 팜 반 꾹이 모든 문제를 처리한다. 「존재의 형식」에 등장하는 레지투이에 해당하는 인물이 「랍스터를 먹는 시간」에서는 보 반 러이인 것이다.

김 부장과 싸운 보 반 러이는 "꽝띵이성의 항전사에 이름이 나오는 전사"(111)이다. 그의 몸속에는 서른두 조각의 파편이 박혀 있다. 그 파편은 마을 사람들이 한국군에 의해 몰살당할 때 열세 살의 보 반 러이 몸에 박힌 것이다. 그 참혹한 몰살의 현장에서 살아남은 사람은 러이와 팜 반 꾹과 노인 세 명 뿐이다. 이후 러이는 전선에 나가 "불사조"(147)라는 별명이 붙는 전사가 되고, 팜 반 꾹은 호치민의 명령에 의해 북한으로 유학을 떠났던 것이다. 파편을 제거하는 수술을 거부하는 러이의 모습에서 그날의 일을 영원히 잊지 않고 그것과 하나가 되겠다는 강렬한 의지를 읽어낼 수 있다.

건석은 이러한 러이 앞에서 "잘못이 있다면 용서하세요"(155)란 말까지 한다. 이것은 베트남을 다룬 여타의 소설에서는 찾을 수 없는 장면이라고 할 수 있다. 이 작품은 과거의 베트남전이 보여주었던 숭고한 가치를 반복해서 강조하며, 그러한 지향은 아직도 베트남 땅에 살아 있는 것으로 그려진다. 건석은 보 반 러이의 고향을 찾아가는 길에 소년 몇 명과 물소떼가 길을 가로막고 있어도 경적을 울리지 않는다. "저 아이들의 아버지들이 열고 물소들이 넓힌 길을 이 차가 지금 가고 있는"(135)

것이기 때문이다. 그리고 이러한 모습은 건석의 개인사와 얽혀 들어 현재의 한국인에게도 시사하는 바가 매우 크다.

「랍스터를 먹는 시간」은 프응미 식당에 간 건석이 베트남인들로부터 한국이 이라크에 파병키로 한 결정에 대한 항의를 듣는 것으로 시작된다. 한 베트남 사내는 "한국군이 내 다리를 이렇게 만들었다"(79)며 건석에게 노골적인 시비를 건다. 이러한 반응에 건석은 "내가 그렇게 했나?"(79)라며 자신의 무관함을 주장한다. 그러나 건석은 결코 무관할 수 없는 인물이다. 그에게는 베트남전에 참전한 아버지가 베트남 여인과의 사이에서 낳은 배다른 형이 있었던 것이다. 형은 특이한 외모로 인하여 어린 시절부터 "째보"나 "베트콩"(83)이라 불리며 아이들의 놀림감이 되었고, 그때마다 건석은 형을 외면하고는 하였다. 아이들의 강제로 나무에 올랐던 형은 한쪽 귀의 청력을 잃어버리기까지 한다. 건석은 23년이 지나서도 나무 위로 내몰리기 전에 자신을 쳐다보던 형의 눈빛을 지워버리지 못한다. 형이 자신의 일기를 읽게 되리라는 것을 알면서도, 건석은 "나에게는 왜 형이 있을까. 형이 집밖에 나오지 않았으면 좋겠다"(104)라는 문장을 일기에 쓰고, 그것을 본 건석의 형은 이후 학교에서 돌아오면 방안에만 머문 채 밖으로 나오지 않는다.

이후 건석의 형은 고등학교 졸업과 동시에 D중공업에 취직했고, 월급을 모두 어머니에게 준다. 바로 그 돈으로 건석은 대학교에 다녔던 것이다. 형은 파업에 참여하고, 건석이 이를 그만두게 하려고 현장으로 찾아가자 형은 당당하게 다음과 같이 말하며 파업을 이어간다.

난 이 공장이 좋다. 넌 내 이름이 뭔지 아니? 여기서는 모두 내 이름을 부르지. 최건찬. 물론 나에게는 먼저 우옌 카이 호앙이라는 이름이 있었다. 째보, 베트콩이라는 말을 들을 때마다 나는 되뇌었다. 우옌 카이 호앙. 하지만 최건찬인가 우옌 카이 호앙인가 하는 건 중요치 않아. 난 내 이름을 비겁하게 만들며 살아가지 않아.(121)

형은 공장 노동자가 됨으로써 자신의 참된 정체성과 최소한의 인간적 존엄을 회복할 수 있었던 것이다. 그렇기에 형은 진압병력이 투입된 파업현장에 끝까지 남아 있다가 주검으로 발견된다. 한국의 보 반 러이와 팜 반 꾹이 바로 건석의 형이었던 것이다.

건석은 베트남을 통해서 한국의 현실을 문제적으로 바라보게 된다. 그것은 이 작품에서 이라크 파병에 대한 비판적 시각으로 나타나고 있다. 팜 반 꾹은 "당신네가 이라크에 군대를 보내면 안되지. 안 보내겠다면 봐주겠소"(169)라고 이야기한다. 또한 러이는 "참전군인들 때문"이 아니라 "당신과 같은 다음 세대가 지난 세대를 답습"(170)하는 것에 분개한다. "당신이 이 나라에서 살려고 한다면 당신의 나라가 한 일과, 지금 하고 있는 일이 어떤 것인지 좀더 정확히 알아야 할 필요가 있어. 우리 베트남은 당신네 나라보다 훨씬 가난했지만 책임 있는 나라로서 행동했네"(171)라는 말 속에는 한국의 현재를 성찰하는 소중한 거울로서의 베트남이 지닌 의의가 잘 나타나 있다.

방현석의 소설들이 베트남을 대하는 태도는 「존재의 형식」의 처음 부분에 등장하는 번역 장면에 압축되어 있다. 한국어 시나리오를 베트남어로 번역하는 작업이 베트남인과 한국인을 묶어준다. 보통의 번역을 떠올릴 때, 우리는 두 개의 언어를 모두 아는 번역자가 혼자 앉아서

하는 고독한 작업을 떠올리기 쉽다. 그러나 이 작품에서 한국어 시나리오를 베트남어 시나리오로 바꾸는 작업에는, 한국어 시나리오 작업에 참여한 한국인, 두 나라 말을 모두 아는 번역가, 그리고 베트남어가 모국어인 베트남인이 참여한다. 이 번역에는 번역가가 번역한 말이 가장 적당한 것인지 확인하기 위해 한국어를 모국어로 사용하는 시나리오 작가와 베트남어를 모국어로 하는 시인이 함께 참여하는 것이다. 이 장면에는 우리의 주관대로만 베트남어를 확인하면 안 되며, 그 과정에는 반드시 베트남어 모어 사용자의 확인이 필요하다는 인식이 나타나 있다. 6성의 언어구조까지 완벽하게 고려하는 레지투이의 손을 거쳤을 때만이, 그 번역은 완벽한 경지에 이르는 것이다. 한마디로 이 번역작업에는 '나'의 생각이나 입장으로 상대방의 입장을 함부로 재단해서는 안된다는 인식이 선명하게 드러나 있다.

그리고 이때의 번역에서 무엇보다 신경 쓰는 것은 베트남민족해방전선과 관련한 부분이다. 이것은 번역에 참여하는 레지투이가 실제 베트남민족해방전선의 일원이었던 것과 관련되며, 무엇보다도 그러한 경험은 함부로 취급되어서는 안 된다는 작가의식과도 일정 정도 관련된 것으로 보인다.

베트남이라는 이국의 고유성과 가치를 최대한 인정하며 소통하려는 자세는, 「랍스터를 먹는 시간」에서 베트남인에게 용서를 구하는 건석의 모습이나, 베트남 여인 리엔과 결혼하기 위해 "내 딸이 한국인과 살게 할 수는 없다. 리엔, 이건 안된다. 저주를 받을 일이야"(166)라고 말하는 리엔의 어머니를 진지하게 설득하는 건석의 모습에서도 확인할 수 있다. 이러한 모습은 여타의 결혼이주여성을 다룬 소설들과는 다른 매우 이질적인 면모임에 분명하다. 방현석의 작품에서 베트남에 살아가는 한국인들은 최대한 현지의 이념과 가치를 존중하는 열린 자세와 그러한 가치를 한국의 현실에도 적용하고자 하는 겸허한 자세를 동시에 보여준다.

3. 우리를 되비춰주는 거울

전성태는 세 번째 작품집 『늑대』(창비, 2009)에서 몽골에 대한 집중적인 소설적 형상화를 시도하였다. 몽골을 배경으로 한 작품으로는 「코리언 쏠저」(『실천문학』, 2005 겨울), 「늑대」(『문학사상』, 2006.5), 「목란식당」(『창작과비평』, 2006 겨울), 「남방식물」(『현대문학』, 2006.11), 「중국산 폭죽」(『문학관』, 2007 여름), 「두번째 왈츠」(『ASIA』, 2008 겨울) 등을 들 수 있다. 전성태의 몽골 배경 소설을 이해하기 위해서는 「두번째 왈츠」에 등장하는 몽골의 자르갈 시인이 한국에서 온 '나'에게 하는 "서울 사람이든 평양 사람이든 한국인들한테 몽골은 마치 삼지대 같다는 인상을 받았소. 다들 우리를 통해 서로의 이야기를 들으려 했지. 마치 중매쟁이를 앉혀놓은 사람들 같았단 말이오"(227)라는 말을 경청할 필요가 있다. 평소 분단문제에 많은 관심을 갖고 있는 전성태에게 몽골이라는 공간은 북한에 대한 남한 사람들의 복잡 미묘한 욕망과 태도를 성찰하는 장소가 되고는 한다. 「두번째 왈츠」에서 한국인인 '내'가 집요하게 관심을 기울이는 것도 다름 아닌 "몽골에 귀화한 후 볼강 시 인근의 초원에서 양을 치며 살"(224)고 있다는 "'북한 할머니'의 존재"(224)이다.

「목란식당」에는 남북간의 교류가 정치적인 차원을 떠나서 계속 이어져야 한다는 입장을 가진 사람들이 등장한다. '나'와 삼촌, 표구사 박씨 등이 여기에 해당한다. 이러한 사람들을 통해 작가는 남북간의 관계를 정치적으로만 바라보고 대응하려는 남한과 북한을 동시에 비판하고 있다. 삼촌은 민간교류가 본격화되기 시작하던 무렵에 북한에 갔다가 "묘향산과 금강산 외에 다른 곳에서 목격한 사실을 그리면 안"(70) 된다는 북한 당국자와의 서약을 어기고, 금강산 가는 길에 목격한 처녀를 그린다. 이 일로 삼촌과 동행한 북한의 기관원 두 명과 운전사, 그리고 화가 한 사람이 처벌을 받는다. 이 소식을 들은 삼촌은 충격으로 붓을 놓은 상태이다. 표구사 박씨는 이러한 삼촌이 어떤 식으로든 붓을 다시 잡도록 도와주고 싶어한다. 이러한 삼촌은 몽골에 와서도 '내'가 "추억과 감상으로 냉면을 대하고 있는지"(76)도 모르겠다고 생각할 정도로, 북한에서 운영하는 목란식당에 대해서도 우호적이다. '나' 역시 불광동 양씨, 취객들, 선교회 사람들이 갖가지 이유를 내세워 목란식당에서 온갖 생떼를 쓰는 모습을 보며, "목란은 그냥 식당인데……"(86)라고 생각하는 인물이다. '나'의 이러한 태도에는 남과 북이 정치적 편견을 떠나 순수한 인간적 교류는 계속 이어가야 한다는 작가의 입장이 드러나 있다.

그 반대편에는 북한에 대한 우월의식에 바탕해, 북한을 끝없이 타자화하는 사람들이 존재한다. 몽골 처녀에게 새장가를 들었다가 재산을 다 털려먹고 정신을 놓아서 교민식당을 떠돌며 연명하는 불광동 양씨가 대표적이다. 그는 다른 교민식당에서는 조용하지만, 유독 목란식당에서만은 "큰소리를 치고 당당"(78)한 모습을 보여준다. 불광동 양씨처럼 심하지는 않지만, '내'가 목란식당에서 발견한 한국인 취객들도 북한에 대한 우월의식과 냉혹한 교환논리에 빠져 있기는 마찬가지이다.

취객들은 목란식당의 여성 종업원들에게 무리한 요구를 하고, "북측 동포들은 우리를 너무 몰라. 우리가 세금을 얼마나 많이 바쳐서 북으로 보내는 줄 모를 거야"(78)라고 말하는 것이다.

또한 목란식당에는 "구국을 위한 고난의 십자가"(82)라는 글씨가 새겨진 노란 조끼를 맞춰 입은 선교회 일행도 등장한다. 그 일행의 책임자인 늙은 목사는 식당에 오자마자 "우리가 지불한 돈이 북으로 갑니까?"(82)라고 묻는다. 목란식당 여사장의 "우리래 아직 수익이 발생하지 않아 이 식당에 투자하고 있습니다. 한푼도 평양에 가지 않습니다"(83)라는 말을 듣자, 목사는 "우리가 먹는 음식은 핵무기를 만드는 데 사용되지 않는다고 합니다"(83)라고 소리치며 식사를 시작한다. 선교회 일행의 기도에는 "저 북녘 감옥에는 이천삼백만이라는 기아에 허덕이는 하나님의 어린양이 있습니다. 그들을 구원하소서"(83)라는 구절이 들어 있다. 이 선교회 일행 역시 북한을 바라보는 한국 사회의 중요한 목소리 중 하나임에 분명하다.

결국 불광동 양씨는 평양에서 공훈요리사가 오지 않았다는 사실을 폭로하고,[10] 이에 힘을 얻은 선교회의 목사는 "우리는 오늘 불경한 음식을 먹고 말았"(85)다며 식당을 나선다. 선교회가 떠난 식당의 빈자리는 불광동 양씨의 고성과 무례로 채워지며 소설은 끝난다. 그 의도의 순수성과는 무관하게 결국 선교회 일행은 불광동 양씨와 동일한 정치적 효과를 발휘하게 되는 것이다. 이처럼 「목란식당」이라는 작품에서는 북한을 둘러싸고 벌어지는 한국 사회의 여러 논쟁들이 몽골에 그대로 옮

---

10 「목란식당」은 목란식당이 자신의 식당에 평양 옥류관에서 근무했던 공훈 냉면요리사가 파견되었다는 광고를 하는 것으로 시작된다.

겨졌다고 할 수 있다.

「남방식물」에서도 그는 남한 사람들이 가지고 있는 북한에 대한 막연한 두려움 같은 것을 보여주는 인물이다. 그가 단골로 다니는 목란식당의 종업원 명화는 곧 북한으로 돌아가야 하는 상황이다. 그러던 어느날 명화는 편지를 그에게 건네주고, 그는 고민 끝에 편지를 개봉하지도 않은 채 어워(몽골식 성황당)에 묻어버리고 만다. 작품의 마지막에 그는 어워에 다시 가서 명화가 건네준 편지를 꺼내본다. 거기에는 탈북을 도와달라는 식의 이야기 대신 다음과 같은 인간적 우정과 소박한 부탁의 말이 담겨 있을 뿐이다.

'그동안 동포애로 목란을 찾아주셔서 고맙습니다. 우리 목란 동지들은 모두 강심 먹고 억척같이 식당을 꾸려나가고 있습니다. 앞으로도 많이 찾아주십시오. 목란식당 리명화 올림.'

그리고 그 밑에 추신의 글이 붙어 있었다.

'우리와 같이 일하는 몽골 녀성 오카 씨가 이남으로 돈 벌러 가길 원합니다. 선생님께서 도와주십시오'(70)

전성태의 소설에서 몽골은 북한을 사유하는 간접적인 통로가 되는 것과 더불어 표상할 수 없는 타자성의 심연으로 등장하기도 한다. 「중국산 폭죽」이 대표적인 작품이다. 이 작품에서 한국인 목사가 상대하는 몽골인은 거리의 아이들이다. 아이는 타자성의 심연을 드러내기에 가장 적합한 형상이라고 할 수 있다. 이 작품은 목사가 선의로 빈병 따위의 폐품을 준 바 있는 거리의 부랑아들이 사흘만에 다시 목사를 찾아오는 것으로 시작된다. 그 아이들은 당연하다는듯이 폐품을 요구하고, 목사는 밖에 내놨더니 다른 사람들이 가져갔다고 말한다. 그러자 아이들은 "욕설이 분명한 몽골어를 짧게"[11](160) 토해내고, 나아가 목사에게 "변상을 해주세요"(161)라고 말한다. 이러한 아이들의 행동은 아이들에게 베푼 작은 선의로 뿌듯했던 목사의 마음을 혼란스럽게 만들기 충분하다. 목사는 "다음부터는 꼭 너희에게 주마"(167)라고 이야기하지만, 아이들은 꿈쩍도 하지 않으며 "그건 그거고요. 오늘 것은 변상해줘야해요"(167)라고 강력하게 요구한다. 결국 아이들은 내다버린 폐품 양에 해당하는 돈을 받고서야 돌아간다. 그전에도 그 아이들 중의 한 명인 네댓살쯤의 여자아이는 목사가 재직하는 교회에 왔을 때, 기도 중에 "빵 주세요!"(163)라고 소리 높여 외치는 바람에 목사를 곤혹스럽게 한 적이 있다. 그 아이는 자기 몫의 빵 이외에도 오빠 몫으로 두 개를 더 달라고 떼를 썼던 것이다. 작품은 한 해의 마지막날 밤에 사오백 명의 부랑아들이 광장에 모여 "거리에서 죽은 친구들을 위해"(177) 폭죽을 터뜨리는 것으로 끝난다.

이러한 몽골 아이들의 모습은 우리와는 매우 이질적인 존재들이라고 할 수 있다. 일상을 유지하게 하는 사회의 관습화 된 규범과는 너무나도 먼 거리에 있는 존재들인 것이다. 이와 관련해 작품 속의 아이들은 자주 짐승에 비유되고는 한다. 그들의 몸에서 나는 악취는 "짐승의 털 그슬리는 노린내"(160)로, 추운 겨울 모여앉아 담배를 피우는 아이들은 "도시의 까마귀들"(163)로, 관리인을 피해 집안에 들어온 아이들은 "피신

---

11 「중국산 폭죽」은 『문학관』(2007 여름)에 처음 발표되었다. 그러나 『문학관』(2007 여름)을 구할 수 없어, 전성태의 작품집 『늑대』(창비, 2009)에서 인용하였다.

한 짐승들"(169)로 표현되는 것이다. 목사는 어린 여자 아이가 기도 중에 소리를 질렀을 때와 남자 아이들이 끝까지 폐품값을 변상받아야 한다고 우길 때, 그들을 모두 "작은 악마"(164, 168)라고 생각하기도 한다.

그러나 전성태의 소설에서 몽골이 문명의 반대편에 놓인 타자성의 공간으로만 표상되어버리고 끝나는 것은 아니다. 「코리언 쏠저」는 「중국산 폭죽」에 드러난 몽골의 타자성을 통해 우리 안의 어둠을 성찰하게 만드는 작품이다. 창대는 십년 만에 얻은 안식년을 몽골에서 보낼 생각으로, 몽골에 위치한 작은 아파트를 하나 임대한다. 몽골인의 일상을 알기 위해 찾아간 재래시장에서 창대는 모든 사람들이 지켜보는 가운데 "몸수색을 당하는 범죄자"(279)처럼 몸에 지닌 것을 모두 빼앗긴다. 그 일당 중의 한 명은 창대의 얼굴에 잣껍데기를 뱉기까지 한다. 이 일을 겪고 창대는 "어떤 야만성에 노출되었을 때 찾아오는 격한 심리상태"(280)에 빠진다. 그 후 찾아간 인터넷 까페에서도 창대가 나오기만을 기다리는 예닐곱 명의 몽골인 청년들을 만난다. 창대는 자신이 "승냥이떼의 사냥감"(282)이 되어 버렸다고 생각한다. 이런 상황에서 인터넷 까페 여종업원에게 도움을 청하지만 그 반응은 무심하기 이를 데 없다. 창대는 이것이 바로 "약육강식의 세계였고, 찍힌 자는 살든 죽든 그건 제 운명"(283)인 "자연의 법칙"(283)이라고 규정짓는다. 창대는 그 청년들의 모습을 통해 칭기즈칸 군대를 떠올리고, 그들이 과거에 얼마나 "야만스럽게 보였을 것인가"(283)라고 생각한다. 창대가 '야만'에 이토록 민감하게 반응하는 것은 그가 본래 몽골에서 "시인으로서 예민한 감각과 어떤 그리움"(275)이나 "영혼을 위한 글들"(275)을 얻고자 했기 때문이다. 그는 한없이 낭만화된 장소로서 몽골을 바라보았던 것이고,

이 때문에 그가 체험한 몽골의 일들은 더 폭력적으로 다가왔던 것이다.

이 순간 창대는 처음으로 "나는 한국의 군인"(285)이라고 생각한다. 더군다나 한국의 군대는 "한국전, 베트남전, 걸프전, 그리고 최근에는 이라크전에까지 참전"(285)하였기에 "칭기즈칸의 군대와 닮은 것은 오히려 한국 군대"(285)라고까지 자부하게 된다. 몽골의 폭력성은 시인 창대의 내면에 잠재되어 있던 군인 창대를 선명하게 떠올리도록 한 것이다. 바트 씨의 도움으로 간신히 까페를 벗어나 아파트에 돌아온 창대는 며칠 후에 열쇠를 아파트 안에 두고 문을 잠궈 버리는 실수를 하게 된다. 몽골 사람들의 냉정함으로 아파트로 들어갈 길이 막혀버리자, 창대는 마지막 방법으로 아파트 창문을 통해 집 안으로 들어갈 계획을 세운다. 그 순간 창대는 자신이 "삼년간이나 군인"(293)이었음을 밝히고, 창대의 '코리안 쏠저'라는 말에 그동안 냉담했던 몽골인 검침원과 공사장의 몽골 군인들은 "친구"(295)가 되어 버린다. 창대는 몽골에서의 경험을 통해 "군대 체험은 어쩌면 그 삼십 개월에 그치는 게 아니라 어쩌면 제 인생을 통째로 삼키고 있는지도"(296) 모르며, "적어도 한국에서 군인이 시인보다 강하다는 사실"(296)을 깨닫게 된다. 이 작품에서 과거의 칭기즈칸을 연상시키는 몽골 사람들의 폭력성과 냉담함은 한국인의 내면 깊이 감추어진 어두운 심연을 불러내어 성찰케 하는 작용을 하는 것이다. 전성태가 발견해 낸 몽골의 타자성은 한국인의 타자성을 비춰주는 거울로서 작용하고 있는 셈이다.

4. 함께 만들어 나가는 고향의 명암

박형서의 『새벽의 나나』에 등장하는 주인공 레오는 네 번이나 "매춘의, 매춘에 의한, 매춘을 위한 거리"(76)인 "수쿰빗 소이 포 Sukumvit Soi 4, 일명 나나"(9)를 찾는다. 네 번의 방문은 1994년, 2000년, 2003년, 2009년에 이루어진다. 처음에 레오는 아프리카로 향하는 긴 여정에 태국을 잠시 들른다. 그러나 밤거리의 쌀국수 집에서 플로이를 만난후, 그야말로 운명적인 힘에 이끌려 나나의 거리에 머물게 된다. 전생을볼 수 있는 능력이 있는 레오가 보기에 플로이는 수쿰빗의 일개 매춘부가 아니라 "인연이 오백 년을 넘어서는 레오의 짝"(106)이다.

레오의 전생을 보는 능력은 수쿰빗에서만 가능해진다는 점이 특이하다. 소설의 전반부에서 전생은 상대방을 바라보는 기본적인 틀, 혹은 해석의 시각을 의미한다. 그것은 있는 그대로의 타자를 바라보는 것이 아니라 자기의 틀로서 타자를 바라보는 일에 해당한다. 레오는 가족들로부터 "이웃집 개처럼 증오"(111)를 받은 플로이가 아닌 "공주 출신으로 왕실을 박차고 나와 비천한 사냥꾼의 아내로 살았던 플로이"(107)를 사랑하는 것이다. 이것은 네 명의 이복오빠들에게 번갈아 강간을 당하고, 수양어머니에게 매끼 식사마다 두 손 모아 구걸할 것을 요구받아야 했던 플로이의 삶을 지우는 것이기도 하다. 이를 통해 플로이는 충분히 감당할 수 있는 타자, 즉 타자성이 제거된 타자가 된다.

이런 식의 전생을 보는 능력은 "레오가 말한 모든 게 사실이라서 자신이 오백 년 전 인도의 공주였다고 한들, 대체 뭐가 달라질 것인가?"(191)라는 플로이의 말처럼, 타자에 대한 이해나 공존과는 무관하다.[12] 레오가 그처럼 플로이의 전생에 집착하는 이유는, 플로이의 말처럼 "네가 꿈에서조차 나와 내 직업을 떼어놓지 못하"(302)기 때문이다.[13]

그런데 전생을 보는 이러한 능력은 작품의 후반부에 이르러 다른 의미로 변한다. 이때의 전생은 다음의 인용문처럼 우리가 모든 이와 공감을 나눌 수 있는 기본적인 토대로 작용한다.

> 전생을 보는 능력이 전보다 진화한 것이다. 그건 하나가 아니었다. 왜 여태 그걸 몰랐을까? 어리석은 편견이었다. 하나가 아니었어. 그래, 하나가 아니었던 거야. 등에서 식은땀이 흘렀다. 전생은 하나가 아니었다. 우리 모두에게는 수백, 수천의 전생이 있는 것이다. 전생의 모습을 유심히 들여다보면, 다시 그 전생의 전생이 보였다. 전생의 전생을 유심히 들여다보면, 다시 그 전생의 전생의 전생이 보였다. 그게 끝없이 반복됐다. 게다가 서로 엉켰다. 엉키고 겹치고 포개졌다. (339)

우리 중에 살인자가 아니었던 사람은 없기 때문이다. 우리 중에 배신자가 아니었고 도둑이 아니었고 희생양이 아니었던 자는 없기 때문이다. 윤회의 풍차에서 불어오는 영겁의 바람은 모든 영혼의 이력을 평평하게 만들어놓

---

12 그것은 "네가 플로이의 화려했던 전생을 떠들 때마다 그 애는 지금의 자기를 돌아보게 돼. 이 거리에서의 현재를 말이야. 그런 식으로 남을 우울하게 만드는 능력이라면 차라리 없는 게 낫지 않을까? 레오, 내가 전생에 광대나 저능아였거든 언제든 얘기해도 좋아. 웃기잖아. 하지만 현재보다 나았다면, 제발 말하지 마. 지금 사는 인생이 내 몫의 최선이라 믿고 싶어"(195)라는 에릭의 말을 통해서도 뒷받침된다.

13 현재에 대한 강조는 콴의 경우에서도 드러난다. 그녀는 "과거에 집착하여 미래를 규정짓는 바람에"(312), 현재만을 쏙 빼어놓았기에 자신을 진심으로 사랑하는 에릭을 놓치고 영국인 밥을 선택하는 잘못을 범하고 만다.

았다. 단지 순서가, 오늘 여기서 맡은 배역이 다를 뿐이다. 우리 중에서 매춘부로 살아보지 않은 자는 한 명도 없는 것이다. (340)

레오의 '전생을 보는 능력'은 티베트 불교와 관련시켜 이해할 때, 그 의미가 보다 뚜렷하게 드러난다. 티베트에서는 신참 승려를 교육할 때 그를 도살장에 데려가는 과정이 있다고 한다. 도살장에서 신참 승려는 지금 도륙당하는 짐승이 과거의 어느 한 시절에는 자신의 어머니이거나 자식이었다고 생각해야 한다. 황당하게 들릴 수도 있지만 만약 우리의 삶이 무한의 시간 동안 계속 환생한다는 것을 인정한다면, 저 짐승역시 어느 시점에서는 혈육이었을 가능성도 존재하는 것이다. 시간상의 무한을 도입함으로써 인간과 짐승 사이에 유대가 창출되는 것이다.[14] 레오의 전생을 보는 능력 역시 후반부에 이르러서는 이러한 능력을 획득한다. '윤회의 풍차에서 불어오는 영겁의 바람' 속에서 우리 중에 '살인자'나 '배신자'나 '도둑'이 아닌 사람은 존재하지 않는 것이다.

레오는 네 번이나 나나에 머물렀다가 다시 떠나는 일을 반복한다. 이러한 반복을 통하여 의미는 심화되고 확장된다. 이때 나나는 타자를 의미하는 하나의 심연이 되고, 머묾과 떠남은 이해와 오해의 끊임없는 반복을 의미하게 된다.

첫 번째로 나나를 방문했을 때 레오는 반년 만에 그 곳을 떠난다. "그러고 보니 소이 식스틴에서 레오가 제대로 이해할 수 있는 사람은 한 명도 없었다"(157)는 고백처럼, 레오는 플로이를 비롯한 나나를 이해하는

---

14   나카자와 신이치, 김옥희 역, 『대칭성 인류학』, 동아시아, 2005, 165~171면.

데에 완전히 실패한다. 대구의 교통사고 현장에서 유일하게 살아남았을 때, 레오는 다시 나나를 찾는다. 이때 레오는 "지역과 경험과 관계의 한계를 훌쩍 뛰어넘어 눈앞의 현상을 이해해보고자 하는, 인간이라면 누구나 갖고 있는 본능적인 욕구 때문"(250)에 소이 식스틴에 다시 방문한 것이다. 레오의 두 번째 나나행은 타인을 이해하고 싶다는 이전보다 더욱 강렬해진 욕망 때문에 이루어진 것으로 볼 수 있다.

그러나 두 번째 체류를 통해서도 레오는 끝내 이방인이라는 느낌에서 벗어나지 못한다. 태국어를 익숙하게 하고 거리의 비밀도 꽤나 알고 있으며 매춘부들의 삶을 깊숙이 돌보아줌에도 불구하고 "바로 그런 이유에서 레오는 여전히 이방인"(269~270)에 불과하다. "유효기간 일 년짜리 왕복 항공권을 뒷주머니에 꽂아둔 채로는 유람하는 여행자일 뿐, 끝내 수쿰빗 소이 식스틴의 일부가 될 수 없"(353)는 것이다.

플로이가 교통사고로 죽자 레오는 세 번째로 나나를 방문한다. 이 방문을 통해서야 레오는 자신이 끝내 이방인으로 남을 수밖에 없었던 이유를 우웨와의 대화를 통해 깨닫는다. 우웨는 "나를 네 멋대로 해석하는 거랑 날 완전히 이해하는 건 다르단 말이야"(391)라고 말하고, 레오는 자신이 나나에서 줄기차게 해온 일이 "이해가 아니라 해석"(392)이었음을 인정한다. "멋대로 남을 해석하는 대신 고스란히 상대에게 이입된다면, 정말로 이해한다면, 거기에는 사랑도 증오도 끼어들 틈이 없다. 상대의 즐거움과 아픔을 동시에 느끼며 상대와 동일한 방식으로 세계를 바라"(392)볼 뿐이다. 언제든 비행기를 탈 준비가 되어 있는 코스모폴리탄 여행자에 불과했던 레오에게는 진정한 공유의식과 소속감이 부재했던 것이다. 이때 사람들에게 소속감과 정서적 친밀감을 줄 수 있는 공동체를 만들어낸다는 것은 불가능하다.

이때의 '해석이 아닌 이해'란 타인과 공동체를 위한 실천과 헌신을 통해 구체화되는데, 그것은 우웨의 행위 속에 담겨 있다. 나나에서 "흙길만큼 상징적인 존재"(274)인 샨이 폭력적이고 부패한 경찰로서 나나의 유일한 악인인 아잇에게 얻어맞아 식물인간이 되었을 때, 우웨는 전심전력을 다해 샨을 돕는다.

> 비보를 듣는 순간 우웨가 보여주었던 저 놀라운 행동, 자기 처지도 망각한 채 다친 친구를 도와주러 가기 위해 필사적으로 몸부림치던 그 코끼리같은 의지가 부족했다. 그게 바로 국적과 나이를 초월해 진짜 남자가 진짜 친구를 대하는 진짜 방식이었다.
>
> 우웨는 그렇게 했다. 레오는 그렇게 하지 못했다. 그건 적당한 시간이 지난 후 제 고향으로 돌아갈 생각으로 머물러 있는 사람, 엉덩이 뒤편에 언제나 도망칠 구멍을 숨겨두고 있는 자는 할 수 없는 일이었다. 돌아갈 계획이 없거나 도망칠 곳이 없는 자만이, 우웨처럼 오래전에 제 여권을 깨끗이 불태워버리고 그곳에 뿌리를 박은 사람만이 할 수 있는 일이었다. 레오는 그 거리 모든 이들의 친구이되 여전히 이방인이었다. 그게 우웨와 레오의 가장 큰 차이점이었다. (276)

이러한 깨달음을 얻은 이후에야 레오는 비로소 이방인의 느낌에서 벗어난다. "돌아갈 시간이 다 되어서야 소이 식스틴의 일부, 그들 중의 하나가 되었음을 깨"(402)달은 것이다. 그러나 이 작품의 구성은 절묘하다. 작품의 1부는 세 번째의 나나 방문을 마치고 한국으로 돌아온 6

년 후를 그리고 있는데, 레오는 타자의 상징인 나나를 다시 한 번 찾고자 한다. 이러한 구성은 타자에 대한 이해나 공감의 불가능성을 강하게 환기시킨다. 이것은 그가 끝내 타자의 이해라는 문제를 완전하게 해결하지 못했음을 알려준다. 8년을 함께 산 아내에게 애인이 있다는 사실조차 몰랐던 레오에게, 아내의 외도는 "타인을 진심으로 이해한다는 건 어려운 일이 아니다. 그건 불가능한 일이다"(14)라는 생각을 안겨준다. 1부의 마지막 문장은 "레오는 자신이 십오년 전의 그날로 돌아가고 있다는 걸 깨달았다"(19)로 끝난다. 타인의 이해를 위한 노력과 바로 그 결과인 서사는 영원히 진행형일 수밖에 없음을 강하게 암시하고 있는 것이다.

레오는 마지막으로는 나나를 찾는 목적이 라노를 찾기 위해서라고 말한다. 라노는 나나의 전설적인 마약상인 솜이 숨을 거두기 전에 낳은 아이로, 라노가 태어난 날은 레오가 플로이를 만난 날, 즉 "모든 것이 시작된 날"(32)이기도 하다. 외국 자본의 대규모 공세로 인하여 수쿰빗 소이 식스틴의 삶은 점점 어려워지고 많은 사람들이 떠나간다. 신세대 매춘부들은 홍등가의 관례적인 질서와 상호 공조를 거부하며 선배들을 조롱하기 일쑤이다. 그들은 "매춘부로서의 소속감이 없거나 혹은 소속되기를 두려워한 까닭"(209)에 선배 매춘부들을 경멸하거나 모욕한다. 이러한 상황에 대하여 플로이는 강하게 반발하고는 했다. 사실 플로이는 전설적인 매춘부 지아를 잇는 나나 거리의 리더였다. 레오가 라노를 찾는 것은 점점 사라져 가는 나나를 재건하겠다는 의지의 표명으로 볼 수 있다. 이제 레오는 단순히 타자를 이해하는 문제를 뛰어넘어 나나라는 새로운 공동체를 건설하는 일에 나서기로 한 것이다. 그가 애타게 찾고 있는 라노야말로 새롭게 탄생할 나나의 공동체를 상징하는 존재이다. 나나가 단순히 타자성의 심연이나 연민의 대상이 아닌 '함께 만들어 나가는 고향'이 될 때, 우리는 모두에게서 이방인이 아닐 수 있는 가능성이 열릴지도 모른다.

조너선 색스는 다문화주의가 오늘날 수명을 다했으며, 나아가 다문화주의를 적극적으로 끝내야 할 때라고 주장한다. 이유는 다문화주의가 본래의 의도와는 무관하게 사회적 분리로 귀결되었기 때문이다. 다문화주의에 대한 대안으로 그가 제시하는 것은 '우리가 함께 만들어가는 고향'으로서의 사회이다. 색스는 차이와 다양성을 인정하면서도 공동의 소속감이 사회적 공공선을 창조해나가는 협업을 통해 창출되어야 한다고 본다.[15] 박형서의 『새벽의 나나』는 '함께 만들어 나가는 고향'의 모습에 가장 가까운 작품이라고 할 수 있다.

레오는 네 차례의 방문을 통해 나나의 이방인에서 관찰자로 다시 동반자에서 지도자로 그 위상이 변모되어 간다. 그런데 과연 이것이 얼마나 현실성이 있는 이야기일까? 혹시 태국과 한국의 국가적 위계관계와 사창가라는 나나의 특수성이 나중에는 레오에게 지도자의 위치까지 허

---

15 그가 이상적으로 생각하는 사회는 계약의 산물과는 다른 상호존중과 믿음에 바탕을 둔 언약의 결과물이다. 조너선 색스는 비유를 통해 '함께 만들어가는 고향으로서의 사회' 외에도 두 가지 사회 모델을 제시한다. 첫 번째는 '시골 별장으로서의 사회'이다. 이 별장에는 주인과 손님, 곧 내부인과 외부인, 다수와 소수가 존재한다. 따뜻한 우호적 관계가 성립하더라도 주인과 손님의 관계는 변화하지 않는다. 두 번째는 '호텔로서의 사회'이다. 호텔은 별장과는 다른 자유와 대등한 권리를 약속한다. 여기에는 애당초 주인, 내부인, 다수는 존재하지 않는다. 그러나 누구도 주인이 아니기에 이 호텔에 대해서 그 구성원은 별다른 애착이나 책임을 느끼지 못한다. 조너선 색스는 이 '호텔로서의 사회'가 바로 다문화주의가 추구하는 사회의 모델이라고 주장한다(조너선 색스, 서대경 역, 『사회의 재창조』, 말글빛냄, 2009).

용한 것일 수도 있다. 국가와 민족의 그 강고한 장벽을 생각한다면, 함께 만들어 나가는 고향이 결코 간단한 일일 수는 없기 때문이다. 이와 관련해 레오에게 나나의 일원이 되도록 이끄는 핵심적인 인물이 태국인이 아닌 독일인 우웨라는 사실도 문제가 있어 보인다.

또한 이 작품에 등장하는 태국인들은 이미 타자화된 상태로 등장한다. 이 소설의 대부분은 나나에 사는 인물들을 소개하는 데 바쳐지고 있다. 그리하여 이 소설은 일종의 열전列傳이라 부를 만하다. 첫 번째 인물군은 매춘부들이다. 샨, 솜, 매춘부 사회의 리더인 지아, 리싸, 임신한 몸으로 죽어간 10대의 까이, 항문성교 전문인 욘, 미얀마 출신의 까터이(성전환자) 나왈랏, 고위 경찰의 귓불을 물어뜯고 미얀마에서 도망친 빠빠 등등. 또 하나의 인물군은 본래는 이방인이었다가 나나에 눌러 앉은 남자들이다. 독일인 우웨, 플로이의 단짝 고향친구인 콴, 해군이 되려고 아나폴리스로 가다 길을 잘못 든 바람에 태국에 온 에릭, 카렌족 출신의 미얀마 고급 장교 예나이, 멋쟁이 마쵸 똠이 그들이다. 이들은 "도대체 어디까지가 정상이며 어디부터가 변태란 말인가?"(262)라는 질문에 대한 답변을 실연하겠다는 듯이 온갖 성행위와 고통스러운 일들을 엮어서 보여준다. 따라서 '함께 만들어 나가는 고향'에는 태국인이 없거나, 있더라도 그것은 어느 정도 레오의 주관과 의지로 선규정된 태국인만이 존재한다고 말할 수도 있다.[16]

---

16 『새벽의 나나』에 대해서는 「네이션을 넘어선 연대의 가능성」(『끝에서 바라본 문학의 미래』, 실천문학사, 2012)에서 논의한 바 있다. 그때는 조너선 색스의 논의를 참고하여 '함께 만들어가는 고향'의 긍정적 가능성을 보여주는 작품으로만 논의하였다. 이 책에서는 다른 작가들과의 비교를 통해, 작가가 주장하는 연대 이면에 감춰진 허위의식까지 살펴보았다.

5. 결론

해이수의 호주 배경 소설에서는 철저하게 호주의 백인들과 한국인들이 어울리지 못한다. 한국인들은 그들만의 게토화된 공간에서 살아가거나 같은 유색인종과 어울릴 뿐이다. 결국에는 그마저도 불가능해져서 끝내는 호주 사회로부터 배제되는 결과를 보여준다. 윤고은의「늙은 차와 히치하이커」는 상처를 가진 두 명의 인간이 공감과 상호 이해를 통해 소통에 이르는 아름다운 풍경을 제시하고 있다. 그러나 이때 교감하는 두 명의 인간 모두 호주 내에서 주변화된 인종들이라는 공통점을 보여준다. 특히 해이수의 작품에서는 경제적 격차를 통해 위계화 된 신자유주의적 지구화의 한 단면이 나타나고 있다. 우리나라에서 수많은 동남아 출신의 노동자가 겪는 불평등과 착취를 해이수의 소설 속 주인공들 역시 호주에서 그대로 겪는 것이다. 방현석의「존재의 형식」과「랍스터를 먹는 시간」에서 한국인들은 베트남에 마음대로 자신의 이상을 투영하거나 반대로 그곳으로부터 힘없이 분리되거나 배제되는 모습을 보여주지 않는다. 한국인들은 그곳에서 잃어버린 과거의 참된 가치를 찾아내고는 하며, 그것을 통해 베트남은 한국인들의 현재 삶에 의미 있는 하나의 준거점으로 작용하는 것이다. 그것은 시작 부분의 번역 작업에서 드러나는 것처럼, 한국인의 정체성을 유지하면서 동시에 베트남의 고유성을 최대한 인정하려는 태도에서 비롯된 것이라고 할 수 있다. 전성태의 몽골 소재 작품들에서 한국인들은 몽골인들과 깊이 어울리지는 못한다. 작가가 형상화한 몽골이라는 거울에는 북한이나 통일을 사유하는 한국인들의 태도가 비쳐지기도 하고, 자기 안에 깊이 감추어둔 어두운 심연이 드러나기도 한다. 이러한 거울은 어디까지나 몽골의 고유성과 독자성이 상당 부분 지워진 후에야 얻어진 결과라고 할 수 있다. 박형서의 『새벽의 나나』에서는 한국인이 태국의 사창가에 자신이 참여하는 이상적인 공동체를 건설하려고 한다. 이러한 숭고한 시도에는 태국과 한국 사이의 국제적 위계와 사창가라는 특수성에서 비롯된 모종의 자만심이 개입된 결과라고 파악할 수도 있다. 그렇다면 '얼마든지 타국의 사람들과 어울릴 수 있다는 의식'을 보여주는 박형서의 『새벽의 나나』와 '타국의 사람들과 어울리는 것은 원천적으로 불가능하다는 의식'을 보여주는 해이수의 호주 배경 소설은 서로를 비춰주는 거울상이라고 볼 수도 있을 것이다.

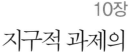

10장
지구적 과제의
소설적 형상화

1. 탈국경의 상상력

6장에서는 우리 문학에서 중요한 쟁점으로 부상된 탈국경의 상상력에 대하여 살펴보고자 한다. 국가와 국가 간의 경계를 가로지르며 단일한 민족·국가 중심의 이데올로기를 넘어선 문학적 경향을 '탈국경의 상상력'이라 지칭하고자 한다. 탈국경의 상상력을 통해 한국의 작가들은 그동안 한반도 남쪽에 국한되었던 작품의 공간적 배경을 세계로 확장하고, 한국적 모더니티의 문제를 세계적인 시야에서 바라볼 수 있는 거리를 확보하게 되었다.[1]

2000년대 이후 한국문학은 민족과 민중이라는 경계 안에서 작동하던 이전의 상상력과 감수성을 초월하기 시작했다.[2] '탈脫(trans)의 상상

---

1 박성창, 「문학·국경·세계화」, 『세계의 문학』, 2008 봄, 324면.
2 김예림, 「'경계'를 넘는 문학적 시선들」, 『문학 풍경, 문화 환경』, 문학과지성사, 2007, 93~95면.

력'이 전경화되면서 근대 사회의 초월적인 기표들(국가, 민족, 성, 이름 등)이 점차 상대적인 가치로 변모한 것이다.

가라타니 고진에게서 시작된 '근대문학의 종언'이라는 테제는 우리의 문학판을 술렁이게 만들었다. 고진은 근대문학이 다른 시대의 문학과 구별되는 것은 소설 또는 소설가가 중요한 지위를 차지하게 된 것이며, 이처럼 "근대문학=소설"이라는 등식이 성립한 가장 큰 이유는 소설이 다음과 같은 두 가지 역할을 수행했기 때문이라고 주장한다. 첫째 리얼리즘 소설은 객관적 재현 장치인 원근법, 언문일치, 묵독 등을 통해, 세상과 자신을 성찰할 수 있는 내면적 주체를 형성시켰다. 둘째 지적 능력과 감성적 능력을 연결하는 상상력을 적극적으로 활용하여 타자들과의 공감 능력을 배양함으로써 네이션의 형성에 기여를 했다. 위의 두 가지 기능 중에서도 좀 더 본질적인 근대문학의 역할은 후자와 관련된다.

18세기에 감성과 감정이 지적 도덕적 능력(오성이나 이성)과 밀접하게 연결되어 있다는 것, 그리고 그들을 매개하는 것이 상상력이라는 사고가 등장함으로써, 이제까지 감성적 오락을 위한 단순한 읽을거리였던 소설(이야기)이 철학이나 종교와는 다르지만, 보다 인식적이고 실로 도덕적인 가능성을 지녔다는 관념이 발견(발명)되었다. 이를 통해 "소설은 '공감'의 공동체, 즉 상상의 공동체인 네이션의 기반"[3]이 된 것이다. 문학은 이제 지적이고 도덕적인 과제까지 확실하게 수행해야만 한다. 사르트르의 "문학은 한마디로 말하자면 영구혁명 안에 있는 사회의 주

---

3   가라타니 고진, 조영일 역, 『근대문학의 종언』, b, 2006, 51면.

체성(주관성)이다"[4]라는 말은 칸트 이후 문학이 놓인 입장을 보여주는 것이다.

그런데 가라타니 고진은 "'문학'이 윤리적·지적인 과제를 짊어지기 때문에 영향력을 갖는 시대는 기본적으로 끝났습니다"[5]라고 선언한다.[6] 오늘날도 문학이 존재한다면, 그것은 단지 오락으로만 존재한다는 파격적인 주장이다. 가라타니 고진이 자신 있게 근대문학의 종언을 선언하는 핵심적인 이유 두가지는 문학(소설)이 더 이상 네이션을 형성하는 기능을 발휘하지 못한다는 점과 문학의 인식적·도덕적 가능성이 소진되었다는 점이다.

가라타니 고진이 근대문학 종언의 핵심적인 근거로 내세우는 '문학(소설)이 더 이상 네이션을 형성하는 기능을 발휘하지 못한다는 점'과 '문학의 인식적·도덕적 가능성이 소진되었다는 점'과 관련하여 최근의 소설이 네이션의 형성과 관련된 압박에서 벗어난 것은 어느 정도 사실로 보인다. 설령 네이션 형성에 기여를 한다고 하더라도, 그것은 작가의 의도를 넘어선 차원에서 이루어지는 경우가 대부분이다. 그러나 오늘날 현실의 여러 문제들이 지구적 단위에서 형성된다는 것을 고려하면, 이것을 부정적인 현상이라고 볼 수만은 없다. 어떤 의미에서는 네이션의 범위를 벗어난 형상화야말로 오늘날의 현실에 대한 더욱 적확한

---

4   장 폴 사르트르, 정명환 역, 『문학이란 무엇인가』, 민음사, 1998, 213면.
5   가라타니 고진, 앞의 책, 65면.
6   근대문학이 그동안 떠맡아 왔던 네이션 형성이라는 이데올로기적 역할의 종료와 더불어, 가라타니 고진은 그림의 기하학적 원근법에 상응하는 소설의 삼인칭 객관묘사의 폐기, 새로운 미디어와 문화의 출현, 자율적인 주체성을 더 이상 추구하지 않는 사회분위기 등을 근대문학 종언의 배경으로 언급하고 있다.

묘사일 수도 있다.

요컨대 "상상력이라는 인식론적 권능과 미학적이고 윤리적인 연대의 형식들(공감력)의 결합 속에서 근대문학은 타인들과의 연대를 상상적으로 획득할 수 있는 주체와 그런 주체들이 구성하는 공동체를 형성하는 장치의 역할을 수행했다"[7]면, 지금의 우리 문학이 감당할 수 있는 연대와 공동체의 범위는 민족을 훌쩍 뛰어넘어 세계와 자연의 수준에까지 이르게 되었다고 볼 수 있다. 그렇다면, 근대문학에게 특권적으로 주어졌던 '문학의 인식적 · 도덕적 가능성'은 오늘날 다른 방식으로 활성화되었다고 말할 수도 있을 것이다. 최근의 많은 소설들은 새로운 차원의 현실 인식과 정치적 사유를 보여주고 있다. 이은선의 「카펫」(『현대문학』, 2010.4), 전혜정의 「봉인된 시간」(『학산문학』, 2010 여름), 김희선의 「어느 멋진 날」(『21세기 문학』, 2013 겨울)에서 그러한 모습을 확인하고자 한다.

2. 지구적 생태환경의 위기

이은선의 「카펫」에서 독자가 배경과 관련해 구체적으로 확인할 수 있는 것은 거의 없다. 구체적인 지명이나 시대를 상상할 수 없는 상황에서 외국 이름을 가진 사람들이 주요 인물로 등장하는 것이다. 그러나 이 작품이 담고 있는 문제의식은 지금의 현실에 밀착되어 있다. 이때 중요한 것은 이 작품에서의 현실이 가라타니 고진이 근대문학의 가장 큰 의

---

7 김홍중, 「근대문학 종언론의 비판」, 『마음의 사회학』, 문학동네, 2009, 128~129면.

미 배경으로 설정한 네이션의 범주를 넘어서고 있다는 점이다. 이때의 현실은 그야말로 전지구적 차원의 것이다.

「카펫」은 슈흐랏이라는 이국 소녀를 화자로 내세워 내해內海가 말라가는 환경재앙을 그리고 있다. 모든 재앙은 내해가 말라가는 것으로부터 시작된다. 내해가 마르기 전에 사람들은 목화 농사를 짓고, 바다에 나가 고기를 잡으며 행복하게 살았다. 그러나 내해가 마르면서, 사람들은 농사를 지을 수도 없고 심지어는 마실 물조차 모자라게 된다. 마을 사람들은 불치의 질병에 시달리는데, 주인공인 슈흐랏 역시 대책없이 목이 점점 부어오른다. 선장인 아버지는 배를 타고 떠나 돌아오지 않는다. 어머니는 카펫을 팔아 근근이 생활을 해나가지만 아픈 슈흐랏의 약값조차 대기 힘들다.

이처럼 척박한 삶이 이어지는 이곳에 율두스라는 이름을 가진 한 여인이 나타난다. 그녀는 생태 조사팀의 일원으로 왔다가 부상을 당해 낙오한 것이다. 모자란 물로 인해 이방에서 온 여자를 들이지 말라는 마을 사람들의 명령에도 불구하고, 슈흐랏의 어머니는 그녀를 데려와 돌봐준다. 슈흐랏의 엄마는 마을에 찾아온 이방인 율두스에게 무조건적인 환대의 모습을 보인다. 자신과 아들조차 극한의 생존을 이어가는 상황에서 엄마는 율두스에게 물을 주며, 그녀를 돌보는데 조금도 주저하지 않는다. 엄마의 태도는 아무런 현실적 보상도 요구하지 않는다는 점에서 감히 윤리적이라고 말할 수 있다. 사람들은 "사람 하나 늘리는 일이 물을 얼마나 많이 쓰는 일인 줄 알고나 하는 짓"(250)이냐며 엄마를 나무라지만 어머니는 그녀를 끝까지 돌본다. 엄마는 슈흐랏에게 율두스의 나라에 가면 병을 고칠 수 있는 방법이 있을지도 모른다고 말한다.

그러나 율두스와 같은 팀에 속했던 사람들은 마을에 두 번 다시 나타나지 않는다. 그러나 어머니마저 돌아오지 않는 상황에서 이방에서 온 율두스는 촌장에게 강간당한다. 이전에 어머니도 약값을 대가로 마을 사람들과 촌장의 성적 노리개가 된 적이 있다.

점점 상황은 악화되어 간다. 카펫을 팔러 나간 어머니는 돌아오지 않고, 슈흐랏은 병이 심해져 몸의 감각이 사라져 버린다. 수로에는 더 이상 한방울의 물도 들어오지 않는다. 슈흐랏과 율두스는 무작정 마을을 떠난다. 그 순간 슈흐랏의 앞에 거대한 환상이 나타난다. 지평선을 넘어온 바닷물이 발목까지 차오르고, 아버지가 타고 있을지도 모르는 배가 밀려온다. 동시에 엄마가 나타나고, 슈흐랏은 병이 다 나았다고 느낀다. 그 황홀경의 와중에 슈흐랏은 목화송이 하나를 잡아 타고 하늘을 헤엄쳐 다닌다. 이때의 환상은 현실의 비극을 더욱 강조하는 동시에, 출구없는 우리의 막막한 절망을 강하게 환기시킨다.

이 작품은 추상적인 시공간을 배경으로 하고 있지만, 담고 있는 메시지는 매우 현실적이고 절박하다. 물부족과 그로 인한 고통은 네이션의 차원을 넘어 인류가 겪고 있는 지금의 문제이기 때문이다.[8] 이은선은

---

8 지구환경문제의 절박성은 다음의 신문기사를 인용하는 것으로 충분할 것이다. "세계 지도자들과 마주 앉아 속히 해결 방안을 모색하겠다." 반기문 유엔 사무총장이 지난 4일 우즈베키스탄의 아랄 해를 둘러보고 "매우 충격적"이라며 이렇게 말했다. 그가 방문한 무이락 마을의 풍경은 충격이란 말로도 부족했다. 소금기 가득한 사막엔 폐선이 녹슬고 있었다. 한때 깊고 푸른 아랄 해였던 그곳에 말이다. 터키어로 '섬들의 바다'라는 뜻을 지닌 아랄 해는 50년 전만 해도 남한 크기의 3분의 2만한, 세계에서 4번째로 큰 내해였다. 옛소련이 자연을 개조한다며 호수로 흐르던 강의 물길을 면화재배지로 돌리는 바람에 아랄 해의 90%가 말라버렸다(『경향신문』, 2010.4.6). 우리는 물이 없으면 못 살지만 물이 없는 세상을 심각하게 생각하지 않는다. 물이 주위에 있다는 사실을 당연하게 받아들인다. 미래에도 그럴까? 우리가 직면한 물 위기는 수치상으로도 얼마나 심각한지 알 수 있다. 유엔개발계획(UNDP)에 따르면 10억

구체적인 인물이나 시공을 완전히 벗어난 환상적인 방법을 통해 지금 인류의 절박한 과제를 환기시키는 데 성공하고 있다.

3. 폭력의 일상화 혹은 지구화

전혜정의「봉인된 시간」역시 추상적인 시공을 배경으로 하고 있다. 이 작품은 강력한 알레고리적 의미를 형성한다. 마을에 점령군이 들이닥치고 그들은 포로들을 죽이는 것으로 자신들의 폭력성을 증명하기 시작한다. 점령한 지 반 년이 지난 후에도 사나흘에 한 번꼴로 포로들에 대한 처형이 회당에서 벌어진다.

점령군 장교는 곧 마라라는 어린 소녀의 "단순히 아름답다는 표현만으로는 부족할 정도"(270)의 미모를 발견한다. 그날 저녁에 마라는 점령군 장교들의 성적 노리개가 되어, "핏물과 상처와 멍으로 범벅이 된 나신"(277)이 되어 집으로 돌아온다. 마라는 처음 성폭행을 당하던 순간에 "남자들에게 차례로 다리를 벌리고 있는 자신을 응시하고 있는 또 다른 자신을 어둠 속에서"(276) 본다. 나중에 "마라에겐 과거가 존재하지 않았다. 다만 현재만이, 장교들의 욕구를 충족시키기 위해 지금 두 다리를 벌리고 있는 현재만이 존재"(295)하게 된다. 이러한 두 가지 체험은 마라가 끔찍한 비극을 겪으며, 자신의 정체성을 완전히 상실했음

명, 즉 전 세계 인구 6명 중 1명이 깨끗한 물을 마실 수 없고 20억 명 이상이 최소한의 하수처리시설이 갖춰지지 않은 곳에서 생활한다고 한다. 이런 상황을 그대로 방치한다면 2025년에는 전 세계 인구의 3분의 2가 충분한 청정 식수를 공급받지 못하게 된다(『동아일보』, 2010.4.7).

을 의미한다. 그녀는 일종의 죽음을 당한 것이다.

성적 노리개가 된 마라는 점령군의 보호 아닌 보호를 받는다. 마라가 첫 번째 성폭행으로부터 회복하는데 두 달 여의 시간이 걸린다. 회복이 되자마자 마라는 또다시 장교들에게 끌려간다. 그곳에서 마라는 장교들에게 요구받은 일들을 무표정한 얼굴로 수행한다. 그때도 자신이 보았던 또 다른 자신을 어둠 속에서 발견한다. 계속해서 마라가 막사를 출입하자 마을에는 "고작 열네 살의 소녀인 마라가 벌써부터 남자를 호릴 수 있는 음탕한 매력을 지니고 있는 탓에 점령군의 장교들이 마라에게서 헤어나지 못하는 것"(284)이라는 소문이 돌기 시작한다. 마을 사람들은 어느 새 마라를 어린 매춘부로 간주하기까지 한다.

이은선의 「카펫」이 물부족으로 대표되는 인류의 환경문제를 환기시켰다면, 전혜정의 「봉인된 시간」은 예외상황이 정상이 되어버린 항구적 예외상태인 국가간의 폭력적 상황과 그에 대응하는 사람들의 폭력을 진지하게 문제 삼고 있다.

우선 P국의 성격이 오늘날의 패권국을 강렬하게 환기시킨다. "P국이 강대국이라는 것은 사방의 모든 나라들이 인지하고 있는 사실이었으나, 이 강대국에게는 항상 호시탐탐 반기를 들려하는 적국이 너무 많"(290)다. 마을 사람들에게는 생존 자체를 위협할 만큼의 혹독한 굶주림과 가난이 닥쳐 오고, 점령군도 P국의 전투상황이 악화됨에 따라 본국으로 돌아갈 상황에 이른다. 식자공 역시 오늘날의 위계화된 세계에서 흔히 발견할 수 있는 인물형이다. 이 마을에서 점령군과 마을 사람들 사이를 매개하는 것은 점령군의 언어인 P국의 말을 유일하게 할 줄 아는 식자공 뿐이다. 그로 인해 늘 일감이 없어 근근이 살아가던 식자공은 마을에서 "가장 영향력 있는 인물"(266)이 된다. 그는 마을 사람들과 점령군 사이에서 중개자의 역할을 솜씨 좋게 해낸다. 식자공은 나중 점령군 사병들에게 명령을 내리는 지위에까지 오르고, 마을 사람들 사이에서도 신망을 얻는다.

이러한 절체절명의 순간에 마을 사람들이 보이는 태도는 매우 문제적이다. 마라의 존재로 인해 "더 이상 다른 소녀들이 희생되지 않는 상황"(287)이 가능함에도 불구하고,[9] 마을 사람들은 이유없이 마라를 비난하고 그녀와 그 가족들에게 근거 없는 원망과 불평을 보인다. 마라가 "그저 자신과 모두를 살리기 위해 그랬던"(294) 것이라는 사실은 조금도 고려되지 않는다. 이후 마을 사람들의 마라를 향한 적개심의 수위는 점차 높아진다. 마라의 집에는 음식이 넘쳐난다는 말이 퍼지고, 그 후에는 배고픔을 견디지 못하고 찾아온 이웃에게 썩은 무화과를 던져주며 개처럼 받아먹으라고 했다고까지 한다. 점령군이 철수하자 마을 사람들의 마라와 그 가족들에 대한 적개심은 노골적으로 불타오른다. 결국 점령군이 철수한 날 마라는 자신의 집이 검은 연기에 휩싸여 사라지는 것을 산에서 보게 된다. 선악의 피안에 놓여 있는 마라와 그 가족들을 향해 돌을 던짐으로써, 마을 사람들은 자신들에게 찾아온 공동체의 문제를 해결하고 있는 것이다. 이러한 방식은 너무도 비겁하고 졸렬할 것이지만, 르네 지라르가 말했듯이, 인류가 오랫동안 위기를 극복해 온 방식이라고도 할 수 있다. 르네 지라르의 독법에 따를 경우, 자신의 모든 것을 바치고도 바로 그 이유 때문에 목숨을 잃어버린 마라는 이 시대의

---

[9] 처음 마라가 성폭행을 당하고 병들어 누워 있을 때, 점령군은 다른 소녀에게도 마라에게 했던 것과 같은 일을 저지른다. 이로 인해 그 소녀의 가족은 모두 죽음에 이른다.

예수라고 할 수 있다. 「봉인된 시간」의 마라를 윤리적인 존재라고 말할 수는 없다. 그녀가 결과적으로 마을 사람들을 구원하는 역할을 하고 있지만, 그것은 자신의 의도와는 무관한 것이기 때문이다. 그럼에도 희생양인 그녀는 결국 마을의 모든 고통과 절망을 짊어진 성녀聖女임에는 분명하다.

4. '세계에 대한 상상'으로서의 소설

김희선의 「어느 멋진 날」(『21세기 문학』, 2013 겨울)은 복잡한 시공간을 오르내리는 구성방식을 취하고 있다. 각 장은 별도의 시공간으로 나뉘어 있는데 이를 정리하면 다음과 같다.

① 2013년 1월 20일 서울-② 2012년 12월 25일 텔아비브. 오전 10시 -③ 1982년 6월 17일 레바논 베이루트의 팔레스타인 난민촌-④ 2012년 12월 25일 텔아비브. 오전 11시 30분-⑤ 2013년 1월 20일 가자지구 알-부르즈 난민촌-⑥ 2012년 12월 25일 텔아비브. 오후 2시-⑦ 2012년 12월 15일 알-부르즈 난민촌. 의사 아부엘의 집-⑧ 2012년 12월 25일 텔아비브. 오후 5시-⑨ 2013년 1월 10일 서울-⑩ 2013년 1월 20일 알-부르즈 난민촌. 할레드의 집-⑪ 2013년 1월 20일 서울.

「어느 멋진 날」은 시간을 기준으로 볼 때, 1982년 6월 17일, 2012년 12월 15일, 2012년 12월 25일, 2013년 1월 10일, 2013년 1월 20일에

벌어진 일로 되어 있음을 알 수 있다. 작가는 1982년에 있었던 베이루트의 학살극, 그리고 이를 주도한 이스라엘 전총리인 샤론의 혼수상태라는 역사적 사실을 적극적으로 활용한다.[10]

시간을 온통 뒤죽박죽으로 만들어 놓은 이 소설의 스토리는 1982년 이스라엘군이 레바논의 베이루트에 있는 팔레스타인 난민촌에 침공하는 것으로 시작된다. 이때 아부엘은 동생 할레드가 살해당하는 것을 목격한다. 이후 아부엘의 가족은 가자지구 서안으로 들어와 정착하고, 아부엘은 몸에 폭탄을 주렁주렁 달고 성전에 참여하는 것이 일상인 분위기에서 성장한다. 아부엘은 할아버지의 후원으로 간신히 그곳을 떠나 의사가 되지만, 아부엘이 떠난 뒤 대규모 공습으로 인해 난민촌의 가족들은 모두 죽고 만다. 이후 아부엘은 의사가 되고, 텔아비브의 유명한 병원에서 일할 수 있는 기회까지 얻는다. 그러던 어느 날 이븐 알 하둔이 찾아와 "인간의 무의식에 침투하는 방법"(105)을 전수해준다. 이븐 알 하둔은 아부엘이 "사람들의 무의식을 변형시키고 꿈을 꾸게 함으로써 세상을 바꾸는 일"(107)을 하기 원했던 것이다. 아부엘이 침투하고자 하는 무의식의 주인은 다름 아닌 1982년의 학살극을 주도했지만,

---

10 얼핏 보기에 복잡한 이 소설을 이해하기 위해서는 다음과 같은 배경지식이 필요하다. "뇌졸중으로 쓰러져 8년간 혼수상태에서 투병해온 아리엘 샤론 전 이스라엘 총리가 2014년 1월 11일 타계했다. 군인 출신인 샤론은 2001~2006년 총리로 재임하는 등 이스라엘서 수십 년간 군과 정치 지도자로서 활약했다. 샤론은 군 장성으로 1967년 '6일 전쟁', 1973년 '욤 키푸르' 전쟁 등에서 공로를 세웠으며 팔레스타인해방기구(PLO) 대원을 겨냥한 레바논 침공도 진두 지휘했으나 수천 명의 민간인이 사망하면서 아랍권에서 '베이루트의 도살자'라는 오명을 얻었다. 이스라엘 내부의 공식 조사 결과로도 1982년 9월 레바논 베이루트 외곽 사브라와 샤틸라 난민캠프에서 2천여 명의 팔레스타인 민간인이 살해 당한 데는 샤론이 간접적 책임이 있는 것으로 밝혀져 국방장관직에서 즉각 사퇴했다"(『연합뉴스』, 2014.1.11).

지금은 혼수상태에 빠진 샤론이다.

아부엘은 샤론의 무의식에 침투하는 데 성공한다. 그리하여 샤론으로 하여금 아부엘이 어린 시절 동생의 죽음을 목격하던 그 끔찍했던 순간을 계속해서 체험하는 꿈을 꾸게 만든 것이다. 샤론은 어린 소년이 동생의 죽음을 확인하고 비명을 지르는 장면에서 매번 눈물을 흘린다. 모사드는 이것이 아부엘에 의해서 이루어진 일이라는 것을 파악한 후, 아부엘이 피신한 서울까지 찾아가 그를 살해한다. 이것은 액자소설 형식인 「어느 멋진 날」의 내화라고 할 수 있다. 그리고 이 내화를 지어낸 사람은 잡지사에 근무하는 '나'이다.

「어느 멋진 날」에는 소설을 쓰는 또 한 명의 사람이 있으니, 그는 가자지구에 사는 소년 할레드이다.[11] 아부엘이 가자지구에서 새롭게 알게 된 할레드는 서울을 상상하며 소설을 쓴 바 있다. 아부엘은 이 소설을 보고 왜 가본 적도 없고 갈 일도 없을 서울을 상상하며 소설을 쓰느냐고 물어본다. 다음의 인용문은 할레드의 답변으로서, 이 답변이야말로 소설의 주제와 직접적으로 맞닿아 있다.

어차피 모든 이야기는 상상이니까요. 어쩌면 내가 지금 서 있는 이 땅이, 가장 깊숙한 밑바닥에선 바로 그 도시와 연결되어 있는 걸지도 모르고요. 아니, 생각해보니 난 그곳에 기시감을 느꼈던 것 같아요. 그런데 아부엘, 거기서도 누구 한 사람쯤은 이곳에 기시감을 느끼고 있지 않을까요? 그리고

---

11 「어느 멋진 날」에는 두 명의 할레드가 등장한다. 어린 시절에 이스라엘의 공격으로 살해당한 아부엘의 동생인 할레드와, 현재 난민촌에 머물며 소설을 쓰는 할레드가 존재하는 것이다.

나처럼 이렇게, 한 번도 가보지 않은 장소에 대하여 이야기를 만들어내고 있지 않을까요?(111)

가본 적도 갈 일도 없을 서울을 상상하는 소설이 가능한 것은 "이 땅이, 가장 깊숙한 밑바닥에선 그 도시와 연결"되어 있기 때문이다. 따라서 할레드는 '서울에서도 한 사람쯤은 중동의 난민촌에 기시감을 느껴 그곳에 대한 이야기를 만들어내고' 있을지도 모른다고 예상하는데, 그 예상은 정확히 맞아 떨어진다. '나'는 공장 밀집지대 인근에서 살해된 아랍인의 옷에서 한 "소년이 좀 더 어린 남자애와 함께 서 있는 사진"(90)을 형사 김에게서 넘겨받은 후, 그 사진의 배경이 된 동물원이 "언젠가 혹은 어디선가"(90) 본 것 같은 기시감을 느끼는 것이다. 실제로 '나'는 「어느 멋진 날」의 내화라고 할 수 있는 글을 쓴다. 이처럼 이 소설에서 기시감은 '나'와 '너'가 서로를 이해할 수 있는 기본적인 토대가 되고 있다. 기시감은 "우리들 모두가 세상의 기저에선 서로 맞닿아 있다는 걸 보여주는 증거"(110)로서 사용되고 있는 것이다.

'내'가 쓴 소설은 모사드 요원에 의해 아부엘이 끔찍하게 살해되는 것으로 끝나지만, 할레드가 쓴 소설은 다른 결말을 보여준다. 할레드 소년이 쓴 소설의 결말이야말로 작가의 꿈이라고 말할 수 있을 것이다.

결코 아부엘(이라고 이름 붙인 소설의 주인공)이 죽지 않으며, 시체 안치소에서 갑자기 벌떡 일어나 모두를 놀라게 할 거라는 걸 안다. 그리고 길고 긴 코마에서 깨어난 아리엘 샤론이 팔레스타인의 지도자와 서로 손을 잡으며 악수를 하게 되리라는 것도 알고 있다. 왜냐하면 이제 샤론은, 동물원에서 동생이 죽어가는 걸 지켜봐야만 하는 어떤 소년의 슬픔을 정말로 느껴봤으니까. 또한 소설이 완성될 즈음이면 사라진 의사가 마치 아무 일도 없었다는 듯 돌아올 것이며, 그 이후의 모든 나날은 (좀 불안하긴 해도) 천천히 평온하게 흘러갈 것임을 확신한다. (112)

'어느 멋진 날'이라는 제목에서도 드러나듯이, 작가는 비극적인 결말인 '나'의 소설보다는 해피엔딩인 할레드의 소설을 더욱 긍정적으로 생각한다. 그것은 내가 자신의 원고를 읽어본 뒤 삭제키를 누르는 것에서 분명하게 드러난다. 그러고 보면 아부엘이 이브 알 하둔으로부터 전수받은 기술, 즉 '사람들의 무의식을 변형시키고 꿈을 꾸게 함으로써 세상을 바꾸는 일'은 할레드의 소설 속에서는 완벽하게 실현된다. 그리고 이브 알 하둔이 중세로부터 내려온 이슬람교의 비의와 현대과학을 융합시켜 탄생시킨 기술은 사실상 소설의 고유한 권능이라고 볼 수 있다. 모든 소설은 아부엘이 할레드에게 말했듯이, "세계에 대한 상상"(96)이며 그러한 상상은 공감을 창출하기 때문이다.

5. 결론

이은선의 「카펫」, 전혜정의 「봉인된 시간」, 김희선의 「어느 멋진 날」은 네이션의 범위를 벗어난 새로운 공동체의 가능성과 점점 더 긴밀하게 연결되어 가는 지구공동체의 현실을 보여주고 있다. 이은선의 「카펫」이 물부족으로 대표되는 인류의 환경문제를 환기시켰다면, 전혜정의 「봉인된 시간」은 예외상황이 정상이 되어버린 항구적 예외상태인 국가간의 폭력적 상황과 그에 대응하는 사람들의 폭력적인 방식을 진지하게 문제 삼고 있다. 김희선의 「어느 멋진 날」은 수십 년째 이어지고 있는 이스라엘과 아랍인들 사이의 그 끔찍한 살육극을 소설 창작의 기본 바탕으로 삼고 있다. 이들 소설은 모두 근대문학과는 다른 방식의 새로운 인식적·도덕적 가능성을 보여주고 있는 것이다. 이러한 문제설정과 사유의 모습은 분명 국민국가를 넘어선 차원의 상상력이라고 부를 수 있다. 이것 역시 다문화 시대의 한국 현대소설이 발견해 낸 새로운 소설적 흐름임에 분명하다.[12]

---

12 「카펫」과 「봉인된 시간」에 대해서는 「소설의 새로운 가능성」(『끝에서 바라본 문학의 미래, 실천문학사, 2012)에서 논의한 바 있다. 당시에는 한국소설의 새로움과 관련하여 논의를 진행했다면, 이번에는 「어느 멋진 날」과 연결시켜 작품에 나타난 탈국경의 상상력을 집중적으로 살펴보았다.

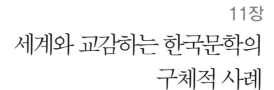

11장
세계와 교감하는 한국문학의
구체적 사례

1. 외국과 외국인

널리 알려져 있듯이 소설은 근대의 국민국가와 긴밀한 관련을 맺고 있다. 주지하다시피 소설은 신문과 더불어 민족이라는 상상의 공동체를 재현하는 기술적 수단을 제공하며, 지적 능력과 감성적 능력을 연결하는 상상력을 적극적으로 활용하여 타자들과의 공감 능력을 배양함으로써 네이션의 형성에 기여하기도 한다. 특히 한국문학은 세계문학 중에서도 문학의 국민화를 전형적으로 보여주는 사례라는 주장이 있을 정도로 민족국가와의 관련성이 매우 크다. 근대소설은 특정한 나라를 배경으로 하여 그 나라 사람들의 이야기를 그 나라 말로 표현하는 문학 장르이다. 이러한 규칙에 의해 소설은 그 소설이 유통되는 지역에 사는 사람들로 하여금 같은 공동체(국민국가)에 속한다는 상상을 가능케 하는 것이다. 요컨대 국민국가 혹은 민족주의라는 하나의 상상된 공동체를 만들어내는 가장 핵심적인 도구가 바로 소설이다.

특정한 민족국가를 배경으로, 그 나라의 국민만이 등장하는 이야기를 특정한 민족어로 표현하는 것은 지금의 관념으로 볼 때 너무나 자연스럽다. 그러나 조금만 시야를 넓혀 보면 이러한 근대소설의 기본조건은 매우 특이한 사례라고 할 수 있다. 전근대 서사문학은 외국을 기본배경으로 삼아 외국인을 등장시키는 것이 일반적이었다. 조선 시대에 널리 읽혀진 영웅소설과 같은 장르는 말할 것도 없고, 전근대 지식인으로는 드물게도 한글(문학)의 중요성을 강조한 선구적 문인 김만중金萬重(1637~1692)의 경우만 보아도 이는 분명하게 드러난다.

김만중은 『서포만필』에서 우리말과 우리말로 된 문학의 중요성을 매우 강하게 주장하였다.

지금 우리나라의 시문은 자기 말을 버려두고 다른 나라의 말을 배워서 표현하므로, 설령 아주 비슷하다 하더라도 이는 단지 앵무새가 사람의 말을 하는 것에 불과하다. 민간의 나무하는 아이나 물 긷는 아낙네들이 소리 내어 서로 주고받는 노래가 비록 비루하다 할지라도, 그 참과 거짓을 논한다면, 정녕 학사 대부들의 이른바 시부와는 두고 논할 수 없다.

今俄國詩文, 捨其言而學他國之言, 設令十分相似, 只是鸚鵡之人言. 而閭巷間樵童汲婦咿啞而相和者, 雖曰鄙俚, 若論眞贋, 則固不可與學士大夫所謂詩賦者, 同日而論.[1]

한문만이 참된 글이고 한글은 언문으로 취급받던 이 시절에 한글(문

---

1   김만중, 심경호 역, 『서포만필』 하권, 문학동네, 2010, 665~666면.

학)의 중요성을 강조한 김만중의 주장은 민족어문학론의 선구로서 그 의의를 매우 높게 평가받아 마땅하다. 그러나 이처럼 한글(문학)의 중요성을 이토록 강조한 김만중도 자신의 대표작인 『구운몽』과 『사씨남정기』는 각각 중국 당나라와 중국 명나라를 시·공간적 배경으로 삼고 있을 정도이다.

근대로의 이행기라고 할 수 있는 개화기에 창작된 신소설만 해도 주요 등장인물들은 매우 쉽게 나라를 넘나든다. 신소설에 들어와 이전 시대의 중국 편향은 사라졌다 해도 일본이나 미국을 배경으로 한 소설은 많이 창작되었다. 일본은 말할 것도 없고, 주인공의 미국행을 다룬 소설도 여러 편이다. 이인직의 「혈의 누」(1906), 「은세계」(1908), 이해조의 「원앙도」(1909), 「모란병」(1911), 「월하가인」(1911), 박건병의 「광악산」(1912), 이상춘의 「서해풍파」(1914), 신구영의 「원앙의 상사」(1916) 등이 모두 주인공의 미국 생활을 다루고 있는 것이다.

최초의 신소설로 일컬어지는 이인직의 「혈의 누」 상편(『만세보』, 1906.7.22~10.10)과 하편(『제국신문』, 1907.5.17~6.1)은 청일전쟁으로 부모를 잃은 옥련이 일본군 군의관인 이노우에井上의 도움으로 일본 오사카에 가 심상소학교(오늘날의 초등학교)를 졸업하며, 이후 구완서를 만나 미국 워싱턴으로 유학을 가고, 마지막에 워싱턴에서 모든 가족이 재회하는 이야기이다. 옥련의 여로는 평양 – 인천 – 오사카大阪 – 이바라키茨木 – 요코하마橫濱 – 샌프란시스코桑港 – 워싱턴華盛頓으로 이어진다. 하편에 등장하는 "태평양에서 불던 바람이 북아메리카로 들이치면서 화성돈 어느 공원에서 단풍 구경을 하던 한국 여학생 옥련이가 재채기를 한다."는 문장처럼, 「혈의 누」는 아시아와 북아메리카를 한데 아우르는 국제적 스케일을 보여준다.

  본격적으로 근대와 근대문학이 시작되면서, 이러한 외국배경과 외국인이 등장하는 소설은 거의 사라져버린다. 근대문학은 '이곳의 현재', 즉 작가가 자신의 나라에서 일어나는 현재의 일들을 다루는 것으로 시공간이 변모하는 것이다. 그러나 소설은 더 이상 국민국가의 범주로만 수렴될 수 없다. 오늘날 한국소설도 더 이상 국민국가라는 경계 안에서만 작동하지 않으며, 이것은 국민국가의 한계를 벗어나는 사회적 현상에서 비롯되는 것이기도 하다. 이러한 탈국민국가적 현상을 가장 선명하게 보여주는 존재는 한국 사회에 무시할 수 없는 속도로 증가하고 있는 이주민들과 해외에 나가서 활동하는 수많은 한국인들이다. 지금의 우리 문학이 감당할 수 있는 연대와 공동체의 범위는 민족을 훌쩍 뛰어넘어 지구적 범위로 확대되고 있는 것이다.

  조해진의 소설집 『빛의 호위』(창비, 2017)는 지구적 차원의 소통과 교류를 선명하게 보여주는 구체적인 사례이다. 여기 수록된 9편의 작품에는 모두 이국의 공간과 외국인이 등장한다. 『빛의 호위』의 다큐멘터리 감독 헬게 한센, 유대인 여성 알마 마이어와 그의 아들 노먼, 호른 연주자 장 베른, 『번역의 시작』의 아르헨티나 출신 청소부 안젤라, 아르헨티나에서 미국 국경을 넘다 실종된 안젤라의 남동생, 안젤라의 남자친구 벤지, 『시간의 거절』의 재미 교포 제인과 부유한 미국인 해럴드, 『문주』의 한국계 프랑스인 나나(한국명 문주)와 프랑스인 부모 앙리와 리사, 『산책자의 행복』의 중국인 메이린, 쿠르드족 출신 독일인 루카스, 『동쪽 伯의 숲』의 독일인인 한나와 발터, 『잘 가, 언니』의 인도계 미국인, 『사물과의 작별』의 재일교포 서군, 『작은 사람들의 노래』의 필리핀 소녀 앨리 등이 이들 소설에 등장하는 외국인 명단이다. 이외에도『빛의 호위』,『번역의 시작』,『시간의 거절』,『잘 가, 언니』는 미국을,『산책자의 행복』과『동쪽 伯의 숲』은 독일을,『문주』는 프랑스를 주요한 공간적 배경으로 삼고 있다. 여기에서는『빛의 호위』에 나타난 외국인과 외국배경의 양상과 그 의미를 살펴보고자 한다.

2. Homo Empathicus(공감하는 인간)

조해진의 소설 속 인물들은 소통하고 유대하기 위하여 존재한다. 이러한 특징은 표제작이기도 한『빛의 호위』에서부터 뚜렷하게 나타난다. 시사잡지사의 기자였던 '나'는 분쟁지역에서 보도사진을 찍는 젊은 사진작가 권은을 만났을 때 초면이라고 생각하지만, 사실 둘은 이십여 년 전에도 인연을 나눈 바 있다. "권은을 망각하는 일은 그렇게, 거의 성공할 뻔했"(18)지만 결국 다시 되살아난다. 열세살의 소년이었던 '나'는 나흘이나 무단 결석을 한 권은을 방문하라는 담임선생님의 지시로 권은을 찾아간 적이 있는 것이다. 이후 나는 자발적으로 고아와 다름없는 권은의 집을 몇 번 더 방문하고, 안방 장롱에서 돈뭉치가 될 수도 있겠다는 생각에 후지사의 필름 카메라를 가져다 준다. 권은은 그 카메라로 방안의 사물들을 찍다가 더 많은 풍경들을 찍기 위해 집 밖으로 나오고 결국 다시 학교도 다니게 된다. '내'가 권은에게 카메라를 가져다 준 일은 권은을 '살리는 일'이었던 것이다.

또 하나의 이야기는 권은이 '나'에게 추천한 헬게 한센의 다큐멘터리

〈사람, 사람들〉을 통해 펼쳐진다. 이 다큐멘터리의 감독인 헬게 한센은 2009년 1월 이집트에서 팔레스타인으로 향하던 구호품 트럭이 피격되었을 당시 살아남은 사람들 중 한명이다. 이 사건은 전시라 해도 구호품은 피격하지 않는다는 불문율이 깨진 충격적인 일이며, 이 당시 살해된 노먼은 유대계 미국인으로 전재산을 털어 구호품을 구입했던 것이다. 헬게 한센은 구호품 트럭의 피격으로 사망한 노먼과 그의 어머니 알마 마이어에 대한 다큐멘터리를 촬영 중이다.

알마 마이어는 유대인 여성으로서 1916년에 태어났다. 그가 2차 대전중에 나치에 의해 죽을 위기에 처하지만 살아날 수 있었던 것은, 같은 오케스트라에서 호른을 연주하던 장 베른의 도움 덕택이다. 장은 알마 마이어가 지하창고에 숨어지낼 때 자신이 작곡한 악보를 가져다 주었다. 그 악보를 바이올린으로 연주하는 것은 "그 악보들이 날 살렸다"(23)는 알마 마이어의 말처럼, '사람을 살리는 일'에 해당한다. 노먼은 바로 알마 마이어와 장 베른 사이에서 태어난 아이이다.

'나'가 권은에게 카메라를 가져다 준 일과 장 베른이 알마 마이어에게 악보를 가져다 준 일은 모두 "사람을 살리는 일"(27)이었던 것이다. 그리고 '사람을 살리는 일'은 또 다른 '사람을 살리는 일'을 연쇄적으로 발생시킨다. 노먼은 장 베른이 "인생에서 한 가장 위대한 일을 내 삶에서 재현해주자는 다짐"(30)을 하고, 실제로 이를 실천하다가 목숨을 잃는다. 권은 역시 보도사진을 찍으러 봉사단체를 따라 시리아를 방문했다가 다리에 포탄 파편이 박히는 중상을 입는다. 이 작품에서 '나'와 장 베른, 그리고 권은과 알마 마이어 사이에는 의미론적 동일시가 일어난다. 나아가 '내'가 뉴욕의 중심인 맨해튼까지 가서 〈사람, 사람들〉의 특별 상영을 보는 행동을 통해, 〈사람, 사람들〉을 통해 인생의 전환점을 맞이한 권은과 '나'의 공감 역시 확인할 수 있다.

『번역의 시작』은 각각의 언어처럼 고유한 개성을 지닌 개인들이 조금씩 타인들의 언어를 번역하는 내용의 소설이다. '나'는 돈을 떼먹고 달아난 남자친구 태호가 있는 뉴욕으로 간다. 그러나 뉴욕에 간 더욱 중요한 이유는 그곳에 '나'의 아버지 영수의 유골이 묻혀 있기 때문이다. 영수는 큰 돈을 벌려면 외국으로 나가야 한다고 믿던 시절, 뉴욕 플러싱에 한인마트를 개업한 친척을 돕겠다며 혼자 비행기를 탔다. 삼년 뒤 그는 사라졌고, 영수는 뉴욕의 센트럴파크 벤치에서 시신으로 발견된다.

'나'는 뉴욕에서의 외롭고 소외된 삶을 통해 아버지의 삶을 공감하게 된다. 무책임하고 몰인정한 태호를 제외하면 "내가 그곳에서 살고 있다는 것을 증언해줄 사람도, 뜻하지 않은 사고로 실종되거나 소멸된다면 그 상황을 세상에 알릴 사람도"(38) 없다. '나'는 "계좌를 열고 휴대전화를 개통"(43)하는 일도 하지 못하고, "시립도서관 대출증과 백화점의 할인카드"(43)도 만들지 못한다. '내'가 텔레비전에서 들을 수 있는 것은 "예스와 노, 그리고 오케이가 전부"(39)이다. 이런 생활이 이어질 무렵부터 영수가 다 찢긴 우산을 들고 '나'를 찾아오기 시작한다. '나'는 아버지 영수의 외로움과 절망을 공감하게 된 것이다.

뉴욕에서 '나'는 아르헨티나 출신의 청소부인 안젤라와도 공감의 통로를 확보한다. '나'는 현관문 열쇠를 잃어버려 1주일 동안 건물 밖으로 한 발자국도 나가지 못하는데, 이때 안젤라가 열쇠를 가져다 준다. 이후에도 안젤라는 환한 웃음을 나에게 안겨주고, '나'는 그 환한 웃음을 "내게 찾아온 두 번째 열쇠"(45)로 받아들인다. 그 열쇠는 신분증이 없어도 불안하지 않고 아무 데나 전화를 걸어도 소통이 되는 "고향"(45)을 열어준다. 이 외로운 만리타국에서도 "마술사"(46)처럼 "언어를 초월하는 교감능력"(47)으로 안젤라는 새로운 고향을 창출하는 것이다.

아르헨티나에서 힘들게 국경을 넘어왔으며, 그 와중에 남동생까지 잃어버린 안젤라는 영수와 동일시되기도 한다. 이러한 동일시는 안젤라가 노래를 부르는 동안 내 눈에는 "찢긴 우산을 든 영수 씨"(49)를 떠올리는 것에서 간접적으로 드러난다. 또한 영수와 안젤라의 남동생이 동일시되기도 한다. '나'에게 영수가 상처의 근원이라면, 안젤라에게는 아르헨티나를 떠나 미국으로 올 때 잃어버린 남동생이 상처의 근원이다. "안젤라의 남동생과 나의 영수씨도 어딘가에서 이 바람을 맞으며 걷고 있을 거라고 생각하자 나는 춥지 않았다."(57)는 말처럼, 영수씨와 안젤라의 남동생은 동일시되는 것이다.

조혜진의 소설에는 서사시학이 있다고 할 만큼 작품마다 일정한 패턴이 반복된다. 모든 작품에는 각각의 개인들, 특히나 한국인과 외국인이 끊임없이 소통하고 교감하며 끝내는 동일시되는 것이다. 『번역의 시작』에서도 안젤라와 '나'는 동일시되고, 안젤라의 동생과 '나'의 아버지인 영수가 또한 동일시된다. 심지어는 안젤라의 남자친구 벤지와 '나'의 남자친구 태호도 동일시된다. 안젤라는 삼류 격투가인 벤지를 진심으로 위해줬지만 돌아온 것은 피가 고여 있는 입가와 멍든 팔뚝과 흉하게 부풀어 오른 눈이다. '나'의 남자친구였던 태호는 자기 앞가림에는 철저하지만 적금까지 깨서 자신의 등록금을 내준 '나'를 배신하고, 미국까지 찾아온 '나'에게도 폭언을 서슴없이 내뱉는다.

『시간의 거절』은 나라를 넘어 공감과 연대가 나타나는 방식을 직접적으로 보여주는 작품이다. 기자인 석회가 사옥 옥상에서 농성하는 모습을 촬영한 사진을 보고, 뉴욕에서 활동하는 재미교포 제인은 감동을 받아 작품을 완성한다. 나아가 제인이 보낸 이메일에는 석회의 사진이 "용기를 대여해"(193) 주었으며, 그 사진을 통해 "사람을 이용하여 얻은 기회를 내 의지로 저버렸"(193)다는 내용이 담겨 있다. 아홉 살 때까지 한국에서 살았던 제인은 미국의 "보이지 않는 벽"(179)에 부딪치며 살아왔다. 그녀는 미국인들에게 굽실거리는 아버지를 경멸하며 자랐지만, 그녀도 지금 미국(인)의 눈치를 보며 예술가로 살고 있다. "국적을 뛰어넘는 보편적인 주제, 혹은 윤리적 가치판단이 제거된 절대적인 예술성은 이민자의 몫"(179)이기에 다루지 않으며, 이민자로서 "미국 사회에 편입하지 못하는 소외감을 표현하거나 떠나온 고국의 역사라든지 문화를 다양성이라는 명분을 앞세워 진열"(179)해 가면서 평단과 언론의 관심을 받고 있는 것이다.

"뉴욕 여행책자에서 본 화려한 건축물이나 세련된 상점들과는 거리가 먼, 오히려 낙후된 지방 소도시가 연상되는 분위기"(192)의 플러싱에 사는 제인은, "이스트 강이 내려다 보이는 렉싱턴 거리의 고급 아파트에 사는"(176) 해럴드에게 의지하며 예술가로 버텨온 것이다. 그러나 석회의 사진을 보고 용기를 얻은 제인은 해럴드에게 전화를 걸어 그가 주도하는 가을분기 전시회에서 자신의 이름을 빼달라고 말한다. 제인은 석회를 자신의 전시회에 초대하고, 석회는 뉴욕의 플러싱까지 직접 오기도 한다. 사진 한 장을 통해 태평양을 사이에 둔 제인과 석회는 국민국가라는 범주를 훌쩍 뛰어넘어 서로 공감하는 것이다.

『문주』에서 서영은 독일에서 극작가로 활동하는 한국계 프랑스인이라는 문주(프랑스명 나나)에 대한 기사를 읽은 뒤, 문주에 대한 다큐멘터리 형식의 단편영화를 찍으려고 한다. 문주는 이에 응해 한국에 오고, 문주(문기둥과 먼지라는 두 가지 의미를 지니고 있음)라는 이름의 의미를 중심으로 하여 자신의 기원을 찾고 있는 중이다. 문주는 한국에서 단 한번 복희식당에서 밥을 먹었지만, 복희식당 할머니의 임종을 지키게 된다. 이때 할머니는 자신의 딸과 문주를 혼동하는데, 사실 복희는 할머니의 딸 이름으로서 할머니는 자식을 버린 상처가 있었던 것이다. 문주 역시도 "버린 건 아니라고, 언제 죽어버릴지 모르는 철로 같은 곳엔 더더욱 버리지 않았다"(217)라고 복희식당 할머니가 말해 주기를 바란다. 이 순간 복희식당의 할머니는 자신을 버린 어머니가 되고, 문주는 복희식당 할머니의 딸이 된다.

3. 공감과 애도의 만남─산 자와 죽은 자의 공동체

조해진의 소설에서 공감의 상상력과 더불어 핵심적인 요소를 또 하나 꼽자면 그것은 애도의 윤리라고 할 수 있다. 『문주』에서 서영은 문주(프랑스명 나나)에게 "뭐든지 너무 빨리 잊"는 세상에서, "이름 하나라도 제대로 기억하는 것이 사라진 세계에 대한 예의라고 믿습니다"(202)라는 이메일을 보낸다. '이름 하나라도 제대로 기억하는 것'은 조해진에게는 '세계에 대한 예의'에 해당한다. 이러한 인식은 여러 작품에 나타난다. 『번역의 시작』에서 '나'는 '망각을 거부하는 것'이 "안젤라가 내게 선물해준 마지막 마술"(58)이라고 고평한다.

나아가 과거의 기억은 주체의 자발적 의지를 뛰어넘는 절대적 힘으로 작용하기도 한다. 『빛의 호위』에서 "태엽이 멈추고 눈이 그친 뒤에도 어떤 멜로디는 계속해서 그 세계에 남아 울려퍼지"며, "다른 세계로 넘어와 사라진 기억에 숨을 불어넣기도 한다"(31)는 문장이 등장한다. 실제로 이 작품에서 선행의 멜로디는 수십 년('나'와 권은)은 물론이고 세대(장 베른과 노먼)를 뛰어넘어서까지 울려 퍼진다.

개인의 일상적 삶이 그려놓은 파문이 지속되는 것만큼이나 역사적 대사건에서 파생된 개인의 상처도 그 지속력이 강하다. 『산책자의 행복』에서 메이린의 하숙집 주인할머니는 러시아 출신의 이민자로서, 그녀의 큰언니는 독일의 러시아 침공 당시 간호병으로 입대했다가 종전과 함께 일년 만에 귀가한다. 참전 당시 열일곱 살이었던 언니는 할머니가 되어서 "늙어서, 잊어가고 있어서, 곧 죽을 수 있어서 다행"(126)이라고 말한다. 『산책자의 행복』에서 어머니는 홍미영에게 새벽에 전화를 해서 예닐곱살에 고향 산청에서 경험한 6·25 이야기를 하고는 한다. 그것은 "청년들이랑 경찰들이 떼로 와서 사람들을 많이 죽였다"(129)고 요약되는 양민학살사건에 대한 것이다. 생의 종착역에 다다라서 어머니는 "외할머니와 살았던 고향으로 되돌아가는 여정을 반복"(129)하는데, 어머니는 이 기억을 이야기할 때면 눈물을 흘릴 정도로 어린 시절의 비극을 생생하게 추체험한다.

『동쪽 伯의 숲』은 독일 시인과 한국 시인이 편지를 통해 50여년 전 과거를 되돌아보는 형식으로 되어 있으며, 이러한 형식은 공감과 애도의 절대성을 강조하는 작품의 주제의식과 긴밀하게 맞닿아 있다. 한국의 시인 희수와 독일의 시인 발터는 베를린 예술대학교에서 마련해준 독일 작가들과 아시아 작가들의 교류의 밤 행사에서 만났다.

베를린 예술대학에서 작곡을 공부하던 한나(발터의 할머니)는 베를린 자유대학을 다니는 철학과 학생 안수 리를 유명 작곡가의 집에서 1964년 가을에 처음 만난다. 한국 유학생인 안수 리는 세상과 담을 쌓고 살던 한나의 친구가 되었으며, 한나에게 "역사를 준 사람"(93)으로 기억된다. 그러나 안수 리는 1967년 베를린에서 갑자기 사라지고, 그의 실종 두달 후부터는 서독 내 한국 유학생 및 광부 열여섯명이 사라진다. 이로 인해 안수 리는 한국정부의 스파이라는 오해를 받는다. 한나의 아버지는 나치에 협력한 전범이었으며, 이로 인해 한나는 "관계의 시작부터 차단해버리는"(90) 메마른 규칙을 지니고 살았다. 그렇기에 안수 리를 둘러싼 오해는 한나에게 매우 치명적인 것이다.

평생 한수 리에 대한 그리움과 의문을 갖고 산 한나가 죽자, 한나의 손주인 발터는 안수 리의 안부를 확인하고자 한다. 조해진 소설의 주요 인물들이 대개 그러하듯, 발터는 "안수 리가 한나의 죽음을 알고 애도하는 순간에야 한나는 살았고 사랑했고 슬퍼했던 흔적을 가진 온전한 존재가 될 수 있을 거라고"(94) 믿는 것이다. 희수는 "삶이 죽음으로 완성되듯이 죽음 또한 다른 살아 있는 자들의 애도 속에서 봉합될 수 있는 것"(95)이라고 확신한다.

희수는 발터의 부탁을 받아 안수 리의 삶을 추적한다. 희수는 안수 리가 '동쪽 伯의 숲 사건', 즉 동백림 사건에 연루되었다는 증거를 어디에서도 찾지 못한다. 안수 리는 수철로 이름을 바꾸고 철학과에서 시간강사를 전전하며 순수한 연구자로 인생을 꾸려 나갔을 뿐이다. 동백림 사건이 조작되었다는 것을 폭로하려는 계획만 세우다 말았던 안수 리는 그동안 한나를 비롯한 작곡가와 함께 공부했던 동료들을 마주할 용기가 없었다. 발터의 연락을 받고서야 안수 리는 "한나의 묘지를 찾아가 정식으로 애도를 표하겠"(114)다는 뜻을 밝힌다. 끝내 공감과 애도는 국적과 시간을 뛰어넘어서까지 이루어지는 것이다.

이러한 공감과 애도가 중요한 것은, 그것이 '지금-이곳'의 삶에도 커다란 영향을 주기 때문이다. 그동안 희수는 정치적 폭력이 재현되는 한국에서 자신이 어떻게 살아야 할지를 고민해 왔으며, 이러한 고민으로 인해 시조차 쓰지 못했다. 희수는 자신의 삶이 대단할 것도 없고, 떳떳하지도 않은데 어떻게 자신이 다른 이의 고통을 대변하며 잿빛 거리에 서 있을 수 있느냐며 "나만의 의식적 함몰구역"(98)에 웅크리고 있었던 것이다. 그러나 한나와 안수 리의 공감과 애도를 통해 "시를 다시 쓰기 시작"(115)한다. 과거와 현재의 소통이 이루어질 때, 산 자가 죽은 자를 적절하게 애도할 때, 비로소 새로운 미래는 개시되는 것이다.

『잘 가, 언니』는 조혜진이 추구하는 애도의 윤리가 병적인 우울증과는 구별되는 것임을 보여주는 소설이다. 이 작품은 자신을 '저'라고 부르는 화자가, '당신'으로 호칭되는 죽은 언니에게 쓰는 편지 형식으로 되어 있다. 어릴 태부터 약한 심장을 타고난 '나'는 부모의 특별한 보호를 받았고, 아홉 살이 많은 언니는 늘 '나'를 돌봐야 했다. 언니는 그림을 전공하고 싶었으나, '나'의 치료비도 버거웠던 부모님은 이를 허락하지 않았다. 언니는 사회생활을 시작한 지 삼년 만에, "사랑의 확신보다는 그저 그림이 없는 삶으로부터 멀리 달아나고 싶다는 욕망"(160)으로 결혼을 하고 형부와 함께 미국으로 간다. 미국에서 가족들 모르게 이혼한 뒤 비자 갱신을 못하여 불법체류자 신분이 된 언니는 로스앤젤레스 한인타운에서 힘들게 살다가 강도의 총에 맞아 죽는다.

'나'와 언니(정희)는 사실상 합체incorporation된 상태이다. 이는 '나'가 언니를 만나러 공항에 갔을 때 아버지가 언니의 이름인 정희로 '나'를 부르는 것에서도 드러난다. "당신이 완성하지 못한 꿈을 기억하고 말하고 기록하며 살겠다고 결심"(161)한 '나'는 미국에 도착하자마자 언니의 흔적을 찾기 시작한다. '나'는 미국에 온 지 두달 만에 언니와 언어 교환 수업을 했다는 인도계 미국인을 만나 결혼한다. 그와 가까워진 뒤 결혼하여 미국에 정착하기로 마음먹은 것은 "당신의 자력(磁力)으로밖에는 설명되지 않"(166)는 일이다. 언니와 합체가 되어 현재의 자신을 끊임없이 타자화하는 삶이기에, '내'가 보낸 미국에서의 십칠년이 "고독과 불안의 연속"(167)인 것은 당연하다. 그러나 마지막 순간 언니의 환영에서 벗어난 '나'는 "잘 가, 언니"(169)라고 외친다. 이처럼 우울증에서 벗어날 수 있었던 것은, '내'가 차학경과 그녀의 동생(차학은)을 통해 자신과 언니의 삶을 객관화 할 수 있었기에 가능했던 일이다.

이 작품에서 '나'는 그레이하운드 버스를 타고 로스앤젤레스에서 샌프란시스코로 향하고 있다. 캘리포니아대학교 버클리 캠퍼스에 있는 박물관에 '차학경 아카이브'가 설립되었다는 정보를 우연히 접한 이후, 그것을 보기 위해 샌프란시스코로 가는 것이다. 로스앤젤레스가 무의미하게 보이는 언니의 고통스런 미국에서의 삶을 의미한다면, 샌프란시스코는 차학경으로 대표되는 주체적인 여성의 삶을 의미한다고 할 수 있다. '나'의 언니는 차학경처럼 유명한 예술가가 되지는 못했지만, 그녀 나름대로는 주체적인 삶을 살기 위해 최선을 다한 삶일 수도 있다. 따라서 로스앤젤레스에서 샌프란시스코(버클리)로 가는 길은 새롭게 언니의 삶을 이해하는 과정으로 새겨볼 수도 있다. 이것은 우울에서 애도에 이르는 과정에 해당한다. 조혜진은 맹목적인 과거와의 합일이 아닌 과정으로서의 상징화를 동반하는 애도를 추구하는 것이다.

차학경(1951~1982)은 미국으로 이민간 후 제3 세계 여성으로서의 정체성을 기반으로 다양한 장르에서 활동하다가 불의의 사고로 숨진 전위적 예술가이다. 이 작품에서 '나'와 언니의 관계는 차학은과 차학경의 관계와 병렬된다. 차학은도 차학경에게 쓴 "지금까지 / 어떤 말이든 / 어떤 언급이든 / 난 당신을, 당신의 생각, 당신의 말, 당신의 행동, 당신의 소망들을 말해 왔어요"(151)나 "난 당신을, 당신의 말, 당신의 지식, 나의 목소리, 나의 피를 구분할 수 없었어요"(160)와 같은 문장에서 알 수 있듯이, 우울증의 상태였기 때문이다. 그러나 마지막에 등장하는 차학은의 "잘 가, 언니"라는 말에서 알 수 있듯이, 차학은도 언니와의 합체된 상태에서 벗어나고 있음을 알 수 있다. 이 작품에서 차학은의 말은 이탤릭체로 표기되고, '나'의 말은 정상적으로 표기되었다. 그러나 마지막 순간 '나'의 말 "잘 가, 언니"도 이탤릭체로 표기됨으로써, '나'와 차학은의 동일시가 선명하게 드러나고 있다.

4. 소통과 공감의 실패

공감은 하나의 당위이자 절대이지만, 너무나 당연하게도 그것이 늘상 성공하는 것은 아니다. 『사물과의 작별』은 역사의 폭력이 너무나 거대하여 공감도 애도도 불가능해진 경우라고 할 수 있다. '나'의 고모 장

태영은 알츠하이머 병을 앓고 있으며 5년째 요양원에서 생활하고 있다. 고모는 1960년대 중반에 청계천 근처의 레코드 가게에서 재일조선인 서군을 알게 된다.

"이렇게나 늙고 병들었는데도, 아침에 눈을 뜨면 내가 있는 곳은 여전히 그 봄밤의 태영음반사야"(69)라고 말할 정도로 고모는 서군과 관련된 과거에 결박되어 있다. 지금 의식과 기억을 잃어가는 상황에서도 고모는 오직 서군과의 일들을 떠올릴 뿐이다. "서군을 향한 고모의 모든 회한과 정념이 수렴되는 단 하나의 사물"(71)은, 어느 날 서군이 레코드점에서 고모에게 맡긴 일본어 원고 뭉치이다. 고모는 그 원고를 서군이 찾아가지 않자 서군이 다니던 K대 법학과 사무실에 가서 한 청년에게 전달했던 것이다. 보름 후에 서군이 포함된 일본 유학생 간첩단 조직 사건이 보도되고, 고모는 서군이 보관해달라고 했던 원고 뭉치를 자신이 기관원에게 건네주었기 때문에 서군이 간첩으로 몰렸다는 죄책감을 한 평생 짊어진 채 살아간다. "서군이라는 이름의 영토 한가운데엔 상상의 법정이 있었고 고모는 수사관과 피고인, 증인의 역할을 모두 떠맡으며 한평생을 살았"(77)던 것이다.

그로부터 수십 년이 지난 지금 '나'는 고모와 서군을 다시 만나게 하려 노력한다. 지금 서군도 근육이 서서히 마비되는 병을 앓고 있으며, 딸의 가족을 따라 한국에서 살고 있다. 수십 년 만에 고모와 서군은 병원에서 다시 만나지만, 둘은 나란히 앉아 물끄러미 텔레비전만 올려다볼 뿐 아무런 말도 하지 못한다. 이 모습을 보고 '나'는 가슴 아프게도 "어쩌면 그들은 정말로 세계로부터 분실된 존재들인지도 몰랐다"(81)고 생각한다. '온전한 존재도 심지어는 죽음도 애도를 통해서 가능하다'(『동쪽 伯의 숲』)는 조혜진의 입장에서 보자면, 고모와 서군은 그야말로 "분실된 존재들"일 수밖에 없는 것이다. 유실물 센터에서 일하는 '나'는 "누군가를 잃어버린 유실물은 선반의 고정된 자리에서 과거의 왕국을 홀로 지켜가는 것"(73)이라고 말한 바 있는데, 고모와 서군은 애도와 공감의 기회를 잃어버린 채 "국경도 여권도 없는 땅, 이민과 망명이 봉쇄된 독재의 나라, 아름답지도 않고 따뜻한 적도 없던 불모의 유형지……"(85)에 갇혀 버린 '유실물'이 된 것이다.

『작은 사람들의 노래』는 시대와 같은 외부적 요소가 아닌 우리 안에 내재된 허위의식과 무능으로 인해 공감과 애도에 실패하는 소설이다. 균은 악질 보육원의 "표본처럼 회자"(228)될 정도로 학대와 폭력이 만연한 보육원에서 자랐다. 보육원에서의 일들은 "망각의 권리를 앗아가는 강렬한 감각들"(229)이기에, 균은 성인이 된 지금도 보육원의 기억에서 벗어나지 못한다.

특히 보육원과 결연을 맺은 교회의 주부 성가대원들은 가장 큰 상처이다. 이들은 보육원을 찾아오는 거의 유일한 외부인들이다. 아이들은 그들이 "옷 안에 감춰진 푸른 멍과 앙상하게 마른 몸통을 발견해주기를 간절하게 기다리고 또 기다렸"(240)지만, 그런 일은 결코 일어나지 않는다. 심지어 은밀하게 폭력을 고백하거나 부모나 친척의 이름을 밝혀도 성가대원들은 어떤 응답도 하지 않았다. 균도 성가대원 중 한 명을 따라가 "그저 어디든 데려가기만 해달라고 부탁할 계획"(241)이었지만, 준비한 말을 꺼내기도 전에 치맛자락을 붙잡았다는 이유만으로 뺨을 얻어맞는다. 성가대원들에게 "균의 상처, 균의 증오심, 균의 기억"(243) 등은 "의식조차 되지 않는 제로"(243)일 뿐이다. 상황이 이 지경이지만,

성가대원들은 "그 가엾고도 무서운 아이들에게 일년에 두 번씩 노래를 불러줌으로써 교회에 헌신했다는 자부심"(243)을 느끼며, 심지어는 아이들에게 배정된 국가보조금 중 일부가 성가대원들이 속한 교회의 신축공사 자금으로 흘러들어갔다는 추문까지 나돈다.

　균은 고등학교를 졸업한 후 U시로 내려와 작업장을 전전하는 용접공으로 살아간다. 균은 성가대원들로부터 전혀 벗어나지 못한다. 그것은 조선소에서 함께 일하던 송이 이십 미터 높이의 크레인에서 추락사했을 때 드러난다. 최변호사는 송의 죽음과 관련하여 조선소의 문제점을 파헤치려 하지만, 균은 회사의 요구가 아닌 자신의 의지로 "송을 위해 사고 현장을 증언해달라"(231)는 최변호사의 부탁을 들어주지 않는다. 균은 "송의 추락을 가장 가까이서 목격"(244)했음에도 불구하고, 송의 죽음에 "관여한 것이 없으니 자신에겐 증언할 자격이 없"(231)다고 말하는 것이다. 균이 송의 죽음과 관련한 증언을 거부하는 것도, 성가대원으로부터 받은 상처의 기억과 긴밀하게 연결되어 있다. 다음의 인용문처럼 균은 결코 성가대원이 되고 싶지 않은 것이다.

　　관여하지 않았는데, 그저 눈앞에 던져진 송을 볼 수밖에 없어 본 것뿐인데도, 증언의 과정을 거친 뒤 비정하고도 게으른 방관자로 오해를 받는 상황이 균으로선 끔찍하리만치 부당하게 여겨졌다. 모든 걸 알고도 모른 척하며 노래 따위나 불렀던 그들과 같은 인간으로 치부된다면 추악한 벌레로 추락하는 스스로를 그 어떤 의지로도 방어하거나 보호할 수 없을 것 같았다. (246)

　그러나 의식적인 차원에서 성가대원 되기를 그토록 거부하지만, 실제 증언을 거부하는 그의 행위야말로 타인의 불행을 무시하는 성가대원의 행동과 같은 것이다.

또한 그는 필사적으로 자신의 상처를 극복하고자 선행을 하는 듯 보이지만, 그것 역시 다분히 가식적이다. 겉으로 보기에 균은 두 가지 선행을 하고 있다. 첫 번째는 송이 죽은 후에 송의 어머니를 찾아가 남몰래 보살펴 주는 것이고, 두 번째는 필리핀에 사는 앨리라는 소녀를 지원하는 것이다. 그러나 이것은 송의 어머니와 앨리를 위한 행동이라기보다는 자신의 욕망을 이루기 위한 위선적인 행동에 가깝다. 균은 자신이 꿈꾸는 이상적인 가족의 어머니 자리에 송의 어머니를, 그리고 딸의 자리에 앨리를 위치지우고 있을 뿐이다. 그것은 "어머니는 아니지만 어머니에 근접한 사람과 식탁에 마주 앉아 시시콜콜한 이야기를 나누며 저녁을 먹는 장면을 상상하자 마음 한켠이 뭉클해지기도 했었다. 먼 훗날엔 필리핀에서 온 앨리가 동석하게 될 식탁이었다"(234)와 같은 문장에 잘 드러난다. 균도 이러한 점을 의식하여, "자신의 선의가 송의 빈자리를 은근슬적 차지하려는 계산된 행동이라는 데까지 생각이 미치지 않도록 조심"(238)할 정도이다.

균이 앨리를 후원하는 동기에도 불순물이 너무 많이 함유되어 있다. "뒷모습으로만 남은 여자"(235)인 균의 친엄마는, "서울역 지하도 쓰레기통 옆"(236)에서 알코올중독과 저체온증으로 사망한 채 발견된다. 그날 균은 지하철 안에서 "제삼세계 아동의 부모가 되어달라는 문장과 흑인 남자아이를 안고 있는 인자한 인상의 노부부 사진을 뚫어지게 올려다"(236)보고, 다국적 후원단체에 전화를 걸어 앨리라는 일곱 살의 필리핀 아이를 배정받은 것이다. 앨리가 보내는 편지는 "아빠의 건강과 평화를 죽을 때까지 기도할게요"(237)라는 문장으로 끝나고, 그 문장은 "지하도 쓰레기통 옆에서 혼자 맞이한 익명의 죽음과 가장 먼 곳에 있다는 안도감을 주었고 균은 그것으로 충분"(237)하다고 여긴다.

마지막에 균은 "친애하는 앨리의 후원자들께"(247)로 시작되는 구호 단체의 편지를 받는다. 균은 지금껏 앨리의 사랑이 다수의 부모들에게 균등하게 분배되어왔다는 것이 믿기지 않는 것이다. 균은 "호되게 버림 받은 사람"(248)처럼 외로움을 느껴서 앨리가 보낸 편지들과 사진들을 모두 불태워버린다. 이 순간 균은 귓가로 다시 보육원 시절의 성가대원들이 부르는 노랫소리를 듣는다. 아마도 균은 자신이 앨리에게 배신당했으며, 그러하기에 앨리는 어린 시절의 성가대원과 마찬가지라고 생각할지 모른다. 그러나 진정 앨리를 배신한 것은 불순한 환상(자기만을 사랑해주는 딸이라는 환상)을 위해 앨리에게 돈을 보낸 균 자신인 것이다. 그렇기에 균의 귓가에 울려퍼지는 성가대원들의 노랫소리는 균 스스로가 부르는 것이라고 볼 수도 있다.

이 작품에서 균은 앨리와 교감을 나누고 그녀를 돕고자 한다. 이것은 어린 시절 보육원에서 지낼 당시 가장 큰 상처를 주었던 성가대원 같은 사람은 되지 않고 싶기 때문이다. 그러나 균은 앨리와 교감하는데 실패한다. 오히려 균이 동일화하는 것은 그토록 거부하는 성가대원이다. 이 지점에서 이 작품은 긍정적 공감과 관련하여 처음으로 심각한 균열을 드러낸다. 역사의 심각한 상처도 공감과 애도를 불가능하게 하지만(『사물과의 작별』), 동시에 개인의 위선과 허위도 공감과 애도를 불가능하게 하는 것(『작은 사람들의 노래』)이다.

5. '진짜 타인'의 타자성

근대소설은 국민국가와 긴밀한 관련을 맺고 있다. 특정한 나라를 배경으로 그 나라 사람들의 이야기를 민족어로 표현함으로써, 그 소설이 유통되는 지역에 사는 사람들로 하여금 같은 공동체(국민국가)에 속한다는 상상을 가능케 하는 것이다. 요컨대 소설은 국민국가 혹은 민족주의라는 하나의 상상된 공동체를 만들어내는 것이다. 그러나 지금의 시대는 국민국가라는 경계를 넘어서는 삶의 흐름이 뚜렷해지고 있으며, 국민국가라는 경계 안에서만 공감과 연대의 상상력이 작동하면 그것은 오히려 문제가 될 수 있다. 따라서 오늘날의 소설은 국민국가가 아니라 세계라는 범주 내에서 교류와 소통을 지향하는 경향을 보여준다. 이를 가장 잘 보여주는 작가 중의 하나가 조혜진이다. 근대소설이 국민국가라는 경계 안에서 상상력을 바탕으로 공감과 소통을 가능케 했던 것처럼, 조혜진의 소설은 지구라는 큰 경계 안에서 새로운 공동체의 창출을 상상하게끔 하는 것이다. 이것은 칸트식으로 말하자면, 도덕에서 윤리로의 지평이동이라고 부를만 하다.

이러한 지구적 상상력 혹은 윤리적 상상력은 조혜진 소설의 서사시학을 통해 매우 선명하게 드러난다. 그것은 각각의 개인들, 특히나 한국인과 외국인이 끊임없이 소통하고 교감하며 하나로 융합되는 상상력과 인식의 반복에서 확인할 수 있다. 『빛의 호위』에서는 '나'와 권이, 그리고 장 베른과 노먼이 20년의 시간과 세대를 격해서 교감을 나누고, 권은과 '나'는 노먼의 헌신적 행위에 깊은 감동을 받는다. 『번역의 시작』에서는 '나'와 영수가 오랜 시간을 뛰어넘어 공감을 나누고, '나'는 아르헨티나 출신의 안젤라와도 깊은 인간적 소통과 교감을 나눈다.『문주』에서도 짧은 만남이지만 한국계 프랑스인 문주는 복희식당의 할머니와 끈끈한 정을 나누게 된다.『동쪽 伯의 숲』에서는 반세기가 지나 한나와 안수 리가 진심을 나누고, 이 와중에 독일 시인인 발터와 한국 시인인 희수도 인간적으로 교류한다.『잘 가, 언니』에서는 '내'가 미국까지 가서 죽은 언니를 애도하고, 이러한 애도는 미국에서 크게 인정받은 차학경 자매와의 깊은 이해를 통해 가능해진다.

이러한 공감과 교류가 늘 성공하는 것은 아니다.『사물과의 작별』이나『작은 사람들의 노래』는 실패의 기록이라고 할 수 있으며, 그러한 실패는 역사적 상처의 무게와 개인의 허위의식에서 비롯된다. 그러나 이러한 실패 역시도 참된 공감과 교류가 얼마나 절실한 것인가를 상기시킨다는 점에서 그 의의가 더욱 크다. 조혜진에게 이러한 공감과 연대는 하나의 당위이자 신념으로 보인다.「작가의 말」에서 조혜진은 다음과 같이 진술하고 있는데, 이것은 그녀에게 소통하고 연대해야 할 진정한 타인은 "시대와 지역을 초월"한 곳에 위치한 존재들이라는 것을 보여준다.

나와 나의 세계를 넘어선 인물들, 그들은 시대와 지역을 초월하여 소통했고 유대를 맺었다. 그들은 나보다 큰 사람들이었고 더 인간적이었다.

이제야 나는,
진짜 타인에 대해 쓸 수 있게 된 건지도 모르겠다. (267)

'시대와 지역을 초월한 소통과 유대'는 조혜진에게는 너무나 절대적인 명제이다. 조혜진 소설의 성공과 실패는 철저하게 이 공감의 설득력 여부에 달려 있다. 대부분의 소설은 국적을 초월한 등장인물들의 공감이 독자의 공감까지 불러일으키지만, 언제나 그러한 것은 아니다. 조혜진이 일관되게 그리는 것이 '시대와 지역을 초월'한 인물들 사이의 소통과 공감이라면, '진짜 타인'의 타자성에 대한 고민은 아무리 깊어도 모자라지 않을 것이다.

참고문헌

1. 기본자료

강영숙, 「갈색 눈물방울」, 『문학과사회』, 2004 겨울.

_____, 『리나』, 랜덤하우스, 2006.

강화길, 「굴 말리크가 잃어버린 것」, 『문학동네』, 2013 겨울.

강희진, 『유령』, 은행나무, 2011.

공선옥, 「명랑한 밤길」, 『창작과비평』, 2005 가을.

_____, 『유랑가족』, 실천문학사, 2005.

김금희, 「옥화」, 『창작과비평』, 2014 봄.

김려령, 『완득이』, 창비, 2007.

김만중, 심경호 역, 『서포만필』 하권, 문학동네, 2010.

김민정, 「안젤라가 있던 자리」, 『아시아』, 2012 겨울.

김미월, 「중국어 수업」, 『한국문학』, 2009 겨울.

김사량, 김재용・곽형덕 편역, 「빛 속으로」, 『김사량, 작품과 연구3』, 역락, 2013.

김애란, 「그곳에 밤 여기에 노래」, 『문학과사회』, 2009 봄.

김연수, 「모두에게 복된 새해」, 『현대문학』, 2007.1.

김영하, 『검은 꽃』, 문학동네, 2003.

김재영, 「꽃가마배」, 『작가세계』, 2007 여름.

_____, 「코끼리」, 『창작과비평』, 2004 가을.

김훈, 『공무도하』, 문학동네, 2009.

김희선, 「어느 멋진 날」, 『21세기 문학』, 2013 겨울.

도명학 외 9인, 『꼬리 없는 소』, 예옥, 2018.

민정아, 「죽은 개의 식사 시간」, 『문장웹진』, 2013.12.

박범신, 『나마스테』, 한겨레신문사, 2005.

박찬순, 「가리봉 양꼬치」, 『발해풍의 정원』, 문학과지성사, 2009.

김재영, 「지질시대를 헤엄치는 물고기」, 『발해풍의 정원』, 문학과지성사, 2009.

박형서, 『새벽의 나나』, 문학과지성사, 2010.

배상민, 「어느 추운 날의 스쿠터」, 『문예중앙』, 2011 봄.

백가흠, 「쁘이거나 쓰이거나」, 『현대문학』, 2010.8.

서성란, 「파프리카」, 『한국문학』, 2007 겨울.

손홍규, 「이무기 사냥꾼」, 『문학동네』, 2005 여름.

송은일, 『사랑을 묻다』, 대교북스캔, 2008.

유현산, 『두번째 날』, 네오픽션, 2014.

윤양길 외 11인, 『국경을 넘는 그림자』, 예옥, 2015.

이경, 「먼지별」, 『아시아』, 2009 가을.

이경자, 『세번째 집』, 문학동네, 2013.

이광수, 「문학이란 何오」, 『매일신보』, 1916.11.10.~23.

_____, 「조선문학의 개념」, 『신생』, 1929.1.

_____, 「조선소설사」, 『사해공론』, 1935.5.

_____, 「'조선문학'의 개념」, 「'朝鮮文學'의 定義 이러케 規定하려 한다!」, 『삼천리』, 1936.8.

이명랑, 『나의 이복형제들』, 실천문학사, 2004.

이성아, 『가마우지는 왜 바다로 갔을까』, 나무옆의자, 2015.

이순원, 「미안해요, 호 아저씨」, 『문학수첩』, 2003 가을.

이시백, 「개값」, 『누가 말을 죽였을까』, 삶이보이는창, 2008.

_____, 「새끼야 슈퍼」, 『누가 말을 죽였을까』, 삶이보이는창, 2008.

이은선, 「카펫」, 『현대문학』, 2010.4.

이응준, 『국가의 사생활』, 민음사, 2009.

이지명 외 12인, 『금덩이 이야기』, 예옥, 2017.

이창래, 정영목 역, 『영원한 이방인』, 알에이치코리아, 2015.

전성태, 「남방식물」, 『현대문학』, 2006.11.

_____, 「늑대」, 『문학사상』, 2006.5.

_____, 「두번째 왈츠」, 『ASIA』, 2008 겨울.

_____, 「목란식당」, 『창작과비평』, 2006 겨울.

_____, 「이미테이션」, 『문학과사회』, 2008 겨울.

_____, 「중국산 폭죽」, 『문학관』, 2007 여름.

_____, 「코리언 쏠저」, 『실천문학』, 2005 겨울.

전혜정, 「봉인된 시간」, 『학산문학』, 2010 여름.

정도상, 『찔레꽃』, 창비, 2008.

정이현, 「영영, 여름」, 『문학동네』, 2014 여름.

정 인, 「그 여자가 사는 곳」, 『그 여자가 사는 곳』, 문학수첩, 2009.

_____, 「타인과의 시간」, 『그 여자가 사는 곳』, 문학수첩, 2009.

정지아, 「핏줄」, 『통일문학』, 2008 하반기.

조해진, 『로기완을 만났다』, 창비, 2011.

_____, 『빛의 호위』, 창비, 2017.

천운영, 『잘 가라, 서커스』, 문학동네, 2005.

한수영, 「그녀의 나무 펑궈리」, 『그녀의 나무 펑궈리』, 민음사, 2006.

한지수, 「열대야에서 온 무지개」, 『문학사상』, 2010.4.

해이수, 『눈의 경전』, 자음과모음, 2015.

_____, 「돌베개 위의 나날」, 『심훈상록문화제사화집』, 2004.

_____, 「마른 꽃을 불에 던져 넣었다」, 『리토피아』, 2007 여름.

_____, 「어느 서늘한 하오의 빈집털이」, 『현대문학』, 2005.2.

_____, 「우리 전통 무용단」, 『현대문학』, 2003.12.

_____, 「젤리피쉬」, 『현대문학』, 2007.2.

_____, 「캥거루가 있는 사막」, 『현대문학』, 2000.6.

金史良全集編輯委員會 編, 『金史良全集』(전 4권), 河出書房新社, 1973-1974.

Chang-Rae Lee, *Native Speaker*, Riverhead books, 1995.

2. 국내 단행본

강동원・라종억, 『북조선 환향녀』, 너나드리, 2017.

김동훈・최삼룡・오상순・장춘식, 『중국조선족문학사』, 민족출판사, 2007.

김병연, 『7・1 경제관리 개선조치 이후 북한 경제와 사회』, 한울, 2009.

김태환, 『다문화사회와 한국 이민정책의 이해』, 집사재, 2015.

김현미, 『우리는 모두 집을 떠난다－한국에서 이주자로 살아가기』, 돌베개, 2014.

나병철, 『근대서사와 탈식민주의』, 문예출판사, 2001.

남진우, 『폐허에서 꿈꾸다』, 문학동네, 2013.

류종훈, 『탈북 그 후, 어떤 코리안』, 성안북스, 2014.

박영자, 『북한 녀자－탄생과 굴절의 70년사』, 앨피, 2017.

박태상, 『북한소설에 나타나 여성의식과 성역할』, 한국문화사, 2018.

부산대 한국민족문화연구소 편, 『로컬리티, 인문학의 새로운 지평』, 혜안, 2009.

서영인, 『식민주의와 타자성의 위치』, 소명출판, 2015.

오미정, 『일본 전후문학과 식민지 경험』, 아카넷, 2009.

이경재, 『다문화 시대의 한국소설 읽기』, 소명출판, 2015.

이광규, 『신민족주의의 세기』, 서울대 출판부, 2006.

이미림, 『21세기 한국소설의 다문화와 이방인들』, 푸른사상, 2014.

이인화, 『한국형 디지털 스토리텔링 - '리니지 2' 바츠해방전쟁 이야기』, 살림, 2005.

이춘매, 『김사량문학의 탈식민주의 특성 연구』, 민족출판사, 2009.

이임하, 『계집은 어떻게 여성이 되었나』, 서해문집, 2004.

임선일, 『한국 사회 이주노동자의 문화변용』, 이담, 2011.

장문석, 『민족주의』, 책세상, 2011.

정은경, 『디아스포라 문학』, 이룸, 2007.

추석민, 『김사량문학의 연구』, 제이앤씨, 2001.

3. 국내 논문

강미정, 「북한이탈주민의 탈북경험담에 나타난 트라우마 분석」, 『문학치료연구』 30, 한국문학치료학회, 2014.

강진구, 「한국소설에 나타난 결혼이주여성의 재현 양상」, 『다문화콘텐츠연구』 11집, 중앙대 문화콘텐츠기술연구원, 2011.10.

_____, 「결혼이주여성의 '자기서사' 연구」, 『어문론집』 54집, 중앙어문학회, 2013.6.

_____, 「다문화 소설의 탈경계적 주체 연구」, 『현대문학이론연구』 49권, 현대문학이론학회, 2012.

_____, 「여성 이주 소설의 기호학적 분석」, 『기호학 연구』 40집, 한국기호학회, 2014.

_____, 「외국인 이주자의 형상화와 우리 안의 타자 담론」, 『현대문학이론연구』 40집, 현대문학이론학회, 2010.

_____, 「다문화성장소설연구」, 『현대소설연구』 51집, 한국현대소설학회, 2012.12.

고부응, 「이창래의 『원어민』 - 비어있는 기표의 정체성」, 『영어영문학』 48권 3호, 2002.

구번일, 「우리 소설에 나타난 하위주체로서의 결혼이주 여성 연구」, 『한민족문화연구』 48집, 2015.

구재진, 「민족·국가의 사이 혹은 너머에 대한 상상」, 『도시인문학연구』 9권 2호, 2017.9.

권나영, 정재원 역, 「제국, 민족, 그리고 소수자 작가 - '식민지 사소설'과 식민지인 재현 난제」, 『한국문학연구』 37, 동국대학교 한국문학연구소, 2009.

권세영, 『탈북 작가의 장편 소설 연구』, 아주대 대학원 박사, 2015.

김경숙, 「탈북여성의 가정폭력 경험과 트라우마에 관한 연구」, 『한국기독교상담학회지』 29-3, 한국기독교상담심리학회, 2018.8.

김광기, 「멜랑콜리, 노스텔지어, 그리고 고향」, 『사회와 이론』 23집, 2013.11.

김미영, 「이창래 소설에 재현된 한국여성과 한국문화」, 『어문연구』 34권 1호, 2006년 봄.

_____, 「다문화 사회와 소설교육의 한 방법 : 김려령의 『완득이』를 중심으로」, 『한국언어문화』 42, 한국언어문화학회, 2010.

김민정, 「국제결혼과 한국 가족의 부계적 성격」, 허라금 편, 『글로벌 아시아의 이주와 젠더』, 한울아카데미, 2011.

김보애, 「김사량의 소설에 나타나는 '빛과 어둠' – 「빛 속으로」를 중심으로」, 『일본문화학보』 69, 한국일본문화학회, 2016.5.

김석향, 「1990년 이후 북한주민의 소비생활에 나타나는 추세 현상 연구 : 북한이탈주민의 경험담을 중심으로」, 『북한연구학회보』 16-1, 북한연구학회, 2012.

김석희, 「김사량 평가사–'민족주의'의 레토릭과 김사량 평가」, 『일어일문학연구』 57, 한국일어일문학회, 2006.

_____, 「식민지인의 가책과 폭로의 구조」, 『일어일문학연구』 71, 한국일어일문학회, 2016.

김세령, 「2000년대 이후 한국소설에 재현된 조선족 이주민」, 『우리문학연구』 37집, 우리문학회, 2012.10.

김소륜, 「탈북여성을 향한 세겹의 시선」, 『여성문학연구』 41호, 한국여성문학학회, 2017.

김승민, 「해방 직후 염상섭 소설에 나타난 만주 체험의 의미」, 『한국근대문학연구』 16호, 한국근대문학회, 2007.

김예림, 「'경계'를 넘는 문학적 시선들」, 『문학 풍경, 문화 환경』, 문학과지성사, 2007.

김용재, 「다문화 시대의 서사 교육 시론–『영원한 이방인』을 중심으로」, 『국어문학』 51집, 2011.8.

김윤식, 「이효석론 (2)」, 『일제말기 한국작가의 일본어 글쓰기론』, 서울대 출판사, 2003.

김은실, 「민족 담론과 여성」, 『한국여성학』 10집, 한국여성학회, 1994.

김응교, 「김사량 「빛 속으로」의 이름 · 지기미 · 도시유람」, 『민족문학사연구』 21, 민족문학사학회, 2002.

김종곤, 「남북분단 구조를 통해 바라본 '탈북 트라우마'」, 『문학치료연구』 33집, 한국문학치료학회, 2014.

김종군, 「구술을 통해 본 분단 트라우마의 실체」, 『통일인문학논총』 51, 건국대 인문학연구원, 2011.

_____, 「구술생애담 담론화를 통한 구술 치유 방안」, 『문학치료연구』 26, 한국문학치료학회, 2013.

김종욱, 「언어의 제국으로부터의 귀환」, 『현대문학의 연구』 35집, 한국문학연구학회, 2008.

김주영, 「김사량의 「빛 속으로」를 통해 본 균열의 제국」, 『세계문학비교연구』 37, 한국세계문학비교학회, 2011.

김지영, 「제국과 식민지/일상에서의 혼종」, 『한국현대문학연구』 41, 한국현대문학회, 2013.

김진구, 「김사량 소설의 인물의 정체성 문제」, 『시학과 언어학』 8, 시학과 언어학회, 2004.

김혜연, 「김사량의 <빛 속에>의 근대성 연구」, 『배달말』 46, 배달말학회, 2010.

김혜영, 「상호텍스트성의 관점에서의 다문화 소설 읽기」, 『새국어교육』 86호, 2010.

_____, 「다문화 시대의 독서 교육 : 완득이를 중심으로」, 『사고와 표현』 4, 한국사고와표현학회, 2011.

_____, 「다문화 사회의 언어환경과 민족 정체성의 관계」, 『독서연구』 36호, 2015.

_____, 「북한 가족의 특징과 변화의 불균등성 : '고난의 행군기' 이후를 중심으로」, 『가족과 문화』 29-1, 한국가족학회, 2017.

김홍중, 「근대문학 종언론의 비판」, 『마음의 사회학』, 문학동네, 2009.

김효석, 「탈북 디아스포라 소설의 현황과 가능성 고찰」, 『어문논집』 57, 중앙어문학회, 2014.

김효정, 「장르별 표현방식과 의미구성의 차이 ― 소설 「완득이」와 영화 「완득이」를 중심으로」, 『한국말글학』 29, 한국말글학회, 2012.

김화선, 「청소년문학에 나타난 '성장'의 문제 : 김려령의 『완득이』를 중심으로」, 『아동청소년문학연구』 3, 한국아동청소년문학학회, 2008.

류보선, 「다언어공동체와 연인들의 공동체」, 『현대소설연구』 40호, 2009.4.

박덕규, 「민족의 특수한 경험에서 전지구의 미래를 위한 포용으로」, 박덕규 · 이성희 편저, 『탈북 디아스포라』, 푸른사상, 2012.

박성원 · 신동일, 「이창래의 '네이티브 스피커' 분석에 나타난 언어와 정체성의 결속성 연구」, 『이중언어학』 54호, 2014.

박성창, 「문학 · 국경 · 세계화」, 『세계의 문학』, 2008 봄.

박정애, 「2000년대 한국소설에서 '다문화가족'의 성별적 재현 양상 연구」, 『여성문학연구』 22권, 한국여성문학학회, 2009.

박종명 · 김주영, 「식민지 지식청년의 '자기윤리'」, 『일본어교육』 55집, 2011.3.

방민호, 「가난에 대한 천착과 그 의미」, 『유랑가족』, 실천문학사, 2005.

배개화, 「한 탈북 여성의 국경 넘기와 초국가적 주체의 가능성」, 『춘원연구학보』 11호, 춘원연구학회, 2017.

배옥주, 「국제결혼 이주여성의 장소 정체성 상실－공선옥의 「가리봉 연가」를 중심으로」, 『젠더와문화』 제6권 2호, 계명대 여성학연구소, 2013.

백지윤, 「탈북작가의 '몸' 형상화와 윤리적 주체의 가능성－김유경의 소설을 중심으로」, 『한국문예비평연구』 54, 한국현대문예비평학회, 2017.6.

서동욱, 「노스탤지어, 외국인의 정서」, 『문예중앙』, 2005 봄.

서성란, 「한국 현대소설에 형상화된 결혼이주여성」, 『한국문예창작』 29호, 한국문예창작학회, 2013.12.

서세림, 「탈북 작가 김유경 소설 연구」, 『인문과학연구』 52, 강원대 인문과학연구소, 2017.3.

_____, 「탈북 작가의 글쓰기와 자본의 문제」, 『현대소설연구』 68, 한국현대소설학회, 2017.12.

송명희, 「다문화 소설 속에 재현된 결혼이주여성」, 『한어문교육』 25집, 한국언어문학교육학회, 2011.11.

_____, 「다문화소설에 재현된 베트남 여성－서성란의 「파프리카」를 중심으로」, 『현대소설연구』 51집, 한국현대소설학회, 2012.12.

송현호, 「다문화 사회의 서사 유형과 서사 전략에 관한 연구」, 『현대소설연구』 44집, 한국현대소설학회, 2010.8.

_____, 「『잘 가라, 서커스』에 나타난 이주 담론의 인문학적 연구」 『현대소설연구』 45집, 한국현대소설학회, 2010.12.

_____, 「「완득이」에 나타난 이주담론의 인문학적 연구－동반자적 교사의 역할과 의미를 중심으로」, 『현대소설연구』 59호, 2015.8.

송희복, 「한국 다문화 소설의 세 가지 인물 유형 연구」, 『배달말』 47집, 배달말학회, 2010.12.

심영의, 「다문화소설의 유목적 주체성 연구」, 『아시아여성연구』 52권 2호, 숙명여대 아시아여성연구소, 2013.11.

엄미옥, 「현대소설에 나타난 이주여성의 재현 양상」, 『여성문학연구』 29호, 한국여성문학학회, 2013.6.

연남경, 「다문화소설과 몸 구현 양상」, 『한국문학이론과 비평』 48집, 한국문학이론과 비평학회, 2010.

_____, 「탈북 여성 작가의 글쓰기 연구」, 『한국현대문학연구』 51집, 한국현대문학회, 2017.

오경석, 「아시아 이주 노동자의 '한국살이'」, 『트랜스내셔널 노동이주와 한국』, 한양대 비교역사문화연구소 기획, 소명출판, 2017.

오세란, 「「완득이」의 정신분석적 접근」, 어문논총 29집, 2016.8.

오태영, 「제국-식민지 체제의 생명정치, 비체(卑體)의 표상들」, 『동악어문학』 61집, 2013.8.

오홍진, 「소설의 재미와 성장의 교훈」, 『어린이책이야기』 3집, 2008.

오윤호, 「디아스포라의 플롯-2000년대 소설에 형상화된 다문화 사회의 외국인 이주자」, 『시학과 언어학』 17호, 시학과 언어학회, 2009.8.

우한용, 「21세기 한국 사회의 다양성과 소설적 전망」, 『현대소설연구』 40집, 한국현대소설학회, 2009.4.

윤대석, 「결혼 이주자를 위한 한국어 문학 교육」, 『국어교육연구』 34권, 2014.

이관수, 「자발적 포섭을 통한 동화전략: 『네이티브 스피커』에 나타난 백인화 욕망의 좌절과 타협」, 『인문학논총』 39집, 2015.10.

이덕화, 「탈북여성 이주 소설에 나타난 혼종적 정체성」, 『현대소설연구』 52집, 한국현대소설학회, 2013.

이미림, 「조선족 이주여성의 타자적 정체성」, 『현대소설연구』 48집, 한국현대소설학회, 2011.12.

_____ , 「다문화 서사구조와 문학적 특징」, 『현대소설연구』 61호, 2016.3.

이선주, 「미국이주 한국인들의 디아스포라적 상상력」, 『미국소설』 15권 1호, 2008.

이성희, 「탈북자의 고통과 그 치유적 가능성」, 『인문사회과학연구』 16-4, 부경대 인문사회과학연구소, 2015.11.

이영아, 「「완득이」에 나타난 다문화 사회에서의 '차이' 형상화 연구」, 『동아시아문화연구』 62집, 2015.8.

이정숙, 「김사량과 재일조선인의 문학적 거리」, 『국제한인문학연구』 1, 2004.

_____ , 「다문화 사회와 한국 현대소설」, 『한성어문학』 30권, 2011.

이지은, 「'교환'되는 여성의 몸과 불가능한 정착기」, 『구보학보』 16호, 구보학회, 2017.

이주미, 「김사량 소설에 나타난 탈식민주의적 양상」, 『현대소설연구』 19, 2003.

이창남, 「글로벌 시대의 로컬리티 인문학」, 부산대 한국민족문화연구소 편, 『로컬리티 인문학의 새로운 지평』, 혜안, 2009.

이채원, 「젠더정치학의 관점에서 본 다문화 서사」, 『여성문학연구』 41호, 2017.

이호규, 「'타자'로서의 발견, '우리'로서의 자각과 확인-2000년대 이후 한국소설에 나타난 조선족의 양상 연구」, 『현대문학의 연구』 36집, 한국문학연구학회, 2008.10.

임경순, 「다문화시대 소설(문학)교육의 한 방향」, 『문학교육학』 36호, 한국문학교육학회, 2011.

장미영, 「디아스포라문학과 트랜스내셔널리즘 (1)」, 『비평문학』 38집, 한국비평문학회,

2010.12.

장은찬·김재현, 「경제난 이후 북한여성의 실질 소득격차분석」, 『아시아여성연구』 53-1, 숙명여대 아시아 여성연구원, 2014.

전영의, 「이창래의 『영원한 이방인』에 나타난 혼종적 욕망과 언어권력」, 『현대소설연구』 67호, 2017.9.

정운채, 「인간관계의 발달 과정에 따른 기초서사의 네 영역과 <구운몽> 분석 시론」, 『문학치료연구』 3, 한국문학치료학회, 2005.

정하늬, 「탈북 작가 도명학과 이지명의 단편소설에 나타난 '인간'의 조건」, 『통일인문학』 69, 건국대 인문학연구원, 2017.3.

조규익, 「바벨탑에서의 자아 찾기」, 『어문연구』 34권 2호, 2006년 여름.

지봉근, 「이창래의 『원어민』에 나타난 한국계 미국인의 정체성:문화적 차이와 잡종성」, 『비교문학』 33집, 2004.

차민영, 「이창래의 『원어민』에 나타난 다문화주의의 한계」, 『영어영문학연구』 38권 3호, 2012 가을.

최병우, 「한국 현대소설에 나타난 이주의 인간학」, 『현대소설연구』 51집, 한국현대소설학회, 2012.12.

최종렬, 「비교관점에서 본 한국의 다문화주의 정책」, 『사회이론』 37호, 한국사회이론학회, 2010 봄.

최현식, 「혼혈/혼종과 주체의 문제」, 『민족문학사연구』 23집, 2003.12.

허병식, 「2000년대 한국소설에 나타난 다문화주의와 정체성 정치 비판」, 『다문화와 평화』 6집 1호, 성결대 다문화평화연구소, 2012.

허 정, 「「완득이」를 통해 본 한국 다문화주의」, 『다문화콘텐츠연구』 12집, 2012.4.

홍창형 외 5인, 「북한이탈주민들의 외상경험과 외상 후 스트레스 장애와의 관계」, 『신경정신의학』 44집 6호, 대한신경정신의학회, 2005.

황영미, 「「완득이」의 서술전략과 영화화 연구」, 『돈암어문학』 24집, 2011.

황정미, 「결혼이주여성의 가정폭력 경험 – 성별 위계와 문화적 편견」, 『국경을 넘는 아시아 여성들』, 이화여대 출판부, 2009.

4. 국외 단행본 및 논문

岡眞理, 김병구 역, 『기억 서사』, 소명출판, 2004.

渡邊直紀, 『임화문학비평』, 소명출판, 2018.

柄谷行人, 조영일 역, 『근대문학의 종언』, 도서출판b, 2006.

_____, 조영일 역, 『네이션과 미학』, 도서출판b, 2009.

水野直樹, 정선태 역, 『창씨개명』, 산처럼, 2002.

若桑みどり, 김원식 역, 『사람은 왜 전쟁을 하는가-전쟁과 젠더』, 알마, 2006.

_____, 손지연 역, 『전쟁이 만들어낸 여성상』, 소명출판, 2011.

尹健次, 박진우·박이진·남상욱·황익구·김병진 역, 『자이니치의 정신사』, 한겨레출판, 2016.

Anderson, Benedict, 윤형숙 역, 『상상의 공동체』, 나남, 2002.

Badiou, Alain, 이종영 역, 『윤리학』, 동문선, 2001.

Baker, Colin, 연준흠·김주은 역, 『이중언어의 기초와 교육』, 박이정, 2014.

Barth, Fredrik (ed), *Ethnic Groups and Boundaries*, Waveland Press, 1969.

Beauvoir, Simone de, 이용호 역, 『제2의 성』, 을유문화사, 1978.

Berry, J.W., "Immigration, acculturation and adaptation", *Applied Psychology* vol.46, 1997.

Bhabha, Homi K., 나병철 역, 『문화의 위치』, 소명출판, 2002.

Boym, Svetlana, *The Future of Nostalgia*, Basic Books, 2001.

Casanova, Pascale, *The World Republic of Letters*, MA : Harvard UP, 2007.

Castles, Stephen and Miller, Mark J., 한국이민학회 역, 『이주의 시대』, 일조각, 2013.

Derrida, J., 남수인 역, 『환대에 대하여』, 동문선, 2004.

Eberstadt & Banister, *North Korea:Population Trends and Prospects*, Center for International Research, 1990.

Elson, Diane, "The Economic, the Political and the Domestic : Business, States and Households in the Organization of Production", *New Political Economy* 3(2), 1998.

Harvey, David, 최병두 역, 『희망의 공간』, 한울, 1993.

Hunt, Lynn, 전진성 역, 『인권의 발명』, 돌베개, 2009.

Kornai, Janos, *The Socialist System:The Political Economy of Communism*, Princeton:Princeton University Press, 1992.

Negri, Antonio and Hardt, Michael, 윤수종 역, 『제국』, 이학사, 2001.

Nguyen, Viet Thanh, 부희령 역, 『아무것도 사라지지 않는다』, 더봄, 2019.

Rosaldo, Renato, 권숙인 역, 『문화와 진리』, 아카넷, 2000.

Sacks, Jonathan, 서대경 역, 『사회의 재창조』, 말글빛냄, 2009.

Sartre, Jean-Paul, 정명환 역, 『문학이란 무엇인가』, 민음사, 1998.

Spivak, Gayatri Chakravorty, 「서발턴은 말할 수 있는가?」, 로절린드C. 모리스 엮음, 태혜숙 역, 『서발턴은 말할 수 있는가?: 서발턴 개념의 역사에 관한 성찰들』, 그린비, 2013.

Todorov, Tzvetan, 김지현 역, 『민주주의 내부의 적』, 반비, 2012.

Tyson, Lois, 윤동구 역, 『비평이론의 모든 것』, 앨피, 2012.

Williams, Ashley M., "Bilingualism and the construction of ethnic identity among Chinese Americans in the San Francisco Bay Area", The Doctoral Dissertion of the University of Michigan, 2006.

Zizek, Slavoj, 김지현 역, 「사악한 민족주의의 귀환」, 주성우 역, 『멈춰라, 생각하라』, 와이즈베리, 2012.